愛呦文創

ao愛呦文創

愛呦文創

愛吻文創

你無法預料的分手，我都能給你送上。

two-timing system

1

目錄頁

CONTENT

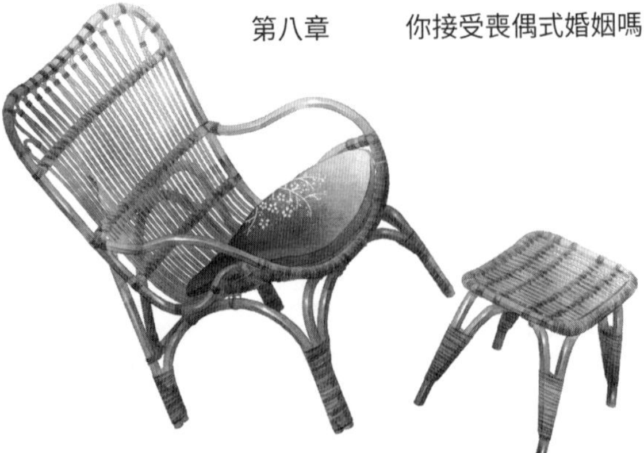

【第一章】

綁定綠帽系統

冷，彷彿大半個身子都被強按在冰水裡，刺骨的寒意沿著肌理融入血肉、沁入骨髓，彷彿下一秒，就連心臟都會因為這種極致的寒冷而停止跳動。

宋禹丞猛地睜開眼，卻發現自己全身濕淋淋地躺在冰涼的地板上，而不遠處牆上掛著的溫度計，猩紅的刻度線正停在三這個可怕的數字上。

他頓時覺得無力吐槽。

說好的時空管理局執法者待遇優渥，為何到他這裡就變成廢話。好歹他在現實世界也是政法界赫赫有名的大律師，結果第一個任務還沒開始，就差點被凍死。

他僵硬著身體從地上爬起來，先把身上的衣服換了，同時把空調溫度調高，直到體溫恢復正常，他才有工夫坐下來，順勢看一眼系統提供的劇情介紹，立刻被上面的描述酸得牙疼。

總有那種迷失在愛情裡的失敗者，丟了為人的尊嚴、捨棄了站著說話的骨氣，甘願當一場笑話。而原身這輩子，就是這樣的笑話。

說來也巧，宋禹丞的第一個任務，是個現代架空世界，男男婚姻合法。而這個世界的原身，和宋禹丞同名。是一名父母雙亡後，又被親戚奪走家產的天真小少爺。最可悲的是，唯一被他當做救命稻草的「長腿叔叔」許牧之，竟是個徹頭徹尾的人渣。

誰能料到，許牧之精心調教他五年，給他描繪一個童話般的夢境，只是為了讓他更完美地成為另外一個人的替身。

而這些殘酷真相，都在他準備告白這天，露出最醜陋的面目。

「我不願意！」少年紅腫著眼睛和高大的男人對峙，完全不敢相信自己聽到了什麼。

他已經沒有親人，許牧之就是最瞭解他的人。可許牧之明明知道他還有父母的產業要奪回、還有夢想要一展拳腳，現在卻命令他自毀名聲前程，去給許牧之心裡最完美的白月光——楚嶸當墊腳石。

看著昔日最愛的那張臉，少年心裡翻騰著悲涼，全身冷得幾乎無法動彈。

「許牧之，我在你身邊五年。除了這棟房子，我沒要過你一分錢。凡是你來找我吃飯，我哪怕接下來要喝三天涼水，也會想辦法準備最好的食物給你。至於你的喜好，我更是照單全收。我一直以為，這是愛人之間的磨煉。你強勢，我可以卑微。結果現在，你卻告訴我說，我只是個替身。你不覺得，這很可笑嗎？」

緊緊攥著許牧之的袖口，少年渴望從他眼裡得到哪怕是一星半點的在意。但悲哀的是，根本沒有。那種彷彿在看垃圾的輕蔑，讓他輕而易舉地明白了自己在許牧之心中的地位。

他自始至終，都不過是個不值一提的玩物。

呵，玩物，多麼可憐又可笑的詞語？

原身殘留下來的不甘和絕望，一刻不停地衝擊著宋禹丞的精神。

他從原身的回憶片段中醒來，突然就勾起唇笑了。可緊接著，手機那頭傳來的簡訊，讓他這抹笑容裡的諷刺意味變得更加濃厚。

楊祕書：許總說了，要你一字不差地按照腳本來演。

像是為了呼應這條簡訊，桌上的電腦同時發出接到新郵件的提示音，宋禹丞走過去，翻看上面的郵件，正是《交換人生》的腳本。與此同時，與之相關的劇情也隨之變得清晰。

這個名叫《交換人生》的真人實境秀，是造成原身一生悲劇最關鍵的導火線。

最近幾年，真人秀越來越火爆，而《交換人生》就是時下最熱門的節目之一。它最大的賣點，就是把不同職業、家庭的人互換身分，讓他們體會各自的生活。

用許牧之的話說，這個節目是楚嶸從公眾眼中轉型的最佳踏板。

楚嶸是童星出道，演技顏值都線上，且學習優秀，是出名的國民弟弟。現在想要過渡成溫柔男神，就一定要有人陪襯。

但這樣的人太難找。要家境不錯，模樣不差，還得自己願意領了好吃懶做的腳本。還有誰會比被他調教過的原身更加恰到好處？

可以說是十分煞費苦心了。

翻看著腳本，宋禹丞冷眼看著裡面那些堪稱「廢物」教科書的片段，覺得都是些無聊的老梗，反而是給他發腳本的楊祕書更引起他的興趣。

說到這個楊祕書，其實也是許牧之眾多的小情人之一。明碼標價，由此可見，許牧之嘴裡的真愛也並沒有多情深似海。

畢竟一邊喊著刻骨銘心，卻一邊跟別人發生肉體關係，甚至還弄了不知道多少替身養成楚嶸的影子，簡直醜陋虛偽到令人作嘔。也只有原身這個傻子，才會被許牧之一句「買來的賤貨」洗腦，而自我放棄。

想到這裡，宋禹丞眼裡的諷刺意味越發濃重。

此時，手機鈴聲再次傳來，打斷他的思路。

還是之前的楊祕書。多半是由於宋禹丞沒有及時回覆，所以對方直接打電話過來：「許總的命令你聽到了嗎？」楊祕書的語氣十分生硬，還多了些不屑一顧。至於他下一句話更是充滿威脅：「別忘了，你的一切都是許總給的，要是這點小事都辦不好，你也別念書了。」

說完，祕書就像往常一樣等著宋禹丞先行道歉。

這祕書不是個好東西，沒什麼本事，是許牧之的走狗。

按照常理，原身和他無冤無仇，何必故意為難？

說到底，還是因為他心虛。

許牧之情人眾多，留著他不過是因為方便。可偏這人拿著許牧之的錢和一個小鮮肉搞曖昧，湊巧被原身看到過。因此，即便他明白原身不會多說話，但還是害怕出現紕漏，恨不得立刻將原身弄死，以絕後患，所以才處處刁難。

可原身卻是個傻子，覺得楊祕書是許牧之的左膀右臂，始終忍耐退讓。

回憶起上一世，當楊祕書看出原身已經被渣攻拋棄，便乾脆趁著原身去參加節目時，在原身學校的論壇裡散播謠言，說原身被人包養，還發布一堆不堪入目的豔照。宋禹丞握著電話的手指，也由於原身殘留的情緒影響，不由自主地攥緊了一些。

畢竟對原身來說，楊祕書的報復才是真正陷入絕望深淵的開始。

因為他雖然被渣攻拋棄，但還有學業可以寄託。可當學校以作風問題將他開除後，他才真正走投無路，失去活下去的理由。

從節目播出後，他更在微博上收到無數被人謾罵「垃圾、廢物、白眼狼」的私信，從未停止。加上學校的事情在社區裡傳開了，所有人看他的眼神都寫滿了「賤」和「髒」。

真正的百口莫辯。所有子虛烏有的罪名，都像是鋒銳至極的利刃，將原身千瘡百孔的心臟刺得鮮血淋漓。

真應該讓他們都為此付出代價。

刻骨銘心的恨意，陡然籠罩住宋禹丞，清澈的眼裡憑空增添了幾分懾人的血色。然而不過一瞬，他就回復冷靜。

現實世界中，多年的律師生涯早讓他閱盡千帆，甚至跟最醜陋的惡鬼打過交道。原身這些坎坷，對於宋禹丞來說並非是多要命的坎，而眼前正在蹦躂的小祕書，也不過是個跳梁小丑罷了。

開著免提，宋禹丞翻起手機裡的照片，果不其然，沒幾頁就看到祕書和小鮮肉偷情的證據。他大致琢磨了一下，很快有了思量。

原身就是個傻的，手裡掐著證據，還能讓人踩成泥。那祕書和許牧之蛇鼠一窩，都不是什麼好東西，落在他手裡，自然不會輕易放過。更何況，他領的任務是要給許牧之戴綠帽，既然如此，乾脆就讓楊祕書先給許牧之來個開門綠好了。

這麼想著，宋禹丞輕笑一聲，突然反問楊祕書一句：「我發現，楊祕書每次和我說話態度都很高傲。可我不懂，一樣都是賣的，你怎麼會錯覺自己能夠高人一等？」

「你說什麼？」

「我說，都是賣的，你何必高人一等？」似乎想到什麼有趣的事，宋禹丞的語氣多了點戲謔的笑意，可字裡行間的嘲諷卻像巴掌狠狠抽在祕書的臉上。

「嘖，我問你，許牧之床上功夫怎麼樣？玩弄你的時候是不是很爽？他有沒有罵你是賤貨？會不會在高潮的時候喊著楚嶸的名字？」少年清冽的嗓音帶著澄澈的禁慾感，偏偏吐出的每個字都低俗至極，幾乎將楊祕書和許牧之的關係完美還原，直接把他最後一層遮羞布盡數揭開。

楊祕書平時就是好面子的，仗著跟著許牧之久了，也習慣狐假虎威。他的確是張開大腿求前程，但也絕不容許被人這麼指著鼻子辱罵，尤其是宋禹丞這種棄子，頓時氣得渾身發抖，咬牙切齒說道：「宋禹丞，你在作死。」

「作死的不是你嗎？」宋禹丞的聲音漸漸冷了下來：「就算我是許牧之的玩具，可你一個洩慾的工具，也沒比我高貴到哪裡去。別命令我，你不配。」

說完，他掛掉電話，轉頭登入網站，做了另外一件事。

《交換人生》的拍攝期正好為期一個暑假，他必須確保不在家的這段期間後院不會起火。尤其他剛跟楊祕書撕破臉，這人絕不會放過他，所以更要加倍小心。

宋禹丞手段向來果決，他明白斬草不除根的後果有多嚴重。更何況，原身靈魂裡殘留著的怨念太重，總得先料理一個仇人，讓他平復一些。

於是當夜，網路某八卦週刊的社群帳號上，出現一張楊祕書和當紅小鮮肉偷情的照片，楊祕書熱情如火地掛在小鮮肉身上，姿勢不堪入目。很快便成為熱門話題，甚至被頂上熱搜。

完了……楊祕書在看到後，頓時心裡一涼，這情景太過眼熟，不正是他那天和小鮮肉約會，被宋禹丞撞見的場面？他萬萬沒想到，宋禹丞手裡竟然真的有證據！並且用這樣的方式直接發出來。翻著網上鋪天蓋地的八卦新聞，楊祕書的臉色越來越慘白。

他顧不上找宋禹丞麻煩，必須立刻想法子把這件事公關掉。

否則，一旦被許牧之知道，後果不堪設想。

然而事與願違，之前和楊祕書稱兄道弟的幾家公關公司，不約而同地裝死保持沉默。至於那個小鮮肉，更是直接聯繫不上了。

怕是真鬧大了。危險的感覺籠罩心頭，祕書恍惚地站在原地，只覺得自己彷彿是待宰的羔羊，沒有任何反抗能力。緊接著，許牧之的消息更是嚇得他一屁股坐在地上，冷汗瞬間沁透後背的衣服。

許牧之讓人傳話：「喜歡玩，以後就和他們好好玩吧。」

好好玩，和誰玩？想到圈子裡那些玩人的手段，祕書頓時面無人色。

他跟了許牧之這麼多年，再沒有人比他更瞭解許牧之的心思，這一句話，就是把他的未來直接掐斷了。祕書呆坐在原地，無助地任由恐懼一點一點將他淹沒。

此時另一邊的許牧之，卻遠不如眾人腦補地暴怒，畢竟楊祕書不過是隻養得心大了的狗，他能捧起他，自然也能送他上絕路。讓他比較驚詫的其實是宋禹丞，許牧之逗他玩了五年，自然明白宋禹丞會有脾氣，只是沒想到，他竟然敢把手伸到自己身邊。

洩慾的工具和替身玩偶對於他來說，哪個都不重要，但他不喜歡有人擅自做主。許牧之的唇角勾起玩味的笑意，眼神卻冷淡至極，分明是惱怒的前兆。

「要給他點警告嗎？」許牧之的心腹主動詢問。

「不用，一個小玩意兒，讓人看著點。只要他按劇本演，別的都不用管。」說完，許牧之自己給宋禹丞發了條短信，上面就一句話：演不好，楊祕書就是你的下場。

殺雞儆猴！宋禹丞看到簡訊之後，瞬間心如明鏡，品出了許牧之話裡的譏諷和威脅。

他明白，即便自己弄死了狐假虎威的楊祕書，折了許牧之的面子，但在許牧之的眼裡，他依舊不過是個翻不起太大風浪的孤兒罷了，只是現在還有用，所以許牧之懶得搭理他。至於後面的真人秀，如果他敢不按腳本演，許牧之定然不會輕易放過。可繼承了原身的記憶，宋禹丞明白，他如果真按照腳本演，事後便難逃公眾譴責。

多有趣？一個進退兩難的死局。

然而就在此時，系統突然給出的提示將他的思緒打斷，再細看內容，直接把宋禹丞逗樂了。

這算不算是不皮一下不高興？好好的金手指，怎麼就取了這麼個名字。

系統：職業綠帽系統重啟成功，激發原身自帶天賦「你永遠猜不透我的雙手能賦予怎樣的美麗」。

簡單來說，就是類似於那種巧手天賦。

和宋禹丞腦補的不同，原身竟然還真有點本事。雖然感情上是個弱者，但卻意外有著一雙可以說是神乎其技的巧手。

任何看似不起眼的物件，經過原身手裡擺弄後都會煥然一新，被賦予新的靈魂。而且原身也相當多才多藝，不僅是常見的手工藝，就連藍染、刺繡、編織也都有所涉獵，底子相當扎實。在他跟了許牧之以後，這些技能更成為支撐他生活開銷的最大經濟來源。

宋禹丞順手查了一下原身的網店，發現他竟然是小有名氣的網拍手工店鋪主。

因此，如果沒有意外，即便和許牧之分開，這門手藝也足以支持他活下去，可惜後來在拍完真人秀以後，校園霸凌和楊祕書的故意安排，竟然意外將原身的手毀了。

回憶起醫院裡，原身木訥著臉聽著醫生交代醫囑的場景，幾乎直接將原身推向最絕望的深淵。足以滅頂的恨意，再次讓宋禹丞身臨其境，清晰地感受到原身的怨恨。

不過幸好現在一切都還沒有發生，楊祕書也已經咎由自取，而原身這項天賦技能，也在系統的金手指下被他完全繼承。

想到那個節目的要求和安排，宋禹丞覺得有些思路了。

好吃懶做白眼狼？沒問題啊！他就送給他們一個宋禹丞式的白眼狼好了。

不過在此之前，他還要做一些特別的準備。

這麼想著，宋禹丞走到自己的工作間，在裡面收拾了些必須帶走的小物件放進工具箱。然後便舒舒服服地躺在床上，準備開始休息。

時間過得很快，轉眼就到了拍攝當天。

許牧之是個面面俱到的人，他既然要讓宋禹丞演出一個好吃懶做的二世主，自然會將細節安排得鉅細靡遺。

眼下，宋禹丞不過剛起床，就已經有人在外面等候。他略看了一眼，有管家、司機，甚至連衣服都幫他準備妥當。

一路無話，拍攝組那頭，宋禹丞是最後一個到的。

當他和導演打完招呼，就直接往拍攝用的車子那邊走。

眼下，楚嶸已經到了，並且輕鬆地就跟其他人打成一片。而宋禹丞的出現，讓他們融洽的氛圍出現一瞬間的微妙改變。

總有些人，只要出現，就能成為大眾的焦點。很明顯，宋禹丞就是其中之一，例如現在，他穿著一身高級訂製的休閒服，俊美至極的容貌被襯托得越發引人矚目，就連周身上下那種毫不掩飾的恣意驕傲，也不讓人覺得突兀或厭煩，甚至讓人覺得他原本就應該是這副模樣。

車上那幾個少年，頓時就都被晃住了眼。尤其是楚嶸，他第一眼看到宋禹丞的時候，臉上充滿驚詫之色。

好像，這是楚嶸對宋禹丞的第一印象。

楚嶸發覺，面前這個少年，和自己簡直好比親生兄弟，甚至連走路的姿態及一些細微的習慣都如出一轍。唯一不同的是，楚嶸氣質溫潤，而宋禹丞的氣場，明顯具有更高的侵略感。

因此宋禹丞剛一上車，不少人就和他打招呼，楚嶸更是主動伸出手，「你好，我是楚嶸。」

然而宋禹丞卻皺了皺眉，連看都沒看，轉頭指了指裡面的位置，同時命令身後的管家道：「進去收拾了。」

那語氣，就像是眼前這些人全都是空氣一樣，驕傲得不得了，絲毫不把楚嶸放在眼裡。他可是領了正經腳本的，自然要一絲不苟地演，要不然真相大白之後的爽感就會少了很多。這些人上一世踩著原身的名聲立了牌坊，這一次，宋禹丞既要立得住人設過得舒服，也要狠狠抽腫這幫人的臉。

他的局才剛剛開始，可對於那些初次見面的少年們來說，衝擊卻是巨大的。

臥槽！這也太瞧不起人了吧！

車上幾個一起參與錄影的少年們頓時面面相覷，都覺得不可思議。宋禹丞瞧不起他們倒還好說，可楚嶸畢竟是楚家繼承人，即便他不願意繼承家業，非要混娛樂圈，可到底身分在那裡擺著。縱使放到水最深的圈子裡，楚嶸說出來的話也不容人小覷。這宋禹丞是什麼來歷，敢對楚嶸這副態度？

然而這念頭不過剛起，車上有個知道底細的，就忍不住冷笑著揭了底：「許牧之養的小兔子，穿上龍袍還真當自己是太子爺了。」

這說話的少年名叫黎昭。說來也巧，他們家現在正和許牧之有個合作，再加上黎昭本身就是娛樂圈裡的太子黨之一，這次是為了陪楚嶸才來參加錄影。所以關於宋禹丞的身分他心知肚明，自然格外看不上他一副裝腔作勢的模樣，乾脆直接點出他的身分。

其餘的人也不是傻子，「小兔子」的含義也算是盡人皆知，因此，他們再看宋禹丞的時候，表情就變得有點微妙。

可他們只不過是驚詫，楚嶸才是真正受到衝擊。

楚嶸對宋禹丞的第一印象非常好。他沒有親兄弟，總覺得宋禹丞和自己的一絲相似就是有緣。可乍一聽說，宋禹丞是許牧之照著自己的模樣養出來的替身，立刻極度失望，越發讓他覺得噁心。

畢竟，許牧之幹的那些垃圾事早就傳開了，但凡消息靈通點的，都知道許牧之追求他不成，養了一堆玩物。毫無疑問，宋禹丞就是其中之一，許牧之把他送過來，就跟光明正大抽他的臉有什麼區別？

這麼想著，楚嶸對宋禹丞的觀感更差，無法維持一貫的溫柔個性，變得極其冷淡。

而網路上，正守在直播間裡看直播的網友們，更是直接就炸了。

「這個新來的別是個腦殘！連基本的禮貌都不懂？」

「還什麼有錢人家的公子哥，就這素質，我侄女兩歲半見了人，還知道問好呢。」

一時間，直播間裡飄滿了吐槽宋禹丞的彈幕，每句都是針對他高傲態度的嘲諷。

《交換人生》有兩個版本，一版免費，剪輯後電視上放映。一版是付費，可以在網路上看到全程無剪輯的直播。

宋禹丞他們方才的對話，雖然因為聲音比較小，沒有完整地傳過去，但是聯繫起上下情節以後，就很容易讓人產生誤解，覺得是宋禹丞太驕縱，所以才惹了楚嶸他們厭煩。

畢竟楚嶸可是圈子裡出了名的有禮貌、好說話，連他都對宋禹丞敬謝不敏，可見這人是討厭到了什麼地步。

然而出乎眾人意料的是，這不過是個開始，後面發生的事情才真正詮釋了什麼叫極品。

宋禹丞就跟生怕不能把自己作死一般，在接下來的行程裡，越發將一個理念貫徹到底——長得越好看，心地越險惡。

誰能想到，宋禹丞竟然自己一個人占了車子後面整整一排的座位。在隊伍裡的兩個女孩，因為車裡人多且沒有空調而噁心反胃的時候，他竟然惡劣到怕髒似地把自己的行李箱放在座位上，也不願意和人家換位置。

這根本就不是驕縱，應該是惡毒了吧！這下，用不著這些孩子說什麼，直播間裡就立刻罵了起來。

「《交換人生》已播出四季了，這個叫宋禹丞的，是我見過最卑鄙無恥的素人。」

「這麼處處拿腔作勢的，看著就讓人作嘔。不換座位也好，和他坐在一起，怕是不暈車的都要噁心吐了。」

基本上是什麼難聽說什麼，即便有所謂經驗人士質疑了一句「像節目組提供的那種老式麵包車，後排的通風效果其實更糟，並且特別顛簸，那兩個女孩如果已經暈車，坐過去估計直接就要吐了」，也很快淹沒在「就宋禹丞那種腦殘，怎麼可能顧慮別人」這樣的嘲諷中。

以至於等到了落腳地之後，矛盾就被激發得更加嚴重。

這裡是一個小縣城。

說來有趣，在進村之前，宋禹丞他們有三天的適應期，可這三天卻並不好過，節目組給他們每人十塊錢，可這十塊錢，就是他們之後三天在小縣城裡的全部可用資金。

「這無所謂吧！吃三天饅頭就過去了。」幾名少年都覺得不算什麼，包括楚嶸在內，都認為這任務也太簡單了一點。

畢竟要過來參加節目，所以他們事先調查過小縣城的物價，別說十塊錢，就算是每人五塊錢也能過得不錯。

可等進了院子，才明白自己被套路了。原來他們的住宿也是要錢的，一間房間一天十塊，水免費，電費自理。

這下所有人全都懵逼了，而導演組的人已全部撤離，只留下他們，表示了這不是在演戲，是真的沒有任何援助。如果他們掙不到錢，別說吃饅頭，恐怕明天就要住到大街上。

這、這怎麼辦？幾名少年全都因為這突如其來的變化而亂了套。只有楚嶸還勉強鎮定，他之前參加過別的真人秀，知道導演組不會真的把他們趕盡殺絕，很快就想出法子。

「別著急，咱們把錢合起來租兩間屋子。男孩一間、女孩一間，這樣三天下來，就只需要六十塊錢。剩下吃飯的問題，等安頓下來以後再想辦法。看看能不能在縣城裡找到工作，哪怕一人一天掙兩塊錢，也能買三頓饅頭配鹹菜了。」

「這個好！」眾人立刻表示贊同，可萬萬沒想到，宋禹丞竟然不同意，他非但不同意，還用一種看傻子的眼神看著他們。

這下，徹底忍不了了，矛盾就此爆發，黎昭上前一步，狠狠地拽住宋禹丞的衣領，咬牙怒道：「你別沒事找挨打！」

黎昭是真忍不住了，他看不起宋禹丞，覺得像宋禹丞這種出身的人，和他們站在一起都是對他們的侮辱，如果不是顧慮這是直播節目，怕是還有更難聽的話等著。

可宋禹丞卻完全不在乎，他冷笑一聲，眼神落在不遠處的攝影機上，一語雙關：「你碰我一下試試？我花我自己的錢，和你有什麼關係？」

「可這是直播，這麼多人看著呢！」黎昭年紀小，被他激了一下，手裡的力氣又更大了一些。

「那又如何？」宋禹丞像是故意挑事般湊近，用只有兩人能聽到的語氣低聲警告道：「你也知道是直播，那不就更該配合我？我可是領了腳本的，萬一真把我惹急了，說出什麼不該說的話，屆時全國的網友都能看到你們這些光風霽月的大家少爺小姐，是怎麼為了點美名，推我一個無父無母的小可憐出來背黑鍋。」

無父無母的小可憐？這是新編出來的笑話大全吧！圈子裡誰不知道宋禹丞十二、三歲就跟了許牧之，十五歲就掛了名被包養，許牧之一週去他那兩次，比看親媽還頻繁。至於宋禹丞現在住的房子，更是有名的別墅區，這些年說不定已從許牧之手裡撈了許多，搞不好比他們這些世家少爺手裡的活錢還多。現在反倒演起小白菜來了，不是故意的又是什麼！

黎昭被他這一句話懟得差點上不來氣，可偏偏顧念著楚嶸參加節目的目的，也不敢說得太深，只能惡狠狠地瞪著宋禹丞。

但宋禹丞卻並不打算就此閉嘴。

上一世，黎昭雖然沒有刻意欺負過原身，但原身進組後，也沒少被他嘲諷。更何況，黎昭明知道原身是領了腳本的棄子，卻還要掐著原身的態度煽風點火。

所以宋禹丞決定，這次就好好利用腳本的事噁心黎昭一把，他既然當了惡毒男配，就沒有忍氣吞聲的道理，自然要狠狠享受一把欺負「小白花」們的舒爽快感。

這麼想著，宋禹丞瞄了楚嶸一眼，意味深長的模樣，頗有幾分狗仗人勢的意味，「不甘心是不是？覺得我羞辱你了是不是？那也得忍著。畢竟你也是為了捧楚嶸才來，所以更該配合我。黎昭，又當又立的是婊子，想要美名，就得先學會怎麼被欺負。對我尊重點，否則真當誤了楚嶸的事兒，我們許叔叔可不會放過你。」

畢竟，和許牧之比起來，黎昭他們家還真算不得什麼。

這一下，黎昭徹底炸了，說出的話也變得惡毒起來，「宋禹丞你別太囂張，你現在不過是許牧之玩剩下的，就不怕節目結束……」

「無所謂。」宋禹丞隨口打斷他：「金主可以再找。反正圈子裡都知道我是賣的。靠著這張臉，明碼標價我還怕混不到一口飯吃？聽說你有個哥哥就好這一口，還有你爸爸……」

「你無恥！」短短幾句話的交鋒，黎昭這個平時嬌生慣養的小少爺，活生生被宋禹丞氣到雙眼通紅。黎昭死死地盯著他，眼裡面的恨意幾乎要把宋禹丞的身體燒個對穿。

可宋禹丞卻像是欣賞到了什麼美景一般得意地挑眉一笑，瞬間蕩漾開的風流，晃得滿院子的少年少女全都愣住了，距離他最近的黎昭更是覺得自己被宋禹丞順勢握住的手腕肌膚都被燒得發燙，原本即將失控的情緒也隨之戛然而止。

可宋禹丞卻懶得再搭理他，用力將黎昭拽著自己領口的手扯下來，將人拽跌在地後，就拎著行李進屋了。

「沒事吧！」原本撤走的導演組，看他們氣氛不好，趕緊派人過來詢問。

「不要緊，一點小矛盾。」楚嶸是最先反應過來的，他趕緊先把黎昭扶起來。再一看，黎昭的手腕上一圈清晰的紅印子，分明是宋禹丞方才抓住他的時候下了死力氣，而這個畫面也同樣適時傳送到直播間裡。

這下，彈幕上罵宋禹丞的人就更多了，就連那種平時不留言的，都忍不住要開口噴幾句。

「這傻逼是哪裡找的？有毛病吧！動不動就打人。」

「可不是！黎昭也是脾氣好，要是我，肯定一腳踹死他！」

「宋禹丞滾！滾出《交換人生》節目組！」

這樣的罵人彈幕瞬間糊滿整個直播畫面，而網友們憤怒的情緒也變得越發高漲。方才宋禹丞和黎昭的交談聲很小，他們聽不到內容，可即便如此，也不妨礙他們因為偏見，先入為主地判定是宋禹丞欺負了黎昭。

甚至有手快的，還截圖畫面，做成吐槽的表情包，放到網上群嘲。

可以說，這一次宋禹丞的人設是立得相當穩了，才開播幾個小時就掛上各種「垃圾」、「惡毒」等人渣屬性標籤。

可面對這種情況，宋禹丞卻喜聞樂見，甚至巴不得那些鍵盤俠能罵得更狠一些。

因為他們現在罵得越難聽，接下來的打臉就會越痛快！

此時另外一邊，院子裡的楚嶸眾人卻是騎虎難下。

由於宋禹丞拒絕合作，三天的房租就沒有辦法湊齊。幾個人都被氣得夠嗆，可卻偏偏拿他沒辦法，最後只能商量先交兩天的租金，剩下的等明天再想法子。

這一夜，絕對是這幫大都市裡出來的少爺小姐們睡得最難熬的一夜。

等到了第二天，他們起床時全都腰痠背痛，模樣狼狽至極，什麼風度和驕縱，在生存面前全都消失殆盡。

可即便如此，他們想到另一間房裡的宋禹丞，就又覺得有所安慰。畢竟宋禹丞已經把所有的錢都花光了，如果找不到賺錢的法子，那麼他今天晚上就要流落大街。

然而他們沒料到的是，宋禹丞繼承了原身的天賦，自然有解決之法，別說這裡是個小縣城，就算是個野山溝，他也一樣有法子。

七月，是一年裡最炎熱的幾個月分之一，卻正是柳樹蓬勃生長的好時機，翠綠欲滴的枝條從頂端垂落，隨風擺動，柔韌又不失雅致風骨，而這樣的畫面，也是小縣城裡隨處可見的秀麗風景。

宋禹丞就是打著這些柳樹的主意，和房東借了把剪子，從院子裡的柳樹上剪了許多柳條下來，粗略看去足有小半背簍。緊接著，他拎著背簍往集市那頭去了。

「他要去哪裡？」另一間屋子裡，黎昭剛一起來就看到宋禹丞離開的背影，忍不住問了一句。

昨天的衝突始終讓他耿耿於懷，認為自己竟然被個「兔兒爺」給迷了眼，簡直恥辱至極，所以一時間，黎昭對於宋禹丞的舉動格外注意，就希望他今天掙不到錢，流落街頭，回來求他們收留。

至於其他人，心裡也多少有著類似的想法，畢竟他們對宋禹丞的觀感同樣不好，也都存著些幸災樂禍的意思。

唯獨楚嶸的心情很複雜，總隱約覺得宋禹丞的本性可能不是這樣，就好比昨天他衝著黎昭的挑眉一笑，那種瞬間像是瀲灩了十里桃花的風流，哪裡會是一個替身該有的氣場。

不過他很快就整理好心情，並且招呼黎昭幾個準備出門。現在可不是研究宋禹丞的時候，眼下他們手裡已經沒有錢了，今天必須找到工作，否則就真要餓著肚子熬三天。

其他人也同樣明白事情的嚴重性，全都自覺地服從了楚嶸的安排，用最快的時間收拾妥當，跟著楚嶸一起出門。

總有不少白手起家的大佬，都會在自己的傳記裡寫上一筆類似那種靠賣鞋墊發家致富的大眾梗。可現實卻是，如果你窮得連進鞋墊的錢都弄不到時，關於「掙錢」這兩個字，就等同於白日做夢。

眼下，楚嶸一夥人面臨的就是這樣的尷尬處境。

這幫平時手裡從來不缺零花的少年少女們，在炎炎烈日下，繞著小縣城走了好幾圈，都沒找到任何一個能幹的活計。

想想也是，小縣城生活節奏慢，工作種類和職缺也遠遠沒有大城市那麼豐富。關鍵是，並沒人願意僱用他們，他們一看就是手不能提、肩不能挑的，細活不行，粗活不會，僱用起來不但不能減輕工作量，還會倒添麻煩。

「實在不好意思，我們真不需要人。」不知道是第幾次被婉拒，包括楚嶸在內，這些城市裡來的天之驕子們在四處碰壁後，全都呆立在原地，有點無所適從。

原本他們以為隨便找個小店鋪打打零工，也能掙到一頓飯錢，可現在這個幻想卻被輕而易舉地打破。畢竟，在這樣的小縣城裡，他們以往所依仗的身分、財力、學識和才藝，根本就毫無作用，還不如掌握一些類似「母豬的產後護理」、「擠牛奶的十種技巧」來得更實在一些。

「所以說這就是生活。」眼下，楚嶸他們面對的殘酷一幕，讓直播間裡不少人都發出感慨，隨後更多類似「理想豐滿，現實殘酷」的嘆息也隨之而來。

而楚嶸他們也在眾人的討論聲中，又繞了小縣城跑了一圈。

這次，他們不再追求工資多少，只要能管飯，他們就可以接受，可令人絕望的是，即便要求如此之低，他們也依舊沒有找到能夠勝任的工作。

時間過得很快，轉眼就到了十二點，正是太陽最大的時候，炙熱的陽光把他們的皮膚曬得通紅，再加上走太多路，汗水把衣服都給沁透了，黏黏糊糊地黏在身上，簡直苦不堪言。

「這鳥不拉屎的地方根本就沒有什麼招工的，導演組該不會是耍我們吧！」黎昭脾氣最爆，這會子怒氣上來，氣得摔了手裡的草帽。

他感覺自己快要瘋了，整一個上午就沒停下腳步，如果有所收穫也就算了，可事實上，他們就連一碗白水的錢，都沒有掙到。

「就算是當街擺個破碗要飯，也夠混個餡餅了。」開場不利，再加上又餓又累，黎昭覺得自己快要瘋了。

至於其他參演的少年，情況也相差無幾，雖然不至於罵街，但情緒也是低落到了極點，甚至開始懷疑自己能不能撐到三天適應期結束。

「先別急，咱們找個地方歇一會兒，慢慢想辦法。」楚嶸還算沉穩，他雖然也同樣一籌莫展，但面上還能保持冷靜，見眾人情緒不好，趕緊先嘗試安撫下來，然後再做打算。

可即便如此，楚嶸心裡也明白，這三天恐怕很難熬，導演組安排的這個坎，肯定遠遠不是讓他們吃苦這麼簡單，想到以後的拍攝，楚嶸的心情也變得越發沉重。

然而他們的困境，對於觀看直播的網友來說卻是最大的看點之一，尤其像楚嶸這種從小就是「國民弟弟」的存在，能夠看到他為難受挫，也是很能引起人的惡趣味。

「嘖，我看這一季，估計又沒有嘉賓能夠掙到錢。」

「這不正好？看的就是這個反轉，含著金湯匙出身的天之驕子，也不是無所不能。」

「所以人還得靠自己努力，不過我覺得楚嶸這孩子不錯，臨危不亂。」

直播間裡的人紛紛感嘆著，對他們後面的應對方式也十分期待。

《交換人生》這個真人秀，從開播到現在，每一季都有一個適應期，雖然參演的人不同，但是任務卻大致相同，都是要靠著十塊錢生存三天。

然而正是這個最簡單的任務把所有人都難住了。倒不是說他們不夠優秀，只能說他們年齡還太小，歷練遠遠不足以支撐他們在面對不熟悉的環境時，找出最適合的應對方法。

一時間，楚嶸一行人陷入迷茫，而直播間裡的網友們也感慨萬千。

就在這時，突然有人好奇地提了一句：「話說，那個叫宋禹丞的這會兒去幹麼了？」

「還用問，肯定是偷懶去了，誰要看他！」

三言兩語，就把這個話題帶過去了。

其實《互換人生》這個真人秀的導演組很有商業頭腦，只要肯花錢，每位來賓的單獨視角都能夠在直播間調出來觀看。

而主直播間這頭只提供多人視角，簡單地說，就是哪裡人多，主直播間的鏡頭就跟在哪裡，如果想看單人的就得額外花錢。

就好比楚嶸那頭，就有很多楚嶸的粉絲花錢追著，只為了能夠多看到「國民弟弟」的獨家鏡頭。

而宋禹丞這裡就是完全相反，他頭一天的表現，已經讓眾人倒盡胃口，根本不會有人想看他的單獨視角。

時間轉眼到了下午兩點，楚嶸一群人依舊毫無所穫，最後饑腸轆轆，不得不先回去休息。

這下，情況就很明瞭了，楚嶸他們這次適應期的任務肯定要失敗的。

眾人不禁也覺得有點遺憾，畢竟楚嶸他們幾個算是這四季以來，個人素質最優秀的參演來賓。

然而就在此時，直播間的彈幕裡突然有人說道：「臥槽，你們有看那個宋禹丞的頻道了嗎？他還真的掙到錢了！」

「傻逼，可別是節目組派出來的廣告吧！」這邊說宋禹丞掙到錢的彈幕不過剛一飄過，就被主直播間裡的嘲諷糊了一臉。

「可不是，騙人都找不到好藉口，你當我們是腦殘嗎？就宋禹丞那樣的，能有什麼本事，不如說他被人販子當街拐賣了，可信度還更高一些。」

「欸，真不是。」那人被懟得難受，可彈幕一片罵街，他也沒有什麼好辦法，最後乾脆撂下一句：「眼見為實，你們自己去看！」然後就不再說話。

這就有點意思了，有那種比較槓精的，看完這句話直接就充值買了宋禹丞的視角，就想看看到底是怎麼個眼見為實。

然而，他們剛一點進去，就被眼前的場景一巴掌狠狠地抽在臉上。

宋禹丞竟然真的掙到錢了！而且他不僅掙到了錢，還掙得相當輕鬆！

【第二章】

金手指與僞傲嬌

在距離小縣城三公里左右的集市上，俊美至極的少年正坐在一個相對清靜的轉角處，安靜地擺弄著手裡的柳條。

隨著纖長的手指上下翻飛，那翠色欲滴的柳條像是有生命般地翩翩起舞，不過短短十幾分鐘，原本雜亂無序的柳條變成了精緻好看的花籃。

而這些花籃，就是宋禹丞能夠獲得第一桶金的奧妙所在。

「這……好像是柳編？」有人忍不住念叨了一句。

緊接著有更多覺得新鮮的人也留下來觀看。

要知道，《交換人生》已經播到第四季，像宋禹丞這樣身懷絕技的人還真是頭一個。而且，宋禹丞的長相實在太過招眼，就如現在他安靜地坐在那裡編柳條的模樣比畫還好看。

不少人看著看著就愣神了，眼前的畫面絕對可以稱得上是顏狗福利。

宋禹丞的膚色極白，腕骨和指骨纖瘦，一般這樣的手形會讓人覺得很文弱，可宋禹丞卻完全相反，他天生有一種骨子裡散發出來的傲然強勢，尤其指尖穿梭在翠色柳條之間的時候，那種恰到好處的力道，更是莫名給人一種說不出的誘惑感，彷彿他此刻掌控擺弄的並非是柳條，而是……人心。

「雖然知道他性格不好，但還是想說，宋禹丞真挺帥的。」清冷的直播間裡，這條彈幕突兀地閃過，雖然沒有人附和，但此時其他網友們心裡也同樣這麼認為。

然而，更讓他們驚訝的事發生了。

宋禹丞很聰明，能夠物盡其用。

他一路從縣城走到集市，路上碰見好看的花就掐幾朵，漂亮的野果子也要採一些，雖然材料不多且不起眼，但經過宋禹丞的巧手擺弄就全化腐朽為神奇，籃口編成花瓣樣式的花籃裡，沒有完全擼掉的柳葉就是最天然的裝飾，襯得裡面一小捧野櫻桃比上等的紅寶石還要晶瑩剔透，哪裡像是什麼鄉野間採的野果子，倒像是大都市商場櫥窗裡擺著的藝術品。

不過一會兒，就圍了不少人。

「果子不賣，柳編籃子大的十塊、小的五塊。」宋禹丞手裡忙著，只是淡淡報了個價，沒有什麼拉客的意思。

奈何他這手藝太好，再加上長得好看，不過短短兩三個小時就把所有的東西都賣出去。

這下，直播間裡的彈幕徹底炸開了，畢竟，不少人都事先看到楚嶸那頭的艱難，再反觀宋禹丞的輕鬆簡單，第一反應就是不敢置信。

「我的媽，這是賣了多少錢？感覺得一百多了。」

「看著也太容易了，該不會是導演組給開掛了吧！」

「要開掛也是開給楚嶸他們，別說那些沒邊的事。我就問你，宋禹丞編的那籃子，若換成你，你買不買？」

這位也是個心直口快的，幾句話就把那些人懟得沒脾氣。畢竟，就算他們再不相信，宋禹丞的好手藝卻真真切切地擺在那裡，換成是誰都忍不住想要掏錢。

就像現在，即便他們都被狠狠地打臉，卻還是忍不住繼續看下去，好奇宋禹丞後面還能幹出什麼更加令人震驚的事情。

所以，這只能說宋禹丞太有毒！

而宋禹丞那頭，跟著的攝影師也忍不住多問了他一句：「具體掙了多少錢？」

實在不能怪他好奇心太重，《交換人生》這節目做到第四季，像宋禹丞這樣起手就掙到錢的，還真的是頭一份。且看他在集市上做柳編的愜意模樣，哪裡像是落魄到身無分文的貴公子，分明就是什麼文藝小青年，來鄉村采風享受生活呢。

然而宋禹丞也沒有什麼為難的意思，直接告訴他金額：「一百七。」

這下，不僅是攝影師，就連那幫看直播的人也跟著傻眼了。尤其是之前那些爆罵宋禹丞好吃懶做，肯定掙不到錢的，幾乎全都在電腦前懵逼了。

要知道，雖然一百七這個數目聽起來並不值得一提，可宋禹丞做的卻是無本買賣，而且他花費的時間實在是太短了，不算路上耽擱的工夫，他相當於只用了兩個小時就掙到這些錢。

換位思考，如果是他們自己處於這種情況，十有八九沒有可能做到的。

而那些後面過來想要看看宋禹丞是怎麼丟人的槓精們，更是只有一種臉被打腫了的尷尬感，覺得自己在這件事上幾乎完美地詮釋了什麼叫狗眼看人低。

他們之前看楚嶸一夥人尋找工作失敗時各種感悟人生、指點江山，還說什麼「沒有啟動資金，就不能做生意」。

可現在，放到最被他們鄙視的宋禹丞面前，卻完全變成笑話，畢竟，對於宋禹丞來說，只要有一雙巧手，就沒有得不來的本錢。

一時間，宋禹丞這頭原本就清冷的直播間彈幕，徹底變成一片死寂，所有人的臉都被打得生疼，半天說不出話來。

而宋禹丞那頭，在收攤之後，卻慢條斯理地逛起街來，已經到了中午，他要找一個合適的飯館。小城鎮裡，最難得的就是一口清爽的新鮮時蔬，沒有味道濃重的調味料，哪怕是一盤簡單的蒜蓉炒青菜，也足以滿足味蕾。

宋禹丞坐在集市口一家看起來比較大的小店裡，指著菜單，連考慮都不考慮地就點了六、七樣菜。

點這麼多，他吃得完嗎？不少人好奇。可緊接著，宋禹丞的做法就令他們大開眼界。

等所有菜都上桌後，宋禹丞卻沒有動筷子的意思，反而一臉嫌棄地坐在那裡看著，攝影師就一直跟在後面拍攝，宋禹丞連一句客套的「要不要一起吃」的招呼都沒打。

那些原本因為被打臉而感到尷尬的觀眾，看到這裡也忍不住又吐槽起來。

「這也太過分了，就算真是小少爺，習慣了排場，也不能這樣吧！」

然而他們這邊罵著，宋禹丞那邊根本察覺不到，不僅察覺不到，他看著那些菜色的嫌棄眼神還更加嚴重了，只是眼底的一抹意味深長卻掩藏得很好。

其實宋禹丞是故意的。他在現實世界的時候，曾經聽過不少明星的粉絲嚷嚷「始於顏值，陷於才華，忠於人品」。顏值他有，才華也同樣不缺，所以他現在要做的是讓這些罵他的人，最後都敗在他的人品之下。

從宋禹丞的角度來看，無論是什麼樣的人設，都有吸引人的一面，哪怕是眾人口中的惡毒男配。

上一世，原身背著這個惡毒男配的劇本，被人戳著脊梁骨罵到死。

那這一世，一切從頭來過，他就替原身找回該有的名譽，順便讓這些不明事理就開罵的人擦清眼睛看看，什麼才叫真正的好人。

想必真相大白的瞬間，抽在他們臉上的巴掌一定會相當響亮。

這麼想著，宋禹丞的心情變得越發愉快，就連唇角的笑意都真實了三分。

然而他的這些細微神色變化，落在直播間的網友眼中，卻都成了值得諷刺的槽點。別的不說，就單說宋禹丞桌上這幾盤菜，雖然都是山產野味，但也足以在水平線以上，可宋禹丞卻從上菜到菜涼了，都沒有碰過一筷子。

更讓人覺得奇葩的是，他竟然把菜全都打包帶走，說是不能浪費，要回去餵房東家的羊。

餵羊？這樣色香味俱全的菜色，竟然要去餵牲口？且不論那羊能不能吃，就他這個想法，也是夠奇葩的。直播間裡的網友們，頓時覺得宋禹丞簡直神經病到了極點。

至於最後店家送的那杯酸梅湯，更是被他直接甩給一旁的攝影師。

「就這也能當贈品，簡直搞笑。」

嫌棄的眼神、倨傲的舉止，宋禹丞毫不客氣的模樣沒有絲毫尊重人的意思，說完轉身就走，根本不管此時攝影師的臉上會是什麼表情。

可那位攝影師卻反而因此愣住了。因為那杯酸梅湯實在是太消暑解渴，應該是剛從井水裡撈出來的，冰鎮得恰到好處，在正午這種高溫下，哪怕是再挑剔的人也很難拒絕。

而且，不知道是不是由於和宋禹丞靠得太近的緣故，攝影師總覺得他說完話之後，就抿得很緊的嘴唇和泛紅的耳朵格外明顯，與其說是倨傲不講理，不如說更像是因為不知道如何和人相處，所以害羞。

尤其宋禹丞還偷偷回頭觀察他有沒有喝掉酸梅湯的舉動，就更加讓人懷疑，他方才說那些話到底是什麼意思？

一時間，直播間裡的網友們都紛紛爆罵宋禹丞，可在現場的攝影師卻有點心不在焉，甚至隱約生出些許愧疚。

作為節目組的內部人員，他清楚地知道宋禹丞是領過腳本的，所以也更明白眼下他做的這些事，都是不得已而為之。

說不定，其實宋禹丞偽裝之下的本性，會是特別的溫柔堅強，如果真的是這樣，那……

不知道為什麼，攝影師突然覺得自己手裡這杯爽口的酸梅湯，一下子變得沒有了味道。再抬頭看向前面往回走的少年時，他的心裡也隱約生出些許酸楚。

可即便如此，攝影師的想法並無法影響到直播間裡的氣氛，而後面宋禹丞和楚嶸一行人在院子門口的偶遇，越發將微妙的氛圍渲染得更加緊張。

如果再給楚嶸他們幾個一次機會，估計他們當中的絕大多數人會希望比宋禹丞早一點回來，原因無他，實在是太丟人了。

這一個上午，和宋禹丞的輕而易舉不同，楚嶸幾個可以說是狼狽至極。五六個小時的奔波，讓這五名少年全都饑腸轆轆，出門時整潔的衣裳也因為汗水浸濕，而變得皺皺巴巴，再加上沾上灰塵的臉，簡直就像是滾到泥地裡的小狗，各種慘不忍睹。

所以，宋禹丞這是特意帶飯給他們的？

攝影師掃了一眼宋禹丞手裡拎著的飯盒，心裡微微一動。可緊接著，他就發現宋禹丞臉上陡然變得囂張跋扈的表情，頓時心裡一沉，多半是沒好話……

回憶了一下宋禹丞腳本上的相關內容，攝影師頓時覺得事情要完。至於那些直播間裡的網友們，更是被宋禹丞接下來說的話，刺激得一口水噴到了電腦螢幕上。

「嘖，真夠沒用的。幸好我剩了點飯，本來想餵院子裡的羊崽子，現在乾脆送給你們吧！來吃，不用客氣。」

說完，宋禹丞順手把那些打包好的菜扔到桌子上，看著楚嶸那行人的眼神輕蔑至極，就像在看家門口討食的流浪狗。

這下，包括楚嶸在內，院子裡眾人的臉色全都瞬間變得十分難看。

「你什麼意思！」方才還蔫了吧唧的黎昭立刻瞪大了眼，他昨天被宋禹丞壓了一頭，心裡就已經膈應到不行，現在又被宋禹丞鄙視，立刻失去理智，變得不管不顧起來。至於其他幾個，也同樣承受不住這種屈辱，兩位女孩的眼圈都氣得發紅。

主直播間裡的彈幕更是一下子就炸了。

「這個宋禹丞是瘋狗？見面就咬人？」

「我真的是……看出來楚嶸他們涵養好，要是換成我，絕對要弄死這孫子！」

現在主直播間裡百分之九十五的人，都沒有看到宋禹丞上午掙錢的一幕，只看到楚嶸他們幾個在大太陽下跑了一上午，辛苦且委屈，所以一瞧見宋禹丞欺負人，頓時就罵起來了。

至於彈幕上偶爾夾雜「是宋禹丞自己掙錢買的」這樣的解釋，自然很快被忽略。

可宋禹丞接下來的舉動，卻更加激發彈幕上的憤怒，同時也讓楚嶸他們幾個變得更加屈辱。

因為宋禹丞故意拿出口袋裡剩下的錢，炫耀般地在他們面前晃悠了一下，足足有一百多塊錢，並且輕蔑地評價了一句：「廢物！」

「你才是廢物……不對，你怎麼會掙到錢？」黎昭根本不敢相信自己看見了什麼，第一反應就是節目組是不是給宋禹丞開後門了？

畢竟，在黎昭眼裡，宋禹丞雖然身分令人不齒，但也是許牧之花大價錢養著的人，論嬌生慣養的程度，搞不好比他們還要誇張。

而他們足足有五個人，求爺爺、告奶奶地在大太陽下面跑了好幾個小時都找不到工作，反倒宋禹丞一副輕鬆愜意的模樣說自己掙到了錢，這讓他根本無法接受。

因此，黎昭的第一反應就是質疑，並且還要找導演組詢問個清楚，他無論如何也不願意相信，自己竟然會輸給這樣的人。

可緊接著，導演組那頭就給出回覆：「宋禹丞掙錢的手段十分光明，沒有違反規定的地方。導演組也沒給什麼方便，都是人家自己腦子好使。」

所以這意思是指他們五個都是笨蛋了？

黎昭心裡的火氣更大，盯著宋禹丞的眼神就像恨不得生撕了他。

然而宋禹丞卻像生怕氣不死他一樣，故意挑釁地挑了挑眉，「真夠沒用的。」

靠在小院大門的門框上，他那種高高在上的姿態，輕而易舉就能刺痛別人的眼，而最讓人彆扭的，還是他那種游刃有餘的氣勢，非但給人一種天然的壓迫感，還會讓人隱約有種被他掌控玩弄的錯覺，真的討厭極了。

一直沒有說話的楚嶸，仔細觀察著宋禹丞的神色，心裡那種微妙的較勁感讓他無所適從。可宋禹丞對他卻並沒有太多關注，見院子裡的眾人都不再說話，他乾脆當著他們的面叫來房東，直接把一行人剩餘兩天的房錢結清。

接著，依舊用那種嘲諷的語調指了指桌上的飯菜，「別拖我後腿。」

並且，在和黎昭擦肩而過的時候，還故意在他耳邊輕聲呢喃了一句：「黎少，覺不覺得很有趣？原本我是你們有錢人養著的玩物，可一出來，倒是變成我養著你們了。」

然後就轉身回到自己的屋子，並忍不住在心裡給自己點了個讚，覺得自己簡直將惡毒男配這個形象扮演得活靈活現，生動且豐滿。

然而院子裡的黎昭和他的心情完全相反，巨大的屈辱感瞬間籠罩，他甚至顧不上什麼直播不直播，只想狠狠地揍宋禹丞一頓，如果不是手腳餓到虛軟無力，他肯定立刻一巴掌抽上宋禹丞的臉。

這說出去都是笑話，他黎昭一個堂堂娛樂圈的太子黨，竟然被宋禹丞施捨了！這種被當眾扯臉扔在地上踩的疼痛感和恥辱，讓黎昭連站著的力氣都有點不夠。

黎昭抬手指著宋禹丞離開的背影，氣得渾身發抖，紅著眼大聲嚷了一句：「可惡！我不能忍！我現在就去掙錢！」

「我也是！」另外一個年紀稍小一點的少年也聽到宋禹丞的挑釁，跟著就站了起來，都是站著撒尿的爺們，誰沒有點血性！

至於那兩女孩也沉默著起身，眼底多了不甘和屈辱。

小院裡，原本低迷到極點的氣氛立刻就被炒熱起來，這幾個累得連腿都邁不動的少年們，因為宋禹丞這麼一諷刺，又一次被激發出信心，決定不論如何今天下午都一定要找到工作！

不過想法是好的，身體情況卻並不允許。到底都是嬌生慣養長大的，現在連累帶氣，還空著肚子，剛要往外走，無法抵禦的饑餓就讓他們腿軟了一下。而不遠處，宋禹丞留在桌上的飯菜所散發出的香氣，也將他們剛剛聚集起來的氣勢削弱不少。

一晚上加上一上午沒吃飯，他們是真的餓。而且，這麼熱的天氣，如果空著肚子在外面跑，肯定是要出事的，所以，現在該怎麼辦？

這就很尷尬了。幾個少年停在原地，滿臉迷茫，好半天都沒有人能夠給出正確答案，最後還是黎昭狠了心，一屁股坐在桌邊，一臉屈辱地拿起筷子吃飯。

「吃飽了才有力氣去找工作，吃吃吃，大家都吃。下午好好幹，他宋禹丞能掙錢，咱們也能！」黎昭狠狠地嚼著嘴裡的菜，就像是嚼著宋禹丞的肉。

而其他人見狀，也明白了他的意思，即便心裡膈應到極點，但也跟著一起坐下，現在可不是裝清高的時候，只有先顧好身體才能翻盤。

「嗯，一起吃，記住這個恥辱。」

「沒錯！咱們下午一定要掙到錢，回來也照樣把飯菜摔在宋禹丞的臉上。」

黎昭兩個男孩吃得咬牙切齒，兩個女孩更是一邊吃一邊抹眼淚，但是奇跡般的，再也沒有任何一人像中午之前那樣頹喪到想要放棄，反而全都鬥志昂揚，恨不得要一個打十個。

可唯一例外的是楚嶸。

他不僅沒有被宋禹丞之前的挑釁激怒，反而覺得宋禹丞似乎有點不大對勁。楚嶸覺得，宋禹丞帶回來的這些菜色有點太過巧合，都是之前他們在車上討論說想吃的農家大鍋菜。而且楚嶸看得出來，和宋禹丞口中雖說是剩菜，但這些菜分明就是剛做出來的，被整盤打包裝好，根本就沒有被人動過，所以說，宋禹丞到底想做什麼？或者說，他在謀算什麼？

楚嶸的心裡有點複雜，遠遠地看著宋禹丞房間的窗戶半晌沒有動彈。

而此時宋禹丞那頭的直播間裡，才是真的一片寂靜。

和主直播間那頭各種心疼楚嶸五小隻、爆罵宋禹丞的狀態不同。宋禹丞的直播間裡，這些網友其實都覺得不知道該評論些什麼才好。

他們到底開了上帝視角，也看到宋禹丞一上午是怎麼賺到錢，也看到他用挑剔的眼光把那些飯嫌棄了一遍，還揚言說要帶回來餵院子裡的羊，最後卻侮辱了黎昭他們一頓後，把菜扔給他們吃了。

因此，不管宋禹丞到底為什麼這麼做，他們的心情都足夠矛盾的。先不論別的，單只看宋禹丞說的這些話，截圖下來都足夠被人嘲諷一輩子了。可即便如此，他們此時卻反而說不出罵人的話，甚至還隱隱生出些許不忍。

和外面幾個小孩吃得熱火朝天的模樣不同，宋禹丞一進屋身體就晃了一下，直到扶住門框才算站穩。緊接著，他連鞋子都沒換就趴在床上不說話的模樣，更讓人不由自主為他擔心。

宋禹丞的臉色有點太白了，就連嘴唇的顏色都極淡，明顯已體力透支。

想想也是，雖然楚嶸五人一上午過得不容易，可宋禹丞也同樣沒閒著，也一樣在大太陽底下忙碌著，甚至到了現在還沒有吃飯。

「唉，宋禹丞要是總這麼安靜不說話，真挺招人喜歡的。」有人在彈幕上評論了一句，很快就得到了贊同。

「是啊，一開口就要了命，長得再好、再有本事也沒用。」

「要我說宋禹丞也是有毛病，好好的飯不吃，現在這一躺，難道是在裝可憐？不過他也太搞笑了，院子裡罵黎昭他們罵得那麼難聽，現在想演白蓮花不是太晚了？」

這些矛盾的話車軲轆一樣在宋禹丞的直播間裡來回轉，可床邊負責拍攝的攝影師卻越發心裡不忍，提醒了一句：「你要是想睡，就蓋上被子。」

和直播間裡那些人不一樣，他知道底細，所以也明白宋禹丞現在表現出來的性格，和他本身的性格是完全不同的。

至於院子裡的衝突，與其說是宋禹丞故意侮辱，不如說他是想用這種方法來激勵黎昭幾人，讓他們不要失去信心，從而放棄。

至於那些打包回來的飯菜，恐怕從一開始就是要帶回來給他們吃的，否則誰家的羊會吃亂燉這種大鍋菜？可以說是相當體貼了。

攝影師嘆了口氣，看著宋禹丞累得連回應都做不出來的樣子，心裡越發不是滋味，甚至有種衝動想說「你要是累了，我給你出去買點飯，你吃完再睡」。可轉念一想，這還在節目裡，也只能勉強按捺住這個念頭。

但是他落在宋禹丞身上的視線，卻不由自主帶上不少心疼和憐惜。

而後面的事情，就更加證實攝影師的猜測，宋禹丞……果然是一個特別溫柔且體貼的少年。

在院子裡的黎昭他們吃完飯出去找工作後，宋禹丞也跟著起來了，他簡單地收拾了一下，換身衣服又走出院門。

他先在一個小攤上買了兩個包子、一個饅頭，然後順手把包子丟給攝影師，還不忘吐槽了一句：「油膩膩的。」

接著，一邊啃著饅頭，一邊往前走。

按理說，在路上吃東西形象不大好看，可宋禹丞做出來卻意外沒有半分不雅，反而還透著幾分灑脫，至於他扔包子給攝影師的動作，這次是徹底沒有逃過攝影師刻意觀察細節的眼睛。

攝影師幾乎可以確定，宋禹丞根本就是一個心腸柔軟的少年，那些帶刺的話語和高高在上的鄙夷，不過都是為了把腳本演好的手段，實際上，破開了厚重的殼後，藏在裡面的靈魂其實相當溫柔。

否則，他不過是一個攝影師罷了，真人秀忙碌起來一整天沒工夫吃飯也是常事，宋禹丞何必用這樣的藉口給他準備吃的？即便這兩個包子不貴，可宋禹丞掙錢卻遠遠沒有那麼容易。

這麼想著，攝影師看著手裡的包子，心裡越發說不出話來。

而這一次，宋禹丞直播間裡的網友也多少察覺出些異樣來，可到底之前宋禹丞給他們留下的負面印象太多，即便發現不對，一時間也不能立刻反應過來，反而覺得宋禹丞太過矯情。

「肉包子都覺得膩，我想知道他平時到底吃的都是什麼山珍海味！」

然而他們這種討論，卻是宋禹丞最想要的。

鋪墊了這麼久，他終於準備收網了。

現實世界裡，宋禹丞作為一名職業律師，經歷過大小案件無數，也瞧見過太多形形色色的人。像黎昭這種會哭的小孩自然有糖吃，可實際上，面上凶惡、心裡苦死了也要把手裡的糖努力遞給別人的那種類型，才是最讓人想要抱在懷裡好好疼愛的。

而宋禹丞，就打算扮演一個這樣的「惡毒男配」。

導演組給的腳本，他自然會一五一十地照劇情演，但是看在別人眼中會得出什麼樣的結果，那就要看他的本事和技巧了。

原世界裡，這些網民用輿論將原身送上絕路，那麼這一世，宋禹丞就打算讓他們用輿論還原身一個霽月光風才算公平。

這麼想著，他覺得手裡的饅頭也變得格外美味。而等他啃完饅頭後，也走到了小縣城後面的山腳處，在靠近溪流的地方，宋禹丞摘了許多龍鬚草。

「這是做什麼用的？」攝影師好奇地問了一句。

宋禹丞沒回答，只是抬頭看他一眼，好像在反問，你話是不是太多了。接著，就背著摘好的龍鬚草，回到住處並在院子裡最陰涼的葡萄架下坐下來。

也不知道現在楚嶸那幾個小的在做什麼？慢條斯理地擺弄著手裡的龍鬚草，宋禹丞猜測著其他幾個少年的情況，並認為不管他們有沒有掙到錢，現在肯定都相當狼狽。宋禹丞還壞心眼地希望他們更狼狽一點，這樣才能顯得他即將要送給他們的大禮是多麼的體貼且恰到好處。

叫了系統一聲，宋禹丞詢問一下現在直播間裡罵他的人有多少，在聽到兩萬這個數字後忍不住輕笑了一聲。

再過幾個小時，他要讓這些罵他的人，全都因為白天說出去的話跟他道歉。

宋禹丞這邊算盤打得精準，然而另一頭的主直播間裡氣氛依舊十分低迷。

只能說，宋禹丞的猜測實在是太精準了。因為現在楚嶸一行人的狀態的確不好，而且已經不是狼狽兩個字能夠形容。

時間往前推一個半小時，由於在縣城裡無法找到工作，楚嶸幾個人把範圍又擴大了一些，一直走到縣城最靠邊的養豬場，才終於找到第一份工作——清理豬圈。

都是大城市裡出來的少爺小姐，平時吃豬肉，若沒處理好他們還要嫌髒，現在叫他們收拾豬圈，就跟直接殺了他們沒什麼不同。

令人作嘔的氣味，還沒走進去就足以讓每個人噁心反胃，幾個人不約而同地在豬圈前面停住腳步，但一想到中午宋禹丞的嘲諷，就又鼓起勇氣，不想放棄。

「我先去！妳們女孩在外面等著。」黎昭到底還是有風度的，咬了咬牙，拎著工具就進去了。

而楚嶸安排好了兩名女孩，也趕緊跟進去。

然而他們萬萬沒想到的是看似簡單的工作，真正做起來竟然會這麼困難。不僅是難聞的氣味熏得他們頭暈目眩，四下亂跑的小豬也為他們添加不少難題。

最後兩名女孩也跟著進去，五人一起齊心合力，折騰足足三個小時，才總算勉強打掃乾淨，掙到艱難的二十塊錢。

「掙到錢了！咱們掙到錢了！」看著楚嶸從養豬場負責人手裡接過二十塊錢的瞬間，五名少年都同時露出了興奮的笑容。

兩名女孩也顧不得髒不髒，抱在一起又哭又跳，黎昭和另外一位少年，也同樣激動得不行。這二十塊錢雖然很少，但好歹是他們第一次親手掙錢，而且也代表他們今天晚上不用餓肚子了，就連楚嶸也跟著舒了口氣。

「買包子！買包子！」他們嚷嚷著，計算著晚飯的費用。五個人，二十塊錢，菜包子一個五毛錢、肉包子一個一塊錢，不管怎麼看，填飽肚子都絕對夠了。

而最後，賣包子的阿姨看他們可愛，又多送了一個肉包子，更是讓他們的心情愉悅到了極點。

「回去就把這個摔在宋禹丞臉上，哼，我們也是能掙到錢的！」黎昭越說越興奮，再想到中午受的委屈，只恨不得立刻回到小院，狠狠地報復回去。

而此時的宋禹丞，還在擺弄著那些龍鬚草。

小小的庭院裡，葡萄架下坐著的俊美少年，纖長靈巧的手指，在龍鬚草之間穿梭，一頂頂精緻的草帽也隨之出現。

精緻的容顏、垂落的睫毛、抿緊的唇，彷彿連院子裡的風都因為他的專注變得溫柔起來，頗有幾分歲月靜好的味道。

「每次看宋禹丞弄這些，都覺得好看得不行。」

「我倒是覺得太有毒了。不說話圈粉，一開口就讓人想罵街，對於宋禹丞的人格分裂我是服氣的，根本找不到形容詞能夠形容。」

「心好累，但我還是忍不住看下去，也不知道為什麼這麼自虐。」

伴隨著直播間裡的網友們有一句、沒一句地討論，太陽終於漸漸落下。而當宋禹丞把最後一頂草帽收尾時，楚嶸五個人也剛好走到院門口。

他們剛買了包子，一進院子就看見宋禹丞坐在葡萄架那裡擺弄著什麼，認真俊美的模樣，好看得跟畫一樣，讓他們一下子就愣住了，就連楚嶸，也同樣移不開眼。

宋禹丞這個人，真的是天生就有吸引人注意的魔力。個性有多討厭，氣質容貌就有多招人，如果不是嘴太損，哪怕明知道他是許牧之的玩物，相處久了，即使黎昭估計也能很快接受並且喜歡他。

不過他們很快就回過神來，而中午宋禹丞的那番嘲諷也又一次浮上心頭。

「黎昭，你去和他說！」兩名女孩推了黎昭一把。

終於掙到錢的他們，只想和宋禹丞秀一下手裡買回來的肉包子。而黎昭也是如此想著，拎著包子邁開腳，就朝宋禹丞走過去。

「喂！」黎昭喊了宋禹丞一聲，並且居高臨下地審視著他，感覺自己這次厲害壞了，一定能壓宋禹丞一頭。

然而等到宋禹丞抬起頭後，那種彷彿在看地主家傻兒子一般嘲弄的眼神，又讓黎昭挺直的腰板下意識垮了下來。

總、總覺得有點慫慫的。黎昭慌亂地回頭尋找其他人，卻發現除了楚嶸，其他人都故意裝作沒注意到他們這頭。

炫耀的心情頓時又低了一個八度，就連說好要摔在宋禹丞臉上的包子，也變得格外尷尬起來，最後黎昭只能訕訕地遞過去，小聲嘟囔道：「還你的午飯！我們也是吃剩了才帶回來的。」

黎昭的音量很大，可卻越發顯出他沒有什麼底氣，但這也不能怪他，畢竟宋禹丞一個上午就掙了一百多，相較下來，他們的二十塊錢就顯得格外拿不出手。

然而出乎意料，宋禹丞這一次並沒有冷嘲熱諷，反而十分平靜地接過包子。

「這麼難吃且沒品位的食物，也就只有你能買回來了。」說完，宋禹丞就起身回屋，像是嫌棄到了極點，彷彿跟他們多待一秒都會影響智商。

所以，他是又被鄙視了？黎昭盯著宋禹丞的背影看了半晌，終於回過神來。

被氣得一口氣堵在胸口上不去也下不來，黎昭原地蹦躂了好幾下，最後指著宋禹丞的窗戶大聲嚷嚷了一句：「宋禹丞你等著！爺們非給你掙回來一桌滿漢全席不可！」

結果換來的卻是宋禹丞不置可否的幾聲輕笑。這下黎昭更加炸了鍋，最後為了發洩，挑了好幾桶水，把房東院裡的菜地全都澆了一遍才干休，卻意外得到房東提供的一大盤農家滷味和一人一碗綠豆湯作為報酬。

美食永遠是緩解鬱悶情緒的最佳調節品，而在這種夏日夜晚，鮮美多汁的包子配上鹹鮮可口的滷味，再加上一碗飯後清涼消暑的綠豆湯，哪怕是再難熬的疲憊都能因此緩解消散。

這下，原本因為沒能成功打臉宋禹丞而有點發蔫的幾名少年頓時又振作起來。雖然他們掙得少，但畢竟還是掙到錢了啊！而且晚飯吃得也豐盛，這讓他們有了更大的信心，堅信明天一定能掙得更多！這麼聊著，互相打著氣，幾個人又很快變得快樂起來。

主直播間裡的彈幕也被他們歡快的氣氛所感染，變得格外活躍。

「人在少年的時候，是最容易滿足的，一頓美食，一個小目標的達成，就能很快樂。」

「真好，我都想和他們一起吃飯聊天了。不過那盤滷味是哪裡來的？我怎麼不記得以前幾季的房東還提供飯食？」

短短的疑惑很快就被眾人遺忘，然而那些看過宋禹丞視角的網友，心裡卻五味雜陳。他們知道，那滷味和綠豆湯，是宋禹丞回房間以後和房東買的，同時，他還給攝影師也買了碗麵。

雖然嘴裡依舊說的是「我只是可憐他們連包子都得買一半素的」這種刺耳且難聽的話，但這一次卻沒有人再開口罵他「作死」或者「裝逼」，反而開始反思自己之前對宋禹丞的看法，是不是因為片面的刻板印象以及過於誇張的腦補，所以存在了太多誤解？

時間往回倒推半個小時。

剛剛和黎昭槓完就回到自己屋裡的宋禹丞，並沒有立刻坐下休息，反而小心地站在窗邊，透過竹簾看他們外面的情況。

等到房東把他叫的滷味和綠豆湯當成澆菜地的獎勵送去以後，他才像是鬆了口氣的樣子，下意識勾起唇笑了笑，但在注意到攝影師盯著自己的時候，他又很快就收斂起來。

「你幫他們加餐為什麼還要找這樣的藉口？」攝影師斟酌了許久，還是忍不住開口詢問。其實原因很明顯，宋禹丞擔心黎昭他們飯不夠吃，可偏偏宋禹丞卻強詞奪理地解釋道：「只是禮尚往來。」

「那包子和滷味，這個禮尚往來是不是有點不平衡？」攝影師的反問略犀利。

畢竟憋到現在，他是真的有點忍不住了，他覺得宋禹丞太委屈，分明處處把所有人都照顧到，憑什麼還要因為走那個倒楣腳本就把自己招得滿身罵名？至於什麼直播、什麼工作，在現在的攝影師眼裡，和宋禹丞的委屈求全比起來，都不算什麼，所以他想給宋禹丞一個機會，讓他把想說的都說出來。

然而萬萬沒想到，在短暫的沉默以後，宋禹丞咬了一口手裡的包子，說出的話還是那個腳本上寫過的，但是那個落寞的音調，卻讓整個直播間的網友瞬間心口一疼。

「我有個弟弟，就像黎昭這麼大，只是不像他是個廢物……」不知道是不是想到什麼難過的事，宋禹丞的語調極其低沉，可下一秒，卻陡然換了個語氣，「騙你的，我是獨生子，要真有個黎昭那樣的弟弟，我肯定一天揍他十遍。」

宋禹丞眼裡淨是惡劣的諷刺，分明就是挑明自己是故意演了一幕苦情戲來戲弄人，但接下來，他一臉滿足咬著包子的模樣，卻讓直播間裡的所有人，把即將脫口而出的謾罵又憋了回去。

他吃得太專注了，彷彿手裡捧著的不是一個涼透且油膩的包子，而是什麼堪比米其林六星主廚做出來的豪華大餐。

而他不著痕跡地落在院子裡楚嶸他們身上的眼神也格外溫柔，那種帶著寵溺的笑意，不需要任何虛無縹緲的靈魂自白，便足以讓人感受到他心裡的想法。

他是真的很喜歡楚嶸他們，喜歡到只要看著就能眉開眼笑，哪怕成為眾人眼裡的「惡毒人渣」也無所畏懼。

不過這也只是一瞬，在注意到攝影師的目光一直盯在自己身上以後，宋禹丞就收斂所有表情，又恢復到之前那種倨傲且狂妄的模樣。

可這一次的偽裝卻為時已晚，因為他方才不經意流露的神情，藉由攝影師的鏡頭，完完整整地轉播到直播間裡頭。

一時間，所有人都因為宋禹丞的眼神而泛起心酸。這少年也太彆扭了一些，可偏又彆扭得如此戳人，那種充滿矛盾的傲嬌和口不對心，直接就把不少人的心都融化，甚至還隱約泛起疼痛，恨不能好好抱他在懷裡，告訴他不用如此辛苦地偽裝自己，而這一天的流程也再次浮現在眾人的腦海。

「欸，如果沒有宋禹丞，楚嶸他們今天肯定都吃不上飯了。」

「沒錯，而且中午的時候，如果不是宋禹丞那番嘲諷，已有人要放棄任務。」

「晚上也是，讓房東以澆地報酬為由加餐，你看黎昭他們現在多興奮？」

「可宋禹丞自己卻吃得很……」似乎是找不到合適的詞語，這個網友的評價最後選擇了刪節號。而更多的人，在看完這句話之後，全都不由自主地為宋禹丞心疼。

可不是麼，黎昭他們這一天是累，可中午吃的是大餐，晚上也有豐富的滷味和綠豆湯，可遠比他們還要勞心勞力的宋禹丞，吃的卻不過是饅頭、包子這些簡單的乾糧。

如果換成他們自己，肯定早就炸了。可宋禹丞卻能用一種心滿意足的心態來看著黎昭他們吃飯，甚至還因為黎昭給他一個涼包子，就喜形於色，宋禹丞的心到底有多軟？他待人溫柔的上限又有多高？

有人忍不住把從拍攝最初到現在，所有和宋禹丞有關的鏡頭全都翻出來一一細數，緊接著，那種從心尖開始泛起的酸楚就激得他們眼圈泛紅。

宋禹丞真的是彆扭得讓人心疼，又堅強得讓人想哭。

誰能想到，在來小縣城的路上，宋禹丞的座位是整個麵包車上最顛、最悶、最難受的，他拒絕和兩名女孩換座位，只是因為擔心她們的情況更加不好，結果換來無數人的爆罵，說他是極品。

而到了小院拒絕同房，也是因為人數太多，每間屋子最多睡三個人，要是四個大男孩住進去，估計誰也別想休息好，所以宋禹丞在不知道第二天會不會掙到錢的情況下，選擇自己出局，但卻因此被吐槽不合群，說他嬌氣、霸道不講理。

至於後面的午飯和加餐，那就更不用說了，如果宋禹丞真的瞧不起黎昭幾個，有意打壓，又怎麼會在掙到錢的第一時間，就買了他們想吃的飯菜，為他們解決了後面的房租？

其實，宋禹丞對楚嶸他們的態度，與愛護弟弟的親哥哥沒什麼區別，不，哪怕是親生的兄弟，恐怕也未必能做到像宋禹丞這麼竭盡全力的地步。

所以之前，都是他們誤會了。宋禹丞根本就不是什麼極品人渣，不過和黎昭他們一樣都是十七、八歲的大孩子罷了，就因為他不擅表達，再加上性格敏感彆扭，所有的努力就被他們這些自稱「正義人士」的鍵盤俠曲解成「惡毒」的代表，變著花樣地謾罵侮辱，甚至還有人對他進行人身攻擊，詛咒宋禹丞去死，讓他滾出節目組。

現在想想，當時那些激動和義憤填膺，怕不是眼瞎，心也跟著瞎了，否則怎麼就能這麼肆無忌憚地欺負一個如此隱忍的溫柔少年？這跟把髒水扣在宋禹丞身上，按頭逼他強行認下不屬於自己的罪名有什麼區別？

一時間，整個直播間裡的人都沉默下來。可這種沉默，不再是他們被宋禹丞雷到說不出話，反而是因為太過心疼，又愧疚到極點，所以不知道要如何表達。

「太打臉了，我一定是眼瞎了才會說了那麼多惡毒的話。」

「第一個表情包是我做的，現在我有種想要把手剁了的衝動。不行，我要立刻去剪輯視頻，然後發到網路上道歉澄清，一想到還有那麼多人在罵他，我就憋得上不來氣。」

「快去剪，然後我們大家都幫著轉發。欸，這次真的是太打臉了，可即便這樣，我也想跟宋禹丞說一聲對不起。」

彈幕上，第一個人的道歉開了口子，緊接著，越來越多的人跟著道歉，而那些原本守在宋禹丞視角直播間裡，想剪輯極品言行來蹭熱度的幾個八卦博主，更是湊在一起商議怎麼為宋禹丞平反。

講道理，我們禹丞大寶貝兒，顏值高、才華好，人品更是好到沒話說，怎麼能隨便由著那些個人云亦云的腦殘當成人渣諷刺？

他們一定要做出最好的視頻，狠狠地把那些人的臉抽腫！

因此，等到宋禹丞再一次把注意力放在院子裡的時候，直播間裡的氣氛已經和方才天差地別。

雖然宋禹丞高傲依舊，然而落在那些網友眼中，只覺得他萌得令人心顫，可愛得讓人想要搶回家裡珍藏，同時，也更期待他後面能帶來怎樣的精彩。

而此時的院子裡，黎昭、楚嶸五個人已經吃飽喝足，正在討論關於掙錢的事情，可左思右想都沒有什麼好辦法。

「要是能做點什麼小買賣就好了。」黎昭煩躁地撓了撓頭，覺得十分心累，他能夠想到的法子太少了，偏偏每一個都有限制。

其實嚴格說來，黎昭不算是那種完全四體不勤的太子黨，別看年紀小，但眼光也算精準，跟著自家哥哥投資過幾次，楚嶸有一部拿獎的劇，就有黎昭的手筆在裡面。

可好漢不提當年勇，他在圈子裡那點影響力，換到這個鄉下小縣城裡，就變得毫無作用，別說投資了，就連吃飯都困難，一時間也是十分煩躁。

而其他幾個少年也十分感同身受，手裡的錢太少，連生存都成問題。

然而此時其中一名女孩突然發現葡萄架下擺著的草帽，頓時驚嘆出聲：「哇！這個好漂亮，是房東家的？」她興奮地拿起來戴了一下，緊接著，其他四個人的眼神也一下子就亮了。

不得不說，這幾頂草帽真的是相當精緻了，和他們日常在電視上見到的農家草帽不同，這些草帽的手工要更加細膩，花樣也特別漂亮好看，最難得的是那種充滿優雅的小清新，顯得格調不凡。

另外一名女孩也挑了一頂試戴，緊接著就愛不釋手起來，「真好看！也不知道是在哪裡買的？」

然而這個無心的買字一出，卻立刻讓其他人對應生出一個賣字。

「你說，我們能不能拿著去賣掉？」楚嶸是第一個回過神來的，他拿起一頂草帽，仔細地翻看了一會兒，覺得這辦法似乎可行，但前提是他得先知道這些草帽的主人是誰。

「我去問問房東阿姨。」黎昭很快反應過來，趕緊跑著去找人。在得到是節目組特意安排給他們的這個答案以後，楚嶸五人立刻就變得興奮起來。

有人說：「正說做個小買賣，這貨源就來了，你看這帽子，要是一頂能賣二十塊錢，光這十頂，就有兩百了。」

「可二十塊錢會不會太貴，真的有人買嗎？」

「肯定會。」楚嶸想了一會兒說出了自己的打算：「我回來的時候看路邊有很多野花，要是能弄幾朵纏在上面，再多加工一下。兩個女孩做模特兒，肯定很快就能賣出去。」

「有道理！」眾人跟著附和，緊接著，就熱火朝天地商議起明天去賣草帽的事情。他們就知道，節目組不會趕盡殺絕，真的連一點本金都不給，就算他們是神仙也變不出生活費來。

還好不是太笨。房間裡的宋禹丞看著他們繞了半天，終於吃下了自己放著的餌，也跟著鬆了口氣。

然而這時攝影師卻見縫插針地問他：「畢竟編了一下午，不去要回來，好嗎？」

「誰會要一堆綠帽子？」宋禹丞用看傻子的眼神看了攝影師一眼，然後就關上窗戶上的竹簾，轉身準備出門。

然而被「綠帽子」糊了一臉的攝影師和直播間裡的觀眾，卻被他的直言不諱，搞得哭笑不得。

「很好，這可以說是活著的傲嬌百科全書了！」

「這個綠帽梗也是很犀利，我一時間竟無言以對。」

「本來還想說那草帽編得好看，現在只感覺十分後悔下午的稱讚。」

網路上鬧鬧騰騰，但這次卻不再是謾罵和吐槽，反而都是善意的調侃。

但是他們這頭彈幕刷得熱烈，宋禹丞那邊卻沒有閒著，他避開楚嶸他們，從小院的後門出去，找到小縣城唯一的商店，買了一小筐碎布頭，接著，又從後門繞回來。

而就這麼一去一回，時間就到了晚上九點，按照規定直播暫停錄製，攝影師也離開，免得打擾宋禹丞休息。而黎昭他們，也在折騰了大半個晚上以後，紛紛回屋準備洗漱睡覺。

而宋禹丞卻沒有什麼睡意，坐在桌邊擺弄晚上買的那些東西。

有點昏暗的燈光下，少年修長的手指巧妙地在彩線和碎布之間翩然起舞，隨著時間的推移，那些看似普通的碎布也化腐朽為神奇，不過轉眼的工夫就變成好看的絹花。

大致做了幾朵，宋禹丞覺得累了，站起來伸了個懶腰。可就在這時，從院子裡傳來的水聲卻引起他的注意，這麼晚了會是誰？

宋禹丞推門出去，卻意外和正在井邊打水的楚嶸撞了個對臉。

楚嶸是出來喝水的，不知道是不是白天太累的緣故，睡了一會兒再起來，身體就格外疲軟，白天時輕而易舉就能打起來的水桶，現在卻變得格外沉重，楚嶸憋著一口氣，連拽著水桶繩子的手都是抖的。

「要幫忙嗎？」宋禹丞見狀，連忙走過去。

然而楚嶸卻完全沒有預料到他會過來，下意識躲了一下，眼看就快要拎出來的水桶，就這麼「噗通」一聲又掉回井裡。

這就有點尷尬了。楚嶸故作鎮定地朝著宋禹丞點了點頭，當做招呼，可緊接著卻還有更尷尬的事情發生。

只聽一聲清晰可聞的肚子叫，打破了兩人之間短暫的平靜，楚嶸的臉瞬間就紅透了。

「餓了？」宋禹丞忍不住輕聲笑了出來。

多半是因為不在攝影機的鏡頭下，現在的宋禹丞褪去白天的驕傲，在月色下勾唇淺笑的模樣，竟意外地十分溫柔。

【第三章】

這才是實力派演技

楚嶸皺起眉，沒有回應，但是臉上的紅暈卻更加明顯，越發顯得窘迫。可宋禹丞卻並沒有被他的冷淡嚇退，反而主動伸手，握住水桶上的繩子。

「你姿勢不對，所以力氣不夠的時候，就怎麼都拽不上來，要這樣順著方向，才會更省力。」宋禹丞溫聲教著楚嶸，和他的距離也變得很近，雖然沒有什麼曖昧氣氛，但依舊讓楚嶸緊張了起來。

和楚嶸想像會十分噁心的感覺不同，宋禹丞的肌膚溫度比普通人都要涼一些，像是上等的翠玉，在這樣的晚上，手背間偶爾的接觸也極容易沉迷，尤其他眼裡帶著寵溺的包容感，自然能叫人卸下防備。

可越是這樣，楚嶸的眉頭就皺得越緊，因為在他心裡，宋禹丞和許牧之的關係始終是最難以釋懷的心結，再加上眼下這種情況，宋禹丞的從容，越發顯出他的狼狽，就更加讓他心情複雜，於是氣氛頓時就變得格外冷淡。

但是對於宋禹丞來說，沉默未必是件壞事，而且現在的楚嶸，讓他感覺十分可愛。

其實從宋禹丞本身的角度來看，原身的悲劇從一開始就跟楚嶸沒什麼關係，完全都是許牧之的鍋。而且原世界裡，楚嶸雖然厭惡原身，可卻在節目拍攝過程中暗示過原身，可以拉他一把，但是原身拒絕了橄欖枝，所以後來楚嶸也懶得再管。

楚嶸也算是原身遇到唯一對他抱有善意的人，雖然這種善意，不過是對弱者的憐憫，但是宋禹丞覺得，最起碼說明楚嶸這個少年本性不壞。

再加上他現在抿著唇有點倔強的勁兒，倒像是被丟棄的小貓崽兒，委屈得不行，還要齜牙顯得自己很厲害，奶凶奶凶的還挺招人喜歡。

不過想想也是，平時都是嬌養的小少爺，對外也是萬千寵愛的大明星，現在被扔到山溝裡，弄得灰頭土臉的，說不定這一天遭了多少罪。

宋禹丞一向喜歡漂亮的小孩，這會兒倒是被楚嶸看得沒了脾氣。

「跟我過來。」嘆了口氣，宋禹丞無奈地笑笑，帶著人去廚房。

「要做什麼？」楚嶸被他拉著走，忍不住開口問道。可剛一問完，就覺得自己說了句廢話，又抿了抿唇不再言語。

然而楚嶸越緊張，宋禹丞就越忍不住惡趣味，想要逗他。

「怎麼像個小氣包一樣？分明白天溫柔又可靠。」轉頭看著楚嶸，宋禹丞故意調侃。

「你不也是？白天都不用正眼看人。」感覺自己被小看了，楚嶸瞇了瞇眼，有點危險。

這是要伸爪子了？宋禹丞唇邊的笑意更深，可琢磨著再折騰下去時間就太晚了，明天還有拍攝，也怕把人逗得過火，真生氣了，所以也不再多話，只是俐落地找了幾樣食材，生火準備開始做飯。

晚上太過複雜的食物會積食，因此一碗最簡單的雞蛋麵最恰到好處。

宋禹丞的手藝比不了大廚，但絕對也在水平線以上，尤其眼下他動了哄人的心思，哪怕是最簡單的料理也能弄得色香味俱全。

豆芽和白蘿蔔煮出來的湯底，天然就有著一股子鮮香，再適當加上一點香油和鹽調味，等到麵條煮好，過水放進去，清爽口感在夏天夜裡最讓人開胃。

最後，放上一顆煮得白白胖胖的溏心荷包蛋，再配上一些房東阿姨醃製的小鹹菜，撒上些蔥花和芝麻，一碗誘人的雞蛋麵就很快出鍋。

「嘗嘗我的手藝。」宋禹丞把碗放在楚嶸面前，這些食材是他睡前就和房東買好的，本來是怕自己餓了所以準備一份，現在倒是湊巧給了楚嶸。

楚嶸遲疑一下，還是接過筷子淺嘗一口，味道出乎意料地好，楚嶸愣了愣，有點驚奇地看了宋禹丞一眼，然後就在他的催促下，安靜地吃起麵來。

美食總能恰到好處地安撫情緒，而安靜的環境也格外讓人放鬆，楚嶸原本複雜的思緒也因此變得淡定許多。

而宋禹丞也沒閒著，他趁著楚嶸吃飯的工夫，順手把灶臺收拾了一遍。

一動一靜，小小的廚房裡，氣氛十分溫馨。

楚嶸看著宋禹丞忙碌的身影，莫名覺得有幾分感動，可一瞬間他又忍不住生出另外的念頭，看宋禹丞照顧起人來如此嫻熟，是不是因為平時就是這麼對許牧之的？

這念頭一起，再好吃的麵也陡然變得索然無味，可緊接著，楚嶸就覺得自己這個想法很突兀且奇葩，趕緊強行壓了下去，但心裡卻總覺得堵得慌。

「多謝。」每次遇見宋禹丞，他都會變得不大對勁，好不容易把最後一口麵吃完，楚嶸低聲和宋禹丞道謝，就想趕緊站起身離開。

他實在是太難受了，不管是被宋禹丞用對待許牧之的方式照顧，還是自己這麼狼狽的狀態被宋禹丞看到，都讓楚嶸感覺無所適從。

然而由於白天太過辛苦，眼下疲憊感湧上來，腿也跟著泛痠發軟，楚嶸一時間竟然有點站不起來。宋禹丞看著，趕緊從正面扶了他一下。

宋禹丞的身高比楚嶸矮一些，而且白天也同樣累了一天，因此他的手也難得不是很穩，加上楚嶸的重量，兩人一起踉蹌了一下，楚嶸下意識摟住宋禹丞，正正好把人抱了個滿懷。

鮮少和人這麼近距離地接觸，楚嶸的身體陡然就僵住了，耳朵也迅速染上豔色。就跟突然被人拎著後頸提起來的小奶貓一樣，連尾巴上的毛都要炸開了，不管是那個角度，都未免顯得太過純情。

宋禹丞卻被他的青澀萌了一臉，忍不住伸手逗弄，捏了捏楚嶸的耳朵。

怎、怎麼能隨便動手動腳？楚嶸詫異地睜大眼看著宋禹丞，但宋禹丞卻很淡定地用目光暗示楚嶸還停留在他腰間的雙手。

這下，炸了毛的奶貓立刻炸成河豚，下意識後退兩步，轉身就跑。

「哈哈哈。」宋禹丞看著他的背影，忍不住靠在桌子上低聲笑了出來，清冽的嗓音也因為笑意變得格外溫柔，絲絲縷縷像是能勾了人心。

楚嶸聽得清楚，只覺得臉上的溫度變得更燙。

他衝回到自己屋裡以後，就一頭鑽進了被子裡，覺得宋禹丞這個人實在是太輕浮了！果然還是很討厭他。

楚嶸心裡這麼想，可眼神卻不由自主地透過窗子偷瞄宋禹丞那間屋子的情況，也說不清楚是什麼心思，他一直看到宋禹丞熄了燈，才迷迷糊糊地睡著。

而另外一頭的宋禹丞，在楚嶸回房後，也回自己的房間繼續弄起那些絹花。

果然還是逗逗漂亮小孩心情好，他本來都睏了，現在倒是精神了許多。

這一晚上，對於楚嶸來說實在太過難熬。

不知道是不是日有所思、夜有所夢的緣故，宋禹丞最後的笑聲和兩人之間意外的擁抱，始終在夢裡反覆上映，折騰了楚嶸整整一宿。

可等到白天，宋禹丞故意在攝影機前做出的倨傲，又讓夜晚的互動顯得格外不真實。楚嶸知道宋禹丞領了人設的腳本，現在這些行為應該都是演的，昨天晚上那個有點「輕浮」、愛把人當小孩子逗弄的，八成才是他的本性。

可即便如此，他依舊有種恍若夢中的感覺，甚至弄不明白，怎麼會有像宋禹丞這樣的人，分明兩種性格南轅北轍，可演起戲來，卻比他這個被人稱為「小戲骨」的演員還要滴水不漏。

因此，楚嶸對宋禹丞的關注，就變得更加密切起來。而宋禹丞面上滴水不漏下的一些小細節，也開始讓他十分在意，尤其是他們出門前，在院子角落裡不經意找到正好可以裝飾草帽的絹花，越發讓楚嶸懷疑，這些會不會都是宋禹丞做的？只為了暗中幫助他們。

其實楚嶸昨晚一直在偷看宋禹丞，知道他在夜裡兩點多的時候從屋子裡出來，似乎放了什麼東西在這裡。仔細回憶，昨天傍晚他們發現草帽之前，其實就是宋禹丞坐在這裡擺弄東西。另外，楚嶸發覺，他們似乎都遺忘一個很重要的問題，就是宋禹丞第一天是怎麼掙到那麼多錢的？種種細節推斷下來，唯一的答案就是，他們現在手裡的草帽是宋禹丞親手編的。

他為什麼要做到這個地步？畢竟自己五個人對宋禹丞的態度都相當不客氣，他是無所謂、不在乎地順手幫襯？還是受人命令、不得不做這些並不想做的事情？不論是哪個答案，都讓人感覺不大愉快。

楚嶸的心陡然一沉，變得不是滋味起來。

他遠遠看了一眼宋禹丞緊閉的房門，總覺得那裡似乎有什麼謎團，只要打開就能看見，但現在明顯不是最好的時機，他得先解決自己的溫飽問題。

這麼想著，楚嶸收回視線，和黎昭他們一起走出院門。

三天的時間轉瞬即逝。

在宋禹丞的幫助下，楚嶸五個人也終於成功掙到了錢，度過最開始的艱難。緊接著，真正的挑戰也隨之而來，節目組終於要帶著他們去村子裡了。

然而這卻並非是什麼值得慶祝的事情，就連宋禹丞自己都萬萬沒想到，導演組的套路竟然這麼深。和前幾季直接分開入住農家不同，這一次，由於他們成功掙到錢、交了房租，所以乾脆整團人被扔到一間外面看著幾乎要倒塌、可裡面遠比外面還要糟糕的小院裡自生自滅，並且領到了新的劇情任務。

「由於節目組經費有限，所以現在你們無法住在農家，只能住在這裡。至於缺少的生活用品，就用你們身上現有的錢來購買。」

這下所有人都懵逼了，因為就算加上宋禹丞，他們身上總共也不到三百塊錢，可他們一共六個人，要在這裡生活一個月，另外還有一個最重要的問題，他們現在待的這座院子連個鍋子都沒有，簡直就是家徒四壁。

直播間那頭，直接就笑瘋了。

「哈哈哈，導演組太狠了啊！」

「不行了，雖然很可憐，但還是想笑。」

「小傲嬌還可以。別說，你們覺不覺得，宋禹丞和楚嶸某個角度看起來有點像？站一起就跟親哥倆一樣。」最後一句，是刷在宋禹丞的直播間裡，畢竟那幾個打算為宋禹丞說話的八卦博主，視訊短片還沒做好，他們現在在主直播間裡說這些很容易被爆罵，但自己的地盤浪一浪還是沒有問題的。

然而直播間裡氣氛歡脫，宋禹丞那頭卻是一片慘澹。

原因無他，這幾名少年還沉浸在震驚中久久無法回神。

不知道是不是因為宋禹丞是第一個掙到錢這件事給他們帶來的印象太深，現在所有人，包括楚嶸在內，都下意識用一種求助的眼神看著宋禹丞。

「……」宋禹丞無語了，說好是來戴綠帽的，現在怎麼覺得直接就變成帶孩子了？不過即便如此，看看日頭也不能再繼續傻站著，最起碼要把窗戶先弄好，不然到了晚上連安全性都沒有保障。

這麼想著，宋禹丞決定先動起來。

他最後還是用了和之前一樣的「鼓勵」方式，讓黎昭他們行動起來，最後到了夕陽徹底落下的時候，雖然屋子依舊很破，但是最起碼床和門窗整理好了，不會耽誤他們晚上休息。

晚飯是花錢跟附近的老鄉買的，有節目組的明碼標價在前，他們這一頓飯的開銷遠比在小縣城的時候還要貴。也正因為如此，眼下他們口袋裡的錢就只有兩百多了。

可後面的打擊，才是最讓他們崩潰的，他們根本預料不到，節目組已經喪心病狂到了不是人的狀態，就這樣的破房子，一個月的租金竟然要五百元！如果明天晚上十二點之前付不出來，他們就會徹底無家可歸，流落街頭。

這下，剛剛填飽肚子的少年們，又一次被眼前巨大的噩耗給打擊得說不出話來。

這麼誇張的導演組，這根本不是交換人生，而是整人節目吧！

就連宋禹丞都忍不住露出些許詫異，因為劇情發展到這裡已和原身的記憶完全不同。

原世界裡，原身和楚嶸他們由於沒有掙到錢，小縣城任務失敗，所以到了村子之後，就被直接扔到各個農家，包括宋禹丞現在手裡的腳本也是如此安排。

可萬萬沒想到，現在竟然神展開到了這一步，和原世界的發展完全大相徑庭，不過這樣也好，按部就班什麼的也太無趣了些。宋禹丞想著，很快就恢復平靜。

但他不知道的是，節目走向會變成這樣，導演組那頭也是始料未及。因為之前從來沒有任何一季的嘉賓能夠在一開始成功掙到錢，即便是商圈精英，到了人生地不熟的小縣城，手裡沒有本金也無法發揮長處。

可以說，宋禹丞的存在成為節目裡最大的bug，可偏偏在《交換人生》第一季一開始的時候，導演組就曾經埋下伏筆說如果通過第一關，後面就會有這樣的安排，因此現在不少觀眾都已十分期待，導演組也是進退兩難。

原本這樣臨時變更節目腳本安排，就足以讓導演組忙得腳打後腦杓，而當晚網路上發生的變故更是雪上加霜。

就在導演組放出最新任務的當晚，最開始打算全網黑宋禹丞的那幾個八卦博主，竟然聯手發剪輯視頻幫宋禹丞正名，甚至還自掏腰包買了熱搜，就為了能夠有足夠的曝光度。

#傲嬌的正確打開方式——不是親眼所見，你永遠無法腦補，世界上竟然還有這麼溫柔體貼的少年#

視頻不長，只有三段，但是剪輯模式卻相當巧妙，把宋禹丞每一次的體貼和對楚嶸幾個人的照顧，都體現得淋漓盡致。

而宋禹丞編製花籃和草帽的情景，更是重中之重，連一幀都沒有錯過，為了讓人更加明顯地感受到宋禹丞的才華，這幾個八卦博主恨不能把這段視訊短片變成手控族的福利，哪怕不因為宋禹丞的巧手所折服，也要讓看視頻的人拜倒在美色當中。

至於最後一些刻意截圖出來對宋禹丞人身攻擊的彈幕，更是觸目驚心到了讓人目瞪口呆的地步。

博主：若非親眼所見，你永遠不知道，人心底潛藏的惡意，會有多黑暗恐怖，我們都欠宋禹丞一聲對不起。

《交換人生》雖然熱度很高，但還不算是全民綜藝，有不少人是沒有看過的，這下視頻一出，整個微博都炸了。

很多人看完以後，都有種被瞬間圈成路人粉的感覺，因為視頻裡的宋禹丞真的是太討人喜歡了，大家恨不得自己就有一個這樣的親兄弟或兒子。

而最讓人疼到心尖發顫的還是他那種傲嬌隱忍到了極點的反差萌。不管面上多倨傲，可說出來的每一句話、做出來的每一件事，都是為了楚嶸他們五個人著想，寧願苦著自己，也要努力把最好的東西雙手捧給他們。

如此柔軟的心思，哪怕是石頭也要被融化，更何況是容易動搖的人心。

再對比後面節選出來的網友們對宋禹丞的謾罵，那些難聽到只看著就覺得髒眼睛的言語，更是立刻觸動不少人心裡的怒火。

「原本以為八卦博主捧人，多半是買熱搜準備行銷出道了。結果看完事情始末，只能說宋禹丞這孩子太讓人心疼。」

「其實三次元也是這樣的，總有那種不善言辭的人會被誤解成壞人。真的好想狠狠抽那些鍵盤俠們一嘴巴！這麼好的孩子，你們是眼睛瞎了嗎？」

「從來不看《交換人生》。這次衝著宋禹丞，我也要看一看。」

短短幾個小時，宋禹丞、《交換人生》和網路暴力這三個話題同時被送上熱搜。而那些《交換人生》的粉絲，在事情鬧大了後也同樣被震驚到說不出話。

誰能想到，主直播間裡那個可說是人渣到了極點的少年，背後竟默默做了這麼多事。就在和距離他們一個滑鼠游標之差的直播間裡，居然還藏著這麼深的真相，如果今天沒有曝光，估計整季播下來，這個無辜的少年都要背著這個罵名，直到節目結束，要是這樣……那他們的罪過，就真的是太大了。

這下，主直播間裡這些《交換人生》節目的粉絲們也鬧了起來。

導演組的微博直接就被留言灌爆，越來越多的人在道歉的同時，也開口質問節目為什麼明明看到大家誤會宋禹丞，卻從來不開口解釋。

甚至主直播間裡還經常故意錯誤引導，讓人覺得宋禹丞就是一個無可救藥的混蛋，難不成這就是所謂的黑幕？

打著實境秀的噱頭，卻搞這麼噁心的上位手段，這麼極品的導演組也是見所未見，聞所未聞了。

可此時的導演組，也同樣正處在愁雲慘霧之中。

為宋禹丞平反的聲音來得太快，他們的公關根本來不及處理，其實也是無妄之災，當初許牧之安排宋禹丞進組的時候，他們還以為宋禹丞不過是許牧之玩膩的替身。不料宋禹丞竟然還藏著這樣令人驚嘆的技藝，所以，他們最早寫給宋禹丞的腳本根本就不合適，甚至還搬石頭砸了自己的腳。

就憑宋禹丞那手柳編的技藝，別說在這種小縣城，就算再偏遠點也一樣不愁沒飯吃，要是擱在大城市……沒準就真的白手起家了。

而宋禹丞領到的腳本流程裡，大段的「不合群單獨行動」這種內容，就好比直接給宋禹丞開後門，讓他可以出去單刷掙錢，也讓他有機會幫助楚嶸他們完成任務。

至於其他要求，宋禹丞也都執行得很好。他們要求「說話難聽」，宋禹丞見了黎昭就卯足了勁兒踩他，那囂張的語氣，就連外人看了也恨不得直接把他掐死。

而「不隨大隊行動」這一點，也是執行得相當完美，宋禹丞連睡覺都不跟楚嶸他們幾個睡。

至於最後的「當著眾人的面，故意偷懶休息」，更是同樣挑不出毛病。畢竟，只要楚嶸他們幾個在院子裡，宋禹丞就自己在屋子裡躺著，根本不出來。

可另外一邊，宋禹丞在自由安排的時間裡掙錢、買飯、交房租，導演組這頭也不敢命令他不許再做。因為在來之前，許牧之下了命令，要宋禹丞照顧楚嶸。他們這邊攔了人，回頭楚嶸吃苦，許牧之怒了，這鍋誰也背不起。

所以到了現在，宋禹丞一板一眼，絲毫沒有陽奉陰違，全都按部就班地照著腳本的要求執行，卻反而把導演組架到火上，變得進退兩難。

而這邊的變故，很快就傳到許牧之那頭，這個日理萬機的大總裁，竟然親自給劇組打了電話。

「我很好奇，為什麼會變成這樣？這就是你們給的能夠襯托楚嶸轉型的腳本？」翻看著網上的回饋，許牧之的語氣猶帶笑意，可卻依舊令這些導演組的工作人員畏懼到頭皮發麻。

「許總這……」導演想要解釋，可想了半天，卻不知道要從何說起。當初許牧之也看過腳本，並沒有提出反駁。現在出了事，許牧之要找他們的麻煩，他也不敢回嘴。不過好在許牧之並沒有深究的意思，反而很快轉了話題。

「網上那頭的公關我會來處理，至於剩下的腳本不用修改，就讓宋禹丞自己琢磨。不過明天一早，記得把最新的晨報送去給他們看。」

慢條斯理地刷著微博上最熱門的那個視頻，許牧之看著宋禹丞手指翻飛做編織，修長好看的指形，加上嫻熟好看的技巧，的確十分吸引人，但在他的眼裡卻只有嘲諷和鄙夷。

是心大了。許牧之勾唇冷笑，只覺得自己養的這個小玩意，現在能耐透了，竟也學會藏爪子、玩心眼。之前楊祕書的那件事，還有現在他領著腳本陽奉陰違，都讓許牧之覺得十分可笑。

不過念在宋禹丞過去還算聽話的份上，許牧之覺得自己應該好好警告他最後一次，免得這個小東西忘了誰才是真正的主子。

當晚，宋禹丞家裡所在的別墅區發生大火，幸好消防隊來得及時，並沒有發生任何傷亡，但是著火房屋邊上的那個老別墅的花園，卻跟著燒掉了。

其實並不是什麼太大的案子，起火原因也是意外，但依然在報紙上占了一個位置明顯的小方框。而這份報導火災的報紙才出刊，就被節目組送到宋禹丞的手上。

這是幹什麼？宋禹丞接過來，不過看了一眼立刻就明白了，這是許牧之給他的警告，因為那棟被燒掉的花園老別墅，正是他的家。

至於原因為何不言而喻，多半是覺得他現在不受控制，所以拿這件事來威脅他，這手段也可以說是很卑鄙了。

宋禹丞瞇起眼，隱約露出幾分危險之意。他心裡清楚，其實不管自己有沒有好好照著腳本演，許牧之都會玩這一手，上一世，原身幾乎把自己踩進了泥裡，在進村以後，也收到這樣的警告，當場心就涼了一片。

要知道，許牧之對原身的過去瞭若指掌，自然明白那棟別墅對原身的意義，那是原身父母留給他的唯一念想，也是他在這個世界上，最後能提供溫暖的烏托邦。

而且，原身當初之所以會一門心思地跟著許牧之，把他視作帶來救贖的「長腿叔叔」，也是因為許牧之開口幫他要回了這棟房子。

原身把這裡看得比命都重要，可許牧之卻還是狠心地動了房子，就為了讓他能竭盡全力地把楚嶸捧到天上，不要任何小心思。這根本就不把他當人看，他心裡都疼得喘不過氣來了。

或許是原身殘留在記憶中的絕望和悲愴太過深刻，宋禹丞在一瞬間也被激得眼圈發紅，可不過下一秒，他就將負面情緒很好地壓下去，並決定接下來一定要好好地給許牧之一點教訓。

照顧他的楚嶸？把他的楚嶸捧到天上？沒問題，不過最後這楚嶸還是不是他的，那就不是許牧之說的算了。

宋禹丞這個人一向遵從公平原則，許牧之敢動他心尖上的肉，他就敢在渣攻的心口狠狠地踩上一腳。這麼想著，宋禹丞突然覺得，節目組這個一天之內湊到房租的要求，簡直是神來一筆的神助攻。

他覺得自己有辦法了，不管是攻略楚嶸，還是掙到錢這件事。

然而一旁屋裡習慣性觀察他的楚嶸，卻意外將宋禹丞的表情變化盡收眼底。在宋禹丞回屋以後，他悄無聲息地出來，撿起那張被宋禹丞扔下的報紙看了一眼。在看到火災的新聞，和報紙一角被宋禹丞不經意攥緊後留下的褶皺之後，楚嶸覺得有些事情和自己腦補的似乎不大一樣。

可不管他怎麼覺得微妙，早飯還是要吃的。而且在吃過早飯以後，他們也必須開始想法子掙錢，眼下算上宋禹丞，他們手裡就只剩下一百九十塊錢而已。

換句話說，如果今天他們沒有成功掙到三百一十元的話，明天一早就要無家可歸。關鍵是想了一晚上，他們也沒有想到很好的辦法。

像小說常見的美食路線？完全沒可能，憑他們這手藝，做出來的食物自己都不敢吃。

倒騰小商品？也沒什麼希望，之前賣草帽那是因為無本的買賣加上靠近集市。而現在身在小村，走到縣城就要三四個小時，真折騰一圈下來，也折騰不出來什麼。

而且這個村子，生活方式頗有幾分自給自足的世外桃源感，他們就算真的能趕去小縣城進貨，回來以後也未必就能找到合適的賣家，把進來的商品出售成功。

「你有法子沒有？」黎昭憋了半天，實在沒轍了，忍不住轉頭詢問宋禹丞。

然而宋禹丞卻沒有搭理他的意思，反而沉著臉自顧自地離開。而重點是，在離開之前，宋禹丞從大家的錢罐子裡拿出自己的那一份，然後就直接出了門。

這下，主直播間裡的不少人都疑惑了，宋禹丞到底想要做什麼？

至於黎昭他們，更全都因為宋禹丞的做法驚呆了。

「喂！你到底要幹麼？」這時正是要團結的時候，這個宋禹丞怕不是有毛病，黎昭忙站出來攔人，可宋禹丞卻半分面子都沒給他。

「我早飯沒吃飽，去找點別的吃，更何況，我掙的錢，我想幹麼都不行？」依舊還是那副倨傲的模樣，宋禹丞說完，轉身就離開院子，連多解釋一句的意思都沒有。

這下，幾名少年都被氣得不行。

至於黎昭更是拿宋禹丞沒辦法，他嘴笨又衝動，每次和宋禹丞對上，不管有沒有道理，最後都會把自己氣得半死，所以相處了幾天後，即便再窩火也不願意和宋禹丞拌嘴。

鬱悶地在桌上掃了一圈，黎昭拿起一個剩下的窩窩頭，狠狠咬了一口洩火，然後和其他人說：「時間差不多了，咱們也走吧！不管他，我就不信，沒有他咱們就掙不到錢！之前不也是自己掙到房租的？走！出去看看，找工作！」

「嗯！一起去，等宋禹丞回來就嚇死他！」

早晨被宋禹丞這麼例行一氣，幾名少年又一次重燃鬥志，組隊出去。可楚嶸跟在後面，心裡卻莫名不安，他注意到宋禹丞手裡拿個工具箱，看著有點像是手工裁縫用的箱子，可宋禹丞出門吃飯帶這東西幹麼？他總覺得或許宋禹丞不是去吃早飯，而是有法子掙錢，只是不想讓他們知道。

會和那張報紙有關係嗎？回憶起晨報上格外違和的火災報導，還有宋禹丞突如其來的臉色慘白，這種摸不到更抓不住的無力，讓楚嶸的心裡生出許多忐忑，他不喜歡這種事情不受掌控的感覺，可現在的情勢不容他仔細分析，只能暫時跟著大部隊一起走。

而另一邊的宋禹丞，在離開以後，也果然並沒有去吃什麼早點，而是沿著村子往外走了。

「這是要去哪裡？」攝影師好奇地詢問。

然而似乎是晚上睡得不好，宋禹丞今天的臉色格外難看，還有點心不在焉。所以也沒有回答攝影師的問題，但即便如此，他手上卻沒耽誤，一路走，一路找著自己想要的東西。

只是這個路程和方向有點謎，似乎像要去縣城。

這瘋了吧！直播間裡正在觀看的網友們，心裡第一個反應就是覺得宋禹丞異想天開，就算他想要用之前的方式，賣手工編織的小物件掙錢，可算算時間，就知道絕對不可能。

之前兩次空前成功，是因為小縣城裡這樣的物件比較新奇，在加上地處集市，上午人流量很多，可現在卻不一樣，依照宋禹丞走路的速度，走過去就要三個多小時，等走到了，集市多半就散了。而小縣城裡本身的購買力不大，很難掙到相應的數目，而且就算真能賣出去那麼多，宋禹丞也很難做出足夠的數量。

畢竟，這可是五百元，估計會失敗，幾乎所有人都這麼想。

可宋禹丞的執著和堅定卻遠遠超出他們的預想。

上午十點半，太陽很大，宋禹丞一個人孤單地沿著通往縣城的路快步往前走，他的臉上也很快有汗水淌下。

有人算了算時間，他已經走了快兩個小時，雖然算是大路，但由於並不平整，走起來依舊很艱難，再加上路不熟，一腳深一腳淺就更加費勁了。

如果放在平時，這樣單純的走路肯定沒有人看，可宋禹丞這裡卻完全不同，不知道是因為他過於倔強的堅持，還是因為他藏在驕傲目光中的隱忍，很多觀眾並沒有因此而切換直播頻道，反而看得更加專注，好奇接下來的發展。

而後面，隨著路程慢慢加長，宋禹丞手裡的東西也變得越來越多。從最開始的龍鬚草，到後面的柳條籃子，之後籃子裡裝的東西就更多了，甚至還有一大捧色彩豔麗的鮮花。

「現在基本可以確定，宋禹丞的目的就是用手藝掙錢吧！」直播間裡有人猜測道，緊接著，更多的人參與討論。

「可估計時間不夠，等他到了縣城都幾點了？」

「我倒是不在意時間，關鍵是，你們不覺得，宋禹丞已經很累了嗎？」一瞬間，整個直播間都安靜了，是啊，宋禹丞的確已經到了極限。

其實他們都能看出來，宋禹丞的呼吸已經十分急促，額頭上的汗珠更像是淋雨般往下滑落，後背的衣衫也已被汗浸濕，露出過於纖瘦的線條。可即便如此，他也沒有停下休息，就連一次短暫的駐足歇腳都沒有。

「縣城到底還有多遠？」有人按捺不住地追問，並非是因為直播太過單調，而是因為心疼，心疼宋禹丞走這麼久，也心疼他吃的苦頭。

可隨著這一條彈幕的發出，其他人也同樣忍不住替宋禹丞打抱不平。

「我是真心疼這孩子，節目組到底怎麼想的，磨煉不是折磨，弄那麼多智障任務，是非要把他們累死嗎？」

「別說了，我光看著心裡就難受死了。宋禹丞要是我弟弟，我肯定立刻奔過去說我們不錄了，沒有這麼折騰孩子的道理。」

「可不是，才十八歲，正是被家裡寵著的時候，大暑假的無法出去玩，來這窮鄉僻壤遭罪。」

彈幕上一片對節目組的聲討，而主直播間那頭更是直接被刷爆了。

在那些八卦博主給宋禹丞正名之後，不少人都因為他的性格圈粉。所以，這一次主直播間那邊也有人雙開同時看兩個視角的直播，並且在彈幕上轉播。這下，本來主直播間那裡就因為楚嶸他們找工作辛苦而感到心酸的，在聽完宋禹丞的經歷以後就更加心疼了。

說實話，《交換人生》前幾期的嘉賓都有點四體不勤，需要在節目裡接受勞動改造的意味，所以網友們看著他們一步一步轉變思想，也覺得挺有意思。

可宋禹丞他們這一季卻完全不同，來的六位都是好孩子，就算不是很會幹活，但是都肯幹也聰明，因此，眼下導演組設定的劇情，在網友們眼中就變成故意為難。

整個直播間完全炸了。可這些觀眾不知道的是，現在的導演組遠比他們還要忐忑，甚至有點害怕，因為這些孩子實在是太拚了，不管是宋禹丞還是楚嶸他們，都太拚了，讓他們始料未及。

誰能料到，一幫平時什麼都不幹的公子哥、嬌小姐，竟然已經開始下地了。兩個最愛乾淨的小姑娘，為了十塊錢，連澆地的糞水都挑在肩上，更別提楚嶸和黎昭可以說是使出混身解數，那股子拚命的勁兒，導演組生怕他們累出毛病。

而宋禹丞這頭就更別說了，跟著的攝影師現在都已經要瘋了，他從來沒有見過像宋禹丞這麼執著，不，應該說是執拗的人了。

攝影師是習慣了走路幹力氣活的，可走到現在他也受不了，宋禹丞卻還能往前繼續堅持。更何況，這攝影師本身就是導演組出來的，比誰都明白，宋禹丞這一遭是絕對沒有希望掙到預想數字，他做的一切也註定是無用功。宋禹丞如此聰明，多半心裡也是清楚，可即便如此，宋禹丞也堅持不懈，這種破釜沉舟的勇氣到底是哪裡來的？

看著宋禹丞越來越沉重的步子，攝影師跟在後面糾結得不行，既擔心他沒走到縣城就扛不住了，又怕到了縣城，宋禹丞會因為一無所獲而難受。

就在這樣矛盾的心情下，宋禹丞終於在中午之前趕到了小縣城。

「終於到了。」看著熟悉的場景，直播間裡的網友們都跟著鬆了口氣，然而接下來的發展，卻讓他們始料未及。

原本眾人覺得，宋禹丞是打算找地方擺攤，可萬萬沒想到，他竟然沒有這麼做，而是直接奔著一座蓋得十分精緻的小院去了。

「這是要幹麼？」不少人都好奇不已。

然而等主人開門後，宋禹丞說的第一句話卻讓他們全都懵住了。

宋禹丞說明來意：「您女兒想要的婚紗，我做得出來。」

臥槽，婚紗？他們沒聽錯吧？宋禹丞是瘋了嗎？這下整個直播間裡的網友全都亂了套，根本不敢相信自己聽到了什麼，就連後面跟著的攝影師，也被嚇得絆了一跤。至於那小院的主人，也因為宋禹丞這突如其來的一句愣住了，可緊接著，就趕緊推拒起來，而那位即將出嫁的新嫁娘，在看到是宋禹丞以後也有點無奈。

她之前的確買過宋禹丞編製的小花籃，並且因為宋禹丞長得好看而隨口聊了兩句，提到對婚紗的不滿和婚期將至，可即便如此，她也並不相信宋禹丞真的可以做成，畢竟嫁衣和籃子不是一個概念，自然不能一概而論。

然而宋禹丞卻十分執著，誠懇地推銷自己，「我知道您不信任我，但我也依舊希望能有個證明的機會。要不您看這樣，給我一個尺寸，不用交訂金，我先做一身敬酒禮服，如果覺得好，咱們再商議後續婚紗的事情，要是不好，您也沒有損失，就當幫個忙可以嗎？」

「那就試試吧。」認真而俊美的少年，總是讓人很難拒絕，因此，在短暫的沉默之後，新嫁娘一家還是同意了，但他們並不覺得宋禹丞能做出什麼讓人震驚的禮服。

畢竟，就這麼短的時間，哪怕只是做件普通的長裙也相當不容易了，更何況是能夠讓人一眼驚豔的禮服？這根本就是天方夜譚。

至於直播間那頭，更是直接就炸開了。

「宋禹丞怎麼想的？這麼短的時間做婚紗，他可連一塊布頭都沒有呢！」

「還不是節目組逼的，他怕掙不夠錢，狗急跳牆了什麼活都想接。」

「可真讓人著急，萬一他做不出來，這要怎麼辦！」

整個彈幕上都是替宋禹丞著急的留言，而等到宋禹丞把手裡的錢全都花掉買材料了以後，這種焦急的情緒就蔓延得更加嚴重了。

「欸，我真是急死了。我開的雙視角，現在楚嶸他們那頭已經找到工作了，如果能順利完成，加在一起，多半能掙到一百二十元，再算上原本剩下的，宋禹丞根本不需要做什麼禮服，只要老老實實賣籃子，弄不好真的可以湊到五百。」

「沒錯，即便不夠。晚上六個人再去找一個什麼活計湊一下，也就差不多了。像現在這樣把錢都花掉做什麼禮服，實在是太托大了啊！」

「更何況，小縣城裡根本就沒有什麼好材料，你們看到宋禹丞買的那些東西了嗎？俗氣劣質得讓我無法腦補，最後做出來的成品會有多爛。」

「真是太讓人焦心了，怎麼就這麼沒默契呢！」

彈幕上七嘴八舌，都是替宋禹丞擔心的。可宋禹丞那頭卻完全get不到，反而用剩下的二十塊錢，和裁縫店的老闆借了一臺縫紉機，準備開始幹活。

他看了看現在的時間，正好是中午十二點整，一切都還來得及。

然而直播間裡網友們的想法卻和他大相徑庭。可接下來，只不過十分鐘過去，那些網友就全都被宋禹丞的巧手鎮住了。

草編最大的特點就是柔軟，且好定型，而令他們驚訝的是宋禹丞竟能用草編做出龍鳳的模樣，那栩栩如生的草編小物件，精緻得幾乎讓人移不開眼。

「我的天，每次看宋禹丞弄這些，都覺得是一種視覺享受。」

「而且畢竟是草編，再精緻，也做不出格調。」

「可惜了。」不少人都暗暗感嘆。

然而有些時候，「才華橫溢、驚為天人」這八個字就是用來打臉的。他們萬萬沒有想到，宋禹丞會的居然遠遠不止是一個草編，他還真會做衣服。

打板、裁剪、縫合。不過三步下去，最簡單的抹胸禮服裙就成型了，雖然只是中規中矩的款式，裙襬連基本的垂墜感也沒有，魚尾模樣的落地裙襬就跟抹布沒有區別，可緊接著，宋禹丞卻用一枝筆，化腐朽為神奇。

一般禮服上的圖案用的是織錦，而宋禹丞卻能畫出一幅繁花錦繡……

他帶來的那個工具箱裡正是這種彩繪需要的材料——五色的皮革布類專用壓克力顏料，紅、黃、藍、白、黑、透明五種，其中透明色為調色用，可加在其他顏色裡面稀釋。而宋禹丞有用金粉混入，讓其顏色變得更加富有層次。

金色本來就有一種古樸的厚重感，而紅紗的底色就是最恰到好處的配搭，宋禹丞畫出來的圖案相當漂亮討巧，金色勾邊，配合這紅紗底色，一朵朵華貴至極的牡丹油然而生，添加了銀粉的翠綠色，則用來妝點成葉子，最簡單的三色，卻成就了雍容的絕美。

從胸口到裙襬的底部，一蹴而就。比什麼工筆畫都要精緻典雅，不用穿上就能夠腦補出會是怎麼樣的嫵媚迷人。

「好漂亮！」直播間裡的網友們再次被宋禹丞的手藝驚呆，根本不敢相信自己都看到了什麼。

「不知道要怎麼說。可這……真的是太驚豔了。」

然而隨著時間的推移，宋禹丞的動作也引起小縣城裡不少人的圍觀，就連準新娘也聽到消息趕過來，她原本不以為然，結果現在只看一眼就被震驚得說不出話來，真的是太美了，比她腦補的所有敬酒禮服都更加高貴完美。

而等到那些草編的龍鳳點綴上去以後，就越發讓人震撼。

那些草編的配件竟然是點綴在裙襬上的，而且宋禹丞也並非只是單調地縫合上去，他還有下一步的上色，同樣用金銀兩色來點綴，卻意外成就了更加瑰麗的龍鳳呈祥。

草編配件的重量很輕，剛好適合搭配質地輕飄的紅紗。當敬酒禮服的成品完整擺出來以後，根本沒有人願意相信這就是他們之前看到的那塊土到家的紅紗，和那堆劣質到了沒眼看的普通材料。

「還滿意嗎？」宋禹丞輕吐了一口氣，詢問正在打量禮服的準新娘。

「滿意滿意，可真的是給我的嗎？」準新娘激動得不行。

「嗯，您可以試試，如果沒有什麼意見，我可以幫您修改婚紗。」

「好，婚紗我已經帶來了。」準新娘頓時迫不及待。而且這一次，在見識到了宋禹丞的實力之後，她更是完全信任，甚至開始期盼，宋禹丞能夠給她帶來什麼樣更大的驚喜。

緊接著，她就親眼見識到什麼是真正的巧奪天工。

關於婚紗，宋禹丞選擇的修改方式卻和敬酒禮服完全不同。如果說，那身敬酒禮服是雍容典雅，那麼這身婚紗就宛若童話般的夢幻輕靈。

栩栩如生的絹花，在草編的藤條下成為垂墜裙襬上的天然裝飾，而領口處用畫筆落下的落英繽紛，也成為最好的呼應。

而最令人驚豔的還是兩側袖間宛若精靈羽翼的飄紗，經過宋禹丞別具一格的勾畫，單單看著就給人一種置身於花海的視覺感受，已經不知道該用什麼樣的詞語，才能準確形容。

新嫁娘在眾人的慫恿下，迫不及待地去試了試。而宋禹丞也在她換好之後，主動走到近前建議道：「婚禮那天，可以配這樣的髮型。」

修長的手指，天然就帶著溫柔的味道，只不過用了幾個髮夾，就能神奇地將新娘子的長髮綰起，盤成一個類似於花環般的髮型。

「這是……」新嫁娘看著鏡子裡的自己，驚訝得睜大了眼睛。

可宋禹丞卻示意她不要動，與此同時，把之前下午採的鮮花裝飾在她的髮間。原本只是樣貌可愛的新嫁娘，竟然瞬間換了個模樣，彷彿變成花中仙子，清靈毓秀，美得令人移不開眼。

「太有才了！」

「哇，這婚紗和禮服都好美啊，我羨慕得快要窒息了。」

宋禹丞直播間裡的彈幕，直接就被刷爆了。而那新嫁娘更是驚訝得說不出話來，完全不敢相信鏡子裡美麗得宛若仙子的女人，就是自己。

因此，宋禹丞最後自然是掙到錢了，等到仔細和準新娘交代完後續要在哪裡細緻縫合後，他就拿著錢往回走。

整整兩千塊，絕對算是鉅款，宋禹丞相當滿意，臉上也難得露出笑容，好看得把直播間裡觀眾的心都勾住了，恨不得他能一直這麼高興地笑。

至於後面跟著的攝影師，卻依舊處於放空的狀態，他已經不知道要用什麼詞語才能形容宋禹丞給他帶來的衝擊，原本會柳編和草編，就已經很令人震驚，可現在宋禹丞竟然連禮服都會做，他真的是正常的十八歲少年嗎？這簡直就是節目組最大的bug，攝影師甚至已經開始懷疑，當初許牧之把宋禹丞送來，根本不是給楚嶸當墊腳石，而是故意來砸場子的。

能幹成這樣，哪裡還有能難得住他的任務？

然而宋禹丞這頭一切順利，可另外一邊，楚嶸他們的結果卻並不盡如人意。他們到底是沒有幹過農活的，累了一天下來，掙到的錢並不多，算上手裡的也就兩百多一點。

「完了，這可怎麼辦？」這下幾個少年是真的緊張了，可過於勞累的身體卻讓他們連一根手指都動彈不了，只能橫七豎八地躺在臨時搭建的稻草床上。

初夏的傍晚，溫度適宜，最適合小憩。楚嶸五人也累慘了，不過一會兒，就全都陷入睡眠當中，直到天色完全暗下來，他們才陸續被饑餓叫醒，發現竟然快九點了，就在這時，突然有人說了一句：「宋禹丞怎麼還沒回來？」

這下，其他人也反應過來了。

他們白天太忙，回來之後又全都累到睡著，所以根本沒注意宋禹丞到底去了哪裡，可現在閒下來之後，終於發現事情不大對勁，宋禹丞竟然整整一天都沒有出現！

不會出事了吧？少年之間的感情最為純粹，即便關係不好，畢竟一起參加節目，他們也會為宋禹丞擔心。

楚嶸趕緊從床上坐起來，「我去看看，你們歇著。」

「我也去。」黎昭同樣在意，打算跟著起身，可不過剛坐起來，就因四肢傳來的痠痛又倒下了。

「不行。家裡還有女孩，不能沒人在，你看家，我去找。」楚嶸見狀，趕緊搖頭制止，示意黎昭留下，然後自己穿上鞋跑了出去。

現在都這麼晚了，宋禹丞卻依舊沒有消息，楚嶸十分著急，等問了隨身攝影師，知道他去了縣城那頭以後就更加心焦，怪不得這麼久還沒回來，也不知道現在怎麼樣了？楚嶸邊想著，邊往村口走，想要去迎宋禹丞一下。

而旁邊的村裡人看到，卻趕緊把他喊住：「娃子別去，這邊路不好，小心摔了。」

路不好，是有多不好？那宋禹丞呢？會不會因為夜路不好走，所以在半路耽擱了？楚嶸心下一沉，越發不安，應了一句：「謝謝！」

楚嶸加快腳步，甚至有點慌張，生怕宋禹丞在路上出事沒人知道。

現在已經是晚上九點多，小村沒有路燈，四下漆黑一片。楚嶸就著手裡手電筒的燈光，一腳深一腳淺地往縣城方向走，整條大路上連一個人影都沒有，只有若隱若現的蟲鳴，讓氣氛不顯得太過沉悶。

楚嶸越走心裡就越慌，對宋禹丞的擔憂也越深。

不知不覺，半個小時過去，楚嶸依舊沒有碰到宋禹丞，就在他忍不住想要和隨身攝影師說暫時停錄，叫導演組派人去找的時候，路邊一個熟悉的人影突然引起他的注意。

楚嶸仔細一看，正好遇見了靠坐在路邊的宋禹丞，和……抱著他的隨身攝影師！

【第四章】

心動的瞬間

眼前這是什麼情況？楚嶸整個人都懵住了，緊接著說不清楚的怒意瞬間湧上心頭。

過來的路上，他分明那麼擔心，生怕出事，結果宋禹丞卻跟貼身攝影師當眾做出親密舉止，怎麼就這麼……楚嶸心裡轉了好幾個念頭，都找不到準確的詞語形容。

可當他走近了以後，入目而來的情景卻又一次讓他的心不由自主地提了起來，因為楚嶸發現，攝影師之所以抱住宋禹丞並非是曖昧，而是宋禹丞已經累得支撐不住了。

眼下，宋禹丞濕透的頭髮黏在臉側，顯得他整個人像是從水裡撈出來那般狼狽，可偏偏虛弱成這樣，卻依舊氣勢不減，臉上那種彷彿能夠掌控一切的氣定神閒，在這樣的夜色裡格外引人動容，也格外引起一種特別的凌虐欲望，讓人想把他弄壞。

楚嶸被晃了下眼，半晌沒有開口，平素溫潤的眼底閃過莫名的焦躁。

可宋禹丞像是聽到腳步聲，抬頭和他對視，沒有焦距的眼神落在他的身上，接著勾起唇，緩緩露出一抹笑容，「我回來了。」

估計是累懵了，這次宋禹丞的笑完全忘了偽裝，和上次夜裡沒有攝影機、私下招呼楚嶸吃麵時一樣。而且，不知道是不是因為太過虛弱，宋禹丞放輕聲音後，話中那股子寵溺的意味也越發濃重，引人沉溺。

「你……」楚嶸心裡一動，彷彿從心尖上開始泛起的酸澀瞬間蔓延開來，就連呼吸都變得急促了幾分。他顧不上別的，趕緊上前一步，把宋禹丞從攝影師手裡接過來。在發現他沒有力氣走回去之後，更直接把人背到背上。

「還好長一段路呢，放我下來，我歇一會兒就好了。」宋禹丞勸了一句。

他白天就走過這條路，知道後面有多難走，現在又是晚上，楚嶸能自己走回去就已經很不錯了，再背上他，怕是要吃不少苦頭。

然而楚嶸卻抿了抿唇，倔強地不說話，但是腳下的步子卻不由自主地加快許多。

所以這是以為自己小看他所以賭氣了？宋禹丞忍不住低聲笑了，比往常多了一分暗啞的嗓音雖然不復清冽，但卻越發顯得撩人。

楚嶸聽罷，眉頭皺得很緊。可緊接著還沒來得及說什麼，就被宋禹丞接下來的動作打斷，宋禹丞竟然直接把白天掙的錢全都給了他。

「你……」看著面前突然出現的一疊錢，楚嶸偏頭和宋禹丞對視，滿臉的不敢置信。當初在小縣城的時候，宋禹丞一個上午掙了一百七十元，就已經讓他驚訝到不行，結果這次，這人竟然一天掙了更多，楚嶸瞬間覺得自己和宋禹丞參加的並非是同一個節目。

而宋禹丞也不避開，就這麼讓他看著數錢，數完了，就把所有的錢都放在楚嶸的上衣口袋。

「你怎麼辦到的？」楚嶸好奇到不行。

「你猜？」宋禹丞壞心眼地笑著逗他，直到楚嶸要急了，才接著說：「老本行啊！縣城裡的人還挺大方，只幹了一票就輕鬆掙到手了，我是不是厲害壞了？」

「你……」楚嶸頓時啞口無言，被他的胡說八道氣得夠嗆，就連腳步都停下了，但不過一瞬，他又沉默下來，甚至情緒也變得有點低落。

楚嶸突然想起來，之前他們剛見到宋禹丞時，黎昭說的話。黎昭說，宋禹丞是許牧之養的小玩意兒，所以，宋禹丞是不是很在意？才故意這麼自嘲？楚嶸原本心裡就難受得不行，這下多添了愧疚以後，就更加不知道要怎麼表達，看著宋禹丞半晌不知道要說什麼好。

近在咫尺的少年，一雙澄澈的眼裡寫滿了歉意和懊悔，就跟犯了錯的奶貓，塌著耳朵，手足無措，委屈勁兒簡直萌得人心都軟了。宋禹丞見狀，也顧不上逗人，趕緊哄了兩句：「好了好了，是我不對。我今兒去縣城給一位出嫁的小姐姐做了一身婚紗。別繃著臉，放心我不會讓你餓著的，嗯？」

費勁兒地抬手捏了捏楚嶸的臉，宋禹丞輕描淡寫地把一天的經歷大致描述了一遍，中間那些辛苦卻避之不談。可楚嶸不是傻子，當然明白宋禹丞這一路會有多難，他不過才走出村子半個小時，就覺得腳底隱隱作痛，那宋禹丞一路走到縣城，還給人做衣服，再原路返回，現在會有多累？

楚嶸心裡五味雜陳，而宋禹丞卻說著說著，就睡著了。到底還是少年的身體，超負荷工作了這麼久，他已經達到極限。

而楚嶸感受到自己耳側傳來的平穩呼吸，下意識偏過頭，看到宋禹丞疲憊至極的睡顏，趕緊小心翼翼地把腳步放得更輕更穩，生怕把他吵醒。

而此時，宋禹丞的隨身攝影師也湊過來，小聲把宋禹丞錄製以來的事情，完完整整地和楚嶸說了一遍。楚嶸聽著聽著，眼圈就紅了，與此同時，心裡最柔軟的一處也慢慢被攻陷。

他很想知道，宋禹丞待人溫柔的上限，到底是有多高？

夜路是最難走的，加上背上又多了一個人，等到楚嶸回到村子裡的時候，已經十一點多了，眼下黎昭四人正全都在院門口守著，著急得不行，等看到宋禹丞是被楚嶸背著回來的，直接就驚了。

「怎麼了？要不要叫醫生？」黎昭一下子就慌了。之前宋禹丞晚歸，楚嶸去找，他看兩人大半天都沒回來，就知道是出事了，可萬萬沒想到居然這麼嚴重，宋禹丞竟連站著都困難，到底是傷著哪裡了？

其他三人也一樣慌成一團，還是楚嶸冷靜些，在示意他們收聲以後，小聲解釋：「沒事，他是太累所以睡著了。黎昭你和攝影師走一趟，去導演組那頭拿點藥，凡凡去把熱水燒上，兩個女孩把裡屋的床鋪好。快去。」

就這樣又折騰了大半個小時，總算安頓下來，而這期間，體力透支到了極點的宋禹丞，卻一直都沒有醒過。

已經是後半夜了，楚嶸幾個卻全都沒有睡意，紛紛守在宋禹丞的床邊，就著微弱的燈光，楚嶸輕輕地把宋禹丞的手拿起來，緊接著所有人都忍不住捂住了嘴。

只見宋禹丞原本完美的掌心和指尖側面，一串的水泡特別刺眼，而脫掉鞋子和襪子以後，腳掌上已經磨破流血的地方，更是讓他們光看著就覺得疼得不行。

「這是誰幹的！」黎昭整個人都不好了，還以為是導演組給了宋禹丞什麼苦頭吃，腦袋一熱，就要去找人理論。

「你站住！」而楚嶸卻趕緊把他叫住，然後沉聲把宋禹丞自節目開播以來，暗中照顧他們的所有舉動，一五一十地和黎昭幾個說清楚。

「不、不是吧！」黎昭四人頓時懵住了，他們面面相覷，根本反應不過來自己都聽到了什麼。

誰能想到，他們在小縣城吃到的第一頓飯，就是宋禹丞頂著大太陽靠著柳編換來的，而他們腦補的掙到第一桶金，是宋禹丞費盡心力，給他們鋪的路，並非是節目組給出的支援。就連好心的房東阿姨，其實也是聽了宋禹丞的囑咐，才會頓頓給他們加餐。至於現在，為了湊到房租，宋禹丞更是拚盡最後一點力氣，走了七個小時的路，又上門自薦懇求，這才換來他們接下來一個月的安穩。

沉默頓時將所有人籠罩，而極度愧疚的情緒也迅速生起。黎昭幾人覺得，和宋禹丞相比他們根本就很廢，再想想宋禹丞的出身，那種酸楚就越發讓他們難受得說不出話來。

宋禹丞真的是太難了。大家都是家裡嬌養的寶貝，可宋禹丞卻是許牧之的小玩意兒，圈子裡明碼標價的存在。再加上宋禹丞領了腳本，就只能照著演，甭管自己本身什麼性格，也是身不由己。可即便如此，他還是盡心盡力地照顧每一個人，對待他們的這份心思，就算是對親弟妹只怕也就如此了。

相比之下，自己五人卻一直理所應當地享受著宋禹丞的照顧，卻還不停吐槽宋禹丞，跟不知好歹的白眼狼有什麼區別？

一時間，看著宋禹丞手腳上的傷，再看看楚嶸放在床頭櫃上的錢，站著的四名少年全都脹紅了臉，不知道要說什麼。黎昭更是恨不得直接一嘴巴抽死自己，而兩位女孩早已泣不成聲。

「都散了吧，明天還有活要幹，這邊我盯著。」見他們都明白了，楚嶸也不再留人，繼續幫宋禹丞處理傷口，只是抿緊的嘴唇，和發紅的眼圈，都顯示出他此刻並不平靜的心情。

黎昭他們見狀，也知道眼下不是說話的時機，時間太晚了，宋禹丞也需要休息。幾個人輕手輕腳地散了，各自回到自己的床鋪上睡覺，然而即便如此，這一晚對於楚嶸五個人來說，都是相當煎熬的一晚，也是讓他們最難受的一晚。

所有人都輾轉反側，不知道第二天要用什麼樣的表情和宋禹丞說話，也不知道該怎麼向宋禹丞道歉才足夠誠懇。

凌晨三點，當所有人都睡著了以後，楚嶸悄悄起床，去村子的另外一邊找到導演組，要了手機，說有事聯繫家裡人。

雖然不符合規定，可楚嶸身分不同，導演組也不敢說些什麼，趕緊找到楚嶸的手機交給他。

「謝謝。」楚嶸接過手機，然後就轉身出去。

其實楚嶸是想打電話給自己的表哥，雖然時間很晚，但是他卻並不擔心自家那個日常沉迷修仙的表哥會睡著。

果不其然，提示音響了兩聲，電話就接通了，而楚嶸的第一句話問的就是宋禹丞。

「怎麼對他感興趣了？」提起宋禹丞，楚嶸的表哥立刻就犯起噁心來。

許牧之幹的那點狗屁倒灶的事，誰也不瞎，都跟明鏡一樣。他們楚家沒當眾翻臉，已經是看在多年世交的情份上了，要不然誰能忍受自家萬千寵愛的繼承人，被個渣男私下意淫，還弄出一群四不像的小玩意兒來當成替身。

「別這麼說。」聽出表哥對宋禹丞印象不好，楚嶸下意識就開口反駁：「他和外面的傳聞不一樣，所以我想知道些更細節的事情，我記得你之前叫人查過是不是？結果怎麼樣了？還有，你知道晨報上那個別墅火災是怎麼回事嗎？全都細細和我說說。」

「好好地拍節目，管這些事幹麼？小嶸你可別被騙了，宋禹丞這種被養出來的玩意兒，最沒心沒肺了。」見楚嶸對宋禹丞有好感，楚嶸的表哥趕緊勸了一句，但手上的事也沒耽誤，俐落地把之前調查的結果都找出來。

畢竟是最寵愛的表弟要上節目，許牧之又插進來這樣一個人，所以早在《交換人生》開拍前，宋禹丞的資料就被完完整整地放在楚嶸表哥的辦公桌上，只是屬下看過說沒有問題，所以楚嶸的表哥就沒有細看罷了。現在楚嶸問起，他又給調出來重新看了一遍，這一看，秒被打臉，什麼沒心沒肺的小玩意兒，這宋禹丞分明就是個傻孩子啊！

原本他們以為宋禹丞是為了錢才跟了許牧之。這麼一看，分明是宋禹丞初中那時候年紀小，被極品親戚欺負得走投無路，才被許牧之撿了漏。

什麼許牧之養著他，分明是宋禹丞自己養活自己。那棟別墅本來就是宋禹丞父母留給他的，許牧之只是動了動嘴要回來罷了。而那別墅每年的保養費用不低，還有日常生活費、學費，這些後續費用卻全都是宋禹丞自己賺的，許牧之提供的僅僅是看似高端的調教罷了。

然而事實上，對於宋禹丞來說，許牧之安排的那些課程和老師，恐怕才是最大的負擔。既耽誤了他掙錢，也加重了他的學業，根本就得不償失。他能忍下來，還能每樣都學得不錯，本身就是奇跡了。

然而這些，還都不算什麼，宋禹丞的具體住址，才是最讓楚嶸和他表哥震驚的，他們根本不敢相信自己的眼睛。

許牧之真的是太狠了！如果調查沒有出錯，那棟房子就是宋禹丞父母留給他的最後念想。許牧之連這都要動，分明是一點活路都不打算留給宋禹丞，哪怕是外人看著都心寒得不行，那麼宋禹丞呢？他在看到火災的新聞時，會是什麼感想？

「瘋了，都瘋了？這樣也能忍，還要跟著許牧之那種人，又不是自己活不下去，憑宋禹丞的手藝，放到時尚圈子也能拚一拚了，他到底是為了什麼？」楚嶸表哥感覺一口氣悶在胸口半晌喘不過來，就連三觀都在這一瞬間被完全顛覆。

然而此時的楚嶸卻意外地勾了勾唇角，只是眼神已冷到極致。

這麼多天的相處，足以讓楚嶸認清宋禹丞的為人，他就是個習慣性付出的給予者，隱忍、溫柔又有足夠強大的靈魂，絕對不是什麼菟絲花一樣的存在，而他之所以頂著這樣的名聲也要跟在許牧之這種人身邊，無外乎只有一個原因，宋禹丞愛他，而且是深愛。

聯想到深愛兩個字，楚嶸周身的寒意又多了三分，就連語氣也變得凜冽起來：「表哥，你明天幫我給許牧之個警告，讓他不要再對宋禹丞出手。剩下的，等拍攝結束，我來處理。」

「沒問題，我一早就過去，許牧之確實是太欺負人了。放心，表哥來辦。」

「嗯，剩下就沒有什麼了。」楚嶸又想了一會兒，確定該交代的都已交代好，這才掛斷電話，把手機送還導演組。

「今天我打電話的事情，希望你們守口如瓶。」楚嶸依舊是溫柔的模樣，可過於平淡的語氣，卻多了一種說不出的威懾感。

到底是世家出來的，底蘊擺在那裡，背景也足夠，導演組這些人自然是不敢多做置喙。即便許牧之才是他們最大的金主，可他們也依舊不敢得罪楚嶸這位小少爺，畢竟，即便沒有繼承家業，楚嶸也是楚家唯一的繼承人。

然而楚嶸在等到他們的肯定回覆以後，也準備回去休息。眼下時間將近凌晨五點，東邊的天色也已經開始泛白，隱約能看到有啟明星出現。

楚嶸踩著月色出來，回到小院的時候，天卻已朦朦亮，可他卻並不覺得疲憊，甚至在回去以後也沒有立刻睡覺，而是直接去宋禹丞的屋子，小心翼翼地摸了摸他的額頭，確定他沒有發燒，體溫正常，這才安心地在他身邊躺下。

安靜的小屋裡，兩個人的呼吸聲顯得存在感格外濃烈。而宋禹丞身上隱約的藥水味，傳入楚嶸的鼻腔，這種隱隱發苦的氣味並不好聞，但是對於楚嶸來說，卻莫名能夠讓他安心。

真好，宋禹丞現在平安地躺在他身邊。

由於頭一天晚上折騰得太晚，所以當早晨導演組過來拍攝的時候，宋禹丞幾個人都沒起來。最後一直到快九點，黎昭才頂著一腦袋亂毛出來，按照昨天晚上楚嶸最後的吩咐交了房租，然後帶著其他三位少年把院子裡的活幹完，準備出去買早飯。

至於楚嶸和宋禹丞則是請了病假，直到楚嶸聽見動靜起床，確定可以拍攝，才放隨身攝影師進去。眼下，宋禹丞也剛剛起床，似乎因為被吵醒有些不高興，迷茫著眼，臉色很難看。

然而楚嶸的時機卻把握得很好，就像是演練了幾百次般，他熟門熟路地放下窗邊的竹簾，讓屋內的陽光不再那麼刺眼，同時伸手捂住宋禹丞的眼，小聲哄他：「今天沒事，房租也交完了。你要累了就再睡一會兒，等黎昭他們弄飯回來，我喊你。」

「嗯……」宋禹丞是真沒睡醒，腦子也是迷糊得有點不認人，他見面前的漂亮少年溫聲勸自己，乾脆就順勢躺下，要不是手腳無力，沒准還要把人摟在懷裡，一起躺一會兒。

「這、這是怎麼回事？」主直播間裡不少網友都驚訝了，畢竟幾個小時前，宋禹丞還和楚嶸幾個人水火不容，現在不過短短一個晚上，竟然意外抱成一團，這實在是有點不大符合常理。

可隨後，宋禹丞直播間的那些粉絲們，就立刻熱情地指路直播間屏錄，把昨天的事情說明了一遍，網路上也跟著恰到好處地聯動了一番。

有人剪輯了宋禹丞做禮服的視頻，完整地上傳到網路，這下，那些原本就覺得宋禹丞人設很萌的路人粉，更是徹底被完全圈住，就連《交換人生》宋禹丞直播視角的購買數量也急遽攀升，竟然意外和楚嶸持平了。

楚嶸是童星出道，本身就自帶粉絲。可偏偏宋禹丞一個素人，橫空出世，卻能夠跟他的人氣相抗衡，簡直聞所未聞。

而與此同時，隨著宋禹丞人氣的攀升，楚嶸也跟著一併受益。楚嶸團隊原本想依靠節目轉換人設的打算，也意外順理成章地實現了。

原因無他，正是因為楚嶸半夜走出村子接人，把宋禹丞背回來的這一幕帶來的蝴蝶效應。

視頻裡，楚嶸分明自己也是個少年，卻因為心疼同伴，堅持走了一個多小時把人背回來，就衝著這個韌勁兒，也足以刷新了大眾對楚嶸「國民弟弟」的認知，甚至覺得，以往看作孩子的少年終於長大了，變得更有擔當，也更加溫柔可靠。

然而這些，都不過是前菜，真正的重點還在後面。誰能想到，就因為昨天的那段視頻，從《交換人生》這種節目裡，竟然能延伸出CP粉來。

是宋禹丞和楚嶸的CP。

其實這個CP早在《交換人生》開播的第二天，就隱約生出苗頭。然而那個時候宋禹丞給人的誤會太深，楚嶸又好像討厭他，所以也就被人擱置了。然而這次月下背人的溫馨小場景，卻直接提供了完美素材。

傲嬌卻才華橫溢且有擔當的大哥，溫柔隱忍又能吃苦且心疼哥哥的好弟弟，這樣的配搭，輕而易舉地就能讓人浮想聯翩。

而那些CP粉們的剪輯也都曖昧得恰到好處，只看田園上的兩個少年，一個溫柔、一個驕傲，哪怕光站著就很般配，而他們互動間那種若有似無的寵溺感，更是萌得人心尖發顫。

「啊啊啊！我不管，我站了兄弟CP！」

「我本來是楚少的唯粉，現在卻忍不住要爬牆。怎麼辦？宋宋好萌，驕傲的樣子簡直讓人恨不得分分鐘推倒！」

「重點是宋宋晚上看見楚嶸時的那個微笑，媽啊，迷死我了，怎麼那麼溫柔！還有楚嶸後來心疼宋宋，連眼圈都紅了，我雖然也心疼，但還是感覺被秀恩愛了一臉。」

「不，樓上你不是一個人，我也同樣嘗到了狗糧的味道。」

網路上一片沸沸揚揚，而隨著越來越多的直播片段剪輯，兩個人晨間臥室的那段互動，更是讓這幫CP粉們有種世界圓滿了的感覺。

溫柔美少年兄控弟弟，早晨哄著起床氣重的哥哥睡回籠覺什麼的，簡直甜到不行，萌炸了。

不過短短幾個小時，楚嶸和宋禹丞的同人主頁，就迅速被建立起來，關注也很快就達到三萬。而兩人互動的剪輯視頻也立刻被放到首頁，並且還有人建立專屬話題和tag，楚宋兄弟骨科，就此誕生。

很好，宋禹丞這一手，真的是幹得太漂亮了！

另一頭，許牧之在第一時間就收到消息，他翻看著兩人的同人主頁和話題tag，裡面每一條微博、每一個視訊短片、每一張同人畫作，都像是抽在他臉上的巴掌，更是罩在他頭頂的綠光。

真是巨大的驚喜了，他捨出去給自己的白月光當墊腳石的替身，竟然和白月光扯上關係，還被拉了郎配，即便知道是假的，那也讓許牧之感覺恥辱。

更何況，這明顯是宋禹丞故意為之，至於目的，不是挑釁就是報復。

可緊接著，前來的訪客卻讓這種感覺變得更加強烈，來的竟然是楚嶸的表哥，開口第一句話就是：「小嶸讓我告訴你，離宋禹丞遠點。」

「離遠點？」許牧之啼笑皆非，宋禹丞是他養的人，現在卻輪到一個外人站在他面前指手畫腳。

重點是，護著宋禹丞的還是他最喜歡的楚嶸，這就跟把他的臉面扯下來扔到地上踩有什麼區別？怒意和荒誕瞬間讓許牧之變得更加惱怒，他冷淡地看著楚嶸的表哥，慢條斯理地回答：「我很好奇，楚嶸是用什麼身分管我的事？宋禹丞是我養的人，和他有什麼關係？」

「你可以試試。」都是掌權久了的，許牧之的氣勢並不能讓楚嶸的表哥畏懼，他面上表情不變，可話語裡的深意卻越發耐人尋味：「小嶸的性格你也懂，我們楚家就這麼一根獨苗，是絕對不可能讓他不痛快的，所以，您可以慢慢想。原來可能是你的人，但是以後是不是那就未必了。」說完，楚嶸的表哥便直接告辭，留下許牧之一個人，差點被他的我行我素氣死。

很好，這可以說是完全不把他放在眼裡了，而且不惜用楚家威脅他，可見宋禹丞還真是把楚嶸的魂給勾走了，可偏偏他現在還不敢動楚嶸，更不敢直接和楚家撞上，畢竟他現在手裡的權勢不穩，如果不是和上面那位有點香火情，怕是許家掌權的位置也輪不到他來坐，這也是為什麼他覬覦楚嶸多年，卻不敢強取豪奪的原因。

然而現在，守了多年的果子卻被自己養的替身摘走了，即便綠帽沒有戴實，也足以讓許牧之憤怒。

足足過了十分鐘，他才緩和過來。緊接著，許牧之做的第一件事情就是給《交換人生》的導演組打電話，讓宋禹丞在結束今天拍攝以後，主動聯繫他。許牧之是徹底被惹怒了，因此，他決定這一次要好好給宋禹丞一個警告，讓他明白誰才是真正的主子。

當晚，宋禹丞結束一天的拍攝，終於可以睡覺的時候，卻被隨身攝影叫走。等去了導演組那頭，他才明白原來是許牧之發了話。

這種時候聯繫他，多半不是什麼好事，想想這幾天的變化，宋禹丞心下了然。

果不其然，他剛一撥通視訊電話，就聽到許牧之那邊故作溫柔地問候：「看來你在那邊玩得還挺不錯的。」

與此同時，宋禹丞敏感地聽到一聲金玉碰撞的脆響。

緊接著，視訊電話那頭，他看見許牧之手裡把玩的東西是一塊晶瑩剔透的白玉。

真的是想作死的怎麼都攔不住，宋禹丞冷眼看著，沒有立刻回答。

原身在父母去世後，算是孑然一身了，能夠威脅他的也就是這些老舊、能夠代表過去的物件罷了。剩餘的，錢，原身沒有要過；愛，許牧之不屑給。

所以許牧之每次想強迫原身，用的多半都是這一招，方便且立竿見影。而且事後只要軟言哄兩句，原身就服從了。

很可惜，他宋禹丞不是原身，對許牧之沒有什麼愛意，更不是什麼斯德哥爾摩症患者，許牧之這樣的做法只會讓宋禹丞想更好好地虐死他。

不過正好，他出門前定時發送的郵件也要寄到了，宋禹丞低下頭，掩飾住眼底一閃而過的嘲諷。然而看在許牧之眼裡，他這種無聲的回應就等於反抗無疑，而且還是最讓許牧之厭惡鄙夷的那種。

像宋禹丞這樣一無所有，要靠著別人才能活下去的人，到底是哪裡來的勇氣敢這麼忤逆他？就不怕他一伸手，就讓他走投無路嗎？許牧之想著，把手裡的東西放在一旁，慢條斯理地說道：「宋宋，你真的是長大了，也越來越會勾人。今天一大早就有人給我傳話，威脅我，要我不要動你，你猜是誰？」

「楚嶸嗎？」宋禹丞心如明鏡。

「你比我想的聰明。」許牧之笑了，但笑意並不達眼底，就連語氣也變得凌厲許多：「我的確小看你了，但你是不是也太小看我了？你以為勾引楚嶸幫你說話，我就不敢懲罰你了是嗎？」

「怎麼可能？」宋禹丞也跟著笑，「我就是您隨便養的一個小玩意兒，隨便拿捏一把，我都不敢有半點脾氣的，怎麼可能忤逆您？」

這話說的卑微，可宋禹丞眼神裡透出的戲謔和強勢，卻隱隱有爭鋒相對之勢，並不處於下風。

許牧之瞬間動怒，「你是不是以為我真不敢動你？」

「不是以為您不敢，是篤定了您捨不得。」像是完全放棄柔順的偽裝，宋禹丞挑眉一笑，眉宇間瞬間漾開的風流，配上那雙瀲灩了萬千春色的眼，直晃得人移不開眼，只覺得這世界上不會再有比他更招人的少年。

「許牧之，你有特殊的癖好，喜歡養漂亮的小孩，尤其是那種十二、三歲，精緻可愛的小少年，渴望把他們親手養大，從行為舉止，到學識眼界，甚至連性格都養成完全符合自己喜好的模樣，至成年後再親手採下。對你來說，這就是最能夠讓你興奮的事情。而楚嶸，就是最符合你愛好的那一個，可惜楚嶸不樂意，你也沒資格。所以，你找了一個又一個的替身，大的小的、男的女的，直到您找到了我。」

一字一句地剖析著許牧之心底最骯髒的慾望，宋禹丞的音調漸漸低了下來，連那些外放的氣場也逐漸收斂，最終化成溫潤俊雅，竟直接變成楚嶸的模樣。

許牧之被他這樣的變化震驚得說不出話來，盯著他的眼神也多了幾分癡迷。

可宋禹丞見狀卻吃吃笑了，略微沙啞的嗓音像是藏著一把鉤子，吐出的每一個字都和本身溫潤的感覺形成鮮明對比，至於那說出來的話更是諷刺到了極點。

「是不是很像？是不是覺得我就是楚嶸？是不是覺得愛上我了？許叔叔，我是你調教出來最成功的替身，你對楚嶸求而不得，只能用這麼可悲的法子自欺欺人，養了一堆人，可除了我，誰還能滿足你的意淫？毀了我，誰陪你玩？真要弄死我，你捨得嗎？」

許牧之啞口無言，死死地盯住宋禹丞的臉，半晌沒有說出話來。

像，太像了。不知道是不是親身和楚嶸相處過的緣故，現在的宋禹丞遠比當初接受老師們調教的時候要更像。那一顰一笑，都像是楚嶸活生生地站在他面前，重點是，和楚嶸有點世家小公子那種驕傲的柔軟不同，宋禹丞明顯更強勢，而這種強勢才是最誘人之處，彷彿讓人看到幾年後已經完全成熟、可以讓人任意採擷的楚嶸。

許牧之完全愣住了，然而電腦上突如其來的郵件，卻打斷了他的浮想聯翩。許牧之下意識打開，意外發現是一名匿名信，裡面竟然是他手下財務部門偷稅漏稅的證據，雖然不多、金額不大，並且現在也已經全部彌補上了，但是能得到本身就已經說明這人手段不俗。

不，未必是手段不俗，其實也有可能是他身邊的人。許牧之的臉色陡然變得陰沉起來，再抬頭看到螢幕另一頭氣定神閒的宋禹丞，頓時恍然大悟。

這匿名信多半是宋禹丞弄的。去年的時候，他曾經因為懶得動，所以借了宋禹丞的電腦接了祕書發過來的財務資料，原來他覺得宋禹丞看不懂，也沒有背叛的膽子，所以比較隨意，卻不料最終還是小瞧了他。

好，很好！果然是膽子大了，一個從小養起來的玩意兒，竟然也學會噬主。到底是掌權久了的人，他很快就冷靜下來，並且立刻反應過來自己被宋禹丞耍了，別的不說，就衝著現在郵箱裡的這封郵件，就能證明方才那些乍一聽是在求饒的字眼，剝去柔順的外衣後，剩下的全都是滿滿的嘲諷。

而宋禹丞就像是生怕氣不死他一樣，依舊用那副和楚嶸相似至極的模樣，柔聲勸道：「許叔叔，氣大傷身，還是不要隨便動怒的好，畢竟我在您眼裡是螻蟻，看見的也僅僅是您不在意的小事，絕對不會給您添麻煩的。」

赤裸裸的威脅。平時偶爾聽說某人被自己養的狗咬了、被自己身邊的小蜜背叛了，許牧之總覺得可笑至極，身為一名掌控者，連後院這一畝三分地都管不俐落，然而他萬萬沒想到，這種事竟然也有發生在自己身上的一天。怒意陡然盈滿胸口，他難得失態，陰狠地瞪著宋禹丞，恨不得一腳踹死他。

可就在這時，突然的內線打斷他和宋禹丞之間的對峙。

「什麼？」聽到電話那頭提到的名字，許牧之的臉色陡然變了。他萬萬沒想到，在宋禹丞出言威脅的節骨眼上，他那個比他年紀小且特別難伺候的教父竟然要回國了，是偶然碰巧回來有事處理，還是宋禹丞在背後做了什麼，才會讓那位察覺不對，過來敲打一二？

五年不設防的相處，就連許牧之自己一時間也記不住有沒有可能留給宋禹丞什麼把柄？一時間，竟也不敢輕舉妄動，到底是正經事重要，料理宋禹丞什麼時候都行，重點是那些有問題的帳目。

許牧之不怕稅務稽查，卻本能地害怕這位教父的檢驗，畢竟他寧願跪下叫人家一聲爸爸，人家卻未必想要他這個兒子。當年選了他掌家，不過是看他野心大，腦子比起許家其他幾個蠢貨要更清醒點罷了，如果真讓他查到自己這幾年做下的小動作，後果恐怕不堪設想。

這麼想著，許牧之只能按捺住暴怒的情緒，指了指宋禹丞，做了一個警告的手勢，然後就掛斷電話，算是不歡而散。

而另外一邊的宋禹丞，卻低著頭，看著手機半晌沒有動作。

這次的交鋒，他的確贏了許牧之一籌，也成功讓許牧之對自己投鼠忌器。但是宋禹丞心裡清楚，不過是占了個措手不及的優勢罷了，眼下，他的籌碼還不夠，想要真正和許牧之抗衡，想要光明正大地打臉他，他還要準備更多。

不過好在這一個月，他不用擔心什麼。畢竟是直播節目，在大眾眼皮子底下，許牧之膽子再大，也不敢做什麼，否則這一次也就不會是單純的警告了。

這麼想著，宋禹丞邊思考後面的應對法子，邊往導演組走，想要把手機還回去。然而就在他離開以後，陰暗的角落裡走出另外一個人，看著他的背影，久久沒有動作，此人正是楚嶸。

方才宋禹丞和許牧之的對話太過輕微，他無法聽清楚，但宋禹丞的神態卻完全能夠看見，自然也看到宋禹丞模仿他的一幕，那種堪稱惟妙惟肖的表演，楚嶸在一瞬間甚至覺得自己是在照鏡子。

但如果換成別人，他肯定會覺得這樣的惡意模仿很噁心，可換成宋禹丞，他卻只感到極度的可惜和悲哀。

宋禹丞分明是那麼完美，擁有玲瓏的心思和令人驚嘆的巧手，就連他卸掉偽裝後透著寵溺意味的小逗弄，都討人喜歡到了極點。

可這樣的宋禹丞，卻偏偏要壓抑本性、磨平棱角，硬生生把自己變成另一個人的模樣，就只為了討好許牧之。他到底是怎麼想的？分明許牧之從來就沒有真心待過他，可為何他卻甘願捨棄驕傲，變成別人手裡的玩具？

「就……這麼喜歡他嗎？」看著宋禹丞遠去的背影，楚嶸低聲呢喃著，修長的身影在月下顯得有點孤單，可他盯著宋禹丞的眼神卻越發深邃，甚至漸漸迸發出強烈的占有欲。

沒辦法，是宋禹丞主動招惹他的，即便楚嶸明白宋禹丞是因為服從許牧之的命令，可即便如此，他也無法控制心底深處那種病態欲望。時間越久，這種渴望就逼得他越發想要掠奪占有。

畢竟，這麼耀眼的人，許牧之看不上眼，可他卻很想得到，甚至想捧在手上，藏進心裡。

然而楚嶸的心態轉變，不過是一段小小的插曲，《交換人生》的拍攝還在繼續，至於其他人也並沒有發覺他心裡的祕密。

不得不說，在有了之前掙錢的那一齣之後，這些少年們就全都被宋禹丞降服了，甚至很有些一呼百應的意味。

即便宋禹丞依舊倨傲，可換了一種目光，在網友們的眼裡就變成了不擅表達的害羞及緊張，讓人覺得可愛。至於那些知道底細的少年們，更多的還是打從心底的心疼和信服。

哪怕看著宋禹丞照著腳本生硬地扮演，都覺得特別值得依靠。尤其是最早表示瞧不起宋禹丞的黎昭，還總是故意湊過去讓宋禹丞嘲諷他兩句，根本就是個抖M，覺得自己一天不被宋禹丞罵兩聲，這一天幹活都不舒坦。

至於楚嶸，更是直接就變成兄控的好弟弟，處處照顧宋禹丞，換藥、洗澡、準備三餐，恨不得連出入都把宋禹丞背著抱著，周到得不行。

不過宋禹丞倒是沒有什麼不適應，他原本就喜歡逗逗漂亮小孩，楚嶸這種長得溫順漂亮，偶爾逗急眼了又有點奶凶奶凶的貓崽兒，正巧就是他待見的類型。再加上黎昭這幾個小的現在護著他，衣來伸手、飯來張口的，宋禹丞乾脆順勢配合，就當符合人設了。

這下，網上那幫CP粉們就更加蠢蠢欲動，楚宋邪教日益壯大，那些同人剪輯和文章畫作更是遍地開花。用這些CP粉們的話說，宋禹丞和楚嶸這對CP，簡直是官方逼死同人，每天黏在一起不要錢地撒糖，狗糧根本都吃得停不下來。

然而這種看似平靜的生活，卻不過是暴風雨來臨之前的平靜，此時《交換人生》的老觀眾們，心情已經興奮到了極點，作為開播四季以來唯一成功闖過第二關的嘉賓，宋禹丞他們馬上將要迎來最頂尖的挑戰內容——成家以後，就該立業，按照節目流程，這一次，節目組要求宋禹丞他們白手起家，一個月內掙到一萬元。

重點是，這次的白手起家有個條件，宋禹丞不能再用賣編製物件或者做衣服這些方式來掙錢，因為有點太取巧了。緊接著，總導演用有點惶恐的表情看了楚嶸一眼，接著補了一句：「刷臉也不行。」

導演組這邊話剛落，那頭的主直播間的彈幕立刻就飄過一串的幸災樂禍。

「哈哈哈，這是要把人逼上絕路了啊！」

「不行了，我要笑死了，說宋宋手藝取巧就算了，竟然連刷臉也不行，他是知道我們楚嶸之前為了給宋宋買雞蛋羹去出賣色相了嗎？」

然而他們這邊彈幕飄得興奮，另一邊宋禹丞那頭也同樣炸開了鍋。

眼下，幾個少年正聚在一起聲討導演組，並且還試圖和導演組討價還價。

「過分了啊！我們禹丞哥就是手巧，自帶招財buff，怎麼就取巧了？」

「沒錯，連刷臉都不讓，難道以後我們都蒙面出門？」

而其中一個女孩的嘴皮子是最爽利的，直接就把導演組從開播到現在做過一切不靠譜的事情全都總結了出來。

最後黎昭手一揮，總結道：「不錄了、不錄了！咱們回家。」

幾個少年一片嘻嘻哈哈，不再像前兩次接到任務時那麼迷茫，畢竟經歷過很多事後，他們也已經成長許多，即便遇見挫折也不會立刻懵逼，而且最重要的是，他們現在有宋禹丞作為主心骨，所以覺得自己什麼都能幹。

「我們禹丞哥什麼都會！」黎昭用特別得瑟的眼神看著導演組，然後轉頭就去抱大腿，蹭到宋禹丞身邊膩歪，「禹丞哥，咱們後面怎麼辦？」

還能怎麼辦？宋禹丞無奈地看了黎昭一眼，只覺得他現在這副賤兮兮的小樣子，看著就想敲一下，誰家沒有個傻外甥。

這麼想著，宋禹丞懶得搭理他，乾脆轉頭就回屋了，「我可沒法子，你覺得沒問題，你去變一萬元出來給我。累了，我躺一會兒。」

被、被拒絕了QAQ，黎昭鬱悶地杵在院子中央，玻璃心頓時碎了一地。但是其他幾個孩子卻絲毫沒有同情心，反而嘻嘻哈哈地調侃他。到最後楚嶸也被鬧騰得夠嗆，示意他們小聲點，然後自己進屋去找宋禹丞。

楚嶸進屋的時候，發現宋禹丞正靠在床上閉目養神，他的姿勢很隨意，可不讓人覺得失禮，反而透出些許閒適和愜意。

楚嶸見狀，忙拿過一旁的毯子輕輕蓋在他身上，同時將窗戶旁邊的竹簾放下。現在雖然是夏天，可穿堂風也依舊很涼，至於導演組提出的那個賺錢問題，現在明顯不是琢磨這些事情的時候，看著宋禹丞睡得舒服，楚嶸的唇角也不由自主地勾了起來，就連眼裡都帶著愉悅的笑意，而小屋裡的氣氛，也頓時變得溫馨起來。

主直播間裡的彈幕立刻炸開了。

「啊啊啊，可怕的狗糧又來了，楚小嶸果然是兄控！看著宋宋睡覺都這麼高興嗎？」

「每天N發糖，我已經要被甜死了，但是作為一名CP粉，我想說，好樣的，請繼續！」

不少人都因為這一幕而激動得不行，彈幕刷刷地走，不過好在這幫CP粉們都比較理智，不過小小地激動一下，就又把彈幕留給其他人。

然而此時宋禹丞也適時伸手拉了楚嶸一把，笑道：「行了，折騰一早晨你也不睏，別忙活了，坐下歇一會兒。」

「嗯。」楚嶸順從地坐下來。可緊接著，他似乎覺得陽光刺眼，又不著痕跡地挪了個位置擋住陽光，以免宋禹丞的臉被直接照到，晃得他不能睡踏實。

乖成這樣真的是犯規了，察覺到他的小動作，宋禹丞無奈嘆了口氣，可剛睜開眼，卻正對上楚嶸信任的眼神。

「其實掙一萬元有點困難，畢竟還剩二十天。」眼見著關子賣不下去，宋禹丞只好開口和楚嶸交了個底。不過宋禹丞沒說的是，他心裡隱約有個想法，但是不知道能不能成。

然而楚嶸卻好像猜出來他在想什麼，低聲說道：「你若覺得可行，咱們就試試。」

「萬一失敗了呢？」

「那也沒關係，我會努力承擔，不會叫你遭罪。」楚嶸說得認真，順便把這兩天幫著村民幹活獲得的私房錢全都拿出來，放到宋禹丞的手上。一本正經的認真模樣就像是急於討主人喜歡的小狗狗，看著宋禹丞的眼神更是專注到不行。

難怪連許牧之那種人渣都會對他念念不忘，面對這樣的執著，就算是神仙多半也難逃蠱惑。宋禹丞被他看得心軟，直到良久，才亦有所感地問了一句：「這麼信任我，就不怕出事嗎？」

「不怕，你不會騙我。」十七、八歲的少年，正是眼神最熱烈純粹的時候，而楚嶸又長得溫潤漂亮，越發讓人無法拒絕。

要命……宋禹丞下意識伸手擋住他的眼睛，只覺得楚嶸真的是不得了。這要是再過幾年，真正長起來，溫聲說幾句小情話，怕是石頭都要被他給融化了。

然而他的這種看似漫不經心的逃避動作，卻讓楚嶸的心裡生出幾分欣喜，並且還暗自期待著宋禹丞能就此動搖，直到徹底忘了許牧之那個渣男，讓他取而代之。

宋禹丞和楚嶸的這段談話不過是個小鋪墊，可畢竟時間有限，因此過了一會兒宋禹丞還是讓楚嶸把其他人叫來，大致說了自己的想法。

這下，所有的少年都興奮起來。至於導演組，更是被宋禹丞的大手筆震驚得說不出話，甚至開始懷疑，這真的是涉世未深的十七歲少年有膽子做的事情嗎？

民宿。沒錯，在成家立業這個挑戰裡，宋禹丞的計畫竟然是要發展民宿。招待遠道而來的遊客，享受愜意簡單的鄉村生活。

那麼緊接著問題來了，他們開民宿可以，可房子在哪裡？本錢又在哪裡？他們身上分明就只有不到一千五百塊錢！

然而面對導演組的質疑，宋禹丞的回答卻很直接：「怎麼沒有房子？我們現在住的這個小院就十分合適！」

「……」這下，不僅導演組，就連黎昭他們都用一種呆滯的目光看著宋禹丞，彷彿根本不敢相信自己都聽見了什麼。

他們現在住的小院就是最合適的民宿？外面看著像危樓，裡面都是稻草床，就這樣的條件還要開民宿，可別是新寫出來的笑話大全。

至於主直播間裡的螢幕上，那些同步看直播的網友們更全部被宋禹丞的「豪言壯志」驚呆了。

「宋宋是要嚇死我嗎？重點是他們只有一千多塊錢的啟動資金，就算是裝修房子也不夠用吧！」

「時間也來不及，我家就是農村，雖然農村蓋房的費用沒有城市裡那麼可怕，但也絕對不是一天兩天能成的，至少要一個月。」

「我的心好累，好想去搖醒宋禹丞，不要做夢了，想點靠譜的辦法啊！」

所有人都覺得這種事情是絕對沒可能辦到的，可令人萬萬沒想到的是，楚嶸五個人在驚訝過後，竟然全部選擇支持，用他們的話說，宋禹丞可是能夠在短短幾個小時就掙到錢養家糊口的人，說要開民宿，就一定能開起來！

緊接著，他們連一分鐘的時間都不想浪費，立刻制定計畫，並且就此忙碌了起來。

宋禹丞竟然真的帶著他們去採買改造房子需要的材料，甚至還僱用了幾位村裡的小媳婦，帶著家裡的兩位女孩一起練習藤編和紮絹花。幾位男孩則是換了衣服，按照宋禹丞最早畫出來的圖紙，在裡面粉刷牆壁，順便鋸木頭。

第一天就這麼過去了，除了牆壁白了一些以外，並沒有什麼過多的變化。

第二天，宋禹丞的院子裡多了幾個簡單的木頭架子，是之前黎昭按照圖紙勉強做出來的，雖然足夠結實，但是卻醜得慘絕人寰。

第三天，宋禹丞他們前面的院子裡多了許多深淺不一的土坑，而那些提前打好招呼的鄉親，也把他們需要的花草和菜苗陸續移了過來。

但即便如此，從外面看上去這裡依舊沒有什麼令人眼睛一亮的地方，甚至還不如改造前，最起碼還算乾淨俐落。

「我就說不可能的。雖然是小村子，但只有一千多塊錢，用腳丫子想，都知道做不了什麼。」

「理想和現實的差距啊，畢竟宋禹丞他們年紀都小呢，偶爾衝動也是情理之中。」

不少人都暗自替他們著急。等到了第五天晚上收工的時候，所有人都覺得一定不行了，而這些折騰了快一週的少年們，也同樣有種累到要崩潰的感覺。

晚上十點，兩位女孩先被宋禹丞攆去睡覺，接著，年紀最小的少年，弄著弄著就一頭扎進龍鬚草的草堆裡，唯一還能維持手上工作的人，就只剩下眼皮一直打架的黎昭、楚嶸和宋禹丞。

「禹丞哥，這個弄成這樣行嗎……」黎昭歪著腦袋問宋禹丞，他現在睏到看東西都是重影，也沒有白天的那種鬧騰勁兒。

宋禹丞被他逗笑，摸了摸他的頭，「可以了，剩下的我來弄，你去睡一會兒。」

「不行。」黎昭堅持，「我去洗把臉，不太累呢。」

「那也不行。」看出黎昭已經是極限，無法硬撐，宋禹丞直接把人拉住，溫聲哄了一句：「乖，帶著弟弟去睡覺。」

「嗯……」黎昭還記著剩下的工作，不是很願意走，但實在太睏，最後還是拉著年紀小的少年去裡屋休息了。

這下，還在院子裡忙活的就只剩下宋禹丞和楚嶸，只是不知道為什麼，方才一直很認真的楚嶸，這會卻有點心不在焉，就連視線也好像一直時不時落在宋禹丞的手上。

怎麼了？宋禹丞一開始不明白，可哄了黎昭進屋以後才突然反應過來，楚嶸八成是吃醋了，畢竟自己以前私下裡只這麼哄過楚嶸。

要不要這麼可愛！宋禹丞的本性有點惡趣味，現在又沒有外人，就忍不住想逗楚嶸兩句：「別擔心，咱們弄得完。來，笑一個。」

「不是擔心。」看出宋禹丞在逗自己，楚嶸彆扭地偏過頭，悶悶地回答了一句，然後就低頭繼續幹手裡的活，哪裡還有白天鏡頭下的溫柔穩重，分明就是個要抱抱卻沒有被滿足的小貓崽，委屈巴巴，還挺招人。

宋禹丞被他萌了一臉，乾脆放下手裡的活，從後面把楚嶸摟在懷裡，「怎麼？因為我對黎昭好所以吃醋了？」

楚嶸沒說話，但也沒有反抗的意思，可整個耳朵全都紅透了，不知道是因為和宋禹丞靠得這樣近太過緊張，還是因為被揭穿了心思所以害羞。

「純情成這樣以後怎麼找老婆？怕是連告白都開不了口吧。」宋禹丞邊逗著，邊忍不住捏了楚嶸的臉頰一下，然而手指下觸感良好的肌膚卻讓他不想太快把手移開。

而楚嶸不過才剛剛適應宋禹丞的懷抱，可緊接的這一摩挲，又讓他下意識地打了個哆嗦。

「炸毛了？」宋禹丞徹底忍不住，被逗得輕笑出聲。

這下，楚嶸的臉就更紅了，乾脆破罐破摔地站起身，反手把宋禹丞整個人摟在懷裡，還把頭埋在他的肩膀上，像是在暗示宋禹丞，我的頭毛比黎昭的手感好多了。

所以還是吃醋了？宋禹丞的心情頓時就被楚嶸哄得更好，手上撫摸他頭髮的動作越發溫柔，「你啊，軟成這樣以後小心被媳婦兒欺負。」

然而埋在他肩膀上的楚嶸，卻意味深長地勾起了唇，其實被媳婦兒欺負也行啊！

到底還是有很多工作要做，所以在短暫的溫情過後，楚嶸和宋禹丞很快就又重新回到工作裡，而到了凌晨四點，其他幾個少年也陸續醒來幫著幹活。

這可以說最辛苦的幾天了，等到他們終於把這些天準備的東西都按部就班地放好以後，包括宋禹丞在內，全都有點虛脫的感覺。

而此時，已經是早晨六點，晨曦如約而至。等到八點導演組過來的時候，他們不過剛推開小院的木門，就被眼前的景致所震驚，至於那些準時等在直播間裡看直播的網友更完全懵逼了。

【第五章】

情勢逆轉

太美了！與其說改造，不如說是賦予新的生命。

所有的家具都是由草編和藤編來完成，雖然沒有大件和太過複雜的花樣，但是這些深深淺淺的自然色調，非但不小家子氣，反而透著十足十的精緻人文氛圍，而小院原本陳舊的破敗感，也在宋禹丞的巧妙裝飾下變成一種別樣的古樸。

如果說現代社會裡忙碌的都市人，最嚮往的生活是田園牧歌，那麼宋禹丞改造過的院子，絕對是田園生活的最佳代表。

所以說，他連裝潢設計都會？直播間裡，有懂行的網友頓時就驚訝了，甚至都開始懷疑，節目組是不是給宋禹丞他們請了外援，否則，如此極具個人風格的裝潢改造，他們是怎麼完成的？

可隨後，節目組公布的設計圖讓眾人大吃一驚，居然真的是宋禹丞設計出來的。

「我的媽，這也太逆天了吧！」

「突然心疼過往三季的嘉賓，說好的一起手忙腳亂當學渣，你們卻偷偷補課當了學霸。」

「好想知道節目組是從哪裡找來宋宋的，怪不得之前要給他那麼多限制。這有了限制還這麼誇張，要是沒有，豈不是要上天？」

整個主直播間都因此震驚，不過五分鐘他們就又陷入新一波的驚詫之中。

宋禹丞提出來的民宿報價，高得令人咋舌——兩天一夜一千元。

雖說宋禹丞這個小院的確弄得十分漂亮，令人心馳神往，可也有明顯的缺點。首先，距離城市遠，交通不夠便利，而且相對更加原始的生活模式，也讓人在嚮往之餘，生出更多的擔憂和抗拒。

畢竟，這種看似悠閒的勞作，在直播中作為旁觀者或許是覺得美的，但是真正住進去了就絕對不會覺得方便，最起碼，洗澡與上廁所就很要命了。

而且小村的夜晚，蟲鳴和蛙聲也同樣有可能令人崩潰。

這樣的地方，宋禹丞的定價就算有節目效應在，也不會有人真的想過去體驗生活吧！

原本還在感嘆宋禹丞把小院改造得相當完美的網友們，都下意識轉變話題，基本都覺得不大現實，即便後來放出節目組的聯繫電話，也沒有多少人真的想要過去看看，因此好幾個小時過去，節目組安排的座機依舊沒有響起。

一直到了傍晚，才終於有人打破冷場，但這位即將過來玩的房客目的也並非是單純來度假，而是衝著楚嶸來的，她其實是楚嶸粉絲團的團長。

「咱們這算不算是間接刷臉？」掛了電話後的黎昭有點鬱悶。

可宋禹丞卻覺得無所謂，如何開張的不要緊，重點是他們接到生意了，有了最開始的機會，才能真正把僵持的局面打開。

因此，算著粉絲團團長過來的時間，宋禹丞趕緊把接下來的準備工作分配給楚嶸他們。

然而他這頭正在為迎接第一位客人忙碌時，粉絲團團長那裡卻發生了一點小麻煩。

她不是自己過來的，而是帶著一位竹馬，一開始兩人之間的氣氛還算平和，可等到了小縣城以後，矛盾就驟然爆發了。

小縣城的交通遠比他們在直播裡看見的還要困難，誰能想到從縣城到宋禹丞他們所在的小村子，竟然只有拖拉機來回接送，重點是，每三個小時才有一趟。

都是大都市裡習慣待在冷氣房的人，現在大太陽下面站著等，肯定扛不住。而這粉絲團團長的竹馬又是個嘴碎的，說著說著就抱怨起來，並且認為粉絲團團長是被楚嶸給迷惑了，否則誰會花大錢跋山涉水來這種地方度假，不是故意坑錢又是什麼？

後援團團長也是個有脾氣的，直接一句「愛去不去，你想回去我給你機票錢」，兩人就吵了起來。

「所以妳就為了一個戲子要和我分道揚鑣？」

「楚少不是戲子，他是演員。你不喜歡我可以理解，但是這種侮辱的話能不能不說了？而且從一開始，就是你非要跟著，而不是我強迫你來。」

「妳以為我想過來？如果不是為了……」那竹馬被她懟得不爽，一時間嘴上就有點說漏了，不過他很快就把後半句嚥下去，可即便如此，粉絲團團長依舊立刻明白他這次過來的目的。

竹馬的職業，是一家八卦雜誌的記者，所以搞不好他根本就不是度假，而是過來跑新聞的。所以自己這是被人利用了？粉絲團團長直接就怒了，趕緊把人攆走，然而最令她始料未及的是，自己脾氣這麼一上來，竟然在無形中給宋禹丞和楚嶸找了一個大麻煩。

《交換人生》這個綜藝是雙管道播出，除了網路直播間以外，每週六還會固定在電視播出剪輯版。而且由於宋禹丞這個意外的存在，眼下《交換人生》的人氣和民眾討論度都已經相當高，單純根據收視率來看完全穩居第一位。

這樣的成績，原本就讓那些老牌綜藝們眼紅，而網路直播這邊的收益也同樣高居不下，尤其是單獨視角的直播間，幾乎是每一個看直播的都會特意買宋禹丞和楚嶸的單獨視角，可以說賺了個盆滿缽盈。

因此，在這樣大規模的曝光下，是不可能沒有負面的聲音，甚至早在剛開播時就有一些所謂的專業人士，在宋禹丞做草編、柳編的視頻下面，做些不明覺厲的評價，說宋禹丞的技藝並不正統什麼的。但這一類人到底還是少數，也沒有引起太多的風浪，可自從千元民宿這件事被爆出之後，風向就有點微妙了。

現在民宿的定價一般都在一百元左右，這種小縣城，哪怕是堪比四星的服務，也就兩、三百元到頭，可宋禹丞卻獅子大開口，一宿就是一千，怎麼看都有消費粉絲的意思。

可不論從那個角度來看，《交換人生》現在都已成為最熱門的話題，而粉絲團團長那個竹馬之所以想要跟來，其實就是為了蹭一下熱度。

這竹馬手裡很久沒有好新聞了，這次自認是抓到機遇，所以說什麼都要跟著過來。可惜的是，他沒控制住脾氣，竟然在小縣城就被甩掉，不過不要緊，該收集的黑料也收集得差不多，與其真的跟去小村裡遭罪，不如另闢蹊徑，他拿出藏在懷裡的錄音筆，臉上閃過貪婪的神色。

不過短短一個小時，竹馬所在的八卦雜誌官網就首先發布了一篇頭條文章，主題是討論偶像對粉絲的影響力。開頭部分，舉例大多用的是類似於直播主哄騙小學生粉打賞，可文章最後卻把宋禹丞他們這間民宿給放上去。

而最絕的是什麼？這竹馬竟然掐頭去尾地把他和粉絲團團長的爭吵錄音一併上傳，並且把粉絲團團長定義為受騙上當的腦殘粉。

與此同時，他還雞賊地把那些網上專業人士說宋禹丞就是嘩眾取寵的批判也給截圖加進總結，還暗示宋禹丞他們住的小院就是棟危樓，一沒有營業執照，二沒有安全保障，把人家一個小姑娘騙過去，到底是要做什麼？

而且，這竹馬為了搏上位也算是拚了，竟然悄不作聲地買了熱搜，這下宋禹丞他們的民宿直接火了。畢竟，最近在抓網路媒體，而那些直播主騙錢又是真有其事，至於各大明星粉絲後援會集資為明星打call，甚至就連同一個團體裡不同成員的後援會之間進行財力攀比，也都是真實存在的。

一時間，不少人都注意到這個頭條，並且參與了討論。

「娛樂圈也太亂了。這些明星平時商演拍戲就賺不少錢，竟然還這麼不擇手段。」

「網紅圈也一樣，他們前面說的這幾個直播主我都聽過，大人辛辛苦苦攢了點錢，全都被孩子不懂事拿去打賞了。」

這樣的討論四下而起，可不知是有心還是無意，竟然在短短兩個小時裡，所有髒水全都潑到宋禹丞和楚嶸身上，並且暗示他們非法盈利觸犯法律。

這下，事情真的鬧大了！可眼下節目組還在小村裡，分身乏術，並不能在第一時間做好危機公關，然而就差了這麼一步，卻讓事情發展到無法逆轉的地步。

竟然真的有網路憤青報了警，控告節目組欺騙消費、非法營業。而許牧之作為《交換人生》的主要投資人，竟然直接被上面找到，要求他立刻配合調查。

此時許牧之的辦公室裡，氣質冷肅的青年正坐在椅子上聽著許牧之的回報。

他比許牧之年輕，可那種久居上位的氣場卻輕而易舉地將許牧之碾壓，甚至還會讓許牧之本能感到畏懼。

然而即便如此，這名青年的長相並不嚴肅，反而俊美到不像真人，尤其一雙煙灰色的眼睛好似夜空氤氳了迷霧，隱藏著萬千星辰，若非他的眼神太過冷肅，否則輕而易舉就能引起人的旖念。

「事情是這樣，您看……」許牧之恭敬地站在他的身旁，彎腰把手裡的資料夾雙手遞給青年，小心翼翼斟酌著措辭，生怕說出來的話引起青年的不快。

許牧之是真的怕他，哪怕知道這青年的年紀比自己小，可許牧之依舊要尊敬地叫他一聲教父，不敢有半點不敬或者忤逆。

至於眼下的情景，更是讓他崩潰到無以復加，之前聽說青年要來，許牧之就趕緊把所有的帳目都整理了一遍，原本想在青年面前出一把風頭，結果迎面就是公司被告。

偏偏那個民宿的發起人是宋禹丞，眾所周知，宋禹丞是他養出來的。

「是我沒教好。」說到關於《交換人生》的相關事宜，許牧之趕緊先開口道歉。

可青年卻搖搖頭示意他不用解釋，接著不動聲色地打開電腦，順手刷了一下網上的言論，然後就失望地搖了搖頭。

許牧之真的是太蠢了，甭管起因是什麼，單單看現在網路上一面倒的風向，明顯是有人在故意帶節奏，否則《交換人生》也算是熱門綜藝，怎麼可能連反抗的餘地都沒有就被集體炮轟了？

可偏偏許牧之還不趕緊做危機公關，反而把鍋推到一個十七、八歲的少年身上，也是很腦殘了。

#論明星的另類圈錢方法，危樓強裝民宿，一夜價值千金#

看著微博和各大八卦論壇上的無腦謾罵，青年的眼神變得越發深邃，但是臉上的表情卻始終未變，好像這些人罵的並非是掛在他名下的產業。

許牧之站在旁邊，也同樣將這些內容看得一清二楚，可心裡卻越發打鼓，同時對青年的畏懼也更深。兩年未見，自己這位教父是越來越讓人看不透了。

可青年卻像是感受不到他的忐忑一樣，接下來又隨手點進《交換人生》的直播間，眼下楚嶸那位粉絲團團長已經快要抵達，而彈幕上到處充滿黑子們的無腦謾罵。

他順手遮罩了彈幕，仔細看了一會兒，突然問了許牧之一句：「這兩個人裡面，哪個是宋禹丞？」

「站著說話的那個就是。」許牧之低著頭，只覺得青年開口之後，那種隱藏在平淡下的強勢氣場讓他更加難受。

不過幸好青年的注意力很快就轉移到直播上，不再注意許牧之。

此刻的直播間裡，宋禹丞正躺在門口的躺椅上有條不紊地安排著什麼。

他也不動手，光看著隨便說兩句，就有人顛顛跑過去辦。

而楚嶸和黎昭兩個大的，更是時刻守在邊上，連那兩名女孩也都各種順著他，要是放在平時，這樣的場景肯定就要被爆罵了，可偏偏宋禹丞卻莫名給人一種這樣的驕矜就是理所應當的感覺，不過宋禹丞也到底歇不過三分鐘。

原因無他，這幾名少年裡也就只有楚嶸幹活還算有章法，剩下哪怕是黎昭都不大靠譜，縱然態度積極，手上總是出錯。

最後宋禹丞看不下去，還是放下杯子從躺椅上站起來，順著小院走了一圈，一人後腦杓糊了一巴掌，嫌棄地說道：「走開！笨死了！放下，我來！」便一一接過他們手裡的活計。

而這幾個小的被罵了也不生氣，反而嘻嘻哈哈地湊在他邊上，一口一個「禹丞哥」叫得可親熱，要是不知道的，還以為他們六人是親兄弟。

青年看著這樣的情景，眼裡難得地露出幾分笑意。

其實從剛才一點進直播間，他的注意力就被宋禹丞吸引，不僅是因為宋禹丞格外出眾的氣質長相，還有他游刃有餘的行事風格，且看他寵溺地逗弄著幾名少年，不經意間流露出的縱容，和掌控一切的架式，分明是要有足夠的底牌和底蘊才能支撐，這哪裡是一個玩物會有的風骨？要知道，必須靠著外力才能生存的菟絲花，是絕對不可能擁有這種天然的強者姿態。

這個宋禹丞，真的很有意思。

看到這裡，青年已經完全確定，宋禹丞這間民宿定然不是字面意義上那麼簡單，一定還藏著別的祕密，至於彈幕上那些罵著宋禹丞的人多半要被打臉。

這麼想著，他又一次開口對許牧之說道：「你很蠢，但是看人的眼光倒是不錯，只可惜宋禹丞是個眼瞎的。」

所以這意思是說，宋禹丞喜歡自己是瞎了眼？許牧之瞪大了眼，頓時感覺整個人都不好了。當初若沒有他，宋禹丞被家裡親戚攆出來，流落街頭，恐怕最後要去垃圾堆裡撿吃的，是他幫宋禹丞搶回了房子，給他找了老師教導禮儀、學識，養到現在，結果從青年口中評價出來，倒變成了自己祖墳冒青煙才能碰見宋禹丞，而宋禹丞愛上他許牧之就是眼瞎，他是不是聽錯了？

巨大的屈辱和難堪瞬間讓許牧之的臉色變得難堪，可偏偏青年一向說一不二，許牧之根本連反駁的餘地都沒有，只能這麼愣挺著，還要全程陪笑臉，只覺得自己長這麼大從沒這麼窩囊過，可偏偏最讓他尷尬的還是宋禹丞直播那頭的情況。

事態竟然還真的反轉了。

根本不需要什麼危機公關，也不需要什麼水軍來帶輿論方向，宋禹丞只憑事實就讓所有罵他們的人閉上嘴，並且還在那些質疑他的人臉上狠狠地抽了一巴掌！

那些鍵盤俠們就算把後半輩子的想像力全都用出來，大概也腦補不出宋禹丞的這間民宿竟然還藏著這樣的奇妙。

大概古人經常說的歸園田居，就是這樣的意思。

時間往前推十分鐘，楚嶸粉絲團的團長一下車，就因入目而來的情景大受震撼。

平靜的小村落，風景秀美，民風樸實，這種愜意全都是實打實的，不摻半分虛假。而為了迎接第一位客人，宋禹丞幾人也跟著換了一身穿著，居然是漢服。

看得出來是臨時趕製的，有幾個地方的針腳不夠細密，可卻完美呈現出一股田園古韻，素色棉麻質地，只用最簡單的藍染工藝就添上一種雅致。

而這種雅致，並非是貴族般的高高在上，而是小家碧玉的雅致，襯得幾名少男少女越發好顏色，就這麼在小院前面站成一排迎賓，儼然就是最亮麗的風景線。

至於屋子也布置得十分舒適，最簡單的裝飾卻有最人文的畫風，即便偶有粗糙也無傷大雅，反而更添一種接地氣的親和感。而草編、藤編的天然清涼感，也將夏日的炎熱消除得一乾二淨，只留下滿目的舒適，只需一杯涼茶，幾樣合口的點心，就能享受一個完美的下午。

用一句話說，這樣的屋子，哪怕是只坐在門檻上吹吹過堂風，都是一種極致享受。

而後面黎昭他們精心安排的節目就更加有趣了，黎昭領著幾個大的，帶著粉絲團團長去水裡抓魚、地裡摘菜，就連路過雞窩也不放過，非要進去掏兩把、被護蛋的母雞啄兩下才肯甘休。

而這些就是晚飯要用的食材，宋禹丞這間民宿沒有固定的菜單，想吃什麼就去摘什麼，也不用擔心廚房裡負責做飯的小媳婦們無法駕馭，她們祖祖輩輩都生活在這裡，對每一樣食材都瞭若指掌，即便是最簡單的炒青菜，也能做出別樣的清新滋味。

而最讓人欣喜的是，她們並不藏私，只要你不介意，廚房就可以是整座院子裡最熱鬧的地方。

夏日裡的白天總是長些，五六點鐘，太陽還沒有落下，而灶臺那頭的煙囪卻已經升起裊裊炊煙。帶著鄉音的小媳婦，一群幹活都幹不俐落、還要吵吵鬧鬧的少年，發現一顆形狀奇特的馬鈴薯都要嚷兩嗓子，碰一碰養在小桶裡的魚也要大驚小怪一番。

歡聲笑語一片，完全沒有大酒店裡那種看似周到的隔閡，就連午飯準備到一半，有什麼突如其來的想法，也可以和做飯的姐姐們說，她們會滿足你的一切奇思妙想。

等到最後一鍋美味出來的瞬間，那種天然的鮮甜，不需要任何繁複的加工，就足以將味蕾百分之百捕獲。

而飯後休息的時候，院子裡剛打下來的桑葚和後院摘的櫻桃就是最好的零嘴。

可上面這些不過是最基本的飲食，其中宋禹丞設計最令人驚豔的安排，卻是生活模擬，如果你願意，可以完全用古代人的模式來享受這裡的一天，就連服飾都是現成的。

用宋禹丞粉絲的話說，宋禹丞就像是一座挖掘不盡的寶藏，永遠不知道他的才華會令人驚豔到什麼地步。

不止是藍染，哪怕是櫻染這種相對小眾的技藝，宋禹丞也同樣手到擒來。

白色薄紗，淺粉色的花瓣洗出的汁液就是最天然的染色劑。在宋禹丞巧妙的設計下，只要稍微裁剪，最簡單的紗裙也能帶來落英繽紛的夢幻絕美。

再加上兩名少女的巧手裝扮，草編和桃木枝做成的髮簪，輕巧而精緻，還有漂亮的絹花和顏色清雅的髮帶，一個穿著漢服的古韻女子，就這麼新鮮出爐了。

而在這個村裡，這樣的漢服打扮也並不會引起過分好奇，大家都很習慣，還會善意稱讚一句：「好漂亮的小閨女兒。」

「這裡，真的是太好了！」拿著相機，粉絲團團長站在田埂上，享受著現在所看到、所體會到的一切，只感覺每一處都能讓人沉溺。

而此時主直播間裡的那些網友們，也全都和她有同樣的想法。

「真的好美啊！一千塊錢真的不虧。」

「是啊！光是這身漢服和配飾就價值不菲了。我聽他們說，這套衣服是可以帶走的是不是？這可是櫻染，現在這種純手工的原創漢服，不算髮飾，就要幾百了。」

「吃得也好，你看他們晚上端出來的大鍋飯了嗎？這才是農家風味啊！我看著就口水直流。」

隨著時間的推移，越來越多的網友被宋禹丞設計的民宿所吸引，而這間民宿的主題也被節目組仔細地介紹給眾人——遺失在時空裡的國粹。

漢服、柳編、草編、藍染、櫻染這些都是過去最常見的民間工藝，可隨著科技發展，手工匠人們逐漸被機器取代，而這些技藝也漸漸遠離喧囂的人群，變成小眾。

至於後面那些村裡小媳婦們祖傳的菜譜，才是最讓人震驚的。她們長年守在這個小村莊裡，習慣自給自足，但是平淡且平庸的生活並沒有削弱她們的眼界，反而賦予她們更加神奇的智慧和創造力，再配合宋禹丞的靈感，就沒有她們做不出來的美食。

一個簡易版的烤箱，成就了中式糕點。油酥和各式水果與鮮花的碰撞，就帶來最頂級的味覺盛宴。而晚飯時，村子裡熱情的村民們也跟著獻出一手絕活加花饃，各式各樣的饅頭，只用一根筷子、一把梳子、一把剪刀，就能做出一桌美景。

與其說是食物，不如說是藝術品。

看到這樣的情景，不僅僅是粉絲團團長驚詫地瞪大了眼，就連觀看直播的那些人也全都沉溺，哪怕那些黑子，看到這裡也都徹底說不出一句批評。更有甚者，那些立場不堅定的人，還打算來一場說走就走的旅行。

離開喧囂的城市，忘記人情世故和生活壓力，跋山涉水來到這個小村子，享受一天的清閒時光。哪怕只是單純地吃點野味，看看風景，能夠獲得的滿足也一定是無窮無盡的，畢竟，這樣的生活才是真正的休假、才令人神往。

因此這一次，當節目組放出聯繫電話的時候，就不再是無人問津，不過短短幾分鐘就被打爆了。負責接電話的黎昭也忙得不行，最後還是宋禹丞接手，表示一共只接待十撥客人，就取前十好了。

可就當他們準備敲定下一位客人人選的時候，一個壞消息卻陡然從天而降。

網路總局下達命令要求《交換人生》暫停播出，立刻整改。至於原因不言而喻，自然是涉及到偶像作風問題，以及民宿非法營業。

直播間裡，眾人眼睜睜看著節目組那頭連直播都沒來得及關上，就被當地市局的警察找上門。

「您好，我們有些情況要找宋禹丞和楚嶸瞭解一下。」

「這是怎麼回事？」在員警進來的那一刻，主直播間裡的粉絲們都驚了。

而另一邊的現場，楚嶸、黎昭這些少年也同樣被這神來一筆震住，完全不知道要作何反應。

「是不是有誤會？畢竟這是做節目。」粉絲團團長試圖解釋。

而黎昭和楚嶸則是同時往前一步，把宋禹丞護在後面。

這種警惕的陣仗，讓幾位員警也有點無奈，只好溫聲解釋自己這趟來是公事公辦，民宿若沒有問題就不會為難大家。

而且他們過來主要就兩件事，一個是營業合法性，一個是具體安全性。畢竟事情鬧得這麼大，網上報警的也不是一個兩個，系統派發的調查命令堆到八尺高，即便知道宋禹丞幾個是在做節目，也依舊要按照制度辦事。

「我明白了，我是民宿計畫的提出人，您有問題問我就好。」宋禹丞見狀主動走出來。

黎昭擔心地拽了他一把，宋禹丞卻朝他搖了搖頭，表示沒有問題，然後喊了楚嶸一起帶著過來檢查的專家和員警進屋取證調查。

好好的網路綜藝，竟然出現這種轉折也算是頭一遭了。

此時，《交換人生》的主直播間裡已經快要被得到消息的吃瓜網友擠爆，而那些在網上爆罵的人，也都跟著混進來，想看宋禹丞和節目組到底是怎麼被打臉的。

可惜的是，他們非但沒有吃到好瓜，反而被迎面而來的一巴掌給狠狠抽暈。

出乎眾人意料，節目組弄的這個看似危房的小院，安全性竟然是有保證的，甚至用那些專家們的話，哪怕是六七級地震，這些房子都依舊能保持堅固。

至於看似粗糙的家具，每一處也都有自己獨到的特性。

重點是，宋禹丞做的改造是純天然的。

小院所有的材料，除了藤編、草編那些小件以外，稍微大些的家具，都是採用古老的木工技藝，就連一個平凡無奇的凳子，都不是用釘子釘死再用膠來黏，而是用卯榫連結。而這種老木匠才會的技藝，現在已經不是那麼常見了，恐怕只有這種看似落後的小村子，才依舊保存這種古老的生活小竅門。

再說那些染布用的顏料也不是化學顏料，而是從天然植物裡提取出來的。

至於價格是否合理，宋禹丞開出了一張單子，所謂的一千元，是整座院子的全包價格。不管來幾個人，只要住得下，就全都這個價錢。一日三餐也是免費供應，灶上一直有火，即便想加餐也可隨時進行。

水果甜品二十四小時供應，果汁是鮮榨的，茶是真正的在地新茶。

與此同時，在這裡或許沒有什麼高科技產品，但是娛樂活動卻也不少，院子後面的小山坡和溪流就是最天然的遊樂場。

而換上漢服以後，那種身臨其境感，也真的彷彿能帶人回到千年之前。

「我覺得……一千元真的不貴。人家是一座院子一宿一千，你要是組團去，三個人均攤下來，一人也就三百多。這樣的環境、這樣的待遇，可以算是天堂了。」

「沒錯，平心而論，我是想去的。不知道現在鬧成這樣，後面還能不能報名？」

「那又如何？他們是非法營業。」

「人家少年起家，本來就是做節目，要觀眾配合罷了。」

就這麼一會兒，網路上又吵了起來。不過這次不再是一面倒，但也僅是直播間這裡，網路上的幾個論壇已經全都被水軍和鍵盤俠們占領，但凡幫宋禹丞、楚嶸說話的人全都被打成被洗腦的腦殘粉。

而關於節目直播上的照片，也被所謂的技術帝分析說是加了濾鏡才會這麼漂亮，若去掉效果，實際上就是髒亂差。

而這些都是暫時的，當直播間裡宋禹丞從裡屋拿出一個小盒子之後，所有人都因為裡面的東西再次目瞪口呆。

竟然是有許可證的！而且這些許可證，並非是宋禹丞這些少年臨時辦理，而是以房屋原主人的身分進行申請的。

最令人匪夷所思的是，包括來做飯的小媳婦都是有健康證明的，連她們炒的菜也都經過認證，是無農藥的綠色蔬菜。

「這怎麼可能？」所有人都懵逼了，緊接著質疑和反駁聲就隨之而來。

「絕不可能！我關注過他們這個直播，從說要開民宿到民宿弄好，也才五六天的時間，而正常的營業執照，哪怕是走最短的流程，沒有一個月也弄不出來，他們是怎麼辦下來的？」

「這是假的唄！現在的媒體都拿大眾當傻子，他們說有就有，演得太假了，以為所有人都和腦殘粉一樣沒有常識嗎？」

可接下來公布的相關證據就再次讓這些人閉嘴，營業執照是真的，並且早在節目開播前就已經辦理好，相關執照號隨時可以去相關官網查詢。

「這、這是為什麼？」那些原本自命正義的鍵盤俠們全都愣住了。

節目組也趁機給出解釋，和這縣城及小村落的歷史有些關係。

這個村子竟然是古時儒家大師的家族後裔所在，同時也是第一批非物質文化遺產的申遺地之一，以鄉音和飲食為主，這個看似落後且平庸的小村子，竟意外將千年以前的古韻完全流傳下來。

所以，幾年前當民宿營業標準建立起來之後，這裡就已經得到民宿營業權的許可，然而由於地處偏遠，很遺憾沒有成功走進大眾視線。

對著直播鏡頭，宋禹丞作為民宿計畫發起者，解釋了自己的想法：「授人以魚，不如授人以漁。這個節目叫《交換人生》，難道就只是簡單地互換環境體驗生活？為什麼不能把這個概念擴展開，把這個村子的命運也換一換，畢竟所有的美好都值得被人稱讚。」

恍然大悟。整個主直播間都沉默下來，所有聽到的網友都對此感嘆不已，而宋禹丞的這幾句話，也隨即被人截圖上傳到網上。

論壇裡那些還在瘋狂罵街，說節目組是做戲的人這下全都沉默了。

他們可以懷疑民宿營業許可的有效性，也能夠爆罵節目組和宋禹丞、楚嶸消費粉絲，惡意贏取暴利，但他們卻不能也不敢拿老祖宗的歷史和文化開玩笑。

「我覺得，所有罵人的都該和宋禹丞道歉。我不知道別人，但是我在十七歲的時候，絕不會有這樣的心思，也沒有這樣的才華和手藝。」

「他們才不會覺得自己錯了。畢竟是站在『公理』和『正義』一方，人家是怕大家被騙呢！」

「呵呵，一幫所謂心智成熟的成年人，動動手指，隔著網路線，隱藏在螢幕後面，就能用最陰險的心思去揣測別人的好意，惡意評價，指點江山。和宋宋比起來，他們才是真正的魯蛇。」

原本被壓得無法說話的《交換人生》的粉絲們終於找到機會反撲。至於那些上一秒還蹦躂罵人的鍵盤俠們，現在卻變成被嘲諷聲討的對象，偏偏他們還無力反駁。

沒辦法，宋禹丞這一巴掌打得太狠，連臉都抽腫了，估計短時間內這些人都不想在論壇說話，畢竟臉疼。

危機不過短短大半天就自然解開。另一頭，許牧之完全被眼前的事態發展震驚，他之前的確聽許多教過宋禹丞的老師說他很聰明，可直到現在才真正意識到宋禹丞有多能耐。

宋禹丞是早就知道這個村子的事情，還是意外湊巧？許牧之百思不得其解，但最後還是決定將事情歸結於意外。

畢竟連節目企劃都不知道這裡面的歷史，他清楚記得提交第四季企劃書的時候，選擇這裡只是因為窮鄉僻壤、交通不便。

然而旁邊的青年眼神卻變得更加冷漠和寒涼，他原本就知道許牧之蠢，可沒想到兩年過去，許牧之竟然比以前更蠢。

宋禹丞開民宿明顯是計畫好的，並非是湊巧。就看他改造房子時的小心翼翼，就連格局都沒有變過，除了把牆塗了一下，其餘都保持原樣，就說明宋禹丞知道這裡有歷史，是以前留下來的老院子。而後面員警要求調查時，他的沉穩應對，更是證明他有恃無恐，自信計畫天衣無縫。

所以像宋禹丞這樣的人，到底看上許牧之什麼？難不成是因為本身太聰明了，所以想找個蠢貨中和一下？

青年皺起眉，突然覺得身後的許牧之蠢得十分礙眼。

站起身，他走到門口，示意許牧之不用再跟著，然後吩咐自己的屬下：「去查查網上那些故意引導輿論的水軍，還有最開始造謠的八卦雜誌，然後通知法務部門，讓他們走官方程序。別人都能報警了，我們總不能傻站著挨打。」說完便帶著人離開了。

然而許牧之的心卻變得越發忐忑起來，他總覺得，青年最後看自己的那一眼好似有什麼厭惡的意味在裡面。

一鳴驚人，《交換人生》這個節目再次大火，徹底成為全民第一綜藝。而拍攝地的小村子也一併火了，毫無疑問，借著這股子東風，未來這裡的發展也會變得相當順利。

至於宋禹丞和楚嶸這幾名少年，也成為現在網友們最關注的話題中心。

等到節目倒數第二期的收視率公布出來時，更震驚了所有人。百分之十，這可以說是五十年來綜藝節目的最高收視率了，這絕對是奇跡！

畢竟《交換人生》有網路直播版，電視播出的僅是剪輯過後的內容，而且播出時間也並非是黃金檔，可即便如此，他們依舊創造了輝煌。

然而這並不是終點，等到收官的前一天，網路直播間裡觀看的人數更達到千萬這個可怕的數目。

面臨這樣的成績，節目組也是興奮到不行，乾脆破例給幾名少年播出四季以來唯一的獎勵——節目組提供了一個手機，給他們和家裡通話的機會，但是僅限每人五分鐘。

這下，就連黎昭都有點興奮了。一個半月，他們離開親人，被迫學會獨立，哪怕吃了苦頭、受了委屈，也只能依靠彼此互相安慰。

每天辛苦勞作，讓他們各自都瘦了不少，雖然也被歷練得沉穩許多，可乍一聽到可以和父母家人通話，還是都忍不住紅了眼圈。

「讓禹丞哥先打吧。」一個女孩率先建議。

從節目開播以來，宋禹丞是最累的，又要照顧他們，又要想辦法掙錢。一開始連飯都沒時間好好吃一口，要是沒有宋禹丞，楚嶸這些人估計連一天都熬不過去，所以女孩剛說完，就得到其他人的贊同。

然而宋禹丞卻沒有打電話的意思。

「禹丞哥來啊！」以為宋禹丞是在不好意思，另外一個女孩主動湊過去，把手機塞到他手裡。

和宋禹丞相處久了，她多少也摸清楚了宋禹丞的脾氣。知道宋禹丞拿她當小妹妹看，舉止間也多了不少兄妹的親昵。

至於另外一個少年也同樣跟著勸，「禹丞哥別不好意思，離開家這麼久，肯定超級想爸媽了，快給叔叔阿姨打電話，你打了我們才好打，這一個半月你照顧我們辛苦了。」

三人說著，都用期盼的眼神看著宋禹丞，可宋禹丞卻依舊沒有動。

而站在他們旁邊，知道些內情的黎昭則是下意識收起笑容，甚至白了臉，至於楚嶸更是連心都涼了半截。

想念爸媽？宋禹丞的父母早就去世了，就連辛辛苦苦守著的家，前些日子也被燒掉了一半。所以這樣的他，到底要給誰打這通電話？

「別和禹丞哥鬧，你們著急就先打……」黎昭性子急，先攔住三人的話茬，可乾巴巴的語氣卻將他忐忑的心情盡顯無疑。

而楚嶸也緊張地往宋禹丞身邊靠近一些，彷彿宋禹丞是什麼脆弱的易碎品，擔心得不得了，就連導演組那頭也突然反應過來，用極其微妙的眼神看著宋禹丞。

屋子裡原本歡脫的氣氛，驟然就變得冷淡下來，而方才想要讓宋禹丞先打電話的三人也跟著不知所措，他們本來是好意，可現在看著卻像是做了壞事。

然而宋禹丞的反應卻和他們截然相反，好似大家注意的對象並不是自己，他十分平靜，臉上的神情更是半分未變。

「禹丞哥……」黎昭小心翼翼地喊了一聲。

宋禹丞抬頭看了他一眼，沒言語。接著就無所謂地把手機扔給身邊的女孩，「我的時間給妳了，這麼爛的機器，我怕用了以後會耳聾。」

說完，他轉身走出去。

「你們啊！」黎昭急了，緊跟著就要跟上去，可卻被楚嶸攔住，「你和他們解釋，我去看看。」

「也行，我嘴笨，你要好好勸勸禹丞哥。」

「知道了。」楚嶸遠比黎昭還要著急，承諾了一句就趕緊開門走了。

楚嶸原本以為，宋禹丞心情不好，多半會往遠處走，然而他不過剛出屋門，就在院子裡的躺椅上找到他。

像是在欣賞夜空，宋禹丞仰起頭，漂亮的眼裡好似倒映著漫天的星光，就連唇角的弧度也是溫和而愜意，滴水不漏的模樣，哪裡能看出半分難過的勁兒。

可楚嶸的心裡，卻越發堵得不行。

「不打電話嗎？不怕回家挨揍？」聽到腳步聲，宋禹丞轉頭和他對視。

等了一會兒，他見楚嶸不回答，乾脆朝他招招手，示意楚嶸過來一起坐。

離開攝影機的範圍以後，宋禹丞去掉偽裝後的笑意，顯得格外溫柔，只這麼勾唇淺笑，就能讓人暖到骨子裡，忍不住想要靠近。

然而面對他這樣的無懈可擊，楚嶸卻只覺得心疼。

楚嶸之前詢問過表哥對宋禹丞的調查結果，所以他知道很多事情。他知道宋禹丞在六年前就失去最愛他的父母，也知道宋禹丞根本就沒有可以打電話的家人，唯一能聯繫的許牧之，還是個冷心冷肺，把他的真心扔到地上隨意糟蹋的渣男。

所以，嫌棄手機不好都是拙劣的藉口，躲開也不是在鬧脾氣，而是宋禹丞真的難受了，可即便心裡這麼壓抑，他卻還能維持一副不要人為他擔心的模樣，這樣的溫柔到底是為什麼？

楚嶸覺得自己根本無法想像，宋禹丞到底隱忍了多少痛苦，才能把自己偽裝得這麼完美？

於是，楚嶸抿緊了唇，伸手用力把宋禹丞抱在懷裡。

「這是在撒嬌嗎？」對於楚嶸突如其來的感情表達，宋禹丞忍不住開口逗了他一句，可在看到楚嶸瞬間就紅了的眼圈以後，也只能斂起笑容，先把人哄好，「好了好了，不說你了。這麼大的人怎麼臨走了還要哭一鼻子？溫柔男神人設可別崩啊。」

都什麼時候了，還要說人設。

楚嶸沒有言語，但是抱著宋禹丞的手卻收得更緊，甚至希望他這樣的動作，能夠給宋禹丞一些安慰，讓他的心裡能夠變得舒服一些。

即便他明白，以宋禹丞的強大，並不需要這樣這樣的虛有其表，但是楚嶸依然希望自己能夠成為能夠支撐宋禹丞的那個人。

可偏偏這樣的話誰都能說，只有他不行。楚嶸心裡十分清楚，宋禹丞之所以會這麼辛苦，最大的原因就是被許牧之看上，養成了自己的替身。

換句話說，他也是害了宋禹丞的始作俑者之一。可即便如此，他還是喜歡宋禹丞，恨不得能把他連人帶心都一併藏起來，烙下自己的靈魂烙印。

這麼想著，楚嶸把頭抵在宋禹丞的肩膀上，半晌都說不出一句話，就像是急於討好又不得章法的貓崽兒，小心翼翼蹭著宋禹丞的模樣，哪怕是再鐵石心腸也要因此觸動。

更何況宋禹丞明白，楚嶸會這麼難受是在為自己心疼，而這種直白的表達，也正是宋禹丞最難以抵抗的。

嘆了口氣，宋禹丞放鬆了身體，任由楚嶸抱著自己。與此同時，宋禹丞的手，也放在楚嶸的背上，輕輕拍著他。

而此時另一邊，屋裡的黎昭也憋不住了，直接把宋禹丞的情況說了出來：「禹丞哥沒有可以打電話的家人，他父母在六年前就因為意外去世了。」

「什麼？」兩名女孩和另外一名少年下意識反問，完全不敢相信。

他們之前知道宋禹丞並非是豪門世家的大少爺，可卻也完全沒有想過他竟然是孤兒。

而黎昭在說完以後也低下頭，瞬間紅了眼圈。

如果不是顧念著直播，他是不想說的。而且對於宋禹丞，這樣的底細被人反覆翻出來也並非是什麼好事，他根本不屑於公眾那些毫無作用的同情，至於憐憫更是完全不需要。

但黎昭卻怕他被人誤會，之前的幾件事，已經讓他感受到網路暴力的可怕。

他甚至能腦補出來，如果他不解釋，以宋禹丞的驕傲和隱忍，定然不會刻意賣慘。那麼都不用等到節目播完，只看眼下，那些鍵盤俠們就會斷章取義地爆罵宋禹丞，說他再有能耐也沒有用，連父母都不孝順，簡直就是垃圾。

所以黎昭才覺得自己必須要替宋禹丞說出來，畢竟他的禹丞哥已經很苦了，那些沒有道理的謾罵，絕對不應該再落在他身上。

黎昭第一次，想要努力去保護一個人。

宋禹丞的身世被就此揭開，唯獨略去了被包養的哪一段，只說他父母因故去世，一直一個人生活，參加節目錄影是為了報酬。

這下，整個直播間都炸了，誰能想到，看起來像是個小公子的宋禹丞，真實人生竟這麼坎坷。

「竟然從初中起，就一個人生活，這也太辛苦了！」

「所以才會藤編、草編那些技能，想必也是為了維持日常開銷……難怪到了小縣城以後，楚嶸、黎昭他們都慌了，只有宋禹丞如此淡定。原來從那麼小開始，就已經賺錢養活自己了嗎？」

「可他為了錢參加節目這件事，也太離譜了。我光聽著，就覺得心疼。第四季最開始的時候，多少人罵他呢！」

一時間，不少人都因為宋禹丞的身世而感到難受。然而與此同時，不知是有心還是無意，宋禹丞和楚嶸那邊，竟然也一直有攝影機跟著，只是藏在暗處。

而宋禹丞卸掉平時驕傲的面具，溫柔地哄著楚嶸，沒有半分脆弱的模樣，也被一併播放出來。

這下，更是戳得不少人心都跟著發顫，覺得宋禹丞真的是太勵志了。

《交換人生》收官的收視率，再一次攀升登頂。

宋禹丞和楚嶸月下的擁抱也成為這一季最引人落淚的一幕。

甚至有人說，《交換人生》到這裡就可以徹底結束了，因為他們再也找不到像宋禹丞這樣，能夠給人帶來驚喜和感動的少年。

【第六章】

兄弟CP的告白

天下無不散的宴席，在這樣的氣氛中，第二天一早《交換人生》的拍攝也徹底結束，節目組分別送這些孩子們回家。

兩名女孩和另外一名少年在機場抱著宋禹丞不撒手，一個比一個捨不得，直到宋禹丞答應以後會經常聯繫他們，才戀戀不捨地離開。

之後，黎昭、楚嶸和宋禹丞三人也在節目組的安排下，一起登上回程的飛機。

飛機落地後，眾人分別在即，黎昭一路無話，忍了半天最後還是一把拉住宋禹丞的衣袖不鬆開。

「禹丞哥，你跟我走吧。」完全沒有初見時的鄙夷，現在的黎昭看宋禹丞的眼神，除了滿滿的喜歡，就只剩下心疼。

一路上，他早就已經從自家發小那裡聽到不少八卦。

現在宋禹丞和楚嶸的兄弟CP已經變成網路熱門CP之一，雖然大家都知道他們倆在現實裡並沒有什麼關係，可即便如此，對於許牧之而言依舊和一頂鮮豔且諷刺的綠帽沒有什麼區別，心頭苦守多年的白月光竟然和養的替身成了CP，這種事情翻遍整個圈子也找不到第二件，因此，許牧之眼下已成為二世主間最大的笑話。

與此同時，黎昭也從髮小那裡聽說了許牧之在拍攝期間做的小動作，也聽說許牧之為了牽制宋禹丞，用宋禹丞父母留下的房子威脅他，最後還是楚嶸讓自家表哥出面才讓他消停些，然而這卻成為第二件讓許牧之顏面掃地的恥辱。

他的白月光為了保護他的替身，讓自己的表哥警告他，不論從哪個角度看都可笑至極。然而黎昭聽完以後並不覺得好笑，反而氣得七竅生煙。

不是沒見過渣男，可像許牧之這麼誇張的還真是世間少有，越想越覺得氣憤，黎昭心裡的擔憂也更添一重，覺得許牧之這種人無論做出什麼事情都不稀奇，因此不想讓宋禹丞獨自回家，他又勸了一句：

「禹丞哥，我家也算有些地位，就算比不上許牧之，保下你仍綽綽有餘，而且年底我就要出國念書了，禹丞哥你成績那麼好，到時候和我一起走肯定沒問題的。」

但宋禹丞卻乾脆俐落地拒絕了：「別鬧，我沒事。」

「可……」可連房子都燒了一半，現在回去你要住在哪裡？黎昭欲言又止，後面這句話無論都如何說不出口。

宋禹丞依舊還是搖頭拒絕。

然而他越是這樣，黎昭就越是不放心，最後見怎麼都說不通，黎昭的脾氣上來也跟著急了，心裡一橫，乾脆扒在宋禹丞的身上，口不擇言道：「許牧之那種王八蛋有什麼好？你就這麼喜歡他嗎？」

然而這句話剛出口，周圍的氣氛就驟然冷凝起來，連楚嶸的眼神也陡然變得凌厲，至於宋禹丞更是收起唇邊的笑意。

「禹丞哥，我……」黎昭也知道自己說錯話，可還是倔強地偏過頭，不肯道歉。

他說的是實話。宋禹丞手藝好、人漂亮、性格也溫柔，全身上下幾乎每個地方都讓人喜歡到不行，他恨不得天天守在宋禹丞身邊寸步不離，可偏偏宋禹丞喜歡上了許牧之那種混蛋。越想心裡越難受，黎昭紅著眼，淚水在眼眶打轉，就像被人欺負狠了的狼崽子，哪裡還有半分之前意氣風發的娛樂圈太子黨的影子。

「你別哭……」看著他這副模樣，宋禹丞也只能嘆口氣，拿出紙巾遞給他，「黎昭你冷靜些，有些事不是鬧脾氣就能解決的。」

「那你說我能怎麼解決？」其實黎昭就是個大孩子，宋禹丞要是強硬，他還好一些，一旦宋禹丞溫柔，他就更委屈了，索性把忍了許久的真心話說出來：「禹丞哥我喜歡你。」

竟、竟然直接告白了！

不僅宋禹丞，就連旁邊的楚嶸也嚇了一跳，他詫異地看著黎昭，下意識皺起眉，然而宋禹丞接下來的回答卻讓楚嶸的心也跟著一涼。

「我知道，我也喜歡你。」宋禹丞的語氣很真誠，就像是寵溺弟弟的好哥哥。但即便再溫柔，話中的含義也依舊是拒絕。

楚嶸明白，宋禹丞只把黎昭當成弟弟，不，不僅是黎昭，也包括他自己。

而黎昭同樣不是傻子，自然聽得懂，也明白宋禹丞是給他臺階下，免得尷尬，因此只能抓著宋禹丞的衣袖，哭得更厲害。

到底還是孩子呢！宋禹丞無奈地搖搖頭，任由他哭個夠，直到黎昭哭累了，才把他送上黎家來接人的車子。

總算都送走了，目送黎昭的車駛離，宋禹丞暗自鬆了口氣，可緊接著就被另外一個人從後面整個抱住，是楚嶸。

楚嶸比起剛開始錄節目的時候又長高了兩公分，這短短的距離竟也足以讓他把宋禹丞完完整整地困在懷裡。

「怎麼？你也要和我哭一場？」宋禹丞轉頭和他對視，眼裡滿是逗弄的笑意。

楚嶸把他抱得更緊了些，「我回去之後有幾個通告，處理完之後可不可以來找你？」楚嶸聲音悶悶的，有捨不得，也有小委屈。

「可以。」一見他如此冷靜，宋禹丞也放鬆不少，更何況在經歷前面黎昭那四個哭包之後，換成楚嶸這樣有點黏人的小乖順，簡直就像是面對了一個小天使，因此，宋禹丞也極有耐心地哄著他。

又過了十多分鐘，楚嶸才勉強把宋禹丞放開，並且送他坐上回去的計程車。

直到看不見人影，他才回到自己的保姆車上，至於方才在宋禹丞面前的乖順已經盡數褪去，就連往日的溫柔也多了幾分深不可測。

「你怎麼打算的？」楚嶸的表哥在車上，自家弟弟什麼模樣他心知肚明。明顯是對宋禹丞動心了，他倒是不介意宋禹丞的出身，並且還很佩服，可即便如此，也並不看好。

現在的宋禹丞已經把許牧之得罪狠了，原本有他們楚家護著倒也沒什麼，可偏偏最近許牧之抱的那條大腿竟然意外回國，倒讓許牧之又得意起來。

重點是，他們摸不準那人的脾氣，如果他真樂意給許牧之臉面，那宋禹丞的處境就危險了。

楚嶸也明白自家表哥在擔憂什麼，但是他卻不在乎。許牧之背後的那位教父的確是無法匹敵，可他們楚家也並非是許牧之這種靠著抱大腿才能活下去的廢物。

楚嶸唯一擔心的，其實還是宋禹丞對許牧之的感情。畢竟像宋禹丞那樣的人，如果不是真愛，又怎麼可能任由許牧之這種蠢貨磋磨自己？可許牧之這種人又怎麼配得上宋禹丞的深情？想到這陣子宋禹丞彷彿寵愛弟弟一般在對待自己，楚嶸心裡隱約有了想法。

他覺得自己現在的實力還不夠，不管想要做些什麼都只能徐徐圖之，可許牧之卻耗不起，他的不斷作死只能逐漸將宋禹丞的深情消磨殆盡，屆時就是他上位的最好時機。

他最不缺少的就是耐心。

而另一邊的宋禹丞，在拎著行李回家後，還沒來得及收拾一片狼藉的房子，就意外接到一個十分熟悉的電話號碼發來的短信。

許牧之：明天上午九點，我在海藍的頂層套房等你。

海藍的頂層套房？宋禹丞忍不住挑眉，這個地點，就是每次許牧之找人調教原身的地方，只不過以往是去上課，學習如何更好地成為替身，而這一次多半是許牧之想要興師問罪。

不過也是時候去見見這位傳說中的主人，畢竟一頂綠帽都快戴上了，總得去欣賞一下勝利果實。

宋禹丞這麼想著，慢條斯理地打開衣櫃，仔細地挑選衣服。

第二天，當宋禹丞抵達海藍的頂層套房時，許牧之已經在了，雖然面帶笑意，但眼底的陰沉之色卻難以隱藏。

一般情況下，如果按照標準渣賤文的劇情，至少會上演強制play的套路，可許牧之似乎並沒有這個意思。

宋禹丞先是不解，可緊接著原身記憶中浮現的資訊就讓他眼神一亮，他突然想起這個世界很有趣的一個設定——這個世界對未成年的保護措施做得很好，絕對不允許與未成年發生性關係，所以，現在就變得很有意思了。

宋禹丞勾起唇角，盯著許牧之的眼神變得越發意味深長。

不像上次那樣通過手機，現在這麼面對面站著，宋禹丞仔細打量著許牧之的模樣，意外發現許牧之竟然長相不錯，而且是看起來特別欠虐的那種，真是讓人興奮極了。

其實許牧之在看到宋禹丞的瞬間就愣住了，他發現不過去參加一次《交換人生》，宋禹丞的變化也太大了些。

現在的宋禹丞給許牧之的感覺已經不再是單純的替身，甚至還多了一種說不出的誘人味道。如果說以前的他不過是許牧之手裡模仿楚嶸模仿得最像的那個，那麼現在的宋禹丞就是活生生的另一個楚嶸，不，他甚至比楚嶸還要完美，完全符合許牧之腦中的情人模樣。

可不到半分鐘，許牧之就立刻回過神來。與此同時，宋禹丞的氣定神閒也給他帶來巨大的諷刺感，許牧之甚至覺得宋禹丞是在耍他。

回憶起之前宋禹丞在節目組時兩人的那通電話，許牧之的心情又變得格外惡劣：「宋宋，你現在膽子大了，這樣也敢來見我。」

許牧之的語氣乍一聽十分溫柔，可話中的昭然惡意卻輕而易舉地令人膽顫心寒。如果今天是原身站在這裡，肯定是要被嚇得跪下了，但可惜芯子換了，宋禹丞見多了像許牧之這種蠢且毒的人，自然是不會有半分畏懼。

「許叔叔最近過得不錯。」宋禹丞微笑著，稍微壓低聲線，聽起來和楚嶸的聲音十分神似，如果不是許牧之對他足夠瞭解，恐怕根本無法分清眼下站在面前的到底是誰。

可同樣的戲碼不可能奏效兩次，上次的視頻電話，宋禹丞就是用這種方式讓許牧之遲疑，可這一次卻只能引起他的怒火。畢竟，宋禹丞和楚嶸可是剛組了CP，結結實實給許牧之扣上一頂綠帽子。

這麼想著，許牧之頓時氣不打一處來，盯著宋禹丞的模樣，竟像是恨不得生吃了他。

「別玩花樣。」許牧之陰沉地威脅。

然而宋禹丞卻笑得更加開心，連語氣裡也多了幾分曖昧：「許叔叔，您為什麼不高興？你心心念念的楚嶸現在就站在你面前，你怎麼就生氣了呢？還是說……不是我演得不像，而是你嫉妒我？嫉妒楚嶸喜歡我、主動擁抱我，在錄製節目的時候更和我睡在一張床上，甚至……想要把我從你身邊帶走。」

「你！」許牧之的胸口被氣得上下起伏，半晌說不出一個字。

可宋禹丞卻笑得越發恣意，「怎麼？惱羞成怒？可要我來說，你又何必呢。」

後退一步，宋禹丞靠在桌子上，微微仰頭和許牧之對視，「你本來就是個自私自利的渣男，什麼求而不得所以養替身都是扯淡騙人的，自己這麼髒，還想嫌棄誰？難道不是像我這種明碼標價的才是最合適你嗎？你看，只要你願意花錢，我就能扮演任何你想要的角色，我們才是天生一對。」

宋禹丞說著，修長的手指隔空描繪著許牧之的側臉，分明說出的話帶著自貶卑微，可手上的動作卻極具挑逗和攻擊性。

尤其是挑眉一笑時，瞬間爆發開來的強勢，甚至讓人感覺宋禹丞才是這場關係的主導者，而許牧之是那個被逗弄調教的人。

許牧之被他氣得一口氣憋在胸口，半晌喘不俐落，可最諷刺的是，在宋禹丞這樣強勢的玩弄下，許牧之竟然意外產生了反應。

巨大的恥辱感瞬間將許牧之籠罩，他甚至一時間不知道該做出什麼樣的表情。

宋禹丞見狀，越發笑得張揚，而話語裡的嘲諷更是絲毫不留情面。

「許牧之，你看你的身體永遠比你的心誠實。不過可惜我未成年，給不了你什麼甜頭，那麼問題來了，許叔叔，如果你不能合理地把情慾壓下去，只要我按下手機的緊急報警鍵，最多五分鐘員警就會來找你談心喝茶。」

「好、好，宋禹丞你很好。」許牧之不怒反笑。

如果許牧之到現在還看不出來被宋禹丞徹底擺了一道，那他就是真正的智商為零，可偏偏宋禹丞說的沒錯，眼下的情況，只要宋禹丞報警，他就一定會被帶走。

而且最麻煩的是，那位難伺候的教父依然還沒有離開，最近他看自己也極為不順眼，因此在這個節骨眼上，許牧之不能再出任何紕漏。

至於宋禹丞，且由他蹦躂幾天，之後有的是時間收拾他。

這麼想著，許牧之最後瞪了宋禹丞一眼，留下一句「好自為之」的警告，就摔門走了。

許牧之從海藍離開後，就直接到迷夢酒吧叫了兩瓶酒，狠狠地灌了一杯。直到冰涼的酒液入喉，他才感覺胸口鬱結的悶氣稍微緩解了一些。

可那股被宋禹丞耍了的屈辱感依然無法平歇，然而最諷刺的是，現在許牧之對宋禹丞厭惡至極，可偏偏他最後那個眼神卻一直勾起許牧之隱祕的慾望，在經過酒精的催化後，這種慾望變得越發炙熱，讓他難以忍受。

因此，許牧之隨便找了一位小情人約來他在迷夢的固定包廂，等人一到，他甚至都不容對方先洗個澡就把人摔到床上，連前戲都做得極為粗暴，直接進入正題。

說起來，今天的許牧之有些操之過急，畢竟許牧之以前都是為了在小情人身上尋找楚嶸的影子，哪怕是裝的，也會格外溫柔。

可今天不知道為什麼，許牧之一直在尋找另外一個人的臉，尤其是在最後高潮來臨的瞬間，他忍不住叫出宋禹丞的名字，下一秒他立刻被自己嚇了一跳，瞬間冷靜下來，頓時性致全無，甚至還很憤怒。

畢竟宋禹丞不過是一個玩意兒而已，竟然也敢耍著他玩。

算了算，宋禹丞還有一個月就成年了，既然如此，他可以等，等宋禹丞成年以後，再好好調教他，讓他從裡到外明白誰才是真正的主子！

回憶起宋禹丞隱藏在溫順下的強悍，許牧之隱祕的慾望再次被挑起，這一夜，他把那個小情人折騰得不行，但爽過之後就把人攆走了。而許牧之的無情也意外給宋禹丞帶來一個大麻煩。

說起來，許牧之這次找的這個小情人並非善類，加上他心裡存著事兒，又聽到許牧之多次喊了宋禹丞的名字，就越發嫉妒。

回去查了宋禹丞的來歷，發現宋禹丞也是被許牧之包養的替身之一，讓他變得更加不平衡。而且宋禹丞竟然住在小別墅，他只是高級公寓，此外宋禹丞還被許牧之送去參加真人秀，以素人出鏡出了名，而他一直想往娛樂圈發展，可許牧之從不給他資源，哪怕現在也算是名網紅，但比起宋禹丞的熱度，根本是天上地下。

因此，許牧之的這個小情人，越發以為宋禹丞是許牧之現在的力捧對象，立刻感到心理不平衡，宋禹丞憑什麼能占著許牧之心裡的地位？

還有那個楚嶸也很謎，居然毫無顧忌地跟宋禹丞組起CP，就連宋禹丞那幫神經病的粉絲們，也沒有爆罵宋禹丞，試圖把宋禹丞掐死。

他最早在網紅圈發展的時候，就有人說他是網紅圈的楚嶸，還有人拉過CP，結果卻被楚嶸的粉群嘲了，說他一個四十八線小鴨子，哪裡有資格攀扯楚嶸？許牧之知道後，更是狠狠地收拾他一頓，警告他不要動多餘的心思。

回想起當初許牧之的那些懲罰手段，這個小情人下意識顫抖了一下，更加覺得宋禹丞被偏愛得沒有緣由。

於是，他在一時憤怒下，腦子一熱，就在網路上曝光了宋禹丞的身分，說他其實是被包養的。

這下不少看到的人都炸了。

「這怎麼可能？一定是胡說八道！宋宋怎麼看也不會是那種人。」

「就是。而且黎昭是娛樂圈裡有名的太子黨，如果宋禹丞真的明碼標價，黎昭怎麼可能喊他哥？」

「更何況，你們還記得宋禹丞參加《交換人生》的原因嗎？是為了錢。如果真的有人包養他，那得多low的金主才會讓自己的小情人連吃飯的錢都沒有？」

眼下《交換人生》的熱度還沒有過去，宋禹丞的關注度依然很高，關鍵是，宋禹丞在大眾眼裡已經是屬於特別勵志的存在，所以乍一爆出醜聞，並沒有太多人相信。很快這個話題的熱度就過去了，也不算什麼危機。

可偏偏許牧之看見以後，卻不想讓風波就此平靜下來，甚至還認為可以利用這次的事情給宋禹丞一點警告。

說心裡話，現在的許牧之對宋禹丞的看法很微妙，雖然不想立刻毀了他，但是也樂於看到宋禹丞吃點苦頭，甚至想看到宋禹丞走投無路地哭著求自己。

就像當初那棟房子。許牧之突然回憶起五年前與宋禹丞初見的時候，那時候的宋禹丞不過剛上初中就遭遇大難，在最走投無路時被他撿到，看著他的眼神彷彿是在看天神。他還記得，五年前的宋禹丞其實就已經很倔強了，而且許牧之當初也的確寵過宋禹丞一段時間，並且覺得這種小孩很有意思。

只可惜，後來拔了爪子，一味順從，變得平淡乏味。倒是現在，又找回一些當初的興致。

許牧之覺得，宋禹丞就是欠虐。這麼想著，他有了新的想法，吩咐屬下把一些東西，通過隱祕的管道，送到那個網紅小情人手裡。

「其他的事，都不用管了。」

「是。」屬下應聲而去。許牧之卻算計著還有多久，宋禹丞會主動上門向他求饒。

而另外一邊，許牧之那個網紅小情人也是個懂行的，在看到突然出現在自己信箱裡的宋禹丞資料，頓時就明白發信給他的人是誰。

圈子裡都知道宋禹丞是許牧之的人，所以，能把宋禹丞查得這麼仔細，就連上過多少節課都巨細無遺，除了許牧之，還能有誰？

因此，一時間這個小網紅越發肆無忌憚，並覺得果然不出他所料，宋禹丞怎麼可能被許牧之放在心上？這麼想著，他又爆了兩個大料。一個是宋禹丞出入海藍的照片，一個是宋禹丞別墅的照片。

這年頭，豪門大少包養個小情人並不算什麼，可如果照片是真的，那就意味著宋禹丞從初中起就被人買下來，而且明顯還是自願的。

這下徹底炸鍋了。宋禹丞的粉們，以及那些注意過宋禹丞的路人們，全都不敢相信他們看到了什麼，可偏偏越求證就越覺得微妙。

有喜歡八卦的路人，也把宋禹丞之前參加《交換人生》時的截圖拿出來做旁證，其中最令人說不通的一點，就是宋禹丞舉手投足間的那種貴氣，明顯不是假裝能夠模仿的，必須要多年的精心教養才能沉澱出這種底蘊，光這一點，就跟宋禹丞父母早亡的身世矛盾。

再加上宋禹丞會的那些手工技藝，藍染、柳編、草編甚至簡單的裝潢設計，每一樣學習起來都很燒錢，如果宋禹丞必須自己掙錢謀生，他如何有辦法學這些東西？又有誰會燒錢讓他學這些？

這下，網上的風向就變得微妙起來。而許牧之那個網紅小情人，還生怕事情鬧得不夠大，又想方設法拉了另外一幫對宋禹丞恨之入骨、恨不得他立刻消失的人——就是之前強占宋禹丞家產的極品親戚，這下，證據變得更加豐富。

#震驚！《交換人生》最出色的少年宋禹丞私下竟然是罔顧人倫真白眼狼。#

隨著這樣標題的網路頭條發出，許多點進去看的人，全都覺得三觀被顛覆了。原因無他，宋禹丞這些極品親戚顛倒黑白，強行把侵占家產美化成代為管理，並惡意給宋禹丞潑髒水，說他父母葬禮剛一結束，他們就把宋禹丞接到自己家，盡可能給宋禹丞最好的，但是家裡孩子太多，難免有顧及不到的時候，宋禹丞就因此憤怒，表示不能容忍，乾脆離家出走，搭上金主後反手坑了他們。

甚至還說，宋禹丞現在的房子也是從他們手裡搶走的。

這下，宋禹丞原本在公眾眼裡的人設算是完全顛覆了。

而網上那點事，其實就是這樣，當你靠著人設起家的時候，只要這個人設崩塌就會變成群嘲對象，原本那些因為喜歡人設而追捧的，也會自認為被欺騙，像是吞了蒼蠅一般厭惡不已。

「世界之大無奇不有，虧我之前還喜歡宋禹丞，覺得他太勵志了。現在只認為自己愚蠢得可笑。」

「我才是真的噁心壞了。剛爆出來包養傳聞的時候，還為著這個和閨蜜撕逼了一場。心太累，感覺以後再也不會相信網路了。」

「我不管，我相信宋宋，宋宋那麼好，他們一定是胡說的！沒有看到真正的錘子，我一定會挺宋宋到底！」

或是罵的，或是質疑的，或是力挺宋禹丞的，網上的討論浪潮一波接著一波。

這時候，和宋禹丞一起參加節目錄影的幾名少年全都忍不住了，黎昭首當其衝，第一個發難，真身上去回覆，和那些言語激進的網友直接撕起來。

「何必呢？」宋禹丞聽著黎昭在電話裡的憤憤不平，也是十分無奈。

分明是他被罵了，結果黎昭比他還著急，只能溫聲勸他：「我又不是明星，以後也不吃這碗飯，何必和他們較勁兒，過去就好了。」

「那也不行！哪裡能由著人這麼欺負你。禹丞哥，你不跟我回家也不要緊，喜歡別人也沒事，但是別總這麼委屈自己，我看著難受……」說著，黎昭的嗓子有點哽咽，像是又要哭了。

「好好好，就聽你的。」見他這樣，宋禹丞也很無奈。不過最後還是沒有反駁黎昭替自己說話的意思，由著他去鬧。其實就許牧之那個小情人這麼點手段，宋禹丞早已有應對的法子，只是時候不到，所以才沒出手。

然而另外一邊，得了宋禹丞的同意，黎昭也算是放開手腳，並且還組上其他三個人，一起在網上和那幫罵宋禹丞的人折騰起來，甚至找了自家律師發了律師函，說要走官方程序。

到最後，黎昭更新了一條微博：沒見識的人，只要看人家涵養好就覺得是花錢包養出來的，怎麼就不允許人家有才華？還什麼金錢堆出來的，我就問問你們，就算給你們錢了，讓你們去學了，你們能學到禹丞哥這個水準嗎？

黎昭在《互換人生》裡人氣也不錯，畢竟是元氣大男孩，又接地氣，有點地主家傻兒子的勁兒，好多人都喜歡他，因此，他這麼直白地挺宋禹丞，倒也不顯得突兀，反而讓人覺得他的話值得相信，並非作秀。

而與此同時，其他三名一起參加節目的少年，也紛紛出來給宋禹丞證明，表示他們的禹丞哥絕對不是那些人說的那樣，分明特別有才華、溫柔且優秀。

可即便如此，也沒有成功洗白。

畢竟那些人掐宋禹丞的點，是宋禹丞被包養這件事，至於他是不是有才華，和人品這一項並沒有什麼關連。

一時間，由於黎昭幾人的真身下場，讓原本混亂的局面，變得更加凌亂。

「這是衝著我來的了。」宋禹丞笑著翻看網上的風向，就連眼神都沒有變過，淡定得不行。

而此時坐在他身邊的楚嶸卻陰沉了臉，嘲諷地說了一句：「跟風的永遠都沒有腦子。」

生氣了？宋禹丞抬頭看了他一眼。

面前的少年沉著臉，頗有幾分懾人的氣勢，然而可惜還是那副小貓崽兒的模樣，就算全身的毛都炸開，也不刺人，只讓人覺得可愛。

奶凶奶凶的，還會護主人。

宋禹丞忍不住因為自己的腦補而笑出聲來，主動湊近，摸了摸楚嶸的頭髮，「別生氣了，好不容易休息幾天，因為這種事太不值得。」一邊說著，他邊起身問道：「你喝茶嗎？」

「我來。」楚嶸趕緊起身，結果卻被宋禹丞按回沙發上。

「你知道茶在哪裡？還是我去吧。」宋禹丞說這句話的時候，和楚嶸之間的距離很近，溫熱的氣息撲在楚嶸耳側，楚嶸的耳朵也一下子就紅了。

都一起這麼久了，怎麼還能害羞成這樣？被楚嶸下意識的無所適從萌了一臉，宋禹丞忍不住捏了捏他的耳尖，然後就笑著往廚房走去。

然而留下的楚嶸，則是過了好一會兒才漸漸回過神來。可就在這時，茶几角落裡的一個籃子卻湊巧引起楚嶸的注意，他伸手拽了過來，發現裡面裝的都是男士能用的小玩意兒，但風格格外成熟穩重，明顯是給成熟男人做的，並非是宋禹丞這個年齡能用得上。

楚嶸第一個反應以為是訂單，可緊接著，旁邊的一本本子立刻讓他的想法大大改觀。

那是宋禹丞的日記。

楚嶸沒翻開之前，也不知道裡面寫的是什麼，好奇打開看了一頁，就被裡面宋禹丞對許牧之那種瀕臨絕望的似海深情給淹沒了。

X年X月X日，我直到今天才清楚明白，我只是個替身。

可即便如此，我仍希望許叔叔能夠快樂……

足以滅頂的悲哀，瞬間讓楚嶸的心冰寒一片。而那個熟悉的時間也像是一把利刃將楚嶸的心臟刺得鮮血淋漓。楚嶸清楚記得，這一天正是宋禹丞接到腳本的時間，也是宋禹丞被許牧之推出來，給他當墊腳石的那天。

楚嶸的呼吸頓時變得急促起來，緊接著他又像是想要急於證明什麼一樣，快速往前翻了幾頁，然而看到的卻只有宋禹丞對許牧之那份執著且強烈的感情。

至於旁邊籃子裡的小物件是什麼自然不言而喻，是宋禹丞親手做給許牧之的。所以，即便跪下哀求、即便捨了自尊和傲骨，宋禹丞也愛著許牧之嗎？

呆立在原地，心臟密密麻麻的疼痛讓楚嶸連指尖都開始顫抖，一股無法控制的陰暗和嫉妒也在心底迅速滋生。楚嶸下意識地攥緊雙手，努力控制即將失控的情緒。

此時身後傳來的腳步聲將他的思緒打斷，楚嶸回頭，正看到宋禹丞端著紅茶從廚房裡出來。可宋禹丞也同樣在第一時間看到楚嶸的動作，以往溫柔的笑意瞬間收斂幾分，就連眼神都透出些危險的深邃。

彷彿楚嶸誤打誤撞看到的並非是宋禹丞的日記，而是能夠帶來災難的潘朵拉之盒。

屋裡的氣氛，一下子就變得緊張起來。

其實楚嶸誤會了，宋禹丞之所以會變了神色，並非是因為楚嶸看到自己的隱私，而是楚嶸翻到的那本日記根本就不是真的。

像原身那種小傻子，在知道許牧之只拿他當替身的一刻起，就已經完全懵逼了，怎麼還能有心思寫這種讓人看了就心疼得不行的獨白。

所以，這些都是宋禹丞穿過來以後偽造的。原本他是想留著等許牧之後悔莫及後再送給他當禮物，畢竟原身那些似海情深總要有人知道。可他萬萬沒想到，這本剛剛弄好的日記，沒慮到許牧之，反倒把楚嶸給刺激大了。

這就有點難辦了，宋禹丞琢磨著要怎麼解釋，可他還沒來得及開口，下一秒就被撲過來的楚嶸緊緊抱住，手裡端著的茶杯也應聲落地，摔得四分五裂。

「楚嶸。」宋禹丞喊他，可楚嶸卻固執地抱著他不動，埋在他肩膀上的腦袋毛茸茸的，哪裡還有平時被粉絲稱為「小男神」的沉穩，反而像是慌亂得像是找不到方向的幼崽。

怎麼就嚇成這樣？宋禹丞的心一下子就軟了，他手上用了點勁兒，抬起楚嶸的下頷，強迫他和自己對視，這一刻隱藏在溫柔之下的強勢根本不容人拒絕。

細膩的肌膚因為受力烙下顯淺的紅痕，楚嶸雖然不願意，卻也不想違背宋禹丞的意思，只是倔強地看著他，紅著眼眶，幾乎就要哭出來。

與此同時，再也無法隱藏的感情，在這一刻徹底爆發。

他一句話沒有說，可會說話的眼睛卻已經把一切表述出來，那是一種不用言語表白，也能將人陡然淹沒的深情——

宋禹丞，許牧之就是個王八蛋，你不要再喜歡他了。我會學會照顧你、會努力掙錢、會快一些長大，成為能夠保護你的大人。所以，我喜歡你，你也開始喜歡我好不好？

無言的告白，一字一句彷彿敲在宋禹丞的心底。

宋禹丞也被他流露出來的深情震了一下，緊接著便下意識退了一步，想要和楚嶸分開，然而他這種本能反應，對於楚嶸來說無異於是拒絕。

可楚嶸卻不甘心，甚至在這一刻生出一些危險的心思，他喜歡宋禹丞，想要得到他，甚至想要徹底擁有他，怎麼會因為宋禹丞的拒絕而退縮？看過宋禹丞對許牧之的告白後，接著被宋禹丞拒絕，楚嶸到底還是個少年，這樣強烈的情緒影響下，他的理智開始失控。

無害的假面在這一刻因為絕望而揭開，楚嶸隱藏在溫潤乖順下的狼性終於釋放出來。像是難過到了極點，他用力將宋禹丞抱在自己懷裡，低頭毫無章法地吻上他的額頭，接著是眼，然後是……唇。

少年的吻，乾淨、純粹、熱烈又炙熱，因為沒有經驗而青澀，但也因為這種青澀才更令人沉溺，哪怕只是最簡單的肌膚相貼，那種想要把真愛捧在手心的強烈渴望，也足以撩得人目眩神迷。

可惜他面對的是宋禹丞。就在楚嶸的吻即將落在宋禹丞的唇上時，宋禹丞突然偏過頭避開了。接著他用了巧勁兒從楚嶸懷裡離開，重新坐回沙發上，冷靜的模樣，彷彿方才的親密不過是黃粱一夢。

「為什麼？」楚嶸呆立在原地，原本激動到幾乎沸騰的血液，也在這一刻被陡然冰封，就連方才兩人之間的那種親昵感也瞬間消散。

然而宋禹丞沒有回答的意思，兩人最終還是不歡而散。縱使宋禹丞沒有開口趕人，楚嶸也明白自己不適合再留下來，不管有心還是無意，他都觸碰到宋禹丞的底線了，所以依照宋禹丞的性格，雖然不會當面和他撕破臉，但短時間內也絕對不會想搭理他。

可即便如此，他也不會放棄的。

所以這一次，他還是太衝動了，但楚嶸並不後悔，至少宋禹丞已明白他的心思，往後就不會再像以前那樣用對弟弟的眼神看他，所以說，也算是塞翁失馬焉知非福了。

院子外，楚嶸站在宋禹丞的家門口沉默了很長一段時間，然後拿出手機發了一條簡訊，這才戀戀不捨地離開。

就在楚嶸離開後的五分鐘後，宋禹丞的手機卻陡然開始劇烈震動，從網站用戶端裡傳來鋪天蓋地的訊息提示，瞬間就把他的手機震當機了。

這是怎麼了？宋禹丞拿起手機看了一眼，頓時怔住。

楚嶸：宋禹丞我喜歡你。@宋禹丞。

告白了。而且是用最直接的方式，全網告白。

不僅是宋禹丞怔住了，網上那些網友們也同樣怔住了。

如果換成其他時間，大家可能也並不覺得如何，可偏偏是在這個節骨眼上。現在的宋禹丞，可以說是被全網嘲，除了那些依舊死忠的粉絲和黎昭幾人還在努力為他平反，剩下的全都是謾罵的聲音。

因此，楚嶸的這場告白就像是晴天霹靂，直接把整個娛樂圈都震暈了。

就連那些依舊還萌著宋禹丞和楚嶸的CP粉們，也都被這口糖甜哭，只能抱著楚嶸搖旗吶喊，說楚嶸男友力爆棚。

然而不管他們如何反應，話題終於成功從宋禹丞是否被人包養這件事移開，換到楚嶸全網告白的事情上。

畢竟，比起沒有實錘的八卦，當紅明星告白更容易引起人們的好奇。

楚嶸和宋禹丞的同人網站立刻得到不少人關注，上面那些原本只是圈地自萌的剪輯，在有了楚嶸告白加持後，也莫名變得曖昧起來。

甚至還有人仔細分析了宋禹丞和楚嶸的關係，把他們在節目裡的一舉一動無限放大，徹底將那些互動變成所謂的「姦情」。

所以，這就是傳說中的竹馬竹馬，兩小無猜吧！

CP粉們瞬間熱情高漲，甚至有種媳婦終於熬成婆的幸福感。畢竟以前他們都自稱邪教，離開自己的一畝三分地就不敢太過放肆。但是現在不一樣，得到楚嶸的官方認證，他們才是真正的正宮。

至於什麼宋禹丞被包養的傳聞，從楚嶸的反應來看都是扯淡！誰不知道楚嶸是楚家的繼承人，如果宋禹丞真的很小就被人包養，以楚嶸的身分怎麼可能毫不顧忌的高調求愛？肯定有人故意汙衊！

「那些脫離粉籍的人千萬別回來！我們宋宋才不要你們這些牆頭草。」

「就是，楚嶸快去抱住宋宋！真的是太辛苦了，剛回來就遇見這麼糟心的事情。」

原本被壓一頭的粉絲們，終於找到機會順利反撲。

然而楚嶸這一次的手段和態度也同樣強硬到令人震驚。在告白過後，楚家名下的公關公司就率先為宋禹丞闢謠，在儘量不涉及宋禹丞隱私的情況下引導輿論。與此同時，鋪天蓋地的律師函也一併發出去，幾乎所有重傷過宋禹丞的八卦論壇都被他們狠狠地扒了一遍。

那個小網紅自然也沒放過，他怎麼黑宋禹丞，楚嶸就讓屬下怎麼變本加厲地反手黑他。

「能養出這種貨色，許牧之不僅蠢，而且瞎了眼。」看著下屬遞過來的資料，楚嶸嘲諷了一句，就讓人把這些資訊發布到網上。

至於那小網紅最後的結局會有多淒慘，楚嶸根本不在乎，先撩者賤，都是活該。這麼想著，他又故意給許牧之發了條短信，並且寫了一句恨不得把許牧之氣死的話。

楚嶸這頭忙著處理網上的事情，而許牧之那邊也並不消停。眼下，許牧之正看著手機上的兩條信息，被氣得七竅生煙。

其中一條，是楚嶸發給他的，只有一句話：以後離我家宋宋遠一點。

簡單粗暴，就是警告他不要再碰宋禹丞，人他楚嶸看上了。

許牧之直接被氣笑了。他把宋禹丞弄到節目組裡，是為了給楚嶸當墊腳石，結果宋禹丞卻誘惑了楚嶸的心，反將他一軍。圈子裡沒有不透風的牆，楚嶸已經決定出手，還在微博高調告白，那麼用不上幾天，凡是有頭有臉的人就全都知道，他許牧之被自己的白月光和養的替身一起戴了一頂綠帽子。

呵呵，這就跟抽他嘴巴有什麼區別？

「好，很好，以前還真是沒想到，宋禹丞還有這種能耐。」許牧之盯著手機，只覺得半晌都喘不過氣來。

可緊接著，隨之而來的第二條短信卻讓許牧之怒意更勝。

是一張偷拍照，寄件者是許牧之派去監視宋禹丞的下屬。照片裡，透過窗戶能夠清楚看見，楚嶸正將宋禹丞抱在懷裡，低頭吻他。

所以威脅還不是最打臉的，現在楚嶸和宋禹丞竟然都接過吻了。好，很好，真是太好了！他養了宋禹丞五年，連根手指頭都沒碰就被狠狠地耍了。至於楚嶸更是肆無忌憚，宋禹丞現在還算是他許牧之的人，楚嶸就敢這麼光明正大地追求。

他的這頂綠帽，還真的是戴得夠穩也夠準。許牧之狠狠地把手機摔在地上，接著就煩躁地在屋子裡踱步，他覺得自己需要冷靜，可照片裡的一幕卻始終在他的腦海裡縈繞，哪怕他閉上眼浮現的都是兩人親密的模樣。

甚至連他和宋禹丞上次見面時，宋禹丞的惡意挑逗也同樣歷歷在目。

所以，他們兩人的吻會是什麼味道？是純真的青澀，還是更誘人的……這樣的念頭在腦海中一閃而過，許牧之頓時就被自己的腦補驚呆了，然而他的身體卻很誠實，下半身明顯被慾望操縱了的反應，已經明確表明他隱藏在憤怒下的真實想法。

比起懲罰來說，他更想做的是立刻把宋禹丞抓來扔到床上狠狠調教，把他的傲骨折斷，讓他真正的屈服。

而那個設計全網黑宋禹丞的小網紅，就是在這樣的情況下一頭撞了進來。

在公司休息室裡，許牧之用恨不得弄死小網紅的力道狠狠地壓著他，他的動作遠比上次還要激烈，甚至帶著點暴虐的情緒，恨不得把小網紅整個人都吃進肚子裡，足足折騰了兩個多小時，才把人放開。可不過剛結束，許牧之就把雙腿發軟到幾乎站不起來的小網紅，踹到地上。

索然無味。許牧之靠在床頭點燃了一根菸，連一眼都懶得看他，包括方才，如果不是時間趕巧了，再加上他嫉妒宋禹丞的樣子，讓許牧之聯想起剛聽到自己是替身時的宋禹丞，許牧之覺得自己對著他，估計都硬不起來。

「滾吧！」許牧之把他的衣服扔到他身上，一語雙關地說了一句：「別再作死，沒人動得了你。」隨口給了個承諾，許牧之就不再搭理人，自顧自地琢磨著自己的事。經過方才的發洩，他已經徹底冷靜下來。他承認，自己對宋禹丞有慾望，可那不過都是宋禹丞故意勾引，就像宋禹丞在節目錄製的過程中故意勾引了楚嶸那樣。

想著這一陣子發生的事，許牧之覺得自己不應該再繼續放任宋禹丞，否則以宋禹丞的心機和誘惑人的手段，不知道還能弄出什麼更大的麻煩。

而楚嶸那頭，他也要想辦法幫楚嶸認清宋禹丞是個什麼樣的人。

至於那頂綠帽子……楚嶸還小，作為一個寬容的愛人，他可以原諒楚嶸小小的精神出軌。許牧之想著，給楚嶸回了一條短信：嶸嶸別鬧，宋禹丞就是個玩物。

放下手機，許牧之等著楚嶸回他短信。然而他萬萬沒想到，楚嶸接下來的動作，更是狠狠地打了他的臉。

楚嶸是真的在追求宋禹丞，雖然不高調，很多細節也做得比較隱蔽，但是依舊能夠讓人清楚看出來他是動了真心。

反而是宋禹丞那頭十分被動，雖然沒有明確拒絕，但絕對沒有同意的意思。

而許牧之派去監視宋禹丞的人也相當負責，把楚嶸每次去找宋禹丞的畫面都拍得極為仔細。因此，看著眼前這些照片和消息，許牧之心裡那種畸形的慾望也變得越發可怕。

可偏偏楚嶸的表哥又在圈子裡不停地牽制他，他的那位教父也依舊沒有離開，這讓許牧之根本沒有時間去料理宋禹丞。

然而許牧之只是分身乏術，但是那個小網紅就很淒慘了。

楚嶸實在是太狠了。那小網紅黑宋禹丞被人包養，楚嶸就把小網紅的老底完全揭開，就連小網紅在入行之前，出國當過牛郎的經歷都給扒了出來，至於他跟了許牧之以後的事，更是帶著實錘放到網上。

和宋禹丞被包養只是傳言而沒有太直接的證據不同，小網紅被包養是有跡可循。另外整容這件事也給他帶來了大麻煩，這小網紅竟然是故意照著楚嶸的模樣來整容，又利用這樣的容貌去承歡金主。

這下，小網紅是真的被罵爆了。而他原本對宋禹丞的報復也全都反彈回自己的身上，一時間，這小網紅連家門都不敢出。

另外一邊，楚嶸剛剛從車上下來。在聽到底下人說，網上所有對宋禹丞不利的消息都已經公關解決好了之後，楚嶸的臉上也終於露出笑意。他拿出手機，給宋禹丞發短信：以後不會有人找你麻煩了。宋宋，我會努力。

宋宋什麼的是不是有點太沒大沒小？宋禹丞有點無奈，可楚嶸短信上的話語，卻又讓他感慨萬分。其實相似的話，拍《交換人生》時楚嶸也曾經說過一次，後來也的確說到做到。所以宋禹丞並不懷疑他話語裡的真實性，只是楚嶸對他的感覺，讓宋禹丞覺得有點麻煩。

他拉起窗簾，他看著楚嶸站在門外的角落不敢敲門的樣子，低低地嘆了口氣。

這幾天，楚嶸幾乎每天都過來看他，可是不知道為什麼，卻從不敲門，總是站一會兒就走，就像是犯了錯的貓崽兒，耷拉著耳朵，不敢回家。

所以怎麼就能委屈成這樣？好歹也是楚嶸不小心看了他的日記，又強行親吻了他，他都沒說生氣，楚嶸卻是一副被欺負得很慘的可憐樣子。然而轉念一想，又覺得自己最近的做法的確有點欺負人。

無奈地搖了搖頭，宋禹丞主動走到門口給楚嶸開門。在對上楚嶸寫滿驚喜的眼神以後，他乾脆抓住了楚嶸的手腕，把不敢進家門的貓崽兒牽進屋。

到底是快入秋了，早晚溫差大，楚嶸在外面站了半天，手也一樣很涼。宋禹丞怕他感冒，趕緊把人安排在沙發上坐好，再給他披了一條毯子，接著去泡了杯茶，順便拿了些下午烤好的小點心。

這一次，楚嶸很規矩，宋禹丞給他什麼，他就吃什麼，吃完以後，又略坐了一會兒，就主動提出離開。直到走了也都沒說什麼，只是臨出門前，忍不住抱住宋禹丞，在他的額頭上落下一個吻，然後就轉身跑了。

直到走遠了，他才給宋禹丞發條信息：宋宋，我想你了。

所以當面不說，是怕被他拒絕？宋禹丞看著這條短信，心裡也軟得不行。只覺得楚嶸這孩子有點太傻了些，但唇角卻依舊忍不住勾起一抹溫柔的笑意。

然而，宋禹丞不知道的是，方才他和楚嶸的互動其實都恰巧落在不遠處另外一名青年的眼裡，正是許牧之畢恭畢敬的那位教父。

應該是路過，他沒有驚動兩人的意思，只是坐在車裡安安靜靜地看著，直到楚嶸走遠了、宋禹丞進了家門，他才讓司機開車離開。

「好像是喜歡許牧之少爺的那個宋禹丞。」屬下很快找到相關資料。

然而平素寡言的青年，這次卻意外饒有興致地回答了一句：「喜歡？他只是逗著他玩呢！」

在他的眼裡，宋禹丞這樣的人，可不是楚嶸那種小少年能夠駕馭得了的，即便楚嶸有心計也足夠聰明，但是年齡就是他最大的劣勢。宋禹丞看他，就像是在縱容一個孩子。

至於許牧之那種蠢貨就更沒有機會。原本青年以為，宋禹丞是看人的眼光不好才會看上許牧之，可最近的調查卻讓他發覺，宋禹丞根本就沒把許牧之放在眼裡。

至於現在圈子裡傳言宋禹丞對許牧之情深似海，這更是無稽之談。

可既然宋禹丞不喜歡許牧之，又為什麼甘願待在許牧之身邊那麼久？青年越想，越覺得宋禹丞這個人有意思，同時也很好奇宋禹丞到底在打什麼主意？

「接著查。」青年意有所指地命令屬下。

【第七章】

節操危機

就這樣，在楚嶸的強勢運作下，網上關於宋禹丞的流言很快就平息了。接下來的日子裡，宋禹丞的生活也暫時回復平靜，可那小網紅卻淒慘無比。

他的老底被徹底揭穿，而最讓他走投無路的還是整容和被包養這兩點，這兩個根本無法反駁的汙點，直接讓他的網紅生涯畫上句號，至於當初想進入娛樂圈的雄心壯志更是可以直接洗洗睡了。

可諷刺的是，許牧之之前給他的承諾也十分虛偽，除了卡裡多出來的幾百萬就再也沒有別的補償。反而是宋禹丞在楚嶸的運作下不僅成功洗白，又圈了不少死忠粉。

真是讓人氣憤到了極點！小網紅翻著網上的消息越發難受，對宋禹丞的恨意也變得更深，如果有什麼法子能整宋禹丞就好了，可偏偏越著急就越想不到，而且宋禹丞有楚嶸護著，他就算想到什麼法子也沒有機會施展。

最後還是他一個圈外的髮小出了個餿主意：「宋禹丞被包養的那件事不是沒有實錘？你就把錘子做實了不就解決了嘛。」

「不可能，他沒成年，真鬧大了我也得跟著進去。」

「他還有半個月就成年了吧！你找個機會唄！就像小說裡常有的那種情節。」

「機會不好找。再說小說很多都是扯淡的。」小網紅覺得這法子有點坑，而且他一直摸不準宋禹丞和許牧之之間的關係，如果許牧之對宋禹丞有意思，這樣一來不就反而幫宋禹丞上位了？

「你是不是傻？怎麼能把宋禹丞往許牧之身邊送，你要坐實的只是他被包養的這件事，至於誰包養他根本不重要！」

「還可以這樣？」小網紅頓時就愣住了，他琢磨了一會兒才回覆髮小道：「我還是再想想吧。」

說完，小網紅就結束了和髮小的對話，他面上雖然沒有答應，心裡還是留了個底，然而他萬萬沒想到，機會竟然來得這樣快。

黎昭的社交網站上發了一則消息，他們參加《交換人生》錄影的六個人，下週二打算約出來聚餐，地點就在近郊的一處會館。

這還真是天賜良機，小網紅一下子就興奮起來。因為那間會館他十分熟悉，裡面有不少熟人，這小網紅也沒弄得太複雜，還是之前他髮小說的那一套，找個機會給宋禹丞下點藥，然後想辦法將一個常客投資商送過去。

那個投資商是圈子裡最愛玩的，之前在聚會上也表現出對宋禹丞有好感，相信他對送上門的禮物不會拒絕。

而他只要第二天拍下宋禹丞從會所裡出來的狼狽模樣就足夠了。只要有了實錘，他就能在網上煽風點火，至於最開始的金主是不是這個投資商，又有什麼關係？反正宋禹丞是自薦枕席，金主數目多，不正好能坐實宋禹丞被包養的傳聞？到那即便楚嶸想要保宋禹丞，也回天乏術。

更何況，宋禹丞若真出了這種事，以楚嶸的公子哥脾性，不僅連看都不想看到宋禹丞，還會嫌他髒。至於許牧之，肯定也是和楚嶸差不多的想法。

這麼一盤算，這個主意還真是不錯，小網紅覺得自己的計畫堪稱完美。

然而他這麼點動作，很快就傳到許牧之的耳中。那會所正好是許牧之的，小網紅不過前腳剛找了人，許牧之後腳就得到他的全部計畫。

可微妙的是，許牧之卻沒有阻止的意思，甚至暗中給他開了後門，行了不少方便。其實許牧之也說不清楚自己是什麼心情，但他必須承認這個計畫的確讓他興奮起來。即便他平時不屑用這種下流手段，但是一想到能夠用這種最簡單的方式毀掉宋禹丞，那種痛快感就讓他感到興奮。

到底是有權有勢的存在，許牧之想要做些什麼，絕對比小網紅更滴水不漏。而且他有心隱瞞，又在自己的地盤，就更加很難發現，即便是楚嶸的表哥也不可能二十四小時盯著他。

時間飛逝，短短一週很快過去，來到宋禹丞、楚嶸幾個人聚會的日子。

許牧之一大早就趕到會所，並且叫人提前把那個投資商支走，他的確想將計就計，畢竟養了這麼久不能便宜了別人。

想著即將到來的桃色畫面，不僅許牧之感到興奮，連那個小網紅也同樣興奮，因為過了今天，宋禹丞就會和他一樣徹底身敗名裂。

看著宋禹丞一到門口就被人團團圍住的樣子，小網紅眼裡的妒恨根本隱藏不住。而在樓上看著監控錄影的許牧之，眼神也同樣在第一時間落在宋禹丞和楚嶸的身上，然而他這次卻意外分不清自己最在意的人到底是楚嶸還是宋禹丞？

可不論這兩人如何策劃，眼下的宋禹丞卻並沒有意識到即將來臨的危險，還因為楚嶸和黎昭他們的細心安排而十分愉快。

說起來，楚嶸和黎昭之所以選擇這一天聚會，是因為今天是宋禹丞的生日，而且還是他滿十八歲成年的日子。

用黎昭的話說，宋禹丞的那些極品親戚一定想不起來，就算想起來只會給宋禹丞添堵，不如就讓他們來幫著慶祝。

雖然是會館，但環境布置得很溫馨，並且精心安排了宋禹丞愛吃的食物。宋禹丞一踏進包廂就知道他們費了不少心思。

至於帶頭的那個人，不言而喻自然是楚嶸。

雖然經過時間緩和，宋禹丞和楚嶸之間的尷尬消滅許多，但是楚嶸的堅持，也讓宋禹丞很多話沒有辦法開口。

至於其他人也看得出來兩人不對勁，而且之前楚嶸的全網告白他們也都看到了，所以現在聚在一起，一個喝悶酒、一個裝作無所謂，但是大家看在眼裡都十分擔心。

「要我說，楚嶸比許牧之強多了。」黎昭忍不住和其他三個小的吐槽了一堆，順便點了一句：「前幾天，給禹丞哥網上添堵的那個小網紅，就是許牧之家的。」

「臥槽！這貨怎麼這麼賤！」其他三人也紛紛不平起來，可他們再不高興也沒有什麼辦法，畢竟宋禹丞很固執。

用他們家裡大人的話來說，宋禹丞是那種典型有手段也有本事的人，這樣的人，不可能被什麼人禁錮，除非是真愛。

「所以許牧之到底有什麼好的？」黎昭越想就越恨得咬牙切齒，並覺得宋禹丞拒絕自己還可理解，拒絕楚嶸就太不應該了。

楚嶸怎麼看都比許牧之強太多倍，別的不說，單單楚嶸料理小網紅的雷厲風行，就能看出他是真的在意宋禹丞。

可即便如此，他們也只能私下裡罵一罵，面上還是一個字不提，使勁兒炒熱氣氛，期望給宋禹丞一個完美的成人禮。

而宋禹丞和楚嶸也十分配合，等到最後送禮物的時候，氣氛更是high到頂點，畢竟真心無價，幾位少年送的禮物，價格有高有低，但每一樣都是精心挑選過的。

楚嶸的禮物放在最後，但當他把包裝得格外漂亮的禮物盒放到宋禹丞的手裡時，宋禹丞卻皺了皺眉沒有打開。

這個大小、這個重量……宋禹丞想到原身記憶裡一些關於楚嶸的細節，同時不著痕跡地打量面前的楚嶸，果不其然，楚嶸平時戴在脖子上的項鍊已經不見了。去了哪裡，不言而喻。

而此時的楚嶸，也從宋禹丞的神色中看出端倪，可依舊固執得不願意退縮。

楚嶸似乎很緊張，宋禹丞甚至能夠看到他的眼睫毛都跟著輕輕顫抖，可即便如此，楚嶸依舊執著地盯著他。

「何必呢。」宋禹丞搖搖頭，最終還是收了下來。

而楚嶸見狀，瞬間勾起唇笑了，同時伸手抱住宋禹丞，在他耳邊悄聲說道：「我願意的。」短短四個字裡的欣喜，滿得幾乎要溢出來。

宋禹丞手裡拿著的是楚嶸家傳的老物件，是讓他送給未來伴侶的信物，雖然用這種方式強行塞給宋禹丞有點卑鄙，但宋禹丞收下了，就證明他還是心軟了，所以以後只要更加努力就好了。

楚嶸忍不住在宋禹丞的臉側蹭了蹭，滿足的模樣像是偷到小魚乾的貓崽兒，接著就坐回到宋禹丞旁邊和他一起切蛋糕。

楚嶸原本就長得溫潤俊雅，周到起來就算是石頭都要融化，尤其他對宋禹丞百依百順時的模樣，更是可愛得讓人只想摟在懷裡揉揉。

之前的事情已過了這麼久，在這樣的日子裡，宋禹丞也不想太過為難他，在小酌幾杯有了醉意以後，也任由楚嶸帶著些占有慾地把他抱在懷裡。

而他們這裡的歡樂，落在旁人眼裡卻等於最後的瘋狂。

尤其是那個網紅，他正在等待時機成熟，然後讓宋禹丞徹底萬劫不復。這是他對楚嶸的報復，更是對宋禹丞的報復！

小聲交代了自己早就買通好的那個服務員，小網紅將一杯加料的酒從他的托盤裡換走。

酒過三巡，是時候離開了。幾名少年今天都很盡興，最能折騰的黎昭更是喝醉了，楚嶸見狀趕緊幫著安排，把他們各自送回家。

「宋宋，你先別走，我一會兒有話要說。」扶著黎昭，楚嶸期待地看著宋禹丞，小心翼翼的模樣好似生怕宋禹丞拒絕他。

「好。」宋禹丞點點頭。

其實楚嶸要說的不外乎就是告白吧，他這些日子裡的努力，宋禹丞也同樣看在眼裡，心裡有數。宋禹丞覺得，他在這個世界的任務是給許牧之戴綠帽，答應楚嶸倒也不是不行，畢竟這小孩挺招人疼，左右楚嶸距離十八歲成年只剩幾個月，自己再等他一陣子也不是不行，反正任務完成後，他並不急著離開這個世界。

可不知為何，宋禹丞這頭剛想下定決心，一種說不出的預感就將他的盤算打亂，他感覺接下來的事情不會這麼輕鬆。

果不其然，事與願違。

當身體裡有股陌生的慾望升騰而起的時候，宋禹丞便驚覺這分明是服用了具有催情作用的迷幻藥才會出現的效果。

「系統？」宋禹丞努力讓自己保持清醒，呼喚著系統。楚嶸送黎昭回家，估計至少還得半個小時才能回來，而他現在情況危急，恐怕很難等到楚嶸回來幫忙。重點是，不管給他下藥的人是誰，能在這種會館裡動手，身分都不會太低，他身上沒有力氣，很容易就要吃虧，這麼想著，宋禹丞終於想起自己那個彷彿是啞巴一樣的系統，想要查詢看看自己現在的具體狀況到底如何。

而系統的回應也格外奇葩，不知是太久沒說話緊張了，還是什麼其他原因，竟然直接出現亂碼！

「……」宋禹丞頓時哭笑不得，感覺十分心累，既然系統指望不上，他依然得想法子自救。

宋禹丞覺得，他應該先想辦法找個人幫他脫險，畢竟他現在光是站著就已經十分勉強，至於那個設局的人肯定還有後手等著，所以他要趕快先離開這裡。

說來也巧，就在宋禹丞努力思考要如何擺脫困境的時候，一位意外出現的青年吸引了他的注意。復古式的西服頗有幾分中世紀紳士的味道，而青年周身的氣場也格外引人注意，明顯是個久居上位的人。

就是他了。宋禹丞想著，頓時有了法子。可等那青年走近以後，原本只想利用他脫困的宋禹丞，卻突然被青年的容貌晃了下眼。

他第一次看到長相這麼符合自己審美的男人，尤其在身體受到藥物影響的情況下，這名青年對宋禹丞來說變得更加誘惑。可不知道為什麼，宋禹丞卻莫名覺得這個人有點像是成年後的楚嶸。

而方才一直亂碼的系統也突然跳出一句提示：「什麼情況？楚嶸突然長大了？」

可此時的宋禹丞意識卻已經瀕臨潰散，他甚至開始分不清時間和空間，根本無法注意系統說了什麼，唯一的念頭就是面前的這名青年。

而這名青年不是別人，正巧就是讓許牧之畏懼的教父。然而此刻在宋禹丞的眼裡，他卻堪比一道誘人至極的小甜點。

青年本人似乎並沒有意識到宋禹丞看自己的眼神不對勁，反而因為宋禹丞臉色不好而主動靠近，想要查看情況，可緊接著就被宋禹丞抓住領帶。

「你……」青年下意識順著他的力道低頭。

宋禹丞帶著酒香的唇也恰到好處地貼近他的耳廓。

「幫我個忙怎麼樣？」即便是這種時候，宋禹丞也依舊端著溫柔的面具，可骨子裡的強勢和對獵物的渴求卻已隱藏不住。

「什麼忙？」青年不動聲色。

「帶我走，我有報酬。」宋禹丞的唇角依舊維持笑容，可身體裡的燥熱卻已讓他站立不穩，即便如此，他依舊沒有半分軟弱，這種隱忍化成一種特別的蠱惑，格外撩撥人心。

青年的眼裡流露出一絲欣賞。

他今天，就是為了宋禹丞來的。其實從第一次在直播間裡看到宋禹丞開始，他就對宋禹丞很感興趣，他看得出宋禹丞溫柔之下的惡劣和強勢，也看得懂他的步步算計、欲擒故縱。

尤其是宋禹丞對許牧之的報復設局，幾乎每一個細節都讓他在意，甚至忍不住留下來觀察，看宋禹丞完全卸掉偽裝以後會怎樣令人驚豔。

尤其眼下站在他面前的少年，不過才剛成年，纖瘦的腰身依舊脆弱易折，整個人卻散發著強悍氣場，即便是眼下深陷情慾折磨也依舊不落下風。

真的是太完美了。青年落在宋禹丞身上的眼神，變得更加幽深。

之前許牧之的安排的確可以瞞天過海，卻攔不住青年的刻意調查。

說白了，就跟許牧之查那個小網紅一樣，許牧之在青年面前，也同樣好比一張白紙，只要青年想瞭解，就能將他的所作所為調查得一清二楚。

因此，他在第一時間就得知消息，原本沒有著急出手，可等他發覺楚嶸被許牧之想法子故意支走時，還是忍不住著急了，趕緊讓人在暗中護著宋禹丞，順手給許牧之找了點小麻煩，免得他有時間對宋禹丞出手。

接著，就親自過來查看宋禹丞的情況，不過現在看來，他來的時間真是剛剛好。

這麼想著，青年平靜地說道：「你的麻煩似乎不小。」

「可你有辦法的，對嗎？」

「你說的沒錯。」青年看了他一會兒，轉頭對身後的屬下說了句什麼，接著把宋禹丞打橫抱起，從另外一個方向離開大廳，離開會所後，直接前往他常住的斯丁酒店。

抵達斯丁酒店頂層套房後，青年囑咐屬下去給宋禹丞找醫生，同時讓他給楚嶸發條訊息，讓楚嶸過來接人。

屬下原本以為青年帶宋禹丞回來就是對他有想法，他萬萬沒想到青年竟然並不打算做什麼，這套路會不會有點不對？屬下疑惑地看著青年，半晌沒有動彈。

然而青年卻示意他照辦。他的確對宋禹丞有好感，但現在明顯時機不對，更何況宋禹丞現在中了迷幻藥，真發生點什麼，也不過是單純地發洩慾望罷了，沒有任何意義。

這麼想著，青年把宋禹丞身上的被子又往上拉了拉，然後就徑直坐在床邊看著他，等醫生過來。

宋禹丞這頭暫時解決了自己的危機，可外面卻完全亂套了。

楚嶸在送人回來後，心心念念的就是和宋禹丞告白。上一次他沒有面對面說出口，這次好不容易等到宋禹丞態度軟化，他說什麼也要把心裡的想法全部告訴宋禹丞。

在回到會所前，他下意識整理了一下自己的頭髮，確定萬無一失後才走進去，結果卻發現宋禹丞不見了！

不僅不見了，自己送給宋禹丞的禮物也被留了下來，就放在露臺的窗臺上。

所以，他還是不願意接受自己？連個機會都不想給他？楚嶸的心裡立刻難受極了，可隨即注意到一旁摔碎的杯子，又覺得有點奇怪。

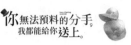

宋禹丞是個處處妥帖的人，即便是拒絕也會當面把東西還給他，而不是隨意扔在這裡，而這個杯子落地摔碎的位置卻十分微妙，所以最大的可能……就是宋禹丞出事了？

撿起那杯子，楚嶸沾了上面的酒液湊近聞了聞，接著臉色驟變。

他初入娛樂圈的時候，曾經上過一次關於迷幻藥的課，教他什麼樣的味道是不能沾的、什麼樣的菸酒是有問題的。而他現在手裡拿著的這杯酒，明顯是添了料的，所以到底是誰？宋禹丞有沒有喝下去？他現在人又在哪裡？楚嶸的心裡有一瞬間的慌亂，但很快就強迫自己冷靜下來。

楚嶸覺得不管是誰、要做什麼，宋禹丞現在都一定還在會所裡，畢竟他方才就在門外送人，如果宋禹丞被人帶走，他不可能一點都沒察覺。

而且迷幻藥發作是需要時間的，現在的宋禹丞可能不夠清醒，但是不至於一點反抗能力都沒有，真有人要強迫他做什麼，基本的求救還是綽綽有餘。

他趕緊給表哥打了通電話，讓他幫忙，同時自己往監控室趕去，想要調取錄影，看看宋禹丞到底被誰帶走。可緊接著，表哥回覆的訊息就立刻讓他調轉了腳步，把所有的鍋都扔到許牧之的頭上。

這間會所背後的老闆竟然是許牧之？呵呵，怪不得宋禹丞會被算計，如果是這樣……楚嶸下意識往會所頂層、許牧之所在的房間奔去，電梯每走過一個樓層數字，都讓他心驚膽戰，怕自己去得晚了。

空蕩蕩的走廊裡只有楚嶸一個人，他用最快的速度趕到許牧之的房門前，然而門把手上掛著的「請勿打擾」的曖昧牌子，卻狠狠刺痛了他的眼。

但是意外虛掩著的門又像是潘朵拉的魔盒，勾引他把門完全打開。

一聲模糊的呻吟從裡面傳出，打斷楚嶸的遲疑，他心裡陡然一沉，顧不上別的，立刻推門衝進去，他絕不允許宋禹丞被許牧之這樣的人得到。

「放開他！」楚嶸大步衝進房間，然而令他詫異的是，眼下被許牧之摟在懷裡索取的人並不是宋禹丞，甚至是一個讓楚嶸完全意想不到的對象。

竟然是之前全網黑宋禹丞的那個小網紅，此刻他似乎也出了什麼問題，正神志不清地誘惑著許牧之，而許牧之卻被突然出現的楚嶸嚇萎了。

「嶸嶸，你聽我解釋。」他趕緊把依舊扒著他不放的小網紅甩開，試圖說點什麼化解尷尬，可那小網紅卻不能領會他的意思，摔在地上以後又努力抱住許牧之的大腿，甚至還滿臉迷醉地想要更進一步。

這種辣眼睛的畫面，真的是多看一眼都要吐了！楚嶸冷笑一聲，摔門轉身就走，可心裡卻莫名踏實許多，幸虧裡面的不是宋禹丞。

但接下來他又變得更加擔心，如果宋禹丞不是被許牧之帶走，那他到底去了哪裡？楚嶸毫無頭緒，感覺自己彷彿是一隻找不到方向的無頭蒼蠅，宋禹丞沒有家人，他和黎昭五人就是宋禹丞現在最親近的朋友。

楚嶸煩躁地拿出手機，想要再催催表哥，然而他剛一發完訊息，就收到了一封陌生號碼發來的郵件，只有一個地點，名字留的是宋禹丞。

所以這是宋禹丞本人發來的，還是救了他的人發來的？

楚嶸看完，心裡越發焦急，回覆了一句馬上到，然後就跑出會所。一路上，他不停地催促著司機，生怕耽誤時間，可即便如此，等他到達目的地的時候，也已經是半個小時以後。

看著面前低調卻極有品味的酒店，楚嶸心裡的憂慮又更添了一重。好在酒店的大堂經理在詢問了他的名字以後，立刻給楚嶸房卡，並且將事情的大致經過說了一遍。

「醫生看過了，基本的檢查和治療也已經做完，醫囑留在床頭櫃上，您要是不放心，回去以後可以找您熟悉的醫生再仔細瞧瞧。」

「謝謝，麻煩您了。」有醫生看過，那宋禹丞現在應該是沒事了，楚嶸的心這才算是真正放下一點。可畢竟還沒見到宋禹丞本人，他依然不能完全安心。

簡單地道謝之後，楚嶸就搭電梯直奔宋禹丞在的頂層套房。

等楚嶸開門進去時，宋禹丞正安穩地睡在裡間的床上。旁邊除了一位守著的醫生以外，就再也沒有別人，至於帶宋禹丞回來的那名青年更像是從未出現過。

「他怎麼樣？」楚嶸小聲詢問。

醫生似乎是怕影響到宋禹丞休息，乾脆起身和楚嶸到外面說話。

還真的是楚嶸知道的那種迷幻藥，不過幸好宋禹丞的自制力很高，否則真的發生點什麼，那個劑量下去，宋禹丞現在的歲數很容易就會虧了根柢。

「那現在……」

「沒事的，後遺症還會有一些，這兩天讓他多休息，等明早您再找您信任的醫生檢查一下就好。」

「我明白了。」楚嶸點頭，送走醫生後才去看宋禹丞。

房間內，宋禹丞窩在被子裡睡得很熟，乍一看並沒有什麼異樣，可走近以後，楚嶸卻不由自主地緊張起來。

實在是太曖昧了，雖然情況特殊，可酒店套房這種地點本身就帶有強烈的暗示，再加上宋禹丞被藥物影響，身上的氣勢也比平時脆弱很多。眼尾發粉的肌膚，更容易讓人聯想到，他強忍慾望時眼裡沾上水氣的模樣，肯定格外勾人。

楚嶸深吸一口氣，控制住自己的浮想聯翩，伸手摸了摸宋禹丞的額頭。可下一秒他就愣住了，因為宋禹丞現在身上穿著的衣服並不是今天穿的那一套。

楚嶸的臉色陡然沉了下來，接著他觸碰到宋禹丞燙人的皮膚，周身的氣勢就變得更加凜冽。不過他並非是因為宋禹丞遭遇了什麼而生氣，只是單純地心疼宋禹丞辛苦。

楚嶸也是混過娛樂圈的，自然清楚那種迷幻藥會帶來的副作用。

宋禹丞本來就喝了點酒，兩下相衝，肯定難受到不行，否則以宋禹丞的警惕，他進來這麼久，宋禹丞不會毫無察覺，如果不是許牧之……

想到來的路上，自家表哥查出來的那些事情，楚嶸對許牧之越發恨之入骨，抱著宋禹丞的手，也不知不覺稍微添了些力氣。

「楚嶸？」宋禹丞終於睜眼，但是他的神志還不是很清醒，甚至視力也有點模糊。

「對不起，都是我不好。」楚嶸抿了抿唇，心裡越發難受，抱著宋禹丞的手顫抖得更厲害，緊緊地把他摟在懷裡，生怕再弄丟了。

「別難過，我沒事。」以為楚嶸嚇著了，宋禹丞拍了拍他的後背，輕聲哄著。只是這一次，因為藥物的關係，宋禹丞的手並沒有什麼力氣，與其說是拍，不如說是愛撫。

可這樣的溫柔和縱容，卻越發讓楚嶸動容，他不想再隱忍，乾脆俐落地把心裡所想的話清清楚楚地說了出來。

「宋禹丞，我喜歡你。」真正的告白。

溫柔漂亮的少年明明知道沒有希望，卻依然倔強得不肯放棄，這份執著，憑心而論真的很招人。

宋禹丞素來是個愛寵人的，許牧之那種渣男他虐起來很順手，可面對楚嶸恨不得把心都掏給他的樣子，反而下不去手使勁兒欺負他。

嘆了口氣，宋禹丞鬆了臉色，摸了摸楚嶸的頭，試圖和他講道理。

「還是太小了，楚嶸，我只把你當弟弟。」

「我會長大！」像是急於證明什麼，楚嶸再次拿出之前的禮物盒，遞到宋禹丞的面前，固執地看著他，彷彿在說，不管我大還是小，飯桌上你是答應收下的。

這算不算是耍賴？宋禹丞哭笑不得，「可你之前沒說是什麼東西。」

楚嶸不回答，無言地逼迫宋禹丞。然而他手裡一角已經捏得變形的禮物盒，卻將他忐忑的心情表現得淋漓盡致。宋禹丞和他對視，最後無奈地搖了搖頭。楚嶸眼神一亮，唇角瞬間揚起微笑，漂亮得讓人移不開眼。

「我又沒打算答應你，你怎麼還這麼高興？」宋禹丞覺得不解。

「因為我原本也沒指望你會答應，我只想要一個機會。」楚嶸握住宋禹丞的手，和他一起拆開禮物，然後將裡面的項鍊放到宋禹丞的手上。

「你得對我公平點。」楚嶸盯著他看了半天，然後死死地把宋禹丞抱在懷裡，「我知道你只把我當弟弟，一直拒絕我也是不願意我以後難受。可許牧之那種渣男你都能等他這麼久，我比他好一萬倍，你至少要讓我長大，才能判定我出局。」

好一萬倍什麼的，這麼自誇真的合適？宋禹丞看著死命抱住自己的楚嶸，一時間還真找不出什麼反駁的話。

更何況，楚嶸長得溫柔漂亮，即便是難得的強硬，也透著一股子柔軟的味道。與其說是霸道，不如說是無言的懇求，只恨不能讓人被他甜得心都化了。

而宋禹丞最拒絕不了的就是這樣的男孩，再次無聲地嘆了口氣，宋禹丞在心裡詢問系統：「如果我走了，楚嶸會怎麼樣？」

「宿主放心，一定會給他一個最想要的完美結局。」似乎為了彌補不久前宋禹丞在詢問迷幻藥時的錯誤，系統又努力補充了一句：「不管大人你在這個世界撩了多少人，只要你希望，他們全都會得到最想要的結局！畢竟我們綠帽系統，最不怕的就是掉節操。愛你，麼麼噠。」

「……」宋禹丞被這句「愛你，麼麼噠」懟了一臉，半天都沒緩過來。直到過了良久，他才說了一句算是秋後算帳的話：「那之前我問你迷幻藥的事情時，你為什麼突然亂碼？」

「不是我的錯。」提到這個，系統也格外委屈：「總局說我沒成年，給加了和諧詞，所以……」

所以這到底是個什麼樣的快穿管理總局？連和諧詞這麼高深的玩意都有，卻讓未成年系統配合參與綠帽任務，想想就很鬼畜。

宋禹丞越發有種自己是不是進了一家黑公司的念頭，可這次和系統的交流也算是有收穫。

在得到系統的保證以後，宋禹丞也乾脆把之前守著的那點節操扔掉，反正他走了之後，少年也會幸福，那就享受一下現在其實也挺好的。但即便如此，宋禹丞還是認真地對楚嶸說道：「楚嶸，我很喜歡你，但是絕對不是愛情。」

「我知道，但是我是。」

藥物對宋禹丞的影響還是很大。

再加上又陪著楚嶸折騰了一會兒，自然疲憊至極，沒過多久，就又陷入沉睡。

但在他睡著以後，楚嶸卻輕手輕腳地把宋禹丞抱起來，打算換個地方。

倒不因為別的，主要是這裡看起來就是私人客房，再加上宋禹丞身上這件明顯是其他男人的衣服，越發讓楚嶸的心裡像是裝了澀果子，酸得不行。

怎麼可以穿別人的衣服！這麼想著，楚嶸把宋禹丞放下，又叫自己的司機去下面車裡拿一身自己的衣服上來，小心翼翼地幫他換好，這才抱著人下樓。

宋禹丞是真的睏得不行，這麼一通折騰下來也沒有睜眼。倒是楚嶸興奮得夠嗆，覺得宋禹丞現在全身上下都是他的。

甚至還想偷個吻，只可惜還沒碰到就被宋禹丞捏住後頸。

「適可而止。」宋禹丞瞇著眼警告，這貓崽兒是越來越得寸進尺了。

「嗯，我不吵，你好好睡。」楚嶸笑得開心，眉眼間的溫柔勁兒讓人心癢。

宋禹丞挑了挑眉，乾脆默許了他的小動作。楚嶸也見好就收，最後在宋禹丞的額頭上落下一個吻就不再折騰，抱著人走出酒店大門。

然而這一幕，卻完完整整地落入守在外面半天的許牧之眼裡，他怒不可遏，上前一步把兩人攔住。

「你們兩人是真長能耐了。」此刻的許牧之幾乎已經失去理智，如果不是還稍微顧忌一些現在在外面，他肯定就要直接動手了。

他今天算是徹底丟臉丟乾淨了，楚嶸在會所大張旗鼓地找宋禹丞，鬧得盡人皆知。他追著楚嶸出來的時候還遇見不少熟人，看著他的表情全都充滿同情，甚至在他們走遠後，許牧之還隱約聽到「老王八」和「帽王」這兩個詞。

現在再親眼看到楚嶸呵護宋禹丞的情景，他立刻就被氣瘋了。

而楚嶸卻遠比許牧之更憤怒，原本溫柔的氣質瞬間收斂，變得料峭凜冽。他雖然年紀尚小，那股子鋒銳反而更加明顯，像是出鞘利刃，輕而易舉便能將人劈開。

「嶸嶸，你把宋禹丞留下，我可以原諒你。」許牧之這句話幾乎是從嗓子眼裡擠出來。

然而楚嶸卻冷笑一聲，直接抱著人繞過許牧之，連一個標點符號都懶得給他。

至於被楚嶸抱著的宋禹丞，也恰巧在這個時候醒來，饒有興致地看了許牧之一眼，微妙的角度正好能讓許牧之看到他臉上的表情。

那種嘲諷，根本就是赤裸裸的羞辱，許牧之差點氣得背過去。

說起來，許牧之自己都弄不清楚，到底是怎麼走到現在這一步的。他在自己的會所做足了準備，設計毫無防備的宋禹丞，以為天衣無縫，結果卻反被打臉。

別的不說，且看楚嶸對宋禹丞的這個寶貝勁兒，明顯是自己這次出手失利，反而給他們的感情當了催化劑。

他原本打算得很好，結果萬萬沒想到，等了半天屬下卻說宋禹丞不見了。

一個大活人怎麼可能憑空消失？可偏偏整間會所的監控全都被人刪掉，根本找不到任何線索。

於是，許牧之只能把小網紅叫來質問，結果卻意外發現那小網紅也中了藥，還跟瘋了一樣地糾纏他，這才有了楚嶸撞見的那一幕。

哪裡就有這麼巧合的事情，說不定就是宋禹丞故意設計，想要讓楚嶸跟他徹底反目．許牧之自然而然地把所有鍋都扔到宋禹丞身上。

與此同時，另外一個疑點也引起了他的注意。斯丁酒店，能在這裡長期包下房間的都是身分特殊的人，而且這人還像是個知道底細的，居然會通知楚嶸過來接人，如果不是意外，那只能說他小看了宋禹丞的本事。

這麼想著，許牧之就越發覺得楚嶸是被宋禹丞欺騙，想要揭穿宋禹丞的假面。

此時楚嶸輕手輕腳地把宋禹丞安置在自己的車裡，又怕他冷，把外套蓋在宋禹丞身上。

「宋宋，你睡一會兒，我有話和他說。」

「說什麼？」

「我幫你出氣。」楚嶸說的認真，體貼地把車窗放下來一點，方便宋禹丞看戲，可其實心裡也有小九九，他要讓宋禹丞徹底對許牧之失望。

「許牧之，現在不是談話的好地點，但是你設計宋宋的事情，我不會善罷甘休。」楚嶸開門見山，相當直接。

許牧之原本還想揭穿宋禹丞，這下直接就被氣炸了，呵呵，楚嶸是拿他當二傻子吧！不管別的，宋禹丞是他養的人，楚嶸把人搶了，還要警告他，怕不是擺不正自己的位置！

「楚嶸，你不要仗著我喜歡你，就為所欲為。」

「仗著你喜歡？」楚嶸失笑，「許牧之，你是不是對自己有什麼誤解？我是楚家唯一的繼承人，你不過是許家的一個私生子，要不是跪舔那位，非要認了人家當教父，你以為你能坐穩現在的位置？以往給你幾分薄面，是看在上面那位的份上，別太把自己當回事。」

楚嶸到底是世家養大的公子哥，怎麼可能沒有脾氣？什麼娛樂圈的溫柔男神，不過都是懶得繼承家業才弄出來的假面。實際上，真正的攻擊性遠比許牧之還要強悍許多。

許牧之被他揭老底的一席話懟得啞口無言，他的確是私生子出身，也的確是認了個比自己年齡還小的人做教父，可這些屈辱在他成為許家掌權人以後，就再也沒有人敢在他面前輕易提起。

楚嶸這席話讓許牧之情緒失控，他一把拉起楚嶸的衣領，狠狠把他拽到自己面前，目眥盡裂，恨不得生撕了他。

「你可以瞧不起我，可你別忘了宋禹丞也是我養出來的玩物。」

楚嶸卻諷刺地勾起唇角，「你說話最好乾淨點，宋宋可不是靠你的錢活到這麼大的。至於玩物，這個詞放在你身上才是最恰到好處吧！你也不過是路德維希養的狗。」

「你他媽找死！」最後的表面和諧徹底撕掉。許牧之失去理智，而不遠處楚嶸車裡的宋禹丞，更是時時刻刻提醒自己被戴了綠帽的恥辱。

暴虐的情緒完全激起，許牧之不顧一切地抬起手，看這個力道，要是真打實了楚嶸肯定要遭罪。

然而楚嶸卻絲毫沒有畏懼的意思，眼底反而透出一絲笑意，「意圖毆打未成年，許牧之你膽子真的太大了。」

壞了！許牧之心裡一沉，立刻就明白自己中了楚嶸的算計。緊接著，下半身傳來的劇痛卻讓他控制不住地慘叫一聲，彎腰跪在地上。

誰能想到，就在他猶豫的瞬間，楚嶸竟然抬起一腳，狠狠地朝著他的下半身踹去。要知道，楚嶸是練過的，雖然還沒成年，可這力道也絕對比一般成年男性要更加強悍。

「算是給你的警告，再敢用你那點齷齪的心思碰宋宋，我就教你體會什麼是真正的太監！其餘的，想必等下過來的員警會很樂意和你聊聊。」

說完，楚嶸晃了晃手裡已經撥通緊急報警的手機，轉身回到自己車裡，絲毫不顧捂著下半身倒在地上的許牧之有多狼狽難堪。

「咱們回家。」重新面對宋禹丞，楚嶸的凜冽盡數消散，又是那副討人喜歡的小貓崽兒的模樣，漂亮的眼裡滿是驕傲，感覺自己厲害壞了。

但可不就是厲害壞了？就楚嶸那個力道，許牧之不變太監也得陽痿好幾天。而且楚嶸也夠壞，得了便宜還報警。這個世界對未成年的保護相當嚴格，即便許牧之的手沒有碰到楚嶸，在這種到處都是監控的地方，他有那個動作就已經違反法律。

被戴了綠帽又差點變太監，最後還被員警帶走，宋禹丞不管怎麼想都覺得明天的傳聞肯定特別有意思。他忍不住失笑，然後他轉頭看向車外，在和許牧之充滿恨意的視線相對的瞬間，他用口型無聲地反問了一句：「爽不爽？」然後就閉上眼睛，安心享受著楚嶸的照顧。

到了現在，許牧之的這頂綠帽算是戴得嚴實，接下來，他只要好好欣賞許牧之被綠雲罩頂後的屈辱就可以了。

而車外的許牧之卻徹底顏面掃地，圈子裡沒有不透風的牆，他今天和楚嶸反目成仇，明天就會成為最大的笑話。

自己養的替身竟然被白月光搶走了，而且許牧之本人，還差點被楚嶸一腳踹成太監。

「該死的！」許牧之躺在地上，劇烈的疼痛讓他根本無法站起身，極度的羞恥和屈辱也讓他的眼睛赤紅一片，如果目光能夠殺人，他肯定恨不得把宋禹丞和楚嶸一起活剮了！

可隨後趕來的員警卻不管這一套，見他倒在地上，竟然連送他去醫院的打算都沒有，反而相當粗暴地把他從地上拽起來，戴上手銬，扔進警車裡。對未成年的孩子也敢動手，看他受傷的那個位置就知道這貨沒幹好事，真廢了才好，也少了個禍患。

混亂的一個晚上，就這麼結束了。

第二天宋禹丞起床時已經快下午了，他這一覺睡得舒服，除了手腳還有些無力，並沒有什麼太大的藥物殘留感，可清醒後，緊接著就有點無奈。

因為昨天也實在是太崩人設了，不管是順手撩撥了那位青年，還是縱容了楚嶸，都和他尋常的手段不符。只能說，那迷幻藥的效果真的是太……

不過算了，有點小瑕疵倒也無所謂，總歸結果是好的，許牧之這頂綠帽到底還是戴穩了。至於剩下的等到時候再說，反正有系統的承諾在，他沒有什麼後顧之憂。

這麼想著，宋禹丞的心情也好了許多，再加上聽完黎昭關於許牧之「帽王」八卦的分享，越發娛樂了宋禹丞，身體上的那點不適也變得不再重要。

然而宋禹丞這頭過得輕鬆，許牧之卻是苦不堪言，甚至快要瘋了。

許牧之是一大早被屬下從警局裡保釋出來的，而且萬萬沒想到，酒店門口那一幕竟然被人拍下來，不過短短一夜，八卦論壇上便到處都是他的黑料。

#許氏娛樂老總涉嫌侵犯未成年被警方帶走#

#許氏娛樂總裁在道貌岸然之下的真面目#

各種八卦頭條，第一時間爆出新聞。而最讓許牧之措手不及的，是他的那些小情人也一併被牽連出來，包括那個小網紅在內，甚至證據都是現成的，就是昨天他們兩人在會所糾纏的錄影。

「臥槽！這個太勁爆了！有錢人就是會玩。」

「你們不覺得他戀童嗎？發現沒有，他每一個小情人，都是從十幾歲開始養，弄到最後就帶上了床。這不是有病是什麼？要說他善心資助，我可不相信！」

網上罵聲四起，許牧之的公關根本就是杯水車薪。而最讓他無法忍耐的還是來自圈子裡的嘲諷，最後，就連他最害怕的教父也讓人傳了句話，要他好自為之。

「你們查出來是誰做的了嗎？一個晚上，才一個晚上就讓人把這些有的沒的弄得盡人皆知，你們都是死人嗎？」

辦公室裡，許牧之一巴掌抽在屬下臉上，煩躁地來回踱步。可偏偏過大的動作又牽動他下半身的傷處，頓時疼得他臉色慘白。

「許總，應該是楚少做的。但是您也知道，咱們……」

「出去！」許牧之不想聽解釋，直接一句話就把人全都攆走，然後便脫力地坐在椅子上。

他當然明白，這是楚嶸做的，也知道自己這個虧是吃定了。楚嶸說的沒錯，楚嶸是楚家唯一的繼承人，做起事來根本不受制約，和他相比有如天上地下，而楚家的公關能力又是圈子裡最強的，他的確比不過。

可即便如此，他也不會就此算了。動不了楚嶸，他難道還弄不死一個宋禹丞？尤其是宋禹丞，不過是個父母雙亡的孤兒罷了，他敢這麼設計自己，自己就讓他徹底體會一下什麼叫走投無路的絕望。

勉強讓自己冷靜下來，許牧之回憶起宋禹丞賴以生存的那家網路商店。他知道，宋禹丞這五年多之所以能維持生活都是靠那家店，既然如此，他就先掐斷宋禹丞的財路，再讓他流落街頭。

想到宋禹丞那幫極品親戚，許牧之覺得自己有辦法了。

不知道是不是山雨欲來之前的平靜，接下來的幾天裡宋禹丞的生活變得異常平淡，可就在宋禹丞覺得有點無聊的時候，有趣的事情就立刻找上門來。

和之前原身留下的那個網店有關。這兩天，宋禹丞手上沒活，就順手畫了兩套漢服的訂製概念圖放到網店上。

可萬萬沒想到，不過一覺醒來，自己的網店竟然被查封了。與此同時，郵箱裡也收到網路端發來的律師函，起訴原因是抄襲創意。

這是什麼情況？宋禹丞皺眉，有點不解，可緊接著，他不過剛登陸帳號就被認識的圈裡人敲了。

「出事了，你知道嗎？宋家人要告你抄襲。」

「什麼？」宋禹丞愣住了，可那人接下來的解釋，就越發讓宋禹丞見識到什麼是真正的不要臉。

想要告宋禹丞抄襲的這個宋家人，不是別人，正是宋禹丞那幫極品親戚，至於誰給他的底氣，無庸置疑，自然是許牧之。

而放出來的所謂對照圖也十分搞笑，他們倒是聰明，沒有拿這些年他們搞出來的那些四不像的新品出來丟人，而是用原身母親在世時畫出來的底稿。

是一套漢服裙子的設計圖，工藝是藍染。而湊巧宋禹丞昨天發出來的概念圖，處理布料時用到的工藝也同樣是藍染。

宋禹丞繼承了原身，而原身的手藝是和他母親學的，同出一脈，做出來的漢服肯定會有相似之處。

「你可冤枉死了，這麼一點相似，頂多說是工藝手法同出一脈，絕對算不上是抄襲。可這一次，宋家刻意針對，圈裡幾個論壇上全部都是和你有關的帖子，風向已經完全帶偏，這可怎麼辦？」

和宋禹丞說明情況的那位朋友也是急得不行，而且不僅是他，其他幾家和宋禹丞有過合作關係的店主也同樣替他擔心，這根本就是無妄之災，宋禹丞在圈子裡是出了名的低調手藝好。也沒有得罪過什麼人，這宋家人找上他根本沒有道理，重點是，他們給宋禹丞潑的這桶髒水，實在是太黑太可怕，再加上網店被封，無疑就是認定宋禹丞抄襲創意。

對於原創圈子來說，抄襲就是最要命的，這根本是要斷了宋禹丞的活路。

「這到底是有多大的仇，才能幹出這麼王八蛋的事兒！」不少認識宋禹丞的圈裡人都被氣炸了，可偏偏他們人微言輕，在水軍的控場下，根本沒有半分說話的餘地。

然而對於這種情況，宋禹丞卻並不著急，反而喜聞樂見。其實之前小網紅黑他，他沒有第一時間出手，就是想等這幾個宋家人下水，好直接一鍋端了，可惜楚嶸出手太快，他沒找到機會。不過這一次才是真正地恰到好處，因為他成年了，當年這一家人以代為監護為由，強占原身父母的遺產，後來又處處折磨原身，大冬天把他攆出家門，想到原身受到的委屈，宋禹丞覺得是時候讓他們把偷來的一切，變本加厲地拿回來。

畢竟比起戴綠帽這種情感方面的問題，宋禹丞更擅長的是當面打臉！

這麼想著，宋禹丞立刻登陸了原身的論壇帳號，在宋家人黑他抄襲的所有論壇網站，都發了一則相同的帖。

#醉染手作店主：我回來了，晚上九點，直播準時開始。#

這下，圈子裡所有關注宋禹丞網店相關事宜的網友，都被他這個反應逗笑了。覺得這個醉染手作的店主是不是有毛病，背著抄襲的罪名，網站都被封了，竟然還敢站出來開直播？是故意來找罵的嗎？

「頭一次看見抄襲的還能這麼大臉。」

「忍不了，這個醉染手作的店主是有毛病吧！」

「先別罵，他不是說要澄清嗎？總得先看看。」

論壇裡混亂一片，罵街的不少，間或也夾雜著理智的網友，不過不管他們具體是什麼心態，總之意見還是達成了一致。

就是先去看直播，看看店主到底要說些什麼。

【第八章】

你接受喪偶式婚姻嗎？

晚上八點，醉染手作直播間裡已有不少人在等著店主開播，看看他怎麼解釋。百分之七十的人認為醉染店主抄襲這件事可以說是坐實了的，而且證據確實，要不然網店為什麼會一夜被查封？平臺也不是傻子啊，肯定是有問題。

然而當直播開始後，不少人看到直播間裡出現的熟悉面孔就愣住了，這分明就是剛剛結束的《交換人生》裡的宋禹丞！

「宋宋？這是什麼情況？他和醉染手作的店主認識？」有宋禹丞的粉忍不住問道。

而那些想要看抄襲解釋的網友也跟著鬧開了，「什麼情況？醉染手作店主抄襲，弄一個真人秀的出來幹麼？」

然而這樣的吐槽，在宋禹丞開口之後，就全都沉默下來。

宋禹丞調整一下鏡頭，說了開播後的第一句話：「大家好，我是醉染手作的店主，宋禹丞。」

「臥槽！他說他是誰？」

「不是說醉染手作的店主五年前就開始接單子了嗎？宋禹丞現在才剛滿十八啊！」

然而面對這種質疑，宋禹丞選擇用證據說話，網店的審理許可、支付平臺的實名驗證，還有這五年來他接過的單子、畫過的設計圖，每一樣都巨細彌遺地擺在眾人面前。

而那些設計圖上，每一頁都寫滿靈感來源、工藝，以及適合穿戴的對象，至於擺在最上面的那張，就是被宋禹丞那幫極品親戚汙衊抄襲的藍染工藝漢服。

秀出這張設計圖後，宋禹丞慢條斯理地解釋：「大家都是圈裡人，是不是抄襲，設計原圖一出也就水落石出了。現在回答一下為什麼我和程音在藍染工藝上的手法會十分相似，不是我刻意模仿，而是因為程音是我的母親。」

宋禹丞說完，拿出一個戶口謄本，上面只有宋禹丞一個人，孤零零的頁面上，母親一欄清清楚楚地寫著「程音」這個名字。

這下，整個直播間的人都炸了。

首先醉染手作店主是宋禹丞的馬甲，這一點已經很讓人震驚，之前圈子裡還有人嘲諷說《交換人生》都是作秀，因為就憑宋禹丞一個人在短時間內做出這麼多精美的物件根本不可能，畢竟整個圈子裡，也就只有一個十分低調的大手能夠做到，那就是醉染手作的店主。但那時候，也不少人分析醉染手作的店主可能是名設計師，不可能是宋禹丞這種十七、八歲的少年。

結果現在，這些人全都被直接打臉，醉染手作的店主就是宋禹丞。

至於那個涉嫌抄襲創意的帖子就更好笑了，宋禹丞是程音的兒子，母子一脈相傳，風格技藝有相似之處十分正常，宋輝要告宋禹丞？這根本就和笑話沒什麼兩樣。

「我的媽，之前大家都在猜，認為醉染手作的店主應該是個三十多歲的成年人，結果竟是宋宋的馬甲嗎？」

「既然如此，宋輝為什麼告他抄襲？人家母子一脈相傳，宋禹丞是程音的親兒子啊！」

「還有一點也很奇怪，宋記的法人是宋輝。這家公司不是程音和宋清之的嗎？現在宋禹丞滿十八，為什麼法人還沒有更換，宋輝甚至還用宋記的名義，把真正的老闆宋禹丞的網店以抄襲的名字舉報了？這是什麼操作？」

網路上這一句一句，直接把所有疑點帶了出來，而宋禹丞也沒有隱瞞的意思。

「法人沒更名很正常，因為宋輝搶走了我父母留下的遺產，至於更多細節，今天在這裡也就不細說了。另外，關於網店被惡意查封和宋輝污衊我抄襲創意這兩件事，我已經請律師處理，既然人家想和我走法律途徑，那我也配合走一次好了。」宋禹丞給出一個連結，同時出示了一張訴狀。被告是宋輝，至於罪名是侵占，微妙到令人浮想聯翩。

這既涉及到刑事案件，也關聯民事糾紛，如果罪名成立宋輝就要坐牢。同時，地方法院官網上的立案成立通告，說明宋禹丞手裡是有實打實的證據！這才是真正的實錘，白紙黑字立案成立才是證明。而宋輝夥同許牧之找來幾個專家造謠宋禹丞抄襲，憑藉權勢查封網店，同時帶領輿論給宋禹丞潑髒水，讓他在圈裡混不下去，這種做法頓時和跳梁小丑並無區別。

「怪不得宋記近五年的作品都醜到爆，原來是偷人家的公司，當然不懂運作。」

「宋記要不是還有程音在世時設計的那些大眾款支撐，怕是早就完蛋了。」

「宋禹丞才是真慘吧！宋記換法人這件事當初是召開過記者會的。我記得好清楚，那時候圈裡不是還有人吐槽說宋輝和宋清之一點都不像兄弟來著嗎？」

「對對對！我也想起來，當時宋輝還說，宋記是他們宋家人一起開的，所以宋清之去世後，就把掌管公司的權力交給他。」

「可怕，親兄弟屍骨未寒，就奪了人家家產，還欺負人家的孩子。」

塵封多年的真相終於被徹底揭開。之前宋輝他們想要如何弄死宋禹丞，現在這盆髒水就如何變本加厲地潑回他們身上。

同時，他們這些年幹的狗屁倒灶的事情，也被知情者帶著錘子扒了出來。

宋輝一家人原來住在郊區的老社區裡，就是普通的上班族，還很市儈。後來靠著抱宋禹丞父母的大腿，生活有了變化。

奈何人走茶涼，宋禹丞的父母一出事，他們就開始折磨起宋禹丞，尤其更被匿名舉報，說當初宋記更換法人的時候，是他們買通了律師偽造遺囑。

「宋清之兩口子不可能把公司留給他們大哥的，而且程音早就說過未來要讓宋禹丞繼承，所以從小就教導他這些本事。而且宋記一直都不是家族產業，那是宋清之兩口子自己打拚來的！」為了證明自己所言非虛，這個匿名的消息提供者還放出一段聊天記錄。是一個群組裡六年前的聊天記錄，裡面程音給其他人展示了宋禹丞染出來的布，並且用炫耀的語氣表示，宋禹丞未來一定能讓宋記更上一層樓。

這下，宋輝這幫極品親戚的罵名就更加無法削減。即便按照法律，聊天群的記錄不能作為有效的直接證據，但是作為輔證卻是綽綽有餘。

至於宋輝得了遺產之後，貪汙挪用公款、一兒一女全都花銷無度也同樣成為旁證。畢竟，在宋輝一家享受不義之財的時候，宋禹丞這個真正的財產繼承人反而為了生存在苦苦掙扎。

宋禹丞剛被奪走家產時只有十三歲，聽過極品親戚，但是極品成宋輝這樣的還真是相當少見了。有人突然想到，《交換人生》最後那集裡，黎昭說宋禹丞來節目是為了錢，還說宋禹丞家裡沒人了什麼的，現在看來，可不就是沒人了，只有一群狼心狗肺的親戚。

原本只是手作圈裡的事情，經過宋禹丞直播這麼一鬧騰，再次變得全民皆知。

至於那些一開始試圖控場的水軍，此時也毫無作用，沒辦法，宋輝一家子太不厚道，宋禹丞的實錘又那麼硬，肯定是沒有任何翻身的可能。

許牧之在辦公室裡看著瞬間就被翻盤的風向，被氣得夠嗆，而隨後接到警察局要求協助調查的電話，更是讓他憤怒到不能自已。

他大聲咆哮：「所以你們告訴我！這到底又是怎麼回事？宋禹丞背後頂大天了也就站著一個楚嶸，他怎麼就能厲害成這樣？我前腳叫你們去聯繫宋輝，後腳宋輝人還沒被抓住，員警就能把我咬出來，你們都是廢物嗎？」

許牧之狠狠地把桌上所有的東西都摔下去，暴怒到根本無法控制情緒。

最近這些和宋禹丞有關的事，不管是哪一件，最後都是他被打臉。分明他才是掌控者，可最後獲利的永遠都是宋禹丞，難道宋禹丞在他的身邊安排了奸細嗎？否則怎麼就那麼剛好，不管他做什麼，宋禹丞都早有準備。

而最讓他覺得崩潰的，還不僅是宋禹丞的反擊，而是他後院起火了。

誰能想到，現在網上那些幫著聲討宋輝的正義人士，原本都是他找出來準備含沙射影宋禹丞的，結果不過短短一夜之間，這些人竟然口風一轉，全部把鍋推到他身上，有的還直接報警，說自己威脅他們，要求他們作假證，汙衊宋禹丞。

汙衊，這個詞多有意思？他不過是想讓那些鄰居說一句，宋禹丞的確和宋輝一家關係不好，以及宋禹丞是自己離開宋輝家的，而且這麼多年從沒回去過。可現在，就變成了做假證，難不成那些事都不是宋禹丞自己幹的？

「真他媽的……」忍不住爆了粗口，在接到櫃檯打上來的內線電話，說調查的員警已經抵達公司後，許牧之就越發氣得七竅生煙，最後不甘心地命令下屬道：「去，想法子再帶一次風向，別的都不用說，就問問他宋禹丞這麼多年的錢都從哪裡來？還有宋輝一家占了宋清之的遺產，那宋禹丞住的房子到底是怎麼來的！然後找律師，把那幫員警都給我打發了！」

在一起五年了，宋禹丞是不是也太天真了一點！許牧之琢磨著，自己是不是該用些暴力手段，如果不是他那個麻煩的教父還在……許牧之越想越煩躁，彷彿困獸一般。

然而他這頭的命令才剛發下去，許牧之的教父路德維希就立刻得到通知。

「蠢成這樣也很不容易了。」路德維希差點被許牧之的打算逗樂，甚至有點懷疑許牧之是不是有失憶症。

宋禹丞跟了許牧之五年，許牧之除了浪費宋禹丞的時間，弄了一堆沒用的課給他以外，連一分錢都沒有掏過，許牧之甚至還倒花宋禹丞的錢，宋禹丞那些禮物、每次訂的餐都是挑貴的來，許牧之怎麼有臉說一句包養，他自己才是被宋禹丞包養的吧。

不過倒也沒準。路德維希突然想起宋禹丞逗楚嶸時的模樣，分明就是個寵人寵慣了的老手，說不定就是看許牧之太蠢，才養著他捨不得撒手，畢竟這種當了好幾年總裁，結果連撕逼都不會的智障，留在身邊每天看著逗樂也挺好。

真的是太有意思了！想著許牧之轉眼又得送上去給宋禹丞當炮灰打臉，路德維希的唇角難得露出笑意，他伸手叫屬下過來，小聲耳語了幾句：「把尾巴收拾乾淨，那些人既然承認是許牧之買通他們陷害宋禹丞，就讓他們把這個話頭咬死。」

「我懂，但需要讓禹丞少爺知道嗎？」

「不用，接著盯許牧之就行，別讓他出來得太容易。另外宋輝那邊也都瞞住了，不管這頭鬧得多凶，風聲都別走漏到他們的耳朵裡。順便把許家那幾個小的資料拿來我看看，許牧之這一代的確都很廢，但說不定下一代有個好的呢！」

「是。」屬下應聲下去辦事，但是心裡卻難免對許牧之產生些許同情。

在屬下眼裡，許牧之也是太倒楣了。沒腦子就已經很令人悲傷，轉頭還被自己找的替身和白月光聯手戴了綠帽，而更悲劇的，現在連他的教父都打算放棄了。想到自家老闆每次坑起教子時毫不猶豫的手段，越發覺得許牧之真的是太慘了。

而路德維希這邊做完了最後的收尾工作，宋禹丞那頭也適時放出最後的大招。

許牧之的準備還沒放出來，就被宋禹丞先懟了一臉。

之前，不管宋禹丞被黑、被捧，還是被噴、被讚揚，他都沒有上網說過什麼，就連楚嶸告白，宋禹丞都沒有過任何回應。

然而這一次，他寫了一條長文，附件是一張長到彷彿翻不完的流水單和帳本。

那些原本因為宋禹丞終於說話而興奮的粉絲，在點進去看到細節以後，心裡立刻咯噔一下，他們萬萬沒想到，宋禹丞的生活遠比他們腦補的更加困難。

不是有房子就沒有負擔。對於宋禹丞來說，父母留下的這個家就是他最大的負擔之一，每年高額的保養費、水電費以及物業費，就足以壓得他直不起腰。而過小的年齡，又決定了他的工作選擇不多，如果不是靠著精湛的手藝，他根本無法順利成長到現在，更別提保護好唯一的房子了。

「醉染手作我有聽過，那網店有四五年了，對一下時間，店主延長工期的時候的確都是學生的考試週前後。接單推新頻繁則都是假期的時候。之前《交換人生》錄製那段時間，醉染手作更是直接掛了暫停營業的牌子。」

「我昨天看了直播就相信了。可越想越心疼，宋宋入圈的時候才十三歲吧！我記得是兩年前還是三年前，我在醉染買過一根玉簪，急著要，當時店主做了整整一夜才弄好。現在想想，那時候的宋宋才十五、六歲。」

「可宋輝的兒女卻過得很好，人家現在甚至在國外消遙，真是畜生！」

這些本來就心疼宋禹丞的粉絲們，忍不住組團去宋輝一雙兒女的社交平臺下面，替宋禹丞討公道。

然而網上鬧得這麼熱鬧，宋輝一家子卻不知道會有這樣的發展。之前他們和小網紅聯手失敗，到國外暫避風頭去了，這次回來也是許牧之叫的，還說有法子幫他們徹底弄死宋禹丞。

結果不過剛上飛機就被人指指點點，沒辦法，只能怪宋輝兒女太張揚，網路上裡弄了太多炫富的內容，更沒隱藏過一家人的長相。

因此，在他們醜陋的嘴臉被揭開之後，不少人都對他們的臉有了印象。

然而這些事，宋輝一家子卻全然不知情，之前他怕兒子和女兒壞事，所以不允許他們上網，免得說出什麼有的沒的成為把柄。

結果現在卻搬石頭砸了自己的腳，還不如不要禁止，這樣也許能早點知道風向。下飛機後宋輝看著突然出現要帶走他的員警，腿都要軟了，在聽到具體理由後更是直接白了臉。理由有兩個，一個是經濟犯罪，一個是侵占遺產。

「事情不是這樣，您聽我解釋，我們有遺囑的！」宋輝試圖做最後掙扎。

可員警卻公事公辦地拿出另外一張逮捕令：「當年偽造遺囑的律師，已經認罪了。」

大勢已去，宋輝手腳發涼，只能木然地被員警帶走，而這一幕也很快被拍下發到網上。惡有惡報，真是大快人心。

而宋禹丞那頭，在看到報導以後也露出笑容。

剩下的，就是等判決下來。他現在十八歲，已經成年，可以無須監護人，立刻繼承遺產，不意外的話，原身父母的遺產這次肯定能夠物歸原主，好歹算是告慰了原身父母在天之靈，就當是他代替原身盡的一點心意好了。

接下來的幾天，宋禹丞去了一次墓園看原身的父母。站在墓碑前，他默默地站了一會兒，然後把手裡的花放好，才安靜離開。

陪他來的是楚嶸，這次楚嶸完全不撒嬌，穩重得很，像是心裡裝了事兒，他在把宋禹丞安全送到家以後，就獨自離開了。

楚嶸沒有告訴宋禹丞，他其實想要告別娛樂圈，回家繼承家業。因為楚嶸覺得以他現在的能力還不足以保護宋禹丞。連許牧之這樣的人，都能三番兩次地跳過他朝宋禹丞伸手，如果未來還有更厲害的人出現呢？

楚嶸本能地感覺到恐慌，可卻不知道為什麼，冥冥之中他又總能聽到一個聲音在一直告訴他，不用擔心，宋禹丞最終一定會是他的。

可不管如何，積攢實力永遠都是最首要的！楚嶸下定決心，從今天開始，就跟著表哥學習如何掌管家業。他的宋宋，以後他來護著，誰都不能動！

楚嶸這頭像是打了雞血，然而另一邊剛剛掃墓回家的宋禹丞卻意外迎來一位特別的拜訪者。

看著門外青年那張無比符合自己審美觀的臉，眼下的宋禹丞卻絲毫沒有半分欣賞之意。這位訪客不是別人，正是之前他被許牧之下藥後，順手抓來解圍的那個人，原本宋禹丞琢磨著，等事後碰見人再好好解釋，可他萬萬沒想到竟然招惹了一個要不得的大麻煩。

看著端坐在面前，捧著茶杯，姿態優雅的青年，宋禹丞頭都大了。

關鍵是他直到現在才知道這位青年的身分——路德維希，Y國最後的貴族，他的姓氏就是權勢財力的代表。重點是，路德維希家族的每一任掌權人，都是出了名的清教徒。

清教徒，顧名思義，一生只和自己的伴侶親密。

緊接著，宋禹丞回憶了一下，自己那天和路德維希之間的挑逗和曖昧，頓時感覺自己那天真是找死，而且現在人家還找上門了，開門見山地表示想要認識一下。

可大家都是成年人，路德維希這個含蓄的說法，用比較奔放的方式解讀，就等同於是想以結婚為目標和宋禹丞交往。

這就……很尷尬了。楚嶸那個貓崽兒他都還沒弄俐落，這又來了一個清教徒。重點是宋禹丞覺得很迷茫，因為他那天午一見到路德維希的時候，分明感覺是個成年的楚嶸，可現在再看，雖然五官不變，但氣勢和感覺卻有點明顯不同。

宋禹丞想了半天這個世界對清教徒的設定，發現他和路德維希的情況都沒有辦法逃避。

才打算拋棄節操不久的宋禹丞，頓時有種搬石頭砸自己腳的蛋疼感，差點就直接詢問路德維希：「你接受喪偶式婚姻嗎？」

幸好這句話並沒有直接說出來，可即便如此，路德維希也依舊看出宋禹丞的不願意，但他並不打算退縮，而且他有和宋禹丞談判的最好籌碼，他是清教徒。

因此，不過在短暫的沉默後，路德維希就成功反客為主，甚至還得到宋禹丞的許可，進了宋禹丞的廚房。

不得不說，路德維希照顧人的水準遠遠超出宋禹丞的預料。之前的楚嶸就算很周到的了，可和他比起來依舊像是個愛撒嬌且沒有什麼章法的小貓崽兒。

所以，這是在向自己暗示他很賢慧？看著站在廚房裡的人，連泡茶時的姿勢都格外賞心悅目，就像典型中世紀貴族家的執事，優雅、嚴謹並且萬能，哪怕是宋禹丞這裡的食材不多，路德維希卻依舊能做出最符合宋禹丞口味的小甜點。

靠在門邊，宋禹丞嗅著廚房裡傳出來的甜香，順便欣賞美人，只覺得這樣的生活其實也不錯，但前提是，如果他沒有先下手撩撥了那隻貓崽兒。

想到楚嶸那句「宋宋你要對我公平點」，宋禹丞就覺得頭又開始疼了，在看看路德維希熟練地使用著他家裡的廚具，彷彿他也是這棟別墅的主人之一，宋禹丞的心裡頓時又浮現出那句「腳踏兩條船，早晚得玩完」的俗語。

可偏偏那個極其不靠譜且未成年的系統，卻來了精神，一個勁兒地攛掇宋禹丞：「宿主大人不怕！我是綠帽系統，一頂不少，兩頂不多，三頂四頂也都能hold住。放心地上！隨便地撩！剩下的我全都能幫你處理好。【感覺自己厲害壞了，扠腰站會兒.jpg】」

宋禹丞再次被迎面而來的表情包糊了一臉，立刻就什麼話都不想說了。

他根本不能理解，作為一個系統，他到底是怎麼覺得自己有腰？而且一到關鍵時刻就馬賽克，居然還說能hold住。宋禹丞越看越覺得辣眼睛，乾脆把系統遮罩掉。

就在這時候，系統卻突然發出一聲驚嘆：「咦？不大對勁兒。」

宋禹丞：「怎麼了？」

系統：「這個路德維希和楚嶸的靈魂參數一模一樣，這怎麼可能？」

宋禹丞也愣住了。按照系統的概念，靈魂參數相同的意思亦即是同一個人，可現在看來，路德維希和楚嶸分明是兩個完全不同的個體。

所以系統確定不是出bug了嗎？這麼想著，宋禹丞的視線又下意識落在路德維希的身上，當看到路德維希徑直從碗櫃深處找到需要的紅茶杯的時候，宋禹丞突然多了一份警惕。

路德維希是不是對自己的習慣也太熟悉了一點？宋禹丞皺眉。

路德維希是第一次來作客，卻意外地對宋禹丞家裡所有東西的擺設瞭若指掌，甚至一些細節比宋禹丞本人還要清楚。

這就能得出幾個結論：要麼是這人很聰明，善於觀察。要麼，就是他和自己特別合拍，就算沒怎麼接觸過，都能有一樣的喜好。要麼，他來過自己的家……宋禹丞突然回憶起一個細節。

之前許牧之弄的火災把房子靠近花園的那一半弄得很亂，宋禹丞從節目錄影回來後又重新整理過，所以家中擺設都有不同，在他整修過後，進來過的人除了他自己，就只有楚嶸。

那現在情況就很微妙了。畢竟宋禹丞不是什麼懷春的少年，自然明白第二種情況是絕對不會發生的，而最後一種也未免太玄乎了一些，畢竟無論是楚嶸還是路德維希，分明都是兩個完全不同的個體。

那麼就只有一種解釋，路德維希是一個非常聰明且有耐心的人，這樣的人往往最可怕，因為他們有所圖謀時就一定會想方設法達到目的。就比如路德維希會選在今天找上他，就一定是有什麼想法，至於清教徒恐怕都是幌子，畢竟會所發生的事都已經過去好一陣子。

「別繞彎子，說出你的目的！」宋禹丞坐在沙發上，在路德維希將下午茶準備好了以後主動開口，想要和他談談。

然而路德維希卻伸出手指，指向宋禹丞，「我的目的是你。」

「這不是一個好玩笑。」

「所以你是想始亂終棄？」

路德維希語氣平靜，可宋禹丞卻差點沒一口將紅茶噴出來，「寶貝兒，中文不好就好好學學，我和你之前可什麼都沒發生。」

「什麼都沒發生」這幾個字加重了語氣，其中的警告之意也溢於言表。

可路德維希卻不說話，只是定定地和宋禹丞對視。然而那雙煙灰的眼，視線卻莫名纏綿，讓宋禹丞下意識有種被誘惑了的感覺。

他甚至還用一種格外嚴肅的語氣，重複描述了在會所時兩人的互動：「你主動抱住我，並且還靠近我的耳朵說話，你試圖誘惑我。」

路德維希的嗓音很低沉，天然就有種雍容的華麗，而他用這嗓子說出這麼曖昧的詞語，就算臉上的表情再冷靜，也只讓人覺得是一種變相的勾引，似乎在暗示宋禹丞，之前沒發生，但是現在他們完全可以發生些什麼。

去他媽的禁慾清教徒，浪起來也是沒法要，長成這樣，還用這種眼神勾人，不是找被壓還是什麼。

宋禹丞的眼神漸漸變得危險起來，而本身骨子裡的強勢，也不再被過於溫柔俊美的外貌所掩蓋。他起身湊近路德維希，過近的距離，讓他們彼此的呼吸都變得清晰。

不得不說，面前這張臉的確太符合宋禹丞的審美觀，哪怕知道是有毒的罌粟，也不想就這麼放過。扣住路德維希的後腦，宋禹丞的動作極具攻擊性，那種幾乎要把人靈魂攪和到一起的力道，讓路德維希的眼裡也閃過一絲欣賞。那種勢均力敵的快感，不論是精神上還是生理上，都極其舒爽。

不過可惜的是，就在雙唇相接的瞬間，宋禹丞卻意外錯開，同時捏住路德維希的下頷。

「清教徒，嗯？」居高臨下地看著。分明比起路德維希，宋禹丞的氣勢要更加溫和，然而他這一刻爆發的掌控慾，卻強悍到令人膽戰心驚。

這個世界的清教徒，是很忌諱結婚前和人發生較為親近的關係，哪怕是未來伴侶。而路德維希的配合，卻顯而易見地說明他根本就不是純粹的清教徒，這不過是他用來接近自己的幌子罷了。

然而被揭穿的路德維希卻並不慌張，分明居於弱勢，卻氣定神閒得讓人覺得他才是真正的掌控者，不過縱容宋禹丞在自己懷裡張揚。

這種爭鋒相對地較勁兒，讓宋禹丞覺得很爽快。

然而此時路德維希突然在宋禹丞的耳邊呢喃了一句情話：「只做你的清教徒如何？」

「什麼？」被土味情話懟了一臉的宋禹丞，盯著路德維希，半晌都沒反應過來自己到底聽到了什麼？就連方才的氣勢也跟著煙消雲散。

宋禹丞是真的被雷得不輕，甚至不懂路德維希分明很正常的人，怎麼突然就跟霸總小說裡男主上身一樣，說出來這麼一句話。

而路德維希的眼裡，也同樣閃過一絲懊惱。這句話是他剛學的，據說用來哄伴侶效果不錯，只是不知道為什麼，說給宋禹丞聽以後就變成了笑話。

似乎看出他在想什麼，宋禹丞忍不住調侃了一句：「以後少看點言情小說，多刷臉，比說情話來得有效。」

「好。」路德維希點頭，接著就照著宋禹丞說的刷臉，衝著宋禹丞笑了笑，煙灰色的眼眸格外深情，像是氤氳著迷霧，神祕且深邃。

一個兩個，都真要命了。

宋禹丞被路德維希的笑晃了下眼，不過很快就掩飾好，同時鄭重地最後一次警告路德維希：「你不是標準的清教徒，以後就別來找我。」

「因為楚嶸？」

「不，除非你想來一段喪偶式婚姻。」宋禹丞給了他最後的選擇。

之前宋禹丞琢磨了一下系統的話，覺得系統那個善後的意思，多半是他任務完成離開後，會留下一個和他完全一致的替身來陪著楚嶸，這下楚嶸的願望也就能夠達成了。可再多了一個路德維希，這事情就不好辦了。

難不成系統還能在同一個世界裡弄出兩個他？可系統剛剛還說，路德維希和楚嶸有同樣的靈魂，想到自家那個不靠譜的系統，宋禹丞決定把最壞的情況告訴路德維希。

可路德維希卻意味深長地笑了，「是不是喪偶，可不是你說的算。」

可宋禹丞卻全然沒有聽出路德維希的深意，反而誤以為是他的宣戰，於是他乾脆指了指大門，示意他可以走了。

但路德維希卻突然想起另外一件事，「禹丞，你父母公司的事情打算怎麼處理？」

「有章程了，可是具體細節還沒有敲定，等理順了再說。」

「你想好了可以聯繫我，我覺得我能幫上忙。」

「不怕虧本？」宋禹丞挑眉。

「你會讓自己虧本嗎？」路德維希微笑。

宋禹丞頓時語塞：「你贏了，我不會。趕緊走，別浪費我的時間。」

跟攆小狗一樣，宋禹丞朝路德維希揮了揮手，心裡十分鬱悶，他就這麼點愛好，喜歡寵個美人，可這個世界也太不友好了，動不動就要翻車。一想到楚嶸要是知道了路德維希的存在，宋禹丞就突然頭疼，並且決定還是趕緊工作冷靜一下，只有工作才能讓他快樂。

至於被他隨意送走的路德維希，心情卻意外十分愉悅。他覺得自己今天的收穫不錯，清醒時候的宋禹丞就和他腦補的一模一樣，不，遠比他腦補的還要甜。

路德維希來得突然，走得也快。至於宋禹丞，在送走他以後，也開始準備接下來要做的事情，他要把原身父母留下的公司好好整頓一下。

其實這個打算，宋禹丞剛穿過來的時候就已經有了想法，他想給許牧之好好上一課。

宋禹丞這麼想著，打開電腦，又在計畫書上填下一筆，接著，他的唇角也勾起一抹意味深長的笑意。如果原身沒有記錯，那麼許牧之現在已經開始把投資重心從娛樂圈轉移到旅遊業，既然如此不如就拚一拚，看誰能更勝一籌。

感情上他要綠他，工作上也一樣截胡到他沒脾氣。

與此同時，宋禹丞想到路德維希最後的提議，突然覺得一起合作也不錯，路德維希的背景能給他省去很多麻煩。

宋禹丞做事一向果決，他既然想要整頓，自然是很快就弄好，當初極品親戚留在公司裡的那些老人被盡數裁掉，並且應聘新銳入場。

宋禹丞認為，設計這一塊無所謂新人舊人，他要的無外乎是創新和靈性二字，能夠跟得上他思路的才是真正的左膀右臂。

將自己的想法傳達給屬下，宋禹丞打開電腦，在上面敲敲打打，修改著後面需要的章程。宋記這家公司，原本是一家手作原創工作室。宋清之在的時候，也有文藝風格的裝潢服務，只是在宋清之去世之後，宋輝手裡沒人，不得不把這一部分砍掉。

而宋禹丞要做的，就是把宋記的裝潢這塊重新撿回來，並且迅速做大。

之前《交換人生》節目裡的農家小院給他一個新鮮的想法，宋禹丞想做民宿改造。現在旅遊業越來越發達，民宿帶來的利潤也越來越大，但大多是個人經營，沒有固定的組織，而民宿裝潢和接待能力也大多良莠不齊，如果能把這些成功整合起來，成為一個民宿品牌……宋禹丞覺得，這是一個完全可行的策略。

然而他的意向不過剛放出去，就有人聯繫他表示想要合作，竟然是楚嶸。

餐廳裡，宋禹丞看著坐在對面一身米白色西服的楚嶸，忍不住笑了。

很明顯，楚嶸這段時間經過不少歷練，尤其是氣質，已經不再是佯裝出來的溫柔，而是真正有幾分老狐狸的游刃有餘。

只不過在碰上宋禹丞以後，他這些狡黠的心思就全都收了起來，變成一味的順從。畢竟，作為一隻優秀的小奶貓，他是不會向宋宋呲牙的。

楚嶸把宋禹丞面前的牛排端到自己面前，幫他切好。

「談生意呢。」宋禹丞也是無奈，伸手揉了楚嶸的頭毛一把，正好換來手邊分得恰到好處的牛排，以及楚嶸溫柔的笑容。這下宋禹丞就更加沒脾氣了，至於原本想討論的工作也只好放在一邊，先單純地陪著楚嶸吃頓飯。

可又過了一個多小時，他們好不容易把飯吃完，楚嶸卻依舊沒有和他談工作的意思，反而直接把合約塞給宋禹丞，表示有時間簽了就行。

「所以你就不怕我計畫失敗？」宋禹丞是徹底服氣，路德維希倒還好，怎麼連楚嶸都對他這麼盲目信服，就真的不怕他給弄砸了嗎？

「不怕。」楚嶸搖頭，指了指宋禹丞手裡的資料夾，「你現在是圈子裡最特別的新銳設計師，而目前這種融合了手工藝元素的裝潢方式也是最熱門的模式之一。更何況，《交換人生》播出後，這種民宿就已經被不少人關注，但據我所知，這種風格現在只有你能駕馭。而且我和你合作，負責的是推廣一塊，就算民宿真的失敗，未來平臺方向修改，發展成房屋出租的軟體其實也並不困難，所以我為什麼要擔心賠錢？」

楚嶸說得在理，宋禹丞啞口無言。

而楚嶸卻笑著抱住他，在他耳邊小心翼翼地蹭了蹭，「宋宋，我喝多了，暈。」

宋禹丞卻哭笑不得，「起來，兩口紅酒就醉了，你以為我是三歲孩子嗎？」

「那就多喝點。」楚嶸被揭穿了也不尷尬，反而拿起宋禹丞的杯子，把裡面剩餘的紅酒喝完，「大半個月，我有十多天都沒有看見你了，宋宋你不想我？」

在喜歡的人面前沒有必要要臉，楚嶸回憶了一下最近看到的攻略，決定發揮自己的優勢，仗著年齡小，可勁兒的撒嬌。

而宋禹丞最受不了的就是他這一套，因此到了最後，扛不住他渴求的眼神，答應帶他一起回家。

「我要和你一起睡。」楚嶸從後面摟住宋禹丞，腦袋埋在宋禹丞的肩膀上。

「好好好，一起睡。」宋禹丞沒轍。剛才吃飯的時候，楚嶸的確是只喝了三口，可被他調侃之後的幾杯卻是實打實的，現在估計是真的喝多了。

感受到楚嶸撲在脖子上的酒氣，宋禹丞無奈地嘆了口氣，最後只好決定把這隻愛撒嬌又纏人的貓崽兒帶回家。

可他萬萬沒想到，就在他帶人準備離開酒店時，竟然在門口碰到許牧之。

很明顯，許牧之這段時間過得相當糟糕，不僅瘦了很多，就連臉色都變得十分難看。可想而知，不久前宋輝的案子給他帶來不少麻煩，就是不知道他那個被楚嶸狠狠踹了一腳的蛋，現在還是否安好？

宋禹丞的眼裡忍不住露出幾分笑意，覺得今天還真是個不錯的日子，正無聊著，就有許牧之送上門讓他打臉取樂，可這種興奮不過剛維持了幾秒，就迅速消失，因為宋禹丞發現，許牧之的身後竟然還跟著另外一個人，赫然是前幾天剛剛來找過自己的路德維希。

嗯……這就很尷尬了

不知道為什麼，宋禹丞有種渣男出來浪、卻被家裡正宮抓包的微妙感。可不過一瞬，他又恢復淡定。路德維希算什麼正宮，他們分明就沒有什麼實質關係，當然不需要因此心虛，宋禹丞想著便又恢復平靜。

可緊接著，腰間微微收緊的手又讓他重新頭疼起來。新歡舊愛加前金主，算上他正好一桌麻將，宋禹丞覺得，跟許牧之比起來，他可能才是那個渣攻。

然而系統卻興奮地發出一連串的「嘻嘻嘻～好刺激～」甚至還唯恐天下不亂地向宋禹丞提議：「大人大人，您可以親楚嶸一口啊！這樣肯定會更刺激。另外不用害羞，我們總局經過培訓的系統都是很有節操的，你隨便，我們會自然生成馬賽克。【偷看.jpg】」

很好，還有馬賽克，真的是太有節操了，宋禹丞被槽得夠嗆，再次遮罩了系統，覺得綁定了這個倒楣玩意兒，他真的是遲早要完。

然而就在他被系統的精神攻擊搞得十分崩潰的時候，楚嶸卻已經對上許牧之。楚嶸的確是有點醉了，卻醉得不大厲害，剛才摟著宋禹丞，也不過是借著勁兒撒嬌，勾著宋禹丞寵他罷了，現在碰見許牧之，那點酒意自然也就散了。

而許牧之那頭也一樣，在看見楚嶸和宋禹丞的瞬間，怒意立刻湧上。他最近不順，三番兩次進了警察局，名聲毀了成了笑柄不說，出來以後，工作上也處處被打壓，因此，面對楚嶸和宋禹丞兩個始作俑者，許牧之恨不得立刻殺了他們。

至於什麼暗戀了多年的白月光？那都是扯淡的！現在的許牧之只把楚嶸當敵人，甚至認為，當初喜歡楚嶸的自己，一定是被下了降頭，才會這麼不顧一切。

然而他們的交鋒，對於後面的路德維希來說不過是無聊的鬧劇，他更在意的是宋禹丞。

從他看到宋禹丞的時候，他就在觀察宋禹丞的神情變化，自然也捕捉到宋禹丞一瞬間的尷尬和後來的坦然，在看到他習慣性寵愛楚嶸的模樣，煙灰色的眼也變得格外深邃。

喜歡寵愛美人，又天然渣到沒心沒肺，真的是很可愛了，路德維希的唇角忍不住多出幾分笑意。

可路德維希的欣賞卻沒有逃過一個人的眼睛——楚嶸。

原本迎面遇見許牧之就足以讓楚嶸戒備，而路德維希的出現就更加引起他的警惕。只能說，楚嶸雖然年紀小，但心智和眼光比許牧之厲害，他幾乎第一時間就發現宋禹丞和路德維希之間的微妙，甚至感覺宋禹丞和路德維希應該是認識的。

有點說不通，楚嶸困惑，路德維希是許牧之的教父，宋禹丞怎麼會和他扯上關係？這麼想著，他轉頭看向路德維希，而路德維希的視線也正巧和楚嶸的對上，氣氛頓時變得微妙起來。

楚嶸凜冽，平時壓抑的狼性瞬間釋放出來，格外危險，而路德維希則是沉穩，彷彿沒有什麼能夠撥動他的心弦，不過短短幾秒就是一場無聲交鋒。

楚嶸的臉色變得更沉，他想起了一個人，之前許牧之下藥，救了宋禹丞的那個身分不俗的神祕人。

想到路德維希是許牧之的教父，他在許牧之的會所裡無聲無息地帶走宋禹丞也是理所當然，並且楚嶸還記得那天宋禹丞穿在身上的陌生襯衫，就和路德維希身上這件一模一樣，所以那時候就是他救了宋禹丞，只是不知道宋禹丞對路德維希有沒有印象？

可路德維希卻像是故意的一樣，優雅地朝著宋禹丞笑笑，從楚嶸的角度正巧能看到他眼裡對宋禹丞滿滿的欣賞。

楚嶸摟在宋禹丞腰上的手，不受控制地又收緊了幾分。

宋禹丞偏過頭看他一眼，心裡頓時一涼。完了，這貓崽兒要炸毛！再看到路德維希眼裡的饒有興致，宋禹丞越發生出一種想要打他一頓的心情。

呵呵，真的是好一個清教徒，生怕他不翻車，分明什麼都沒有發生，還一個勁兒地刺激楚嶸也是夠了，都把小孩委屈壞了。

「別耍花樣。」宋禹丞用眼神無聲地警告路德維希，然後安撫地揉了揉楚嶸的頭髮，溫聲哄他：「回去吧。」

「嗯。」在宋禹丞面前，楚嶸一向順從，即便他覺得路德維希和宋禹丞之間不對勁想要詢問，但還是沒有反駁。

沒辦法，楚嶸清楚地明白自己的劣勢，他年紀太小了，即便宋禹丞沒有拒絕他，也不過跟寵愛孩子一樣逗弄，並非是愛。但是路德維希不一樣，根據楚嶸對宋禹丞的瞭解，這個男人絕對是能引起宋禹丞興趣的那種類型。

這麼想著，楚嶸決定自己的行動必須要加快了。

楚嶸和宋禹丞吃飯的地點是間有名的義大利餐廳，門庭若市，因此即便許牧之不甘心，也不敢太過分。而楚嶸也決定不要節外生枝，乾脆地跟宋禹丞一起離開。

所以這算不算是逃過一劫？坐在回家的車上，宋禹丞莫名有種劫後餘生的感覺。可緊接著，楚嶸的反應就告訴他，劫後餘生什麼的根本不存在。

車翻了，那就肯定掀不回來，在餐廳門口沒鬧，估計是給他面子。

看著抱著自己，腦袋不停在自己耳邊磨蹭的楚嶸，宋禹丞也不知道該說點什麼。

宋禹丞只能在心裡詢問：「系統，出來，你之前不是說他們是同一個靈魂嗎？為什麼見了面一副彼此都不認識的樣子？」

系統：「是同樣的靈魂參數，我又比對很多次，都顯示楚嶸和路德維希是同一個人。哎呀，反正都是撩完就跑，大人，你就不要太放在心上，這都不要緊。」

宋禹丞：「……」系統是不要緊，畢竟翻車的是他！

話不投機半句多，宋禹丞結束了腦內對話，把注意力放回楚嶸身上。他見楚嶸沒動靜，才捏了一把他的脖子，溫聲勸他：「你要是醉了就睡一會兒。」結果卻直接對上了楚嶸控訴的臉。

楚嶸分明方才還和許牧之爭鋒相對，寸步不讓，現在卻又故意撒嬌。

十七、八歲的少年，正是好看的時候。楚嶸自從發現宋禹丞喜歡漂亮的小孩這一點之後更是徹底放飛，仗著年齡小，各種撒嬌討好，哪怕使起性子來都可愛得讓人想抱抱。

這會他見宋禹丞哄他，自然是要狠狠地收一波好處。漂亮的臉上猶帶酒意，楚嶸瞇著眼睛不滿地朝宋禹丞控訴道：「你到處招人，說好了等我的。」

這是指路德維希的事情，宋禹丞也無奈，只好和他解釋：「之前在會所的時候，是他幫的忙，我總不能過河拆橋不是？楚嶸，你得講道理。」

「不！」楚嶸抱住宋禹丞，每一根頭髮絲都寫滿了「我醋了、我要鬧」的意思，嘴裡還念念有詞：「我以後會長得比他好看、比他厲害，也比他更愛你，所以宋宋你得等我，不能喜歡他。更何況，路德維希都能認許牧之那種人當教子，還把許牧之推上許家掌權人的位置，用腳趾頭想就知道他有多瞎。以後快離他遠點，智障會傳染。」

一邊撒嬌，一邊還要使勁兒地抹黑路德維希，楚嶸這種毫不做作的小心機直接萌了宋禹丞一臉，可宋禹丞一邊覺得楚嶸簡直可愛壞了，一邊又忍不住想要是路德維希和楚嶸真是同一個人，類似於網路小說裡常見的人格分裂，路德維希知道另外一個自己在背後這麼吐槽嗎？

宋禹丞這麼想著就有點走神，而楚嶸也小小地鬧騰了一陣，末了還偷了個吻，並且趁著宋禹丞走神的時候，抱著枕頭蹭上宋禹丞的床。

【第九章】

給渣男的緑帽一頂是不夠的

是夜，宋禹丞在楚嶸睡著之後悄然離開房間，打開手機，上面果然有路德維希發來的短信。

「楚嶸睡了之後打給我。」

多麼像是在邀請偷情，宋禹丞心裡吐槽，但還是撥了視訊電話過去，他得跟路德維希算筆帳。

「楚嶸睡了？」路德維希倒是很平常心，甚至眼裡還有幾分笑意。但對於宋禹丞來說就變成了幸災樂禍。宋禹丞明白，他是故意的，乾脆也懟了他一句。

「是啊，睡了，並且睡在我的床上，順便還和我說明了你是許牧之的教父，眼睛這麼漂亮，看人眼光卻這麼瞎。」

路德維希頓時沉默，半晌之後才認真地說道：「我不會教孩子，以後許牧之就拜託你了。」

「……」拜託你了是什麼鬼？講道理，他並不想要許牧之這麼腦殘的兒子，更何況，他剛剛還給這個兒子戴了一頂綠帽子。不，現在看了可能是要兩頂，攻略了白月光不說，還自己送上門來一個教父。

路德維希也看出他的糾結，乾脆換了話題：「那天的提議你想得如何？」

「可以考慮合作，不過要再加一個人。」

「楚嶸？」路德維希話剛落，就換來了宋禹丞一個明知故問的眼神。

還真的有點麻煩，宋禹丞的提議打亂了路德維希原本的計畫。

「你很寵他。」路德維希不動聲色，心裡卻多了考量。

「當然，我喜歡楚嶸這種小孩。」宋禹丞輕笑時的嗓音十分撩人，路德維希在電話那頭都覺得自己被勾引了一下。

「醋了？所以趕緊離我遠點，我可渣。」宋禹丞靠在露臺上，略微帶著氣音的語調越發顯得慵懶，衝著電話說道：「把手機拿遠一點。」

「做什麼？」路德維希照做。

而宋禹丞卻仔細地打量了路德維希一會兒，接著就開始發呆。

不知道是不是因為晚上的緣故，路德維希比白天看起來要更加溫和，身上那種冷淡的矜持也減少了不少，笑起來的模樣也格外溫柔。除了那雙煙灰色的眼以外，其他地方幾乎都能找到楚嶸成年的痕跡。但作為一名執法者，宋禹丞卻清楚明白，這個世界是一個偏向於正常世界的設定，不大可能出現兩個人共用一個靈魂這麼玄幻的情況。

「所以你真的確定這兩人是同一個人？」宋禹丞在心中詢問系統。

「肯定是一個。」系統也被弄得有點崩潰，這次甚至還拉出整個任務版面給宋禹丞看：「大人您看，如果路德維希和楚嶸是兩個人，那麼現在您這裡的綠帽數應該是兩個，但是現在只有一個！」

「或者他們有人並不喜歡我呢？就像楚嶸只是錯覺。」

「絕對不是！」系統覺得自己的專業性受到質疑，立刻就炸了鍋，分分鐘給宋禹丞發了好幾十張款式不同的【氣成河豚】表情包來表現自己的憤怒。

然而面對它這種不理智的反應，宋禹丞也只能再次把它遮罩，讓系統出去冷靜一下。

同時，和視訊電話對面的路德維希說：「明天再聊，今天太晚了。順便，下次再遇見的時候，別欺負我家貓崽兒。」

這句「我家貓崽兒」自然是對他方才的反應進行調侃，路德維希並不介意，但是他卻很介意宋禹丞對楚嶸的縱容，事情比他想像的要稍微嚴重一點。

宋禹丞是個天生就喜歡漂亮小孩的性子，不僅喜歡養也捨得下本錢去寵。就只看一起參加《交換人生》節目的黎昭四人，沒有幾天就被他收得服服帖帖。路德維希可以肯定，就算是再來四個人，宋禹丞也一樣寵得過來，路德維希並不擔心宋禹丞會對其中哪一個人動心，畢竟，如果是一般的孩子肯定無法駕馭宋禹丞，可那個楚嶸卻是個大麻煩，路德維希覺得楚嶸太聰明了，宋禹丞只把他當弟弟，都能引著宋禹丞為他壓低底線，這要是長大了……

路德維希覺得很有趣，但他不會讓步，就算他並不是純粹的清教徒，但如果是宋禹丞他不介意做一個徹底的。

這麼想著，路德維希卻出乎意料地用德語說了句什麼，然後才掛斷電話。

外語的晚安？宋禹丞愣了一下，但也沒有仔細追究。

他去廚房倒了杯水喝，然後也準備回臥室睡覺。

然而他沒有注意到，臥室門口站著不知道什麼時候起來的楚嶸，卻危險地瞇上了眼。路德維希說的那句是德語的「親愛的，晚安」，楚嶸曾經在拍戲的時候和一位德國演員合作過，因此對這句話格外瞭解，也知道這句最常使用的對象是伴侶。

這個人有點危險。敏感地察覺到了他對宋禹丞的心思，楚嶸皺起眉，眼神透出危險，哪裡還有半分醉意。可這種變化也不過是一瞬間的事情，在宋禹丞回房間之前，楚嶸也早就回到床上躺好。

楚嶸不會放棄，並且在潛意識裡也一直有聲音告訴他，宋禹丞只能是他的。

不論是楚嶸還是路德維希，對宋禹丞都是勢在必得。不過兩個都是聰明人，太明面上的爭風吃醋，在他們眼裡都是最下等的手段，因此宋禹丞這段時間過得也還算消停。

除了每天都在懷疑自己第二天會不會翻車以外，其他的都相當順當。就連手上的新企劃也準備得差不多，原本宋禹丞還缺少一些資金，可有了路德維希的加盟，錢反而成為最容易解決的問題。

宋禹丞聽著屬下的回報，心裡暗自感嘆萬惡的資本家，然後囑咐道：「照著計畫做吧。」

布局了這麼久，他也該收網了，許牧之也該得到最大的教訓。

宋禹丞這頭的按部就班，傳到許牧之耳邊又差點把他氣得背過去，原本他以為宋禹丞一頂綠帽扣死就已經算是了不得了，萬萬沒想到宋禹丞竟然還打算和他搶生意。

許牧之手裡的主要產業的確是在娛樂圈，但這些年也漸漸往其他方面發展。現在旅遊住宿這一塊算是熱門，許牧之更是打算趁機下場經營一間連鎖酒店。

按照許牧之手下定出的方案，正好趁著《交換人生》的熱度，出一款類似的度假酒店，然而這邊策劃才寫出來，宋禹丞卻踩了他一腳。

宋禹丞打算做民宿。

「呵呵，一群小老百姓的家庭旅館，連最基本的服務都很難到位，竟然也想出來搶生意，怕不是動了熊心豹子膽。」許牧之嘲諷。

身邊的屬下卻沒有附和的意思，反而提醒他：「許總，據說楚少會和他聯手。」

「楚嶸？」許牧之突然想到楚家最近新弄了一個app，好像就是個跟房子有關的平臺，如果楚嶸打算和他聯手……

不，應該是一定會聯手。宋禹丞就是個要命的罌粟，把楚嶸迷得不行，再加上黎昭又是圈子裡有名的太子黨，為了宋禹丞也連臉都不要，非要給宋禹丞當弟弟，一口一個我們禹丞哥，誰敢說一句不是，大嘴巴抽上，比瘋狗還難纏，他直接就把宋禹丞拉進上流圈子裡，再加上宋禹丞前些日子要回父母的遺產，即便根基不穩，依舊有幾分新貴的意思。

敢情在不少人眼裡，宋禹丞之前是愛他才會百般隱忍，可實際上，許牧之心裡清楚得很，宋禹丞才是最狡猾的，張口就能從人身上生撕一塊肉下來。以前不過是羽翼不豐，才會假意順從，現在有了機會立刻反噬。

楚嶸之前說，是他瞎了才看不出宋禹丞的好，這根本就是謬論，實際上不是他眼瞎，而是除了他，所有人都瞎了。

這麼想著，許牧之決定，一定要狠狠整治一次宋禹丞，不然他都對不起自己頭上這頂綠帽。

許牧之的動作很快且強勢，正開始做裝潢準備的假日酒店，和《交換人生》一起綁定宣傳，熱度高居不下，還沒開業就已經帶起巨大流量。

可宋禹丞那頭就有點不顯山不露水的味道，但微妙的是，宋禹丞滴水不漏，楚嶸作為合作者卻意外忙碌了起來。並且對於大部分人來說，楚嶸的舉措其實很耐人尋味。

他竟然帶著團隊進入娛樂業，第一個要做的節目就是網綜。無獨有偶，楚嶸策劃的這個網綜也是將來為宋禹丞民宿的推廣做鋪墊。

據說，楚嶸這個網綜拍攝的所有地點都在宋禹丞改造的民宿裡。

楚家原本就有傳媒公司，但比較擅長公關，而且楚家主攻大螢幕，像是綜藝這一塊接觸得相當少，因此，就算是外行人都能品出來，楚嶸這番大手筆根本就不是為了掙錢，是單純討宋禹丞高興呢。

但即便如此，他們也並不看好，在圈裡人的眼裡，宋禹丞和許牧之這場架根本沒法打，許牧之背後靠著路德維希家，而且路德維希作為許牧之的教父，即便甚少伸手，可到底還有些香火情，肯定會出手幫襯。

至於許牧之尋找的合作對象也相當強勢，算是業界最有名的設計公司，參與設計的幾個設計師都是拿過國際獎項的。

可宋禹丞那頭不過是一群普通新人罷了，即便宋禹丞的父親也曾經是圈內佼佼者，可宋禹丞卻是完完全全的外行人，糊弄一下大眾嘩眾取寵還可以，真正要和內行人比起來根本不是對手。

「估計楚家這次要賠。」

「我倒是覺得未必。那個app運營模式和概念都挺好的，就算是宋禹丞不給力，轉手和許牧之合作，或者乾脆轉方向也沒什麼不行。」

「那可說不準，畢竟喜歡了楚嶸這麼久。你沒聽他們說嗎？許牧之這次多半是栽了，就是不知道栽在誰手上。這幾天，剛從局子裡出來，就又弄了個小玩意回去，不過這次可不是像楚嶸了，分明是和宋禹丞……」

「多正常，宋禹丞那樣的人，換成我，我也動心。許牧之這虧只能嚥下去。嘖嘖嘖，在身邊守了這麼多年，連碰都沒碰過就飛走了。」

話題到了最後，依舊還是扣在許牧之的綠帽上面，這真不怪大家八卦，主要是許牧之這烏龍也太奇葩了。圈子裡這些人很少不玩的，但是被反噬的就只有許牧之一個。關鍵是宋禹丞是個有能耐的，明晃晃地給許牧之戴了綠帽，許牧之還動不了他，說要多窩囊，就有多窩囊。

但即便如此，八卦過後，討論的話題依舊回到合作上，對於宋禹丞和許牧之之間的鬥爭，他們依然不看好。

可此時的宋禹丞卻正和路德維希坐在一起喝茶，順便聽路德維希的屬下回報最近外面的風聲。自從上次系統提示靈魂相同的問題，宋禹丞和路德維希見面的機會就多了許多。

沒辦法，好奇心害死貓，宋禹丞只在小說裡聽過精神分裂這種梗，他還是想親眼看看，以致於對路德維希和楚嶸真正的身分感到好奇。畢竟，到底是什麼樣的存在，才能在這種現實向的世界裡把自己一分為二，難道他們也是快穿總局的人？

但即便好奇，正事也不能落下，因此，當聽到所有人都覺得許牧之有路德維希這樣的教父站在身後多半會屹立不倒的時候，宋禹丞手裡這杯茶有點喝不下去了。

事情到了現在，即便是作為策劃者的宋禹丞，也有點同情許牧之，畢竟連自己靠了多年的大腿都不著痕跡地反水踩他，想想就十分淒慘。

放下杯子，宋禹丞問路德維希：「那不是你兒子？明知道他要摔跟頭，你也不伸手拉他？」

可路德維希的回答卻相當正經：「未來也是你兒子，你教導他也正常，更何況孩子總要摔得狠了才知道反省。」

「是摔得狠，可偏偏他賠的錢，最後都要進你的口袋還得翻倍，你這個當爹的也是夠了。」宋禹丞說著，打量路德維希的眼神也多了一抹讚賞。

不愧是他喜歡的長相。路德維希今天的穿著格外符合宋禹丞的審美，標準的三件式西服，低調的顏色、簡單的剪裁，特別能襯托出他禁慾和優雅。整齊的領帶，扣到最後一顆的襯衫扣子，反而更加誘惑人解開。

這個男人天然就有種撩人的味道，尤其是在宋禹丞的注視下，路德維希那雙煙灰色的瞳色會逐漸加深，並非是害怕或緊張，而是因為興奮，但他的自我控制力太強，硬生生把慾望隱忍下來，滴水不漏。

宋禹丞欣賞夠了就移開視線。

其實品著紅茶，就著美人過一下午也是件不錯的事情，而且許牧之那種蠢貨，現在連靠山都沒有，再玩下去也沒有什麼意思，宋禹丞決定加快手裡的動作。

此時另外一邊，許牧之那頭的工期也同樣很快展開，畢竟房子原本就建好了，現在只差個概念裝飾和宣傳罷了。

可就在許牧之準備大幹一場的時候，他突然得知了一個十分讓他驚訝的消息。

宋禹丞的民宿企劃概念宣傳，竟然要和他的記者會選在同一天召開，而且宋禹丞還託人傳了句話給他：「告訴你一個好消息，我還有一頂綠帽準備送給你！」

合著宋禹丞這意思，一頂綠帽還不夠，還有另外一頂？

怕不是真拿他當千年老王八了，許牧之氣得當下摔了手機，可就在這時突然靈光一閃，覺得自己可以把這句話轉告給楚嶸。

在許牧之眼裡，楚嶸是宋禹丞目前最重要的合作對象，只要楚嶸倒戈，宋禹丞就要完蛋，畢竟和他們這些家族產業相比，宋記無外乎就是一個攤子大一點的小作坊，根本沒有與之一戰的能力，而楚嶸也絕對不會接受宋禹丞在外面還有別人。

因此，他一旦把宋禹丞這句話說出去，依照楚嶸的性格，絕對會立刻和宋禹丞決裂，還會對宋禹丞恨之入骨。敵人的敵人，就是友軍，他倒是能和楚嶸合作一把。

這麼想著，許牧之給楚嶸打了通電話。

「宋禹丞託人給我傳話，說還有一頂綠帽給我。楚嶸，你知道那個人是誰嗎？」許牧之語氣惡劣，心情更是興奮到了極點，他屏住呼吸，緊張地等楚嶸回答，甚至已經腦補出楚嶸發現自己被騙以後的暴怒模樣。

這才是一報還一報，當初楚嶸綠他的時候毫不留情，現在他戳起楚嶸的傷口也格外不遺餘力。

然而電話那頭的楚嶸卻意外笑了出來，並且意味深長地說了一句：「許牧之你果然是真傻。」然後直接掛斷電話，話裡的憐憫和諷刺彷彿許牧之是什麼弱智兒童。

許牧之整個人都懵逼了，他竟然被楚嶸憐憫了？而且還是在楚嶸被戴了綠帽的情況下。重點是，楚嶸還嘲諷他是智障，分明他們倆現在的狀況一模一樣，楚嶸憑什麼鄙視他？

「瘋了，都他媽是瘋了吧！一個宋禹丞，怎麼就像餵了楚嶸迷魂藥一樣。」許牧之被氣得七竅生煙，只能決定好好準備不久後召開的記者會。

這一次，他要徹底打臉宋禹丞，讓他一敗塗地！

一週的時間，轉瞬即逝，記者會也準時召開。

上午十點半，美蘭酒店大廳湧入不少記者，許多人一進大廳就被這精美至極的裝潢迷住了，而在宣傳片放出來後更感震驚。許牧之是真的下了血本，最好的設計團隊、最好的廣告公司做出來的宣傳片，比什麼文藝大片的畫面還美，而那些優雅中不失精緻的房間裝潢，以及六星級酒店的服務，都讓人覺得十分嚮往。

「我們敢承諾大家，美蘭是國內目前唯一一家有資格申請評定六星級的度假酒店。」在解說員說完之後，臺下一片驚訝之色。

許牧之坐在臺下滿意地看著，終於有種自己扳回一城的爽感，可這種愉悅卻連五分鐘都沒有享受到，屬下就神色焦急地跟他說：「許總，不好了！」

「什麼不好了？」許牧之心下一沉，趕緊接過屬下手裡的平板電腦看了一眼。

他完全沒有預料到，在自己的酒店還在進行發布會的時候，宋禹丞的民宿平臺概念推廣已經先一步在網上引起巨大的轟動，並且還上了熱搜。

至於他沾沾自喜的六星級度假酒店，在宋禹丞的概念廣告下更是被完全輾壓。

當然，六星級酒店和民宿的經營對象原本就不相同，但是宋禹丞卻利用民宿更加便捷且價格親民的特點，先許牧之一步打響招牌，吸引群眾的目光。

民宿的概念是什麼？就是能像住在自己家裡一樣溫馨自在，同時又能享受到不同地區的人文和習俗，價格又親民實惠，這才是民宿最吸引人的地方。

而宋禹丞的民宿平臺，就完全符合這一特點。

原來，在許牧之忙著造勢的時候，宋禹丞看似低調、實則是親自帶團出去準備，他第一站來到山水秀麗的風景區。

蒼山之麓，洱海之濱，彷彿能夠將靈魂洗滌的文藝和古樸，就是這個地方最大的特點，這裡也是民宿客棧最為盛行的地方，因此，宋禹丞一開始就選在這裡。不過十幾坪的屋子，不需要過度裝潢，只要把外面的小露臺稍微裝飾，就最能符合文藝青年們對美的要求，簡約和清雅就是這裡的主題。

而他的第二站，卻是海拔四千公尺以上的高原小城，入目皆是險峻巍峨的高山，山頂終年積雪，可山腳卻是鬱鬱蔥蔥，正是一山見四季，十里不同天。而在這樣的地方，具有民族元素的民宿才最能勾起遊客對神祕和宗教的探尋。

第三站、第四站、第五站……最後，宋禹丞帶著團隊來到古都城，充滿歷史感的老四合院，已經不復當年四代同堂時的熱鬧，被歲月磨礪成蕭條，可宋禹丞要做的就是讓時光倒流，把過去的古韻重新賦予到小院裡。

而所有這些宋禹丞帶隊走過的地方，都被他們用攝影機記錄下來，做成概念片，傳給所有愛好旅遊的網友們。

簡單的說，宋禹丞這個民宿平臺就像是一條互助的連鎖鏈，宋禹丞的公司販賣的是設計，宋禹丞購買設計、將房間修改成民宿以後，通過平臺對外招租。而楚嶸，就是平臺app軟體的運營商。

與此同時，楚嶸準備許久的綜藝也正式開播，明星帶來的熱度和效益，很快就將許牧之的那些高貴典雅比下去。

一樣都是漂亮的房子，可比起許牧之的六星級酒店的奢華，宋禹丞的民宿更符合大眾的心理和消費理念。畢竟，六星的確好，但是價格差異就決定了受眾數量，而且宋禹丞的民宿平臺，也一樣有所謂的高級訂製，例如整棟別墅出租，雖然沒有星級，卻並不比有星級的酒店差。

許牧之看著網友們的回饋，突然明白宋禹丞那句還有一頂綠帽的意思。他說的不是感情，而是工作。原本他想朝旅遊業發展，最終卻被宋禹丞截胡，就連他之前那些造勢，也都在無形之中給宋禹丞做了嫁衣。

許牧之黯然閉上眼，只覺得渾身上下力氣全失，甚至弄不清楚自己到底為什麼會走到今天這一步，竟然敗在宋禹丞手裡。

而另一邊，剛剛結束概念推廣的宋禹丞和楚嶸正在一起吃飯。

「做得不錯，最近辛苦了。」宋禹丞看著楚嶸這陣子因為忙碌而消瘦一些的臉頰，給他盛了碗湯，「瘦了，得多吃點。」

「因為想你。」楚嶸也不伸手接，把頭湊過去，就著宋禹丞的手喝了一口，緊接著，就一臉滿足地笑了，「好喝。」

和路德維希不一樣，楚嶸年紀小，長得又溫柔漂亮，這樣的小情話說出來也並不違和，反而顯得十分可愛。

宋禹丞也吃他這套，一邊吃，一邊就手布菜給楚嶸，盯著他把飯吃完，這才開始說正經事。

工作上的事情總是很麻煩，尤其當涉及到細節的時候，更是需要反覆商討。因此，等到兩人談完之後已經快十點了，這一次楚嶸沒有鬧著要和宋禹丞一起回家，反而把他送到家門口就準備離開。

不過在離開之前，楚嶸對宋禹丞說了句話：「宋宋，記得看明天中午的新聞，我有禮物送給你。」

「什麼禮物？」宋禹丞好奇。

然而楚嶸卻神祕地笑了笑，表示是祕密後就開車走了。可宋禹丞看著他的背影，心裡卻生出一種莫名的懷疑。

今天他和楚嶸吃飯的地方是楚嶸約的，但這個地方宋禹丞沒有和楚嶸說過，但湊巧和路德維希提過，所以這真的只是巧合？還是楚嶸和路德維希之間有什麼必然聯繫？

宋禹丞覺得自己好好的一個綠帽任務，突然變成了世界未解之謎，有點心累。

而楚嶸那頭，在回去的路上，他先給自己的表哥打了電話：「許牧之那頭都準備好了嗎？」

「沒問題，用不著別的，光是美蘭的麻煩就足以讓他賠得血本無歸。更何況還有那些資料，這次許牧之進去之後，想出來都難。」

「那就好，直接動手吧！」

「可小嶸，現在就把許牧之料理了好嗎？畢竟宋禹丞那頭是不是還……」

「他不會介意。你別管，聽我的。」楚嶸說完，就掛斷電話。

表哥說得沒錯，楚嶸的確不用急著料理許牧之，但楚嶸已經等不及了。

這段時間的合作，讓他和路德維希有了正面接觸，因此他也越發緊張。楚嶸看得出來，宋禹丞直到現在對自己依舊還是像是看漂亮孩子的縱容，但是他對路德維希卻已經有了掠奪的渴望。

不過宋禹丞似乎並沒有意識到自己對路德維希的不同，所以，最好讓他一輩子都察覺不到。

楚嶸的眼底布滿陰霾，時間已經不多，楚嶸要在宋禹丞還沒有意識到自己心意的時候，讓他完全屬於自己，哪怕需要用些特別手段也在所不惜。所以，楚嶸覺得必須立刻把許牧之這個攪渾水的給三振出局，剩下就看他和路德維希誰的手腕更高一籌。

這一夜又發生了一件大事，許牧之的美蘭酒店竟然被意外查封了，原因相當直接——甲醛超標，這弄不好要致癌的，對於美蘭這種有資格參與六星評定的高級酒店來說是絕對不能存在的隱患。

新聞一發出，幾乎所有知道許牧之和美蘭酒店的人都震驚了，而網路上很快就有網編跟著一起曝光了這條消息。

#高價酒店頻繁出事，具有六星級評定資格的美蘭酒店，不過開張一天就被查出甲醛含量超標。#

「臥槽！甲醛超標也能叫六星酒店，難道開業之前，相關部門沒有參與檢測嗎？」

「真夠黑心的，可這個叫許牧之的老總，怎麼聽著這麼耳熟啊？」

「當然耳熟，前幾天意圖侵犯未成年，被踢了蛋的那個不就是嘛！」

許牧之焦頭爛額，而楚嶸後續的輿論引導更直接將許牧之頂到風口浪尖，到最後幾乎全民都知道許牧之弄了一家會致癌的六星酒店，坑死人不償命！

與此同時，上面的調查令也緊跟著下來，許牧之最後走投無路之下只能來找路德維希，希望自己這個教父能伸手拉他一把，然而他不過剛一進門，就撞見讓他三觀盡毀的一幕。

宋禹丞竟然把路德維希壓在沙發上，看樣子是想要吻他。

許牧之站在門口半晌，不知道該做出什麼樣的反應。其實他還真的是誤會了，宋禹丞之所以會撲倒路德維希並不是要吻他，只是被地毯絆了一下而已，可現在的許牧之明顯受到巨大衝擊，即便宋禹丞解釋，他也聽不見。

這對於許牧之來說，實在是太可怕了。

可緊接著，路德維希對宋禹丞的態度就讓許牧之恍然大悟，終於明白自己為什麼會輸得一敗塗地，原來根源在這裡，路德維希若想要弄他，不過是動動手指頭的事，他當然比不過。

「宋禹丞，你真的是出息了，怪不得你能把攤子鋪得那麼大，原來是靠上了我的教父？」等許牧之終於緩過神來，便忍不住上前要把宋禹丞從路德維希身邊拉開。

然而卻被宋禹丞輕描淡寫地躲開，他還故意和路德維希坐得更近。

「別一口一個靠上，我和路德維希是正常合作關係。至於你腦補的那些，你信不信，我要是願意讓你叫我一聲小爸爸，你的教父估計立刻就能跪下向我求婚。」

「你、你說什麼？」許牧之被宋禹丞這句話震驚得不能自已，下意識轉頭看向路德維希，結果得到路德維希的肯定回答。

「沒錯，只要禹丞願意，我隨時可以求婚。」路德維希的語氣極其誠懇，眼神更是格外纏綿，不知道是因為方才的親密，還是因為結婚這兩個字的誘惑。

這下，許牧之更傻眼了，盯著兩人不知道要做什麼反應。

太荒誕了，他根本想不明白這一切是怎麼發生的。宋禹丞不過短短大半年的時間，竟然搖身一變，送了他這麼一份大禮。先是把自己的白月光迷得暈頭轉向，現在就連他的教父都淪陷了。

多可笑，我把你當玩具，你卻成了我的小爸爸。

麻木地看向宋禹丞，許牧之不知道該如何稱呼，再看向路德維希，卻只換來一個厭惡的眼神。

他冷漠道：「沒事就回去吧！另外，記得把許氏的工作交接準備好，從明天開始，許氏總裁會換成你堂哥家的老大。」

「為什麼？」許牧之心下一涼，第一反應就是宋禹丞搞的鬼。

可緊接著路德維希卻扔給他一疊文件，「你先把身上的案子結了，再來問我為什麼。」

說完就讓人送客。可將資料夾拿到手的許牧之，看到裡面是他這些年偷稅和賄賂的證據，每一筆帳目都記得清清楚楚，而最後的附件兩個字，更是擺明告訴他，原件已經交到相關執法者的手裡，剩下就是等待審訊和最後的判決。

路德維希用行動告訴許牧之，他已經成為棄子，不會再有任何東山再起的機會，甚至很可能後半輩子都會待在監獄裡不見天日。

他終於明白自己這次徹底完了，也終於反應過來，宋禹丞那句還有一頂綠帽是什麼意思，分明指的就是路德維希。

許牧之完蛋的速度，比所有人預想得都快。

在宋禹丞的民宿豔壓許牧之的六星酒店的時候，他們就猜到會是這種結局，可萬萬沒想到許牧之竟然會敗落得這麼迅速，甚至連緩和的餘地都沒有，就連許家掌權人也順勢換了人。

到底為什麼？這一連串的變故，讓人不得不好奇到了極點。

可即便如此，也不耽誤宋禹丞的名字在圈子裡變得更加響亮，即便他現在只是初露頭角，可也足以得到眾人的認可，甚至不少人還對他心生警惕，認為宋禹丞不容小覷，如果成為對手，必須嚴陣以待。

然而他們不知道的是，已經自食惡果的許牧之才是最後悔的一個。

他的判決下得格外早，畢竟光是稅務和甲醛超標這兩點，足以讓他坐牢十年。可後面竟然還有人舉報說他疑似戀童，將許牧之這麼多年養替身的事給總結起來爆了上去，這下，許牧之身上的黑點就再也洗不白了。

公眾的謾罵，周遭人的嘲諷，就連監獄裡其他的囚犯都對他嗤之以鼻，認為許牧之不算是個爺們，簡直狼心狗肺到了喪盡天良的地步，連孩子都不放過。

「我沒有、我不是……」不知道是第幾次挨打，許牧之語氣微弱地想要解釋，可換來的卻是更狠毒的黑手。

三年時間轉瞬即逝，宋禹丞在徹底懲罰許牧之之後，主線任務就結束了。可不知道為什麼，系統卻一直沒有得到可以離開的提示。

不過宋禹丞對自家系統的不靠譜早就習以為常，乾脆也不管那麼多，就當任務完成後的休假，順便把宋記的規模擴大，甚至還參加原身父親曾經參加過的國際青年設計師大賽，並且還順利進入決賽，獲得提名，也算是完成原身上一世沒有完成的心願。

同時，他更多的心思都放在研究楚嶸和路德維希身上，宋禹丞幾乎可以確定系統說他們是相同靈魂這件事是可信的，但是依舊沒有弄懂他們是怎麼精分出來的。

又過了一個月。

A國國際青年設計大賽頒獎現場，宋禹丞在臺下等待最後的結果。

國際青年設計師大賽，是全世界青年設計師們最嚮往的獎項，能夠獲獎的都是真正的才俊，而宋禹丞是國內唯二有資格獲得提名的設計師，至於另外一位是他的父親，宋清之。

這是宋禹丞最重要的一天，路德維希和楚嶸都陪在他的身邊。

「別擔心，一定沒問題的！」楚嶸握著宋禹丞的手小聲安慰他。三年過去，楚嶸已經徹底成長成一名十分優秀的青年，不論學識還是手段，在圈內都是頂尖的存在，可在宋禹丞面前，他永遠都是順從且聽話的。

「我不緊張。」宋禹丞拍了拍他的手，順口承諾：「我要是拿了獎，回頭就給你設計一套別墅。」

「好。只要是你給我的，不管是什麼，都是我一輩子的珍寶。」楚嶸的情話說得自然。

可宋禹丞卻心裡一動，「楚嶸，一輩子很長，這樣的話不要隨便說，你知道我不可能和你……」

「我明白，但是宋宋，你不能阻止我喜歡你。」楚嶸很執拗。

這三年來，他和宋禹丞走得越近，就越明白宋禹丞對他的感覺不是愛情，但即便如此他也不放棄，路德維希再能耐，不是也沒能讓宋禹丞鬆口？至於他自己，三年不行，未必五年也不行！

宋禹丞被他看得沒辦法，只能嘆了口氣。然而就在這時典禮已經開始，果不其然，宋禹丞得到最後的優勝。

「宋宋！你贏了！」楚嶸伸手把他抱在懷裡，激動的模樣彷彿他才是得獎者。

「恭喜！」路德維希也是難得喜形於色。

至於宋禹丞同樣興奮到不行，在拿到獎盃回到後臺後，半天緩不過神來。

然而意外和驚喜永遠都是伴隨而來，接下來的突發狀況立刻讓宋禹丞頭疼起來。不知道是不是故意約定好的，楚嶸和路德維希竟然同時拿出戒指，想要向他求婚。

所以，現在要怎麼辦？宋禹丞方才的喜悅迅速褪去，並且變得十分崩潰。順手撩了的貓崽兒和清教徒同時向他求婚，關鍵這兩還極有可能是同一個人精分出來的不同個體，這種送命題不論怎麼想，都絕對不會有正確答案。

可另外一邊的楚嶸和路德維希，對於宋禹丞的猶豫，想法各有不同。路德維希是自信，而楚嶸的神色則是壓抑著危險。

時間漸漸過去，而屋裡的氣氛也變得越發微妙。

至於宋禹丞，也被他們兩人逼到極點，他必須做出選擇，可這也說不定是個解開謎團的機會，這三年接觸下來，宋禹丞發現路德維希似乎才是靈魂的主導者，楚嶸更像是從屬，如果是這樣，他接了路德維希的戒指，楚嶸爆發之下會不會真相就出來了？

這麼想著，宋禹丞抬頭看向路德維希，下意識伸手想要接住他的戒指。

然而就在這時，系統突如其來的提示卻將原本就混亂的場景弄得更加複雜，「系統提示，任務完成。主線任務綠帽，評價SSS，支線任務達成原身的願望，評價SSS。恭喜宿主，你是第一個評價雙SSS的執法者，下個世界再接再厲。」

「等等，這是要離開了？太突然了，留下的楚嶸和路德維希要怎麼辦？」可緊接著，宋禹丞的意識就陡然從身體裡被抽離。

「大人不要擔心，後續的『世界平衡管理局』那頭會繼續處理，您只要負責執行任務就行。」

「那他們打算怎麼處理？」宋禹丞忍不住還是多問了一句，並且覺得自己根本無法腦補出後續會發生的事。

楚嶸和路德維希上一秒還在求婚，結果下一秒人不見了，換成誰都會被逼瘋吧！尤其是路德維希，他之前開玩笑說過「喪偶式婚姻」，結果現在卻變成真喪偶了！

「所以，你確定我走了之後，他們兩人不會出問題嗎？而且『能得到自己想要的』到底是什麼意思？」宋禹丞膽戰心驚地詢問了一下系統。

然而系統這一次，卻意外又亂碼了。

「……」所以他到底說了什麼黃暴的內容，竟然會被直接和諧？宋禹丞突然有種預感，自己未來多半要完。

可系統那頭，卻擔心他不適應，拚命和他安利下個世界的美好。

「真的不用擔心了，這裡後續的事情我們一定都能處理好，您放心好啦！而且我有查過，下個世界特別有趣！由於大人您在這個世界表現良好，總局決定給你載入一個度假世界，讓您好好放鬆一下。」

說白了他就還是只能走唄！宋禹丞嘆了口氣，覺得快穿總局也挺不靠譜的，至於度假什麼的，這個世界任務很緊湊，他也的確覺得辛苦，能夠休息也不錯。

這麼想著，宋禹丞乾脆俐落地答應系統的要求。

可他萬萬沒想到快穿總局根本是坑爹部門的存在，怎麼可能有真正的度假任務！

就這麼在短暫的空間傳送後，宋禹丞終於到了屬於他的度假勝地。

真是太優秀了！

【第十章】

令人震驚的任務獎勵

五、六月的天氣照理說應該是最溫暖宜人的，可地球在經歷過末世之後，氣候驟變，五、六月也冷得宛若三九寒冬。

宋禹丞坐在一輛行駛中的車上，神情有些茫然，他魂穿過來已經足足一個小時了，可接收到的所有資訊都是他很可能活不到明天。

所以這就是系統說的彩蛋世界獎勵？

宋禹丞並沒有感覺到來自快穿總局的善意，反而覺得自己被開了個巨大的玩笑。正常人休假不是都會被分配到山清水秀的地方嗎？為什麼到他這裡，就變成末日後百廢待興的時代了？

最重要的是，他感覺周圍人看自己的眼神都格外鄙夷，這種不加掩飾的昭然惡意，怎麼看都覺得自己不怎麼被人待見。

系統在腦中和宋禹丞對話：「可能因為大人你好看。【試圖討好.jpg】」

宋禹丞：「然而我感覺你這次的表情包配得並不走心。」

系統：「QAQ」

宋禹丞懶得搭理它，勉強坐起身開始梳理系統傳來的記憶。

五分鐘後，宋禹丞有種想揍系統一頓的衝動，這是什麼樣的背景介紹？一句「末世之後百廢待興」也就算了，好歹給個原身的身分啊！「孤兒來歷不明」是什麼鬼？那原身自己的記憶也總該有吧！他總不可能是石頭縫裡蹦出來的。

然而原身記憶竟一片空白，除了一句蒼白無力的「原身性格嬌弱、類似菟絲花」之外，就再也沒有別的關鍵字了。

所以這任務要他怎麼完成？

「系統你出來！我肯定不打死你。」面對這樣的世界，宋禹丞簡直無語到了極點。

然而犯了如此大錯，系統自然不會在宋禹丞面前討嫌，當然是不管宋禹丞怎麼喊都不出來。

於是宋禹丞一時間也拿它這塊滾刀肉沒轍，只能借助眼下不多的線索來琢磨著以後的計畫。更重要的是，他在考慮要如何適應原身性格的轉變。

畢竟在這次的任務介紹中，特別要求宋禹丞不能在多數人面前做出太過崩人設的舉措，他必須保持原身的性格特點，否則哪怕活下來也算是任務失敗。

可原身柔弱的屬性和他自帶氣場的性格相差太遠，宋禹丞還無法完全適應這種巨大的身分轉變。

低頭看了看細瘦的手腕，宋禹丞越發覺得頭疼。就這樣的身體為什麼是異能者，甚至是「傀儡師」這個異能屬性，讓他有種強烈的不安感。

在這個世界裡，傀儡師本身是異端，一旦暴露極有可能會被送進實驗室終身監禁，原因好像和曾經的一宗屠城慘案有關。據說，曾經有一個傀儡師異能者，為了報復屠殺了整個安全區的人洩憤，幸好後來異能爆發自盡了，否則還不知道會發生什麼樣的事情。

所以從此之後，各大安全區首領之間都有一個無言的默契，只要出現傀儡師異能者，都立刻抓起來關進實驗室。

因此，原身一直偽裝自己是精神系異能，小心翼翼苟且偷生，就是怕自己被抓走，甚至因為太過廢物而被人當成炮灰，強行塞到送死的先鋒隊裡。

「話說，對於這次的任務你們到底知道多少？之前精英小隊都無法完成任務，咱們更不行吧。」說話的是一個看起來很精明的男人，話裡話外看似畏懼，實則打探。

而他旁邊坐著明顯是隊長的親信，聽到之後笑著接了一句：「怕什麼？只是去那間小旅館調查看看，如果有危險大家立刻就跑，更何況現在是重建時代了，哪裡還有那麼多的喪屍和怪物呢！」

「說得也是，精英小隊也未必是在那裡出的事兒。」

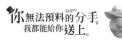

眾人三言兩語很快將話題帶開，而宋禹丞卻從中獲得了一個很重要的資訊。

他知道他們應該要前往一個小鎮的旅館，目的是調查安全區精英小隊的失蹤原因。

失蹤而不是死亡……這兩個敏感的字眼讓宋禹丞警惕心大起，他大致能夠猜到這次任務的類型——要求存活四天，證明他在未來四天裡會不斷受到攻擊，換句話說，那間小旅館一定是個有去無回的埋骨之地。有點像是生存遊戲的梗，不過危險程度恐怕亦相差不遠。

然而即便宋禹丞推斷出這些訊息也依然沒什麼用，畢竟他穿越過來的時候已經在出發的路上，根本沒有轉圜的餘地。

誰能想到平時都是他在算計別人，竟然會有淪落到被系統算計的一天。重點是這個神奇的世界裡還有個不能崩人設的附加約定，也就是說，宋禹丞在大眾視線裡必須始終是個柔弱的人。深吸一口氣，宋禹丞又生出了想要投訴系統的欲望。

系統立刻討好：「大人您想，當個被人寵愛的小嬌氣包其實也很不錯呢！」

宋禹丞：「呵呵，你這個嘲諷我記住了。」

無語地結束了和系統的腦內對話，宋禹丞開始琢磨要如何在這個世界存活下來。他翻找原身的記憶，宋禹丞試圖在其中找到更多活下來的線索，可偏偏就像和他開玩笑般，根本找不到任何有用的資訊，原身彷彿是個二傻子，腦子裡就連今天早晨吃了什麼都沒有印象。

不得不放棄和原身記憶較勁，宋禹丞無奈地轉頭看了看周遭的人，除了帶隊的兩個人，其他人都很青澀，明顯是新人。

根據系統的提示，宋禹丞發現包括自己在內，沒有任何一個人的異能等級超過三級。

「睡不著嗎？」似乎是感受到宋禹丞的不安，他身邊一名少年小聲勸他：「還是盡量休息一會兒，要不然接下來的行程會很難熬。」

「謝謝你。」宋禹丞轉頭看了一眼，發現是個格外清秀的少年，大大的眼睛看起來很乾淨，宋禹丞依稀記得方才介紹的時候有說過這孩子的異能是空間，主要負責後勤。從表面看來，應該是隊伍裡最安全的接觸對象。

這麼想著，宋禹丞低聲和他聊了起來，他知道的資訊太少，總得有人介紹，一來二去，他還是得到關於任務和小隊的不少資訊。

「他就是個廢物，你和他說這麼多幹麼！」似乎被宋禹丞兩人的聊天聲吵醒，旁邊有人不耐煩地嘟囔了一句。

「不好意思，我吵到你了。」少年好脾氣地笑笑，先宋禹丞一步把鍋往自己身上背。

「有毛病。」那人看了少年一眼，然後轉個身繼續睡覺。

「出任務都是這樣的，去的時候都會有些急躁，但是大家人都很好，不會有什麼壞心眼。」

「他說我廢物是什麼意思？」宋禹丞忍不住逗了他一句。少年直接就懵住了，不知道要怎麼回答，總不能說因為你太菜了吧！

宋禹丞忍不住低聲笑了出來，「你不介意我是精神系異能嗎？畢竟精神系異能在六級之前都沒有什麼用處。」

「不會的，精神系異能很好。」少年好像很靦腆，不過說了一句話就低下頭紅了臉。

宋禹丞見他可愛，忍不住想要逗他一句，然而還沒開口就突然想到自己在這個世界的人設，乾脆放軟身體，依偎在那個少年身邊。

「你會陪著我對吧！」宋禹丞的聲音很小，瘦弱的肩膀也在不停抖動，彷彿嚇壞了。

周圍其他人頓時都震驚地看著他。末世已經很久了，即便現在最艱難的時間已經過去，然而惡劣的生存環境依舊令人類舉步維艱，像這種為了清除喪屍餘孽的工作更是險之又險。即便是五、六歲的小孩也不會有宋禹丞這種菟絲花般的柔弱，頓時都感覺他簡直可笑。
可宋禹丞卻非常明白如何拉仇恨，故意在少年懷裡抬起頭，半是炫耀、半是嘚瑟地朝著其他人眨了眨眼，活脫脫一副得到靠山的白蓮婊模樣。
「傻逼，那小孩也是個廢物，一會兒進了門怕是連哭都找不到調。」
「你管他呢，反正是個炮灰。」
眾人看宋禹丞的眼神越發不屑，就連對少年也冷淡不少，然而這正是宋禹丞的目的。
畢竟那個不能在大部分人面前崩人設的限制實在是太毒了，與其時刻提心吊膽，還不如直接把這些人噁心死，讓他們不想時刻關注自己。
然而出乎宋禹丞意料的是，那名少年雖然很害羞，可語氣卻很堅定，甚至還紅著臉摸了摸他的頭髮小聲說道：「別擔心，我會一直陪著你的。」
有點可愛。宋禹丞看著少年乾淨的眉眼心裡一動，自己都性命不保的情況下，卻願意成為其他人的保護者，這少年的善良讓他很喜歡，甚至讓他感覺很熟悉，就像是很久之前就遇見過他，忍不住輕輕地在少年耳邊呢喃了一句只有兩個人才聽得到的話。
「叫我聲哥，我帶你活著出去。」低啞的嗓音，宋禹丞這話說得寵溺味十足。
少年愣了一下。在末世長大的人，即便真單純也不會是真正的傻子，他不著痕跡地低頭和宋禹丞對視了一眼，卻換來宋禹丞一個更加意味深長的微笑，那種游刃有餘的感覺，是強者特有的屬性和特質。
他頓時明白了，宋禹丞方才都在演戲。
宋禹丞大方打招呼道：「我叫許明然，你叫什麼？」
「童……佑寧。」童佑寧語氣遲疑，明顯是生出幾分戒備，可宋禹丞卻並不在意。
「佑寧？好名字。」宋禹丞說著，心裡突然生出些許異樣。他總覺得，童佑寧這個名字他似乎聽過，以至於在念出口的瞬間，心裡就像是有根弦被狠狠撥弄了一下那麼難受，那種痛楚就像是滅頂的悲痛後被強行塵封的遺恨。

宋禹丞在內心詢問：「系統，我以前認識他嗎？」

系統：「@！#@￥%#！」

宋禹丞：「……」所以他到底是問了一個多黃暴的問題，竟然讓這個未成年系統再次被遮罩了！

宋禹丞沒有繼續追問，但心裡卻隱約浮現一些微妙的違和感，他覺得到了這個世界之後，系統就一直不大對勁，好像藏著什麼祕密不肯說出來一樣。

不過算了，到底是合作對象，他穿越前仔細看過時空管理局的相應條例，系統和他雙生雙死，如果他有事，系統也會一起消失。雖然宋禹丞也曾經對這一點提出質疑，但是總局接洽人當時給出的答案是系統自願跟他同生共死。

既然如此，契約成立，宋禹丞也並不擔心系統的隱瞞。每個人都有祕密，不深究也是一種尊重，宋禹丞篤定系統不會害他。

更何況，在第一個世界他就知道自家小系統格外不靠譜，現在倒也不覺得違和。然而宋禹丞卻並沒有發覺他這種自然而然的信任，本身就是最違和的存在。

很快抵達目的地，就和末世裡最常見的場景一樣，旅館所在的小鎮已經成為一座空城，除了建築物上斑駁陳舊的血跡證明這裡曾經有人類苦苦掙扎過以外，四周安靜得就像是被世俗遺忘的的古城。

「進去吧！」隊長率先推開旅館大門。

空氣十分乾燥，到處都是飛揚的塵土，的確是很久沒有人來過了，腐臭的味道令人作嘔，如果不是末世之後蚊蟲變得稀少，恐怕這裡早就沒有辦法下腳。

「時間太晚了，大家抓緊時間清掃一下，然後找地方休息。」

宋禹丞沒有說話，而是拉著童佑寧四處轉悠。

根據任務介紹，在這裡失蹤的那支精英小隊成員，就連負責後勤的空間系異能者都是七級以上的高級異能師，所以能夠讓這種小隊全軍覆沒的地方，絕對不會是普通的廢棄旅館。

而且這個隊長的命令也格外詭異，哪裡會有真正執行任務的小隊，在一個陌生的地方要求隊員原地解散的。

傀儡師這個異能對氣息十分敏感，即便等級還很低，宋禹丞依舊能夠敏感地察覺到其他人察覺不到的氣息。

他覺得這家旅館有古怪，除了活人以外，似乎還有其他生物存在，不過這個生物是否是喪屍就另當別論了，要知道，末世來臨後，無論什麼樣的變異都有可能產生。

所以眼下他需要調查這些人是怎麼消失的，至少，他要得到比隊長隱瞞的訊息更多的內容，才有可能成功活下來。

「快來看！這裡好像有精英隊的人留下的訊息。」櫃檯那裡有人嚷嚷道。

宋禹丞聞言看去，是門口的記錄表，不知道是故意惡搞還是有什麼特殊意義，這份老舊的住店登記上，竟然有精英隊員的住店記錄。

每兩人一間，從208號房依次排到212號，更微妙的是他們不僅有住店記錄，還有退房記錄。

每間房間入住時間都一模一樣，然而退房時間卻各自不同。

宋禹丞心下一動，突然伸手抓住童佑寧，對他小聲說：「咱們去樓上看看。」

「啊？」

「我討厭人多的地方，他們看我的眼神很怪。」

隊長皺了皺眉，剛想發表意見，宋禹丞卻故意做出一副要哭的模樣，「我腳疼，想讓佑寧幫我看看，這裡人太多，我不好意思。」

「……」隊長一時語塞，噁心得堪比吃屎，宋禹丞便快樂地帶著童佑寧上樓了。

和樓下不同，樓上明顯要乾淨許多，然而這種乾淨反而越發顯得詭異。

宋禹丞隨便推開一間客房的門，發現裡面的設施雖然覆蓋著塵土，但是並沒有沾染血污，就連樓下的血腥味在這裡也幾乎微不可聞。

「有點奇怪。」童佑寧皺起眉，在房間裡四下查看。

他們這次的任務是為了尋找在這個旅館裡失聯的精英小隊，但是從這座旅館的現狀來看，這裡卻根本不像是有人來過的模樣。

兩人對視一眼，都覺得十分蹊蹺，沿著走廊將整個二樓轉了一遍，終於發現一個奇妙的地方。

他們發現沒有十三號房間，212號房旁邊的房間是214號，沒有213號房，所以是原本就沒有這間房間，還是說……憑空消失了？

想到那些突然失聯的精英隊員，童佑寧的神情瞬間就變得緊張起來。

系統：「嚶嚶嚶，好可怕！」

宋禹丞：「可怕你去和總局投訴啊！」

系統：「……所以大人，之前那個精英小隊到底是怎麼消失的？」

話題轉得好生硬，宋禹丞頓時無語。不過系統的問題他並沒有弄清楚，原身十分懦弱，被人送來當炮灰也逆來順受，連一句多餘的話都沒有問過。

因此對於事件背景他也很迷茫，現在唯一能確定的是，消失的精英小隊十有八九和這個消失的十三號房有關。

又將二樓仔細查找一遍，宋禹丞和童佑寧依舊沒有什麼收穫，就在他們兩人準備下樓的時候，卻突然聽到一段很模糊的對話。

「那個許明然可別是有病吧！童佑寧是個傻子樂意護著他我不管，但咱們的補給都還在他身上。」

「沒事兒，這都到地方了，一會兒讓隊長要童佑寧把東西拿出來。」

這分明是小隊裡成員的聲音，聽起來聊天地點應該是在一樓，可不知道為什麼，宋禹丞和童佑寧聽起來並不像是從樓下傳上來的聲音，而像是從某一扇門裡傳出來的。

「不對勁！」童佑寧臉色一變，下意識將許明然護在身後。他們方才檢查過所有房間，裡面都沒有人，那麼這些討論的對話聲到底是從哪裡傳來的？

兩人對視一眼，都從對方眼裡看到不妙。宋禹丞下意識想開啟異能搜查一下周圍的情況，然而還不等他把異能放出去，就聽身後的浴室門吱呀一聲開啟。

滴答、滴答……是水滴落下的聲音，可這種從末世一開始就廢棄多年的旅館浴室裡，怎麼可能還有自來水？

濃重的血腥味瞬間瀰漫整個房間，就連四周的牆壁也像是被浸濕了一般泛起紅色的水氣。

出事了！宋禹丞一拽童佑寧的手，嚷了一句：「跑！」

童佑寧的反應也很快，抬腳踹開房門，兩人就一起朝著樓下跑去。然而當他們走到樓梯口的時候，卻又感受到另外一重危險。

新鮮的人血味道，和樓上房間裡帶著腐爛的血腥味道不同，樓下傳來帶著鐵銹味的腥甜，分明是剛死人才會有的氣味。

難道樓下也出事了？宋禹丞莫名有種猜測，說不定他和童佑寧方才聽到說話聲音的那兩個人已死在樓下了？

「哥……」童佑寧嗓音壓得很低，像是怕驚擾到什麼東西一樣。

宋禹丞順著他的手指看去，陡然睜大眼，他看到原本212號和214號房之間的牆壁上突兀地出現一扇血色大門，而他們方才待的那間房間裡，兩具血肉模糊的身體正被什麼東西抓著頭髮，一點一點拉進那扇門裡。

鮮血流淌在走廊上，拖拽出長長的痕跡，宋禹丞看了一眼門號，上面清楚地寫著213號，宋禹丞突然明白無故失蹤的人到底去了哪裡。

此時，樓下的人也像是為了逃避什麼可怕生物的追擊，全都一窩蜂地逃上二樓，也跟著看到那扇門，原本難看的臉色變得越發慘白。

「出、出事了。」說話的是隊伍裡的一名年輕女孩，她像是受到驚嚇，口裡不斷念叨著來平穩心情，而宋禹丞也從她的口中聽到樓下發生事情的全部經過。

原來在宋禹丞和童佑寧上樓後，樓下的人就聚在一起準備做飯。

「今兒天真冷，不如吃火鍋吧！」隊長率先提議。

「好啊！」大家連忙附和。

末世之後物資就一直十分緊缺，即便是重建家園的現在，一頓火鍋也相當稀罕了。

一群人熱熱鬧鬧地弄著晚飯，至於方才上樓的宋禹丞和童佑寧，理所應當地被大家遺忘了。

可不知道為什麼，做著做著就覺得有點不對勁，因為他們突然反應過來，桌上擺著的肉是不是有點太多了？顏色也是格外新鮮，就像是剛從屠宰場送出來的。

「這是什麼肉？」隊長先問了一句。

「是羊腿啊！還有很多呢，你們先吃。」切肉的女孩完全沒意識到眾人語氣裡的古怪，還在努力地忙活著，「這羊腿真的很大，感覺晚上能痛痛快快大吃一頓了。」

然而隊長的臉色卻變得越發難看，因為他清楚記得，帶出來的物資裡並沒有羊腿這種東西，那這些肉到底是哪裡來的？

不，不僅沒有羊腿。另外一個人也跟著反應過來，咱們大部分的食物都在童佑寧身上，他現在去了二樓，這些食物是從哪裡來的？

是啊，是從哪裡來的？眾人面面相覷，可很快桌上傳來的回應就為他們解惑了。

「當然是從我們身上來的啊！」熟悉的聲音從飯桌上傳來，眾人定睛看去，接著全都嚇破膽子。只見桌上放著的食物，哪裡是他們腦補的火鍋配菜，分明是活人身上片下來的肉，連鍋裡正滾著的是一副硬生生從肚子裡扯下來的大腸。

而位於正中的盤子裡，兩顆血淋淋的人頭就這麼對著他們，嘴巴還一開一合地說話：「我好不好吃？能吃飽嗎？」

分明是他們小隊裡的一員。

「啊！」旁邊處理羊腿的女孩崩潰地驚叫出聲，扔掉手裡的刀子。

其他人木然地看了一眼她的方向，也忍不住爆了一句粗口：「臥槽！那是人腿！」

隨著他們的尖叫，這旅館裡的東西也像是被驚醒了一般，突然活動起來。

血色瀰漫整個大廳，不知道從哪裡出現的血水幾乎把他們的鞋子都浸透了。緊接著，一道白光閃過，隊長身邊那個隊員的頭被憑空斬斷，摔在地上。

他的身體尚且沒有意識到自己已經死亡，還在踉踉蹌蹌地尋找頭顱。

「上樓！先上樓！」隊長也跟著慌了，下意識帶人往樓上跑去。

這裡太奇怪了，不管敵人是什麼，以他們現在的力量都根本無法與之對抗，只能狼狽地逃竄躲避。

「所以方才樓下有兩個人出事了？」聽完女孩的敘述，童佑寧還算冷靜地詢問了一句。

「對。」隊長點了一根菸，手還在不停發抖。

而之前處理食材的那個女孩卻用哭腔說了一句：「隊長，你看這個住宿記錄。」

「嗯？」隊長看了一眼，接著連菸都掉了。

XXX、XX入住206號房。退房時間，六點二十八分。

而現在正是六點二十八分。

隊長突然明白失蹤的精英小隊去向，然而為時已晚。一聲類似大門落鎖的金屬聲從大門口傳來，大家都是異能者，自然知道這代表著什麼。

小旅館的大門已經被那個怪物徹底封死。

食物的咀嚼聲從樓下清晰地傳來，然而這一次卻沒有人敢下樓察看，因為他們明白，那怪物正在享受他們同伴的身體。

系統：「大人你快抱抱我，我要嚇死了。【試圖撒嬌.jpg】」

然而系統這句話還沒說完，就看到宋禹丞一頭扎到童佑寧的懷裡嚶嚶：「佑寧你快抱抱我，我要嚇死了。」非常符合他在這個世界的菟絲花人設。

系統心想：臥槽！這麼不要臉的人一定不是我的宿主大人。

小隊隊員也想：這種人到底是怎麼從末世活下來的？根本讓人只想掐死他。

童佑寧卻想：有，有點臉紅。

【第十一章】

尋找逃脫線索

等待永遠是最漫長且痛苦的折磨。一個小隊的人全都擠在窄小的樓梯口過道裡，聽著樓下那個怪物用餐的聲音。

窸窸窣窣的聲音一直縈繞在他們周圍久不散去，而213號房那扇彷彿是血染過的門，也始終清晰地樹立在眾人的視線中。

「它還要吃多久？」有人膽戰心驚地問道。

隊長根本不知道該如何回答，倒是宋禹丞懶洋洋地從童佑寧的懷裡說了一句：「或許還是一直不吃完比較好。」

「你什麼意思？」

宋禹丞挑起唇，露出一個鬼氣森森的笑容，「萬一這兩個人它吃不飽呢？」

「你！」這一句話，就連隊長都跟著心一沉，狠狠地瞪了他一眼。

然而宋禹丞卻像是被嚇到了，把頭死死埋在童佑寧的懷裡。

「廢物就少說話！」隊長也被弄得心煩意亂，剛想繼續說下去就發現樓下的咀嚼聲突然消失。接著一股說不出的寒意瞬間籠罩眾人，就在大家綳不住想要叫出來的時候，213號房的門突然消失了。

而且連地上的血跡也跟著消失不見，之前拖過屍體的地上彷彿被什麼人仔細清理過一樣，就連空氣裡也傳來洗衣粉的清香。

「怎麼辦？」詭異的驚嚇中，眾人早就慌了神，紛紛看向隊長等著他拿主意。

隊長沉思半晌之後，根本說不出有用的辦法。

宋禹丞插了一句話：「我累了要休息，然後我只想和佑寧住在一起，你們太髒了。」

眾人怒目而視，他們方才在樓下受到巨大的驚嚇，身上的衣服也在逃命的過程中沾滿血液，現在乾了味道十分難聞，可被宋禹丞用這種嫌棄的語氣說出來卻讓他們十分不能忍，如果不是顧著大局，肯定要懟他一句：「你以為我們想和你這種廢物住嗎？」

然而隊長卻意外贊同了宋禹丞的說法。

他意味深長地看了許明然一眼，然後說道：「兩兩分組，就在二樓住下！」

「為什麼？」

「很簡單。根據我們剛才的經歷來看，這怪物精通幻術，想殺人根本沒有避開的機會，而且你們也看見這個住房記錄了吧！發現規律了嗎？即便是三人房，這怪物每次吃掉的也只有兩個人。」

「所以你的意思是要我們兩兩分開各自等死？」隊伍裡的人立刻就炸了，到了生死存亡的關鍵時刻，所謂的隊長威信也不是什麼不能挑釁的東西。

而這，就是最基本的人性。

宋禹丞冷著眼看著他們鬧，就像是在看一齣無聊的諷刺劇。而他身邊低著頭始終沒有參與討論的童佑寧也同樣神色冷漠，不，他甚至更加鄙夷。

然而隊長到底是隊長，六級異能者的威壓最終還是讓那些試圖挑釁的人變得沉默。而且隊長有一句話說得很對，即便大家湊在一起那怪物也會殺人，但是分開住，沒有被怪物鎖定的組員就有可能找到脫逃的機會。

「那就分開吧！」最後眾人還是按照隊長最先說好的方式來分組，只是這次的分組不再是分開行動，而是徹底拆夥，就連原本放在童佑寧空間裡的物資，都被命令取出來平均分配。

「你們自己找屋子住下！」隊長一馬當先，開了一扇他覺得最安全的房間住下，其他人也陸續拎著東西離開。

可不知道是有心還是無意，在他們選完之後，二樓所有沒死過人的房間剛好全被占滿，剩下都是出過事的。

系統：「臥槽！這些小ㄖㄖ也太不要臉了。【氣成河豚.jpg】」

宋禹丞：「……為什麼臥槽沒有被和諧，婊子卻被ㄖㄖ了？」

系統：「大人，你正經點！」

宋禹丞沒回答的意思，直接結束和系統的腦內對話，轉頭悄悄對童佑寧說：「咱們去212號房。」

「嗯。」童佑寧順從地答應下來，帶著他往212號房走，其他人看他們的眼神，彷彿是在看兩個送死的傻子。

他們可都記得212號房旁邊就是那間恐怖的213號房，在常人的認知裡，如果晚上還有人會出事，那麼一定是這間房間先出事。

但是他們沒有想到，往往最危險的地方反而是最安全的，因為兔子還不吃窩邊草呢。

宋禹丞和童佑寧就這麼心安理得地一起走進212號房，之前那些詭異的血跡都已消失不見，至於房間裡的其他陳設也都非常乾淨，被子鬆軟無比，透著曬過太陽之後的暖意。

童佑寧從走進房間後就格外放鬆，雖然依舊警惕，但是那種對人的戒備明顯卸下，好似許明然就是他最信任的人。

宋禹丞瞧著有趣，忍不住開口問了他一句：「你不怕死嗎？畢竟隔壁就是213號房。」

「你不會害我的。」

小孩堅定的語氣讓宋禹丞後面的調侃全都嚥了回去，末了只能無奈地摸了摸他的頭髮，低笑著說：「是的，哥不會害你的。」

此時系統發出詢問：「所以為什麼要住212號房？」

宋禹丞：「因為只有212號房裡有一本藏起來的日曆。」

一般這種任務都不會是必死的局，一定有一個突破點，要不然這次的任務就不會是存活四天。另外，這間旅館的存在本身就很奇怪。

他和童佑寧第一次上二樓的時候，就有種這裡像是被故意清掃出來的感覺，畢竟和到處血跡斑斑的一樓相比，二樓的房間可以說是天堂了。

還有就是那個死亡時間。一天兩個，看起來特別規律，如果真的像他們推斷的那樣，每天必須殺掉兩個人，那這怪物每年要殺掉的人會不會太多了？

而且這種地方，哪裡會有那麼多人給他殺？

另外，宋禹丞注意看過精英小隊在登記簿上的入住日期和退房日期，只有212號房的人比其他人晚死了十個小時，雖然只是十個小時，但這個打破規律的時間就證明眼前的困境絕不是死局。

之前搜索整個二樓時，在212號房裡發現的那本日曆，應該就是他們逃命的關鍵，否則他們是距離213號房最近的人，怎麼可能卻是最後死的？這裡面一定有什麼不為人知的細節，而這些細節會是他們最後逃脫的關鍵。

宋禹丞覺得他現在最缺少的還是線索。他對這個旅館一無所知，解鈴還須繫鈴人，他至少要明白這間旅館在出事之前到底是什麼樣的背景。

還有三天，這是他破解謎題最後的期限。

畢竟知道會有出路，宋禹丞的心態還是很穩的，照常吃喝休息，剩餘的時間就帶著童佑寧在旅館裡轉悠起來。

「哥你打算找什麼？」叫了好幾次，現在的童佑寧已經習慣對許明然的稱呼，不會再像最開始那樣不好意思，話也跟著多了一些。

「不知道。」宋禹丞對他總是自然就很有耐心，一邊帶著他繼續探查，一邊解釋：「我感覺這間旅館裡應該還有別的線索，至少應該能夠找出213號房和那個怪物是怎麼來的。而且你想啊！末世來臨之後，萬物開始變異，不管那怪物是什麼東西的變異，它必定在末世前就已存在，否則，它要怎麼在末世後變異？」

「是這樣。」童佑寧很快明白許明然的意思，陪著他一起尋找。

按照怪物殺人的規律，他今天已經處決掉兩個人，那麼至少到明天都不會再出手，所以現在是他們最好的探查階段。

宋禹丞帶著童佑寧下到一樓。和他們腦補的那種慘烈場景不同，除了隊長他們留下的烹飪用具以外，就只有新舊血跡留在地面，至於他們口中的屍體更是連一小節骨頭都沒有留下。

「要真是吃掉的也未免太乾淨了些。」宋禹丞開了句玩笑，接著就更仔細地搜索。

一樓相對要比二樓小很多，在櫃檯的角落裡他發現一塊小黑板，有趣的是，那黑板上的字跡雖然部分已經模糊，但卻依舊能夠清晰判斷出這塊黑板的用處。

如果說那個入住登記表上寫的是後面住進來的人，那麼這塊黑板上寫著的就是末世前住進來的人。

不僅僅是人名，還有職業也寫得特別清楚。

「這樣修改起來不會很費勁嗎？而且如果旅館真的這麼折騰，凡是看到這黑板的人不就都知道旅館裡面住著誰了嗎？」童佑寧覺得奇怪，甚至感覺如果是他碰見這樣的店，肯定會覺得自己被冒犯了。

然而宋禹丞卻搖搖頭，「如果這老闆是個外國人呢？」

「外國人？」童佑寧顯然也對末世前的各國風俗瞭解深刻，立刻提出異議：「那也不對，如果是中世紀的確有一些旅館是這樣做，但是工業革命之後，即便是一些家庭式旅店也不會這樣做。」

童佑寧說得沒錯，但是宋禹丞卻有些別的想法。宋禹丞覺得或許這塊黑板是故意這麼寫的，就像是強行粉飾太平，好像這麼寫著，這些人就真的住在店裡了。

他仔細地看著上面的字跡，終於在一個角落裡發現端倪。徐倩，這是一個女人的名字，重點是在職業欄裡寫著這女人的職業是「愛人」。

找到了！關鍵點就在這裡！

童佑寧沒有作聲，也跟著思考了一會兒，接著說道：「那本日曆上有這個女人的名字。」

「是幾號？」

「是二十六號，寫著生日。」

「二十六號……你還記得那個入住時間嗎？死人時間推遲的那天是幾號？」

「二十六號。」

「看來這個二十六號就是關鍵了。如果我沒有猜錯，二十六號時間推遲的原因，有可能是因為這個女人過生日，他需要更長的時間來準備晚餐。」

系統：「不是已經變成怪物了嗎？」

宋禹丞：「對，所以它的食材就是在屋裡的我們。」

而童佑寧顯然也是這麼想，他甚至打算去一樓的廚房檢查看看。這個旅館裡的怪物明顯循規蹈矩地想要維持旅館原本的模樣，因此，他準備食材的地方一定在廚房，而不是其他位置。

「你就不怕我猜錯了？」宋禹丞見童佑寧無所顧忌，明顯是信了自己方才那個怪物一天只出手一次的推斷。

然而童佑寧的回答卻再次讓他愣住，「如果我連哥哥都不能相信，那就沒有人可以信任了。」

少年的嗓音清越而柔和，無言的信任更是讓宋禹丞的心裡熨帖到了極點，他甚至有種錯覺，自己和童佑寧是不是很久之前就已認識？

可這種念頭不過一瞬就消失殆盡，他不過是穿越過來的任務者，怎麼可能和童佑寧認識，或許是因為這孩子的眼神和上個世界的楚嶸有一絲神似，他才會有這種錯覺。

然而被童佑寧悄然牽住的手，卻很習慣地握緊了，如果有人從後面看去，會發現這樣的牽手方式與其說是同伴或是曖昧對象，不如說是年長的哥哥拉著稚嫩的弟弟，而童佑寧落在宋禹丞身上的眼神也顯得格外懷念。

當宋禹丞和童佑寧正在樓下按部就班地尋找關於逃脫旅館的線索，而小隊裡的其他人卻在樓上討論著他們。

「童佑寧膽子可夠大的，樓下出了事，他還敢往樓下去。」

「許明然也是，瞧著嬌嬌怯怯，還真跟著童佑寧一起下去了。」

「那誰知道呢，說不定不是去找線索，只是想避開我們而已。」

「為什麼？」

「孤男寡男的，你們說呢！」

「得了得了！都什麼時候了！」他們越說越不對勁，隊長皺著眉把他們的對話打斷。

方才因為房間的小分歧讓他們彼此都鬧得很不愉快，然而在這樣的條件下，比起自己待在房間裡，還是大家聚在一起更有安全感，所以安置好了以後，他們又自動聚集在二樓正中央的休息室裡。

只能說，二樓能夠尋找到的線索太少了，不過寥寥幾句就全都說完，最後話題還是回到人不在場的童佑寧和許明然身上。

「不然，我們也下去看看吧。」一角落裡，一個始終沒有說過話的女孩怯懦地開口，但沒有得到任何回應，那女孩猶豫半晌也不敢自己一個人下樓，最後還是保持沉默。

隊長也一直沉默不語，他覺得許明然和童佑寧都很奇怪，在來之前他就收到整個小隊的成員資訊。知道許明然是個毫無用處的精神系異能，是送來當炮灰的，甚至還特別備註會被送過來完全是因為長得漂亮又沒有什麼用處，安全區的大小姐覺得他性格不好，怕他勾引自己的父親才被送來執行這種任務，所以一開始隊長就沒覺得許明然能活著回去。

而許明然自從任務開始之後，也的確一直扮演菟絲花的角色。可隊長把他的一舉一動仔細分析後，卻發現全都有微妙的違和之處，就像是把他們當傻子，在冷眼戲弄般。

至於童佑寧就更微妙了，他之前只把童佑寧當作後勤人員，現在仔細想想，童佑寧有過很多貢獻，並且在空間系六級以下沒有任何攻擊力的情況下，竟然一次都沒有受傷，每次都能活下來，現在想想，這兩人其實大有問題。

會不會他們已經……不是人了？

隊長下意識地想到這個可能，但現在已進入末世重建時期，能夠生存下來的人肯定都有不同凡響之處，所以比起這種不靠譜的猜測，他更寧願相信許明然和童佑寧在扮豬吃老虎。

可不管是哪一種原因，他都必須對這兩個人多加注意，這個任務很危險，他一定要成為能夠活著回去的那一個。

然而不管隊長心裡有什麼小心思，眼下在一樓的宋禹丞和童佑寧卻被眼前的場景震驚了！

宋禹丞萬萬沒有想到，在廚房竟然會看到這樣的景象。到處都擺著整整齊齊的食物，每四個排成一小堆，上面標著號碼，每一組都是從二十三號開始，到二十六號結束，陸續排下來足足有好幾百組。而微妙的是，這裡的食物並非都是相同種類，從新鮮的魚肉蛋，到末世重建後各大安全區自己生產的罐頭，甚至還有一些草根樹皮等等在艱苦歲月食用的食材也涵蓋在內。

至於眼下，這些原本不應該出現在同一時代裡的食物，卻被一種奇特的排列規律擺在一起，而且那些新鮮食材裡的活物都依然鮮活無比。

「這是……」童佑寧拉了一把許明然，十分謹慎。

而宋禹丞立刻明白這裡面的微妙之處，就見最靠近門邊的那一組，二十四、二十五、二十六這三個位置都空著，唯有二十三的上面整整齊齊擺放著食物，就是那些人晚上準備吃的火鍋。

過去國外小鎮的家庭旅館裡，經常會有旅客自帶食材入住，自行提供廚房做晚飯的材料，從這些食材的擺設來看的確有點這個意思。

系統：「難不成我們也把食物擺上去就可以順利逃脫了？」

宋禹丞：「怎麼可能這麼簡單，這裡面還大有學問呢！」

宋禹丞在心中反駁了系統一句，又沉下心來琢磨好一會兒，才大致明白這小旅館裡怪物殺人的規律。只不過最後是整組人一起逃出去，還是只有他和童佑寧逃出去，就要看這些人到底有多惡劣了。

系統：「大人，您不打算救人嗎？」

宋禹丞：「那要看他們自己，狼心狗肺的東西不配得到拯救。」

來到這個世界之後，雖然沒有被原身留下的情緒影響，可宋禹丞似乎變得冷漠許多。系統還想再說什麼，但最終只是嘆息了一聲。

宋禹丞覺得系統這聲嘆息十分意味深長，但時間不等人，他必須要進行下一步了。

「去叫樓上的人下來，一會兒聽我的就好。」宋禹丞對童佑寧囑咐道。

「嗯，我知道。」童佑寧點頭，確定廚房不會有危險之後，就趕緊上樓把其他人叫下來。

「你們兩人還真是狗屎運，連這樣的地方都能找到。」都是異能者，其他人下樓的速度很快。他們一踏進廚房也被眼前的場景震驚住了，接著也明白了許明然和童佑寧喊他們下來的意思。

怪物殺人這件事似乎也沒有那麼難以逃脫，因為眼前這些食材的擺放就已經說明問題。

「是不是我們直接把食物填滿，那怪物就不會吃人了？」有人認出二十三號的食物就是他們準備的火鍋，立刻將自己的想法說出來。

可緊接著就有人提出異議：「可萬一放滿之後反而會引來那怪物呢？」

「那你說怎麼辦？」

「我怎麼知道，我只是提出疑問。」在生存危機面前沒有任何人能夠冷靜，不過三言兩語這些人就又吵了起來。

「都閉嘴！」隊長強行把他們的爭吵打斷，然後走到童佑寧和許明然面前。

「這裡是你們找到的，你們怎麼看？」

「我傾向主動提供食物。我們檢查了前面的櫃檯，發現這裡在末世前多半是一家類似國外民宿的旅館，並且經營方式很古老。因此，租客提供晚飯食材對於他們是一種約定俗成，既然我們都入住了，為什麼不按照他們的規矩來呢？」童佑寧的語氣十分篤定，而在他說話的時候宋禹丞始終沒有插話，但緊緊依靠的姿態卻表明了他的態度。

隊長沉默良久，然後緩緩開口：「既然如此，那你們就先放食物吧！」

「沒問題。」童佑寧說完，就把手裡的所有食物放在二十三號的格子裡。他這麼做的原因很簡單，那些火鍋的食材明顯不夠，要加上他和許明然的口糧才能填滿，然後他就在許明然的暗示下退回去。

系統：「大人，為什麼要放在二十三號？」

宋禹丞：「既然要提供口糧，哪家旅館不是在一進門的時候就把所有口糧提供好的？」

系統：「那你的意思是……」

宋禹丞：「食物不夠的那天就會死人。」

系統：「二十六號……」

宋禹丞：「不過也不一定，那是個怪物，或許它的食譜裡也包括活人。」

所以宋禹丞的意思是那怪物會在最後一天殺人？不，不對，他說的是異能小隊裡的那些人！人為了活命，會爆發出多卑劣的行徑，還有誰比他和宋禹丞更清楚？似乎想起了什麼往事，系統不再回覆宋禹丞的話。

而宋禹丞也有點累了，不再繼續說話。至於他身邊的童佑寧，從廚房出來以後，臉上的凝重就沒有消失過。

「關於食物……」方才在廚房，許明然暗示他把所有食物交出去的時候，他無條件配合了，但現在沒有旁人後，童佑寧不得不為兩人未來三天的生活擔憂。

他習慣了野外生活，只要有足夠的水源就能熬過去，可他擔心許明然的身體，畢竟從外表看來他實在是太瘦弱了。

可宋禹丞卻搖搖頭，示意他回房間再說。

童佑寧沒有再繼續說話，然而當兩人回到房間時，房間中多出來的餐車卻讓他驚訝不已。

童佑寧上前檢查，發現正是他們交出去的那些食物，只是現在已經被人用精湛的手法重新料理過，成為一道道佳餚。

「沒有奇怪的東西，可以吃。」宋禹丞示意童佑寧坐下一起吃飯。

然後慢條斯理地解釋了自己的推斷，根據他們掌握的線索來看，這家小旅館裡的怪物多半仍想保持過去的經營模式，這到底是為了留住和住在212號房間裡戀人的回憶，還是單純在怪物化之後延續的本能，就無從判斷了。

但從他每次的食材安排來看，二十六號的食材明顯是其他日子的一倍，也更豐盛，再加上只有二十六號退房的時間比之前任何一天都晚十個小時。

「你說，這十個小時，是用來做什麼了？」

「參加生日宴會！」童佑寧頓時明白了。

「聰明。」宋禹丞笑著揉了揉童佑寧的腦袋，順手的姿勢就像曾經做過千百次那樣，然而他們分明是第一次初見，宋禹丞心裡一動，突然覺得有點違和。

可童佑寧接下來的動作卻把他的疑惑完全打散，童佑寧突然伸手摟住宋禹丞的腰，然後把頭埋在宋禹丞的懷裡。

童佑寧的臉雖然看起來還是個少年，可身高卻遠遠高於宋禹丞。這種類似撒嬌的姿勢其實很彆扭也很突兀，可宋禹丞卻沒有推開他的意思，反而下意識安撫地拍了拍他的肩膀。

到底還是個孩子呢！感受到童佑寧顫抖的肩膀，宋禹丞嘆了口氣，無聲地安撫著他。

然而宋禹丞沒有發現，抵在他懷裡的童佑寧眼眶已經泛紅，而他壓抑的情緒也並非是害怕，而是那種失而復得的慶幸和壓抑到極致的思念之情。

【第十二章】

留下更多謎團

然而宋禹丞和童佑寧這邊溫情脈脈，樓下廚房裡的其他隊員又發生了分歧。

「我不明白，食物交出去了，我們回頭吃什麼？」

「就是！如果這裡每一行都代表著人命，這裡已經死了成百上千的人了吧！左右二十六號也得死，我還不如留著吃，做一個飽死鬼！」

「沒錯。這是我的食物，方才分房間的時候就已經說得很明白，大家各自安好，生死有命，我不會聽你的！」

即便是末世重建的時代，食物也依舊是關係性命最重要的資源，畢竟經歷過大黑暗時期，每個人都餓怕了，讓他們主動捨棄食物，就跟讓他們自殺有什麼區別？縱然隊長有六級異能，也無法再對他們產生任何震懾。

最後，只有一開始不怎麼說話的女孩贊同隊長的做法，和隊長一起把食物放在格子裡。但是可惜的是，他們兩人的食物加在一起也只不過勉強把二十四號的格子填滿。

「隊長，如果二十五號沒有食材我們會怎樣？」

她像是怕極了，緊緊抓著隊長的衣袖不鬆手。

隊長陰沉著臉沒有回答。

那女孩又小心翼翼地補了一句：「我們會死嗎？我還不想死。」

帶著哭音的話語充滿絕望，但落在隊長耳朵裡卻又多了一重暗示。不想死，就總要有人去死，那些人既然不願意提供食物，不如就讓他們變成食材。

算上童佑寧和許明然，還有七個大活人，填補剩下的兩個格子根本就綽綽有餘。

這麼想著，隊長眼裡迸出一絲凶狠的陰鷙，而那個原本怯生生且存在感不強烈的女孩，低垂的眼裡卻露出一絲嘲諷。

各懷心思的一群人就這麼各自回房，之後便沒有再開門出來，當然，他們防備的不僅僅是怪物，還有身邊的活人。

隊長和那名女孩在回到房間後，和宋禹丞及童佑寧一樣，看到擺放整齊的晚餐，頓時心裡一喜知道自己的做法是正確的。

可緊接著，他們就面臨著更大的疑惑。因為從二十五號之後食物就不夠了，至於必須更加豐盛的二十六號，他們更是不知道食物從哪裡來。

不過那又有什麼關係呢？

畢竟就算死，先死的也不是他們，這麼想著，隊長和女孩又安心了許多。

夜晚就這麼很快降臨，第一天的夜裡，宋禹丞和童佑寧的房間卻發生一些堪稱詭異的事情。

他們聽到隔壁隱約傳來腳步聲和說話聲，可不論怎麼仔細聽，都無法聽清楚談話內容。

而更令人匪夷所思的是，當他們靠近挨著213號房的那片牆壁時，能夠清楚聽到急促的喘息聲以及痛苦的呻吟。

難道是那個看不見的213號房裡傳出來的？

宋禹丞和童佑寧對視了一眼，都從對方眼裡看到了謹慎。

可緊接著牆壁上出現微妙的蠕動痕跡，讓兩人越發緊張起來。

宋禹丞向來百無禁忌，但眼下這個情況依然讓他頭皮發麻。

他的異能是傀儡師，換句話說，萬物皆可成為傀儡，可眼下他卻有種奇妙的預感，這牆裡的玩意八成不是什麼好東西。

「別去！」宋禹丞陡然拉住童佑寧的肩膀，可緊接著他就被童佑寧撲倒，滾到遠離牆面的地方。

宋禹丞看了一眼，冷汗瞬間流下。

系統：「那那那那是什麼！#@%R!%$」

系統直接被嚇出一串亂碼，可實際上，別說系統，就是宋禹丞也不知道要怎麼回答。

他從未見過這麼噁心的東西，同時也終於知道那些死去的人到底都去了哪裡。

是蟲子。

誰能想到，看似雪白的牆壁，實際上都是由這些肉蟲的身體拼湊成的。白天牠們一動不動，等到了晚上就會出來覓食，雖然牠們並不會主動攻擊人類，可213號房裡那個飼養牠們的怪物，卻會用人的血肉來餵養牠們長大。

這就是為什麼這小旅館分明早就沒人打理，可現在卻依舊乾淨如初。

宋禹丞謹慎地四處打量，很快在其他三面牆上也發現這種蟲子的存在。

瞬間覺得自己不是進入一間小旅館，而是進入一個巨大的蟲窟，從他們一行人最開始踏入的瞬間，就已經成為獵物。

童佑寧也感受到他的緊張，兩人對視一眼，都看懂對方的意思，等明天天亮以後，他們一定要好好研究一下這面牆壁。

宋禹丞有預感，他離真相已經很近了，或許只要能找到213號房的入口，提前解決那個怪物，他們就能活著離開。

兩人就這麼悄無聲息地把床上的被子拽下來，放到遠離四周牆壁的房間正中間，就著彼此的體溫湊合了一晚。

宋禹丞原本覺得自己看到這麼噁心的畫面一定很難入睡，可不知道是不是童佑寧給他的感覺太好，他竟然很快就睡著了。

並不平靜的第一夜就這麼過去了，宋禹丞是被門外隊長的敲門聲吵醒的。

畢竟還是要尋找逃脫出去的辦法，所以不管第一天眾人是如何不歡而散，第二天一早，所有人還是不約而同聚集在二樓的正廳。

除了宋禹丞和童佑寧還算精神以外，其他人幾乎是徹夜難眠，不過好歹都把昨天沾滿血的衣服換過，也做了簡單的清理，比昨天的狼狽好上幾分。

「廢物就是廢物，遇見什麼事兒都能睡著。」看見宋禹丞一副抱緊童佑寧大腿的模樣，那些人就忍不住開口嘲諷。

宋禹丞連瞥都不瞥他們一眼，直接拉住童佑寧的手，故意扮作柔弱地說道：「佑寧我走不動，咱們今兒不去一樓了吧。」

「聽你的。」經過昨夜的擁抱，童佑寧對許明然越發親近起來，哪怕是簡單的三個字，都透著說不出的溫柔。

……所以這兩個人到底知不知道自己是來幹麼的！

隊伍裡的其他人都覺得辣眼睛，乾脆不再搭理他們。

話不投機半句多，每個人都有自己的小心思，眾人很快就散開了。

宋禹丞和童佑寧也迅速行動起來，不過這一次在和這幾名隊友擦肩而過的時候，宋禹丞的指尖不著痕跡地分別觸碰了他們的衣角一下，一條細小到幾乎看不見的絲線，就這麼悄無聲息地黏在這些隊友們的身上。

防人之心不可無，二十五號開始他們就沒有食物了，所以今天晚飯過後那個怪物就一定會出來尋找食材。

他們作為守規矩的客人自然高枕無憂，但是其他人嘛……

宋禹丞面上不動聲色，可心裡卻深知一個道理，人的卑劣在這種生死關頭是沒有下限的，不管是末世，還是末世重建以後。

避開眾人的視線，宋禹丞和童佑寧悄悄去了一趟這裡的工具間，在拿到了需要的工具以後，他們又返回212號房。

「準備好了嗎？」宋禹丞謹慎地問道。

「嗯，哥你後退一些！」童佑寧膽子很大，掄起錘子就往牆上狠狠砸了一下。

隨著一聲悶響，宋禹丞清楚看見原本堅固的牆面不停抖動起來，到底是蟲子組成的，在受到劇烈的衝擊以後，真面目很快就露了出來。

「燒焦的味道。」宋禹丞皺眉。

可童佑寧的臉色卻驟然變了，「哥，你看。」他指了指牆正中的洞。

宋禹丞順著他指的方向看去，卻看見靠近牆角的地方有一塊地板翹起來。宋禹丞上去把地板掰開，卻看見裡面整整齊齊擺著一具女人的屍體。

面容栩栩如生，就像是睡著了一般，甚至在宋禹丞活動地板的瞬間，她的頭還轉動了一下，彷彿想要避開過於刺目的陽光。

屋裡的溫度陡然驟降，一種說不出的危險感瞬間爆發開來。

與此同時，那原本死去的女人竟突然睜眼了！

宋禹丞心裡一動，第一反應就是把地板重新放下。而童佑寧的動作更快，幾乎就在宋禹丞有動作的瞬間，童佑寧便迅速撲過來把他摟在懷裡滾了出去。

沒有猶豫的時間，他們立刻從房間裡跑出去，一直跑到一樓的轉角才同時停下腳步。等再轉頭的時候，就見212號房和214號房之間的牆壁在劇烈震動，接著，那扇神祕的213號房門又出現了。

這一次，213號的門不再是緊緊關閉，而是慢慢打開，一縷柔和的燈光從裡面射出來。

按照規律，213號房每次出現就一定會死人，那麼這一次，他和童佑寧恐怕要凶多吉少，可即便如此也不能坐以待斃。宋禹丞明白，若自己死了大不了就任務失敗。可童佑寧……宋禹丞皺起眉，把童佑寧拉到身後。

他其實還有底牌。

「等一下那怪物出來的時候，我會控制他，但是時間不會太長，你……」

「我不會走的。」童佑寧打斷他的話：「哥，我不會自己走的。」

童佑寧臉色蒼白，他將話重複了兩遍，然後湊到許明然的耳邊小聲說道：「我知道你不是精神系，我也不只是空間系異能。」

宋禹丞轉頭和他對視，卻意外發現陽光下童佑寧的眼瞳顏色似乎並不是黑色。他終於明白為什麼之前一度覺得童佑寧熟悉，不是因為童佑寧的年紀和楚嶸差不多，而是因為他身上有路德維希的味道，在褪去偽裝之後，那雙眼瞳的顏色分明和路德維希一模一樣！

可現在不是追究的時候，宋禹丞決定先度過眼前的危機再討論其他問題。

然而事情的發展還是超出宋禹丞的想像，他原本以為213號房門的開啟，是為了殺掉觸碰禁忌的他和童佑寧，然而真正的慘叫聲，卻是從樓下傳來的！

緊接著，傳來有人拚命跑上樓的聲音。

「你、你們去看看……又、又有人死了。」說話的是和隊長同一間房間的女孩，眼下她臉色慘白，幾乎要哭出來。

不應該啊，他做了準備，如果真的死人了，宋禹丞一定會是第一時間感知到的，難不成在這裡連異能都失效了？宋禹丞和童佑寧對視一眼，決定去看看。

可剛一進廚房，就瞬間明白為什麼他事前做的準備失效了。

因為此人不是第一天那種屍骨無存的死法，而是尋找線索時，找著找著就突然猝死了。

可最令人恐懼的還是這人的死因——餓死的。

分明沒有上交食物，每餐也都吃了飯，可卻偏偏餓死了，看著那人幾乎短短幾秒就瘦到皮包骨的身體，即便是宋禹丞也忍不住移開視線。

「我、我我我還是把食物交上去吧！」和他一起的那個同伴嚇壞了，他蹬蹬跑到樓上，把兩人剩下的食物全都拿下來，好似昨天態度激烈地反駁隊長提議的人並不是他一樣。

「算了，這裡太古怪，不是說話的地方，咱們先出去。」隊長看他樣子可憐，乾脆先把人帶出去。

那人抖著身體，連腿都是軟的，幾乎一出門就崩潰地哭了。

「我是不是今天晚上就要死了？我活不過明天了是不是？」他嗚嗚哭著，聲音格外淒厲。

隊伍裡的其他人見狀也不禁沉默起來，按照入住登記的規律，一個房間的住客，來的時候同來，走的時候一起走。

顯而易見，同伴死了，他怎麼還能獨活？

眾人都用憐憫的眼神看了他一眼，可在這種情況下，搞不好兩天後所有人都要死，早一天晚一天又有什麼區別？

於是，簡單地安慰幾句後，眾人便散開了。

宋禹丞和童佑寧自然又回到樓上。

「你說會不會……」宋禹丞有個推斷，他覺得或許那個怪物是不在二樓殺人的。

而童佑寧卻搖搖頭，並且領著他走到角落裡拿出一個本子，宋禹丞看見後頓時失笑。他動作也太快了，這分明是女屍手裡拿著的東西，不過既然已經拿出來了，那就一定要看看。

確定四周安全後，他們把本子翻開，發現是本日記。

——今天，她出現在旅館裡，我見到她的第一眼就覺得整個世界變明媚了。我想，我愛上她了。

——怎麼辦？她太美了，一顰一笑都讓我欲罷不能，我眼裡、心裡、腦子裡全部都是她的身影，我要醉了。

——她竟然接受了我的邀請！天吶，我太幸福了！今天是我的幸運日，我要給所有住客加餐。

——她邀請我晚上去她的房間，她說有祕密告訴我，會是什麼呢？

——好可怕……我會死的。

——不，我殺人了！不是我的錯，是她的！全部都是她的！

日記很短，就這麼幾頁，而最後一天的日期就是二十六號，而這個內容卻將原本清晰一些的事情弄得更加混亂。

「咱們之前恐怕都猜錯了，不是因為喜歡才不動，至於212號房的人會比其他人晚死十個小時，多半是因為那個女人的屍體。」

「嗯。這本日記的主人，應該就是旅館的店主。傳言不對，這裡不是末世來臨之後出的事兒，而是末世來臨之前就已經出問題了。」

「你說那個女人會是什麼？」宋禹丞直覺認為不像是殭屍。

童佑寧卻很清楚，「是什麼都不能留著，不過咱們倒是可以靠著她出去。」

「看來我們想的一樣。」討論得差不多了，宋禹丞和童佑寧便打算返回房間。

有了這本日記作為憑藉，他們更清楚明白213號房和212號房裡怪物的從屬性，因此也就不懼怕213

號房的怪物會在今晚找上他們。

活著的時候就已經驚恐萬分，現在變成怪物也同樣忌憚，否則他怎麼可能提前動手將另外一個人的性命奪走？

可在路過小隊裡其他人的房間的時候，宋禹丞敏感地發現，另外兩個沒有上繳食物隊員的門牌似乎變得有點奇怪，好像比往常都要厚一些。

可除了童佑寧以外，這隊伍裡的其他人都不是什麼好東西，宋禹丞並不想多管閒事，所以他就像沒察覺般和童佑寧回到自己的房間裡休息。

是夜，牆壁上的蟲子再次活動起來，牠們啃食著藏在牆裡的屍骨，發出令人作嘔的咀嚼聲。但是這一次，宋禹丞兩人卻睡得很沉，他們毫無忌憚不覺得害怕，可其他幾名隊員這一夜卻都嚇尿了。

因為他們誰也沒有想到，這一夜，213號房的怪物竟然不再按照規矩狩獵，而是開始瘋狂屠殺。

當第一個人發覺自己的隊友不對勁的時候已經晚了，然後就眼睜睜看著自己也步了後塵。

血，鋪天蓋地的血灑下，還有那種腐臭味，他們分明還活著，靈魂還在掙扎，但卻失去對身體的控制權。

牆變了，一隻隻蠕動的肉蟲從牆壁上下來，撲向他們，牠們吐出一種透明的黏液，然後把他們一點一點拖進牆縫裡。

當然，他們的任務也完成了。他們找到了精英小隊的位置，並且永遠和精英小隊的人混在一起，而這間旅館的祕密也終於揭開。

這根本就不是什麼旅館，而是一座用人的屍骨重新搭建起來的廢墟。現在，到了真相揭露的時候，他們就理所當然地成為這裡的祭品。

不是想知道祕密嗎？那就成為這裡的一部分，徹底留下，就什麼都懂了。

等到第二天天亮的時候，宋禹丞一開門，就看到門外擺得方方正正的入住登記表單，上面其他人的退房時間全都是二十四號晚上，詭異的血字像是挑釁。

宋禹丞和童佑寧對視一眼，毫無畏懼地在212號房的退房時間上寫下二十五號，並且對著空蕩蕩的房間說道：「你最好讓我們走，否則她就要出來了。」

不知道是不是錯覺，在宋禹丞說完這句話以後，空氣裡的溫度好像變得更冷了些。

宋禹丞把手裡的日記放在登記冊的旁邊，緊接著，就聽牆壁傳來劇烈的震動，那扇213號房門又一次出現了。

但這一次它好像抱著一定要殺掉宋禹丞的心情，那扇門不再關著，而是打開的，而從那扇門裡走出來的怪物也終於露出它的真面目。

並不是人，而是一隻巨大的蜘蛛，最讓人覺得噁心的是牠的肚子，那裡密密麻麻長滿了許多醜陋的瘤子，如果仔細看會發現那些瘤子都在不停扭動，每一個都是一顆人頭。

現在這些人頭全都朝著宋禹丞的方向，不懷好意地看著他，流下垂涎的口水。

怪物大叫：「吃了他！吃掉他！」

四周牆壁上的肉蟲鋪天蓋地朝著宋禹丞撲來，彷彿下一秒就能將他整個人包裹住，讓他步上那些被吃掉的人的後塵。

可就在此時，一種更加恐怖的氣息從212號的房間裡傳來，那些蟲子的動作頓時僵住，最受影響的還是那個怪物，牠就像是老鼠見了貓一樣，拚命想要回到213號房去。

可宋禹丞又怎麼能夠允許牠這麼做？他和童佑寧已經完全看透旅館的祕密，當然也明白212號房裡女屍的祕密。

女屍復活必要見血，而她要尋找的仇人就是213號房的怪物。那怪物是打不過女屍的，所以用了陰損的法子，把女屍封在212號房的地板下面。

之前精英小隊裡住在212號房的人也同樣發現了這個祕密，但是他們發現得太晚，還來不及把女屍放出，自己就成為怪物的祭品。

至於那怪物不敢先弄死212號房的人，也僅僅是因為女屍就埋在這間房間而已。什麼生日、什麼聚會都是他做出來的假象，他日復一日維持著旅館的本貌，目的就只有一個，欲蓋彌彰，為了讓女屍以為這裡和原來沒有任何不同。

這個偽善的男人，連殺了自己最心愛的女人這件事都並不敢承認！至於那個死掉的女人，多半是末世前就異能已經覺醒的異能者。

而宋禹丞最噁心的就是這種打著我愛妳旗號，卻做著噁心事情的渣男。

「你跑不了的。」宋禹丞的聲音很冷，他指尖微動，數百條絲線立刻從他指尖彈出，這是傀儡師特有的異能——束縛。

當然，憑藉宋禹丞現在的異能等級並不能真正控制住那個怪物，但只要能夠讓牠動作遲疑一秒就已經足夠。

鋪天蓋地的冰雪氣息從212號房裡傳出，接著宋禹丞就看見復活的女屍從房間裡走出來。

她殘忍地笑著，手裡冰凌化成的長矛鋒銳無比，只要刺中必定見血！

這簡直是單方面的屠殺，她似乎恨極了那個怪物，分明可以一擊斃命，卻一直在不停凌虐。

「哈哈哈！」她放肆地笑著，淒厲的嗓音刺得人耳膜發痛。

那怪物在她面前沒有任何反抗的餘地，只能眼睜睜看著自己的身體被她一點一點切掉，到最後變成女屍口中的上等補品。

她已經很多年沒有吃過東西了，終於復活，當然要好好享受。

「快走！」宋禹丞和童佑寧對視一眼，知道眼下就是最好的逃脫時機。怪物已經死了，旅館裡的限制已經解開，他們可以逃出去了。

腳下黏稠的血液泛著難聞的惡臭，童佑寧拉著宋禹丞奮力往一樓大門奔跑。

「好了！」終於跑到門口，童佑寧鬆了口氣，露出一個笑容。

然而宋禹丞卻感受到一種莫名的危險逼近，他下意識把童佑寧撲倒，接著肩膀傳來一陣劇痛。

宋禹丞回頭，正對上那女人陰沉的臉。原來就在兩人準備跑出去的瞬間，身後那個女人在吃掉怪物後竟然又看上了他們。

「快走！你快走！」肩膀被凍住，宋禹丞感覺半邊身子都僵了，拉著童佑寧的手已經冰涼一片，他明白自己這次多半是跑不掉了。

然而他不是這個世界的活人，就算死在這裡也並不要緊，他仔細計算了一下，這具身體的異能等級不高，不過如果他拚著命不要，或許真能控制那女屍一次，而他只要能控住三秒，就有機會讓童佑寧跑出去。

這麼想著，宋禹丞用力把童佑寧往外推了一把。

「別回頭！」他厲聲喝道。同時將自己的異能全部放出來，鋪天蓋地的絲線晶瑩剔透，每一根都是束縛靈魂的最佳利器。

近在咫尺的女屍在被包裹的瞬間，就停住了腳步，可也不過眨眼之間她就掙脫出來。

這次怕是要折在這裡了，宋禹丞嘆了口氣，也不掙扎。

然而此時一雙手臂環繞在他的腰間，整個人都落入一個溫暖的懷抱，是童佑寧。

「為什麼？」宋禹丞轉過頭，詫異地睜大眼。可緊接著，他就對上童佑寧那雙煙灰色的眼眸，然後，周圍一切的景色都停止了。

時間。

童佑寧的第二天賦竟然是時間。

而就在異能奏效的那一瞬間，童佑寧幾乎是拖著宋禹丞一起逃出旅館。

可宋禹丞最震驚的還是童佑寧發動異能時身上的味道，那是和路德維希相同的味道。

有一些模糊的畫面在宋禹丞的腦海中一閃而過，他似乎看到幼年的童佑寧拉著他的手怯生生叫哥哥的模樣，可不過一瞬間，這些畫面就變得暗淡。宋禹丞覺得或許童佑寧會知道原因，然而他想詢問卻沒有機會了。

就在他們踏出旅館的瞬間，系統陡然發出提示：「任務提前完成，切換到下一個世界。」

「等等！」宋禹丞覺得自己不能就這麼離開，關於童佑寧他還有很多問題要問，包括那種熟悉的感覺，他現在可以肯定自己和童佑寧絕對不是第一次見面！

然而這個不靠譜的系統永遠在這種時候掉鏈子，宋禹丞還來不及說一句什麼，靈魂就被系統從這個世界抽走了。

「你最好給我解釋清楚！」宋禹丞這次是真的生氣了。

然而系統猶豫半天，最後只說了一句很像是推託的解釋：「總局，這是總局的規定，任務完成了就要立刻離開。」

「我以為你有什麼事情瞞著我。」宋禹丞一針見血。

系統越發沉默了，直到過了半晌，才用懇求的語氣說道：「你的靈魂，你的靈魂現在還承受不了。

等到可以的時候，我會主動告訴你一切。」

所以這個系統果然有祕密，宋禹丞本能想提高警覺，然而心裡卻一直有另外一個聲音在不停告訴他：不用擔心，這孩子不會騙你。

這種精神分裂的感覺實在太難受了，就像是被人強行灌輸念頭洗腦一般，然而最可笑的是，洗腦他的人，就是他自己。

宋禹丞習慣掌控一切，這樣脫離秩序的狀態只會讓他厭煩。可情勢不等人，第二個世界的情況已經被傳送過來，宋禹丞不得不暫時放下心裡的疑惑，仔細查看。

比起末世的艱苦，下個世界意外是美人遍地的地方——現代娛樂圈。至於他這次扮演的角色也非常有意思，不是什麼演員或者歌手，而是一個被稱為潛規則娛樂公司老總的「走狗」經紀人。

重點是，他手裡還帶著渣攻的整個後宮彩旗團，說句糙話，就是渣攻的大內總管。

【第十三章】

初入黑暗演藝圈

冗長而沉重的夢境幾乎把人逼瘋，宋禹丞猛地睜開眼卻差點被眼前的畫面驚出一身冷汗。

很好，第一個世界差點凍死他，這個世界就改成嚇死他了。宋禹丞覺得自己一定不是什麼優秀的執法者，否則怎麼連續兩個世界的開頭都這麼鬼畜！

他從未見過如此令人毛骨悚然的房間，分明住了多年卻沒有一絲活人的氣息，乾淨空曠得彷彿是……墳墓。就連牆上掛著的那些空蕩蕩的相框，和書架上擺著包著黑色書皮的書，都像是成片的墓碑，荒涼而令人心驚膽寒。

所以，這個世界又是個什麼情況？可別告訴他原身有自閉或者憂鬱症，宋禹丞無奈地召喚系統，調出介紹查看，立刻被神尼瑪的劇情給糊了一臉。

如果說，之前的世界原身是為愛自願墮落，那麼這個世界的原身就是被強取豪奪下的悲劇產物，並且還是強取不成，弄壞了以後被隨手丟棄的那種。

依舊是個現代架空世界，原身名叫謝千沉，是個娛樂公司的金牌經紀人，不過和一般的經紀人不同，他這個金牌後面還要加一個重點詞——拉皮條。

據說原身經手漂亮孩子，每一個都是明碼標價，用別人的話說他哪裡是帶明星？根本是開鴨店。

而最可笑的是，原身的眼光很糟，被他留下的都是花瓶，沒兩年就萎靡不振了，反而一開始不起眼、跳出火坑的人都成名了，儼然已是圈子裡最大的笑話。

可事實卻並非如此，那些走掉的人之所以能跳出火坑，不過是原身故意放他們一馬，他自己已經被毀了，所以不忍心看著別人也一樣沉淪。

所以，他是怎麼被毀的？瀰漫在記憶碎片的絕望讓宋禹丞心裡一沉，緩了口氣之後，才將原身塵封許久的夢魘調取出來。

十年前的片場，彷彿是鏡子迷宮的場景裡，漂亮的青年被束縛成屈辱的姿勢，狼狽地躺在地上，情慾的紅暈布滿身體，汗水將輕薄的衣服打濕，嚴絲合縫地服貼著身體的曲線。分明已經是沉浸在慾望裡，可偏偏身體越渴望，眼神就越屈辱，他還太年輕，不懂那些人的惡趣味，也不明白他越是這樣隱忍，那男人就越不願意放過他。

「記著你這一秒的醜態。是不是覺得很羞恥？是不是感覺自己很淫蕩？」

「你看看面前的鏡頭，每一個鏡頭後面圍觀的人都會用鄙夷的眼光看著你，你不是演的，你就是真的賤！」

「嘖嘖嘖，如果流傳出去，會多有趣？全世界都會知道，你謝千沉是個浪到骨子的賤貨！好好享受一夜，明天我來接你。」

令他畏懼的男人終於走了，可四面八方的鏡子裡映照的都是他的身影，那種時時刻刻恨不得被人操死的模樣，令他羞恥到幾乎要哭出來，即便閉上眼都不能逃避。

無妄之災。他原本是最優秀的畢業生，剛入行的第一部戲就拿了萬花獎的最佳男配角，如果沒有意外，稍加打磨就會是下一任影帝，可萬萬沒想到，簽約的經濟公司老總曹坤是個徹頭徹尾的渣男！

曹坤簽下他是想近水樓臺一逞獸欲，結果因為他不樂意，曹坤就把他雪藏了。可即便如此他也沒有絕望，並且以為只要有實力，哪怕是龍套最後也能熬出頭，但直到現在才明白自己有多麼天真。

曹坤想要弄他不過是一句話的事，就像眼下，他一路求救，可根本沒人願意伸手救他，因為他們都害怕曹坤。

所以，這麼痛苦……要不就放棄了吧！彷彿有一根弦陡然斷開，青年用盡最後的力氣試圖咬舌自盡，然而虛軟的身體卻連死都做不到，就是這麼悲哀，身為弱者連想要自我解脫都是做夢，不過就算不能解脫，也絕不能讓他們得到想要的……

絕望、迷茫還有對情慾的恐懼，讓宋禹丞的身體也因此跟著顫抖，而後面原身由於這一宿的經歷，導致精神崩潰徹底不能面對鏡頭，也無法和人肌膚接觸，看完原身經歷後，宋禹丞的心臟劇烈跳動。

可緊接著，門鈴叮鈴作響把這種情緒打亂。

「是誰？」宋禹丞勉強從原身記憶片段裡抽離，掙扎著起身去開門。

客廳的布置遠比臥室好，但過於簡約的設計也同樣死氣沉沉。

不過現在不是琢磨這些的時候，宋禹丞透過門口的視頻對講機往外看，只見幾名神色囂張的少女正守在門口，嘴裡還一刻不停地罵人。

「是不是爺們！是爺們就開門出來！我們知道你在家。」

「謝千沉你這個垃圾！這些年毀了多少人了，居然還不足夠，我警告你！別想碰我們藝寶，我一定會保護他的！」

她們這麼喊著，手裡還握著幾個瓶子，而裡面裝著的液體卻讓宋禹丞本能地皺起眉頭。因為這可不是什麼好東西，而是硫酸。

與此同時，和這一段有關的記憶也隨之變得清晰。

說起來，這場鬧劇就是原身徹底身敗名裂的轉捩點，起因是曹坤新看上的一個小鮮肉——沈藝。

其實原身早在兩年前就有了退圈的想法，可曹坤卻拒絕放人，倒不是說曹坤有多愛原身，只是單純把他當成戰利品罷了！

畢竟，原身當年出道被稱為圈子裡最有潛力的演員，而現在卻只能在他身邊當條苟延殘喘的狗，所以但凡有像沈藝這種不樂意的，他就乾脆扔給原身調教，算是一種警告。讓他們看看，如果反抗下場會是多麼淒慘。

可偏偏沈藝不是個省油的燈，雖然看著柔弱、出身不好，但卻是一個善於利用周圍助力的人，是個真正有心計的小白花。

他當然不甘心被曹坤玩弄，想要反抗，於是先下手為強，想要拚了把事情鬧大曝光，給曹坤點顏色瞧瞧。

然而中間卻出了點岔子，事情的確鬧大了，但曹坤沒事，有事的是原身，幫兇就是這些私生飯。

宋禹丞想到這裡，仔細打量起那幾個私生飯，其中一個女生長相有點熟悉，讓他心裡一動，頓時有了想法。

然而外面的罵聲卻越來越大，至於內容更是不堪入耳。

原世界裡，原身看她們年紀小，開門好言相勸，結果卻被一瓶硫酸潑到身上，整個右手的肌膚被腐蝕了大半，身上的其他地方更是小傷無數，足足養了大半年才緩過來。

按照常理，這些私生飯如此惡毒，曝光出去絕對被人嘲罵，可其中一個私生飯的父親在B市頗有權勢，他為了保住閨女不擇手段，強行一盆髒水扣到原身身上。暗示原身逼迫手下小鮮肉出臺，直接讓原身變成萬人唾棄的對象。

最後被害者成為活靶子，加害者卻變成英雄，竟然還真有不少中二少年覺得這幾個私生飯很酷，雖然手段過激可卻是以殺止殺。

宋禹丞最煩的就是這種無腦寵愛熊孩子的家長。孩子不好就要教導，像這種連基本是非都弄不清楚的，就更該關起門來好好訓一頓。

這麼想著，宋禹丞依舊沒有開門的意思，而是撥通手機直接報警。與此同時，他聯繫公司的公關部門，順便找了一個熟悉的狗仔朋友。

「八百年不見你主動開口。」電話那頭的青年語氣驚訝：「有什麼事就說吧，能做的，師兄一定幫你解決了。」

這個青年名叫袁悅，是原身的學長。在學校的時候是學編劇的，可現在卻改行當狗仔，倒也風生水起。可原身跟他的聯繫卻並不算緊密，即便這個學長可以說是原身在進入娛樂圈後遇見為數不多的好人之一，但原身怕弄髒了人家名聲，不敢靠得太近。

想到這裡，宋禹丞也嘆了口氣，「師兄，有個好新聞，你跑不跑？」

聽到新聞，袁悅來了精神，「說來聽聽。」

「高官的閨女為了某小鮮肉，意圖謀害金牌經紀人。」

「什麼意思？你沒事吧！」袁悅不是傻子，宋禹丞說得簡略，但是單憑關鍵字就足以讓他意識到宋禹丞那裡出事了，頓時便急了。

「沒事，我報警了，也沒開門。」宋禹丞趕緊安撫，順便把自己的計畫簡單說了一遍：「別急，我敢叫你過來，就是有法子。」

「你啊！」袁悅也是拿他沒辦法，但好在宋禹丞的法子聽著還算靠譜，因此袁悅最後還是答應配合。在掛斷電話之前，他最後又囑咐了一句：「千沉，你得多注意身體，可別再瘦下去了。」

「好。」聽出袁悅的關心，宋禹丞認真地答應他便掛斷電話，坐回客廳的沙發上等待。

而此時門外那幾個私生飯，由於長時間得不到宋禹丞的回應，也開始變得焦躁。

「沒想到，謝千沉這個人竟然膽子這麼小。」

「都是曹坤養的狗了，當然膽子小！」

越說越生氣，其中一個膽子大的直接找到旁邊的消防栓，拿起裡面的小斧子狠狠朝著宋禹丞的大門砍了一斧。

空蕩蕩的走廊裡響起刺耳的警報聲，可幾個私生飯卻絲毫沒有畏懼，反而笑得更加張揚誇張，又狠狠地朝宋禹丞的家門劈了幾斧。

「躲啊！接著躲啊！」尖銳的謾罵充斥整條走廊。

然而此時電梯門打開，突然衝過來的員警直接把幾個私生飯控制住了。

「喂！你們要幹什麼？」幾個私生飯嚇了一跳，到底年紀小，員警對她們的威懾力還是很大的，她們敢砸宋禹丞的門，卻不敢對員警如何。

而宋禹丞這時打開門，「您好，是我報的警。」

「沒出什麼事吧？」過來的員警十分負責，見私生飯架式嚇人，第一時間關心宋禹丞的安全問題。可那幾個私生飯卻先一步罵了起來：「謝千沉！你要不要臉，這麼個大男人竟然還報警！」

這次宋禹丞沒說話，倒是那員警看不下去了，「男的怎麼了？妳們又潑硫酸又砸門的，人家能不報警嗎？」

「那你也不能抓我！我爸爸是王榮。」帶頭的那個私生飯一副無所畏懼的模樣，蠻橫得不行，就差沒指著幾名員警鼻子罵街。

幾名員警直接就被氣樂了：「王榮也沒用，國有國法、家有家規，今天就是妳爸站在這裡也得按流程辦事。嘖，B市還有這麼不長眼的，那王榮官腔打得足，教出來的閨女可真是夠嗆。」

「帶走！」員警懶得再解釋，直接把人都給拉出去。

這都什麼年頭，還我爸是誰，她不說，王榮沒准還能撈她出來，說了就肯定要完。弄不好，就連王榮自己也得被這個蠢閨女給拖累死。

至於那幾個鬧事的私生飯，也終於意識到事情鬧大了，開始害怕起來。而且，她們萬萬沒想到，不過一次看似普通的報警，在社區外面竟然守著不少記者和狗仔。

這、這是怎麼回事？

員警也愣住了，不到半分鐘就被記者們團團圍住，最後只能簡單解釋幾句說和威脅有關，就趕緊帶人離開。

但他們這種粗淺的解釋，對於記者來說卻已經足夠猜測。更何況後面兩名取證的員警，手裡拎著斧子和幾個玻璃瓶，看他們小心仔細的模樣就能猜到，那玻璃瓶裡裝的肯定不會是什麼好東西。

絕對的大新聞！現在正是娛樂業最為火爆的年代，而宋禹丞所在的社區又是出了名的明星社區，如果能挖到這幾個被抓的襲擊對象到底是誰，搞不好一下子就能成名了。

不少記者都躍躍欲試，而事實證明，記者挖掘新聞的能力永遠超出大眾的想像。

甚至宋禹丞提前囑咐公司那頭安排好的線人以及狗仔師兄都沒有用上，整個事情的始末就被查得一清二楚。

只用了兩個小時，網路上就已經出現相關報導。

#私生飯到底有多恐怖#

緊接著，更加詳細的頭條新聞也跟著一併出現，而這次新聞報導的主要內容卻不限於私生飯，而是扣在那個喊著「我爸爸是王榮」的女生身上。

一開始，只是抨擊女孩父母不會教導孩子，讓孩子對權力有所誤解，認為憑藉關係就能橫行霸道。

可緊接著，就有觀察仔細的人發現，那女孩的衣服、手錶、包包、太陽眼鏡分明都是奢侈品，而且還都是最貴的名牌，可依照王榮現在的職位有那麼多薪資嗎？

這個疑問一出，不少人都產生同樣的懷疑。

而那女孩的情況，在經過深扒以後，得出的結論也越發令人震驚。這女孩在網路上秀出來給各個明星買的禮物加在一起，一年幾十萬，這個數目乍一聽不是太多，可仔細想想，一個十幾歲的小女孩，一年零花錢竟然就有幾十萬，也是相當可怕了！

「有錢人真好，從小就能包養小鮮肉。」

「樓上別歪樓，重點不應該是他們家哪裡來那麼多錢嗎？」

討論就此展開，相關部門也跟著介入，如果沒有意外，這個私生飯的父親多半是要被起訴。

宋禹丞看著新聞，表情很是淡漠。

他對想要保護女兒的父親沒有什麼怨念，但是如果這種保護是以泯滅良知、毀掉另外一個人的人生為前提，那就很值得打臉回去。想到上一世，原身失去一切，債務纏身，最後身敗名裂自殺的結局，宋禹丞的心裡就沉重到難以自己。

王榮不會教孩子，那宋禹丞就來幫他教，免得以後長大了禍害社會。

他想著，順手關掉電腦。

第一次危機就此度過，然而宋禹丞的小動作很快就引起曹坤注意。

「謝千沉做的？」聽著屬下的回報，曹坤相當意外，甚至有點不敢相信。

因為謝千沉跟了他這麼多年一直相當低調。即便一身髒水也從來沒有反駁過一句，見面了就一副狗腿模樣，張口是錢、閉口是資源，讓他覺得無趣極了，可以說是他所有看上的人裡唯一一個自始至終都沒有碰過的人，因為以前是謝千沉不讓碰，現在是他沒興趣。

可今天這件事倒讓曹坤對謝千沉高看了一眼，覺得他還藏著點爪子，沒有被完全拔乾淨。這麼想著，曹坤吩咐了一句：「不用管，能處理就讓謝千沉自己處理。」

他對謝千沉這次的做法相當滿意，而沈藝妄圖用這種手段反抗也得給點教訓，曹坤倒要看看，沈藝一個出身貧寒的小白花能堅持多久。

骨氣？多可笑的兩個字，當年謝千沉就是圈子裡最有骨氣的那朵高嶺之花，寧願被傷得斷了筋骨永遠演不了戲，也不屈服，可現在不也是他腳邊的一條哈巴狗？

強扭的瓜不甜，曹坤等著沈藝哭著回來求他。

而宋禹丞那頭，在聽到曹坤傳話之後立刻明白他的打算，同時也有了自己的章程。

曹坤要他調教，他自然會把人調教得無比美味，但是曹坤能不能受用得了那就不得而知了。

至於等著被調教的沈藝，宋禹丞也同樣有些興趣。有不為人下的野心，也有隱忍的心機，唯一可惜的是手段還是太嫩了些，不過這一次宋禹丞卻只想利用他。

畢竟和上個世界楚嶸的真無辜不同，這個世界的沈藝是導致原身悲劇發生的導火線。他明知道原身無辜，還要強拉原身下水，這樣的人理應得到教訓！

然而就在這時，每次穿到新世界都會先當機的系統，終於後知後覺地恢復交流能力，並且用極其歡快的語調嚷嚷道：「大人大人，第二個世界的主線任務正式開始啦！開啟原身天賦『看，戲精』，加油啊，麼麼噠。」

「噗。」宋禹丞本來在喝水，聽完系統的話直接一口水就噴了出來。可等看到後面的解釋以後就更不明白了，其實就是個很正常的天賦，和演戲有關，只是原身的天賦竟然不只在演戲上，他還會寫劇本，兩個隱藏的馬甲也都有相當不俗的成績，這也是為什麼原身這兩年多來都沒有好好帶過藝人，但依舊能夠維持優渥生活的原因。

可不知道為什麼，到了系統這裡，好好的天賦就變得這麼奇葩。

「這麼皮的名字，到底是誰設定的？」宋禹丞忍不住詢問。

「我啊！用了大半天的時間才想出來，感覺自己真的很厲害呢！【驕傲.jpg】」

「……」這還真的是厲害壞了，宋禹丞頓時不想說話，還什麼想了大半天呢，這不就是他剛穿越過來的大半天嗎？合著每次系統都要慢半拍才開口，不是因為遲鈍，而是在琢磨這個奇葩的天賦名稱？就原封不動地告訴他天賦是什麼不可以嗎？

宋禹丞忍無可忍地再次遮罩了系統，絲毫不管它瘋狂地嚶嚶喊不要，並且再次懷疑了一下快穿總局的靠譜性，這種奇葩系統，而且還未成年，到底是怎麼培養出來的？

躺在床上，宋禹丞感到一陣陣心累，直到過了好幾分鐘才漸漸平靜下來，開始分析天賦利弊。

宋禹丞對這次的天賦十分滿意，甚至感覺比之前的世界還要更加契合世界背景和設定，畢竟這裡是娛樂圈，他的身分又是經紀人，這個天賦能幫助他的地方實在是太多了。

與此同時，宋禹丞也很期待著未來和曹坤見面，因為這實在是太有趣了，一個掌管曹坤後宮彩旗團的大內總管，接到的任務卻是給曹坤戴綠帽，這就跟讓黃鼠狼守雞窩有什麼區別？

宋禹丞越想越有趣，看了看時間覺得差不多了，乾脆蓋上被子好好睡一覺，畢竟明天看到沈藝之後才是真正的較量開始！

第二天宋禹丞早起去了公司以後，做的第一件事就是要人把沈藝叫來。

「沒有什麼原因，就和沈藝說我想見見他。」藝人新換經紀人通常第一次見面都會約在某個地方，或是由公司安排，畢竟是後續要長久合作的對象，大家普遍都比較慎重。

然而到了宋禹丞這裡卻變得格外隨意，好像沈藝並不是他即將接手的搖錢樹，而是什麼不值一提的小透明。

宋禹丞的助理覺得有點猶豫，覺得這樣會把彼此的關係鬧得很僵，可轉念一想，宋禹丞什麼身分，沈藝又是曹坤點名交給他調教的，更何況昨天私生飯的事已經鬧得盡人皆知，明眼人都看得出來是沈藝攛掇的，現在宋禹丞打算秋後算帳也實屬正常。

可即便如此，助理還是挺同情沈藝的，前途挺光明的小鮮肉怎麼就被這幾個惡鬼看上了，以後前途堪慮啊。

這麼想著，她悄聲提點了沈藝一句：「一會兒見了謝先生先道個歉，他畢竟不是曹總。」

「謝謝姐姐，我明白了。」沈藝趕緊道謝，乖巧的模樣就像是鄰家弟弟，很討人喜歡。

那助理跟著宋禹丞的時間不短，見過的漂亮孩子更是不計其數，但是像沈藝這麼純真的還是頭一個，越發覺得不忍，在送沈藝進門後還特意試探了一下宋禹丞：「什麼時候讓沈藝的助理過來接人？」

「接什麼？」宋禹丞一眼就看出這個助理的目的，懶洋洋地回覆了一句：「他進了我這裡，過去的事兒就全都翻篇了，包括他以前的助理全都辭了，剩下的我來安排。」說完，他就揮手示意助理出去。

這意思恐怕是不能善了，助理頓時明白宋禹丞的暗示，擔憂地看了沈藝一眼，最後還是離開了。能幫的她都幫了，剩下的就看沈藝自己的造化，宋禹丞這裡是地獄，進來的人能自保都算是幸運。然而旁邊的沈藝也同樣聽懂宋禹丞的意思，可他出乎意料並不像助理那麼緊張，甚至十分平靜。

早在昨天事情鬧起來的時候他就有準備，也明白謝千沉這次找他不會是什麼好事，不過最後能不能讓宋禹丞得到便宜，那就要看他的手段了。

沈藝很早之前就聽說過，謝千沉對曹坤看得很緊，一般碰上那種特別優秀的新人，謝千沉都會故意把人冰封起來，免得曹坤被迷了心，徹底拋棄他這條狗，算是未雨綢繆。

因此，在那幾個私生飯的事被爆出來以後，沈藝就仔細琢磨了能夠自保的法子。他認為，如果自己表現得對曹坤很有誘惑力，並且能夠對謝千沉產生威脅，那謝千沉是不是就會直接把自己雪藏起來？如果這樣，就可以趁機蟄伏去尋找新的出路。

至於眼下即將面臨謝千沉的刁難，也同樣是沈藝最渴望的。

把自己的計畫又仔細想了一遍，沈藝演練了一下自己要如何激怒謝千沉，接著就率先開口，搶占先機：「我聽說你叫我過來。」沈藝擺出一副胸有成竹的模樣和謝千沉談判：「不過你對我也太不尊重了，就不怕未來工作不保嗎？」

「你什麼意思？」宋禹丞不動聲色，饒有興致地看著沈藝在那裡裝逼。

「你在曹坤身邊當了這麼久的狗，自然明白什麼樣的人能成為你的半個主人。」

「所以？」

「就是字面的意思，」沈藝的語氣滿是炫耀：「曹坤喜歡我，而且我也有勾住他的本事，未來如果不出意外我也會成為你的主人，所以你最好對我客氣點。別忘了，就算曹坤流放我，也要給我資源，你覺得我是真不懂還是玩欲拒還迎？」

沈藝說完就小心翼翼地盯著謝千沉，想要看他的反應。然而出乎他的意料，謝千沉不但沒有害怕，反而笑了，還笑得放肆且恣意。

「沈藝，你是不是太天真了？我十八歲入行，現在十年了，什麼人我沒見過，你覺得這點伎倆在我面前夠玩嗎？」說到最後宋禹丞站起身，用戴著手套的右手捏著沈藝的下頷，強迫他仰起頭。

到底是年輕漂亮，隨便哪個角度都招人喜歡，宋禹丞的手指摩挲著他的肌膚，看著溫柔可實際上力氣不小，幾乎瞬間就浮現出指印，更令人恐懼的是他的眼神，那種冷淡到像在看無生命體的眼神，讓人不由得感到畏懼。

沈藝的瞳孔瞬間縮了一下，身體也忍不住顫抖，顯得楚楚可憐。

然而宋禹丞卻並沒有什麼憐香惜玉的心思，他的手收得更緊，那種高高在上的姿態彷彿一眼就能看透沈藝的偽裝，亦將沈藝的狼狽襯托得淋漓盡致，彷彿沈藝就是條喪家之犬，只能臣服、哀求憐憫。

這種屈辱讓沈藝瞬間就怒了，「謝千沉，你別忘了我是曹坤的人。」

「那又如何？你不願意伺候，所以現在換成我來調教，欲拒還迎？這些都是玩剩的，你既然拒絕就沒有機會再迎上去了，可在你沒上位前，即便我是走狗也能隨便侮辱你。」

「你……」沈藝死死盯著謝千沉，清純柔弱的偽裝也完全卸掉，陰鷙的眼神格外瘮人，頗有幾分地獄裡爬出來的惡鬼姿態。

「這就好看多了。」宋禹丞滿意地點頭，「不過可惜我不喜歡你這麼看我！」他邊說邊加重手上的力道，「沈藝，我今天就教你一堂課，識時務者為俊傑。你最好安靜點，我現在是你的經紀人，要麼討好我，要麼順從我，反抗是沒有什麼好果子吃的。」

「滾！」沈藝幾乎要被氣瘋了，掙扎得更厲害，可無論如何都沒辦法從宋禹丞的手裡逃開。

「曹坤不會讓你這麼做！」沈藝已經失去理智，口不擇言。他也知道這句話很傻，但是發展到現在他已經沒有能夠拿來要脅謝千沉的東西，只能把曹坤拉出來試圖狐假虎威。

然而這種謊言，在宋禹丞面前根本不堪一擊。

「他當然默認。」宋禹丞笑得越發耐人尋味，「你也知道我是幹什麼的，他要是真心寵你，怎麼會把你安排到我這裡？根本就是流放了。現在我才是能夠決定你命運的人，只要我心情不好，把你送給某某人還不都是一樣？」

沈藝的臉色也隨著謝千沉說出來的名字，變得越來越慘白。

他雖然是新人，但也明白娛樂圈中有哪些色中厲鬼，一旦落入他們手中就逃不出來。

「你……」巨大的屈辱感，讓沈藝赤紅了眼。

可宋禹丞的手上卻再次施力，狠狠地推了他一把，宋禹丞用勁很巧，沈藝一個沒留神，竟然直接跪在宋禹丞的腳下。

「我要殺了你。」

可宋禹丞卻從後面捏著他的下頷，強迫沈藝抬頭，冷聲道：「別做不切實際的美夢，看看這間辦公室是不是特別乾淨？你知道嗎？當初每一個進來的人都嚷著我不要，可最後卻都順從了，你猜他們都經歷過什麼？」

「你就不怕我有天成名後弄死你嗎？」沈藝死命掙扎卻是徒勞，只換來身體上更大的疼痛。細密的汗水浮上額頭，甚至被宋禹丞扭住的胳膊漸漸麻木到失去知覺，哪怕宋禹丞把手鬆開他也動不了。

「弄死我？圈裡想弄死我的人太多了，包括那些離開公司後已成名的人，他們當中有歌王、有影后，還有綜藝大咖，各個都是一線，但你看有誰敢回來找我麻煩？沈藝，別把人都想得太蠢，我敢動你就是因為我有動你的本錢。想報復？等你真正功成名就以後再說。」宋禹丞說著，語氣裡的諷刺意味也越發濃重：「調教人的手段很多，沈藝你還太年輕了。」

宋禹丞的聲音很輕，可沈藝卻被氣得快發瘋，雖然眼神狠厲，可勢不如人，他也只能努力壓抑。

宋禹丞像是對他這副模樣格外滿意一般，隨手扔出一個劇本在他腳邊，「是不是覺得不甘心？是不是覺得屈辱？記住這種感覺……」宋禹丞慢條斯理地說道：「帶著東西出去吧，這裡用不到你了。」

沈藝用一種複雜的眼神看了謝千沉好幾秒，這才慢慢從地上爬起來走出去。

宋禹丞則一頭栽入工作，連眼角餘光都沒有落在他身上，沈藝甚至發現他換了一副手套，剛才碰過自己的那副手套已經扔到旁邊的垃圾桶裡。

所以自己這是被嫌棄了？沈藝瞬間有種比生吞了蒼蠅還要噁心的感覺，謝千沉一個不知道被多少人玩過的真婊子，竟然嫌他髒？這該不會是新寫出來的安徒生童話吧！沈藝覺得終其一生都不會忘記今天謝千沉給他的屈辱，總有一天，他要站上娛樂圈頂端狠狠地報復回來！讓謝千沉跪在自己的腳下。

捏緊了劇本，沈藝打算離開，他不是真正的小白花，謝千沉這樣的打壓只會激發他內心深處的狠戾，讓他更想往上爬。

然而就在他打開門的時候，宋禹丞卻像是故意的，再次將他叫住，同時命令道：「今天晚上去我家，八點準時到，否則以後就不用來了。別琢磨著聯繫曹坤，你聯繫不上的，而且就算聯繫上他也只會喜聞樂見。」

說完，宋禹丞就接著忙碌起來，作為金牌經紀人，即便手下沒什麼藝人，他每天的工作也依舊繁雜，並不像外界傳言那樣單純靠拉皮條過活。

然而他這種沉迷工作的狀態，看在沈藝眼裡卻等同無視自己。

而且謝千沉剛剛的命令更是讓他覺得崩潰，晚上八點多這微妙的時間，「家」這個字眼也讓人覺得無比曖昧，可依舊沒有感覺的右胳膊讓他明白必須照做，因為他還沒有和謝千沉分庭抗禮的資本，不，不僅是沒有資本，而是連最基本的反抗能力都沒有。

所以，現在該如何自保？沈藝一向自詡聰明，可現在卻被謝千沉輕而易舉逼到進退兩難的地步。之前謝千沉說他上的第一課叫識時務者為俊傑，可沈藝卻覺得這節課的名字應該改名為一力降十會。在絕對的權勢面前，他再能審時度勢也沒有用。

沈藝十分迷茫，身體卻因為羞辱而不停顫抖，過了許久，他狠狠瞪了謝千沉一眼才終於轉身離開。沈藝決定走一步看一步，如果晚上謝千沉真的想怎麼樣，他就拚了。

然而宋禹丞卻像是猜透了他的想法般，看著他的背影露出一個意味深長的微笑。

「所以沈藝是第一個攻略對象嗎？」系統見縫插針地問了宋禹丞一句。

「怎麼可能，他可是害死原身的幫兇之一，不過是利用他罷了。」宋禹丞的語氣十分冷淡。沈藝雖然長得柔弱，但也算有點血性，所以想使點小心機他不是不能忍受，而且沈藝是曹坤現在最想入口的小鮮肉，所以宋禹丞打算把沈藝調教好之後，親手餵曹坤吃一口玻璃渣。

晚上八點，沈藝準時抵達謝千沉所在的社區。

和沈藝腦補的不一樣，謝千沉住的社區管理森嚴，之前跑來鬧事的那幾個私生飯也是利用關係才能進來，在事情鬧大以後，當天值班的社區警衛就被辭退了，並在安全上再做了一次加強，所以，如果不是門衛事先得到宋禹丞的囑咐，沈藝根本進不了社區大門。

「填好了，現在可以進去了嗎？」沈藝低著頭把手裡的登記本交給警衛，眼裡壓抑的屈辱讓他的指尖都跟著顫抖。

不知道是不是他太過敏感，在登記的時候，總覺得警衛落在自己身上的視線格外微妙。

可想想也是，這種不正常的時間空著手去拜訪經紀人，並且還要過夜，到底要做什麼不言而喻。

沈藝下意識攥緊了手，勉強控制住自己掉頭離開的衝動。可偏偏那警衛做事不緊不慢，見沈藝的名字眼熟，好像是個小明星，又讓他把口罩摘下來和照片比對一下。

「行了，進去吧！」經過漫長等待，警衛終於放心。

而精神已經緊繃到極點的沈藝，也僵直著身體往謝千沉家裡走去。上電梯、出電梯，找到門牌號，然後按響了門鈴。

宋禹丞的回應遠比沈藝想像中快，應該是在等他的緣故，門鈴剛響了兩聲，屋裡就有人回答。

「稍等。」看樣子謝千沉是一個人在家，不知道是不是比較放鬆的緣故，現在的嗓音顯得很溫和，沒有白天那種懾人的壓迫。可即便如此，沈藝的警惕心也依舊高高提起，甚至覺得這些不過是謝千沉道貌岸然的偽裝。

不行就拚了，如果他真的給自己準備了那些東西的話……沈藝的眼底蓄起了瘋狂，可當謝千沉家裡的大門打開的瞬間，他卻不由自主地被晃住了眼。

多半是剛洗完澡，眼前謝千沉的模樣十分愜意，半乾的頭髮貼在臉側，顯露精緻的輪廓，而身上的浴袍才是最讓人在意的，似乎稍微一碰鬆垮的腰帶就會滑落，露出藏在裡面的無限美景，真的是極為漂亮且誘人。

沈藝被自己這一瞬間的念頭嚇了一跳，緊接著心裡萌生一個新的想法，覺得他或許可以攻略謝千沉。之前在辦公室光顧著和他較勁，可當他回去後卻意外發現，那劇本竟然是螢幕圈出了名的導演的年末賀歲大劇。

影帝、影后加盟，就連片尾曲也是現下歌壇裡最紅的實力唱將。

照理說這種賀歲劇哪怕是配角，也有大把的流量小花小生想擠破頭湊上一角，各家經紀人更是想盡辦法把自己人往上推。

可謝千沉已經兩年多沒有帶新人，剩下的幾個大多是曹坤玩膩的花瓶，扔到他這裡養老，正常情況恐怕連個試鏡的機會都拿不到。

可神奇的是謝千沉不僅拿到了，還幾乎給沈藝要來一個內定的角色，且是一個相當重要的配角。

沈藝覺得，搞不好謝千沉並非外面傳言的那麼不堪，否則曹坤又不是腦殘，這麼多年花大價錢養一個廢物做什麼？

沈藝站在門口，不過一個照面，心裡的想法已瞬息萬變，可宋禹丞卻一眼看出他的打算。

多有趣？他是來給曹坤戴綠帽的，沈藝竟然還想著攻略他。

不過太可惜，沈藝這點手段還是太嫩了。

「換鞋去客廳。」宋禹丞把人叫進來，然後就自顧自去酒櫃那裡倒了杯酒。宋禹丞本人是不喝酒的，可這個世界的原身卻有每天晚上喝一杯的習慣，畢竟不喝醉了怎麼睡著？

宋禹丞盯著透明杯子裡清冽的酒液，只覺得諷刺至極。他喝了一口以後，接著對沈藝說道：「劇本帶來了吧，演一幕我看看。」

「啊？什麼劇本？」話題跳躍得太快，原本還在想要怎麼攻略謝千沉的沈藝，根本沒明白他是什麼意思。

「嘖，麻煩。」宋禹丞見狀，乾脆起身走去書房，接著傳來印表機列印的聲音。五分鐘後，宋禹丞從書房出來，「過兩天要去試鏡，你先演一幕我瞧瞧。」

「……」所以晚上八點叫他過來，就是為了讓他演戲給他看？這是真把自己當小戲子耍？沈藝詫異地看著謝千沉半晌沒有反應過來，他恨不得一巴掌抽到謝千沉臉上，但考慮到方才的打算，他還是機械地開始把自己要試鏡的部分演出來，然而他連臺詞都沒說一句就被喊停。

「你演的都是些什麼？」宋禹丞皺起眉，起身走到沈藝面前。

太爛了。他原本以為，沈藝科班出身，縱使是網路劇出道，但公眾評價不錯，演技不會太爛才對，可現在看來多半是占了這張臉的便宜。這僵直的動作、誇張的眼神，宋禹丞甚至懷疑當初他被評價為演技擔當的那部劇，是不是因為其他主演都是合成拼上去的，所以才顯得沈藝特別真情實感？

要不然，就這謎一樣的演技，到底是怎麼活下來的？宋禹丞極為頭疼，可偏偏這次他為沈藝選的角色不能靠臉撐，必須有實力。

而沈藝原本想反駁，可突然想到自己打算攻略謝千沉的事，頓時軟了下來，「對不起，太突然了，我還找不到感覺。」

沈藝清楚自己的優勢，也明白什麼樣的模樣能讓人放下戒心。

「哇！大人！他是不是打算誘惑你？」系統恰到好處地發出了一聲感嘆。

然而宋禹丞卻懶洋洋地回答一句：「可惜太毒了，我下不了口，要是楚嶸或者是路德維希或許可以考慮一下。」

然而宋禹丞心裡和系統調侃，面上卻依舊不動聲色，而且還主動接過沈藝手裡的劇本。

果然上鉤了！沈藝心裡一喜，然而接下來他突然被拉到沙發上。

這個人是不是有毛病？手腕上傳來手套的觸感，讓沈藝本能地顫抖了一下，第一反應就是謝千沉為什麼在家裡還要戴手套？可緊接著謝千沉身上的沐浴乳香氣就讓他失了神，靠太近了，沈藝覺得自己的心跳開始失序。

「從第一幕開始。」然而謝千沉的聲音近在耳旁，沈藝緊張到下意識地屏住呼吸。

他以前聽說，有人只靠一張臉就能讓人沉溺墮落，他一直不相信，可現在看著謝千沉，卻莫名覺得這句話很有道理。

可隨後謝千沉下一秒的神色變化，卻讓他頓時感覺骨子裡的血液都冷凝了。

謝千沉分明沒有觸碰到他，可沈藝卻覺得彷彿有一雙手掐在脖子上，那種窒息感和殘暴，只看眼神就能夠瞬間讓人變得恐懼。

沈藝的瞳孔猛地一縮，謝千沉卻低低地笑了，邪惡中透著威脅。

「殿下，您怕什麼？」這是男主角和沈藝扮演的小太子初見時候的臺詞。

宋禹丞看著沈藝，像是在看一個毫無反抗能力的螻蟻，只要略微伸手就能把他弄死，可偏偏語氣卻還維持著恭敬至極的模樣，「您看，未來這江山是您的，這朝堂也是您的，萬人之上，您不應該感到高興嗎？」

溫柔的口氣，彷彿是在誘哄一個討人喜歡的晚輩，但那種令人毛骨悚然的恐懼感卻讓人不敢喘息。

可怕，太可怕了！不過兩句臺詞，沈藝就被逼到絕境，只覺得現在的謝千沉讓他畏懼，讓他……想要逃跑，就連最基本的臺詞都說不出來。

以前總聽人說演技好的人能瞬間帶人入戲，可謝千沉此時表現出來的卻遠遠比帶人入戲還要可怕，沒有劇服、沒有動作，就這麼一句簡單的臺詞卻讓人害怕到頭皮發麻。

不，他不是謝千沉，他分明是劇本裡，玩弄了整個大雍王朝來祭奠冤死的族人及妻子的男主角。

太可怕了……沈藝使勁兒地往後退，他突然想起，謝千沉當年剛出道就奪了萬花獎的最佳男配角，他的實力是怎樣的深不見底？可這樣厲害的人為什麼會走到今天這一步？他心思百轉千迴，可宋禹丞卻不容許他多想。

似乎看出他的心不在焉，宋禹丞舉起手裡的杯子，強行把杯子裡剩餘的酒餵到他的口裡。

謝千沉習慣喝烈酒，又加了冰塊，入口有多冰，那種足以把整個胃都灼燒的後勁就有多大。

沈藝不善飲酒，被刺激得渾身顫抖，眼圈也因為劇烈的咳嗽泛起淚光。這根本不需要演就已是開局被欺壓的悲哀小皇子，可宋禹丞的劇本卻還在繼續。

「嘖，第一美人的兒子果然也是有滋味的。」他低頭審視著沈藝，分明已經這麼親密，再進一步就能肌膚相親，可侮辱卻多於繾綣。

沈藝不敢動，張了幾次口，那句「放肆」的臺詞卻終於唸不出來，謝千沉的氣場實在太強悍，而且還有被頂尖演技碾壓的絕望，沈藝覺得自己已經不會演戲了。

可宋禹丞卻打算有始有終地把這幕戲演完。

「不喜歡？那咱們就玩點別的吧！」

冰涼的酒液順著沈藝的衣領緩緩滑落，沾濕的衣服就跟沈藝此時一樣狼狽。可宋禹丞的臉和近在咫尺的呼吸，包括口中相似的酒氣，卻帶來一種別樣的旖旎，而這種隱藏在危機之下的誘惑，竟然讓沈藝的身體瞬間起了反應！

沈藝頓時整個人都不好了，他到底剛入行，這樣帶著情色味道的曖昧劇情是最讓他不知所措的，因此發現身體的變化以後他也慌了，忙不迭地想要躲開謝千沉，可白天受傷的右手卻依舊使不出力氣，掙扎之下越發狼狽。

有點可憐……宋禹丞冷眼看著，放下劇本，順手拿起一旁的毯子蓋在他的身上，也遮住讓他尷尬的部位。

而原本慌亂的沈藝卻因為他這一瞬間的溫柔而意動，緊接著眼裡浮現無數委屈。人就是這樣，心裡難受的時候如果沒有人哄，那麼可能咬碎了牙也要拚命爬起來，可當接收到好意之後，就會下意識嬌氣起來。

眼淚刷的一下就流下來，沈藝雖然長得漂亮，可真的哭起來卻挺爺們。

宋禹丞嘆了口氣，伸手把沈藝抱在懷裡。沈藝身體一僵，可下一秒卻像是抓住救命稻草般死死地抱住他，喉嚨中也不由自主發出幾聲哽咽，那個委屈勁兒就像是挨了打的幼獸。

宋禹丞很瘦，穿著衣服還好，真正貼近之後才能真正感受到他懷抱的單薄。可即便如此，那種骨子裡散發出來的強勢卻依舊讓人感到安心，而溫暖的體溫也讓他的懷抱變得更加舒適，讓人想要不顧一切地放縱。

然而系統卻突然出聲：「好、好可怕！他竟然心裡還是恨著你的。」

宋禹丞：「是啊，我侮辱了他，他當然恨我，但是他現在想攻略我，所以選擇這種模式來讓我放下戒心。」

系統：「所以都是裝的？【抱住鹹魚，瑟瑟發抖.jpg】」

宋禹丞和系統的交談不過是一瞬間，而現實裡宋禹丞卻依舊耐著性子，由著沈藝抱著他哭了很久。

到最後，沈藝自己都覺得蜷縮著的身體有些僵直，而宋禹丞也看出他情緒稍有緩和，便低聲叫他：「沈藝。」

不知道是不是因為多了濾鏡的緣故，沈藝總覺得這一聲十分溫柔，忍不住又往他的懷裡蹭了蹭。

可宋禹丞卻再次喊了他的名字：「沈藝，抬起頭，看著我。」捏起他的下頷，宋禹丞逼迫他抬頭和自己對視，這一次多了些溫柔、少了些侮辱。

而沈藝也沒有反抗，只是因為哭紅的眼睛感到羞澀。

看起來，不論是宋禹丞還是沈藝，都因為方才的真情流露而親密不少，可只有系統明白，這兩人誰都沒有放進真心。

看來今天是說什麼都繼續不下去了，沒去管系統在腦子裡不停感嘆，宋禹丞放棄原本想要繼續訓練沈藝的想法。

然而出乎他意料的是沈藝似乎看懂了，竟然自己抹了一把臉，直接站起來再次把劇本遞給宋禹丞。

「我會好好練。」沈藝哭了太久，嗓子都是啞的，可即便如此也倔強得不肯放棄。他今天已經夠丟人了，說什麼都不能再繼續丟人，沈藝這麼想著，努力集中精神，可鬧了一天的身體卻扛不住，不過走了幾趟就連腿都跟著泛軟。

「沈藝其實也挺敬業的。」系統忍不住再次評價。

「是啊！堅強小白花的人設相當敬業。」宋禹丞逗了系統一句，接著也同樣配合起沈藝。

一個人的獨角戲多尷尬，攻略這種戲碼就要有人配合才有趣。就是不知道曹坤看到他看上的小鮮肉，套路起了他的大內總管，心裡會是什麼樣的感覺？估計會很高興。

宋禹丞這麼想著，起身去給沈藝熱了一杯牛奶，在裡面加了些蜂蜜。

「今天就到這裡。」宋禹丞把牛奶放在沈藝面前的桌上，「客房很多間，自己去找一間睡。另外，明天早晨七點半之前起來，和我一起去公司，你的演技太嫩，我會讓老師給你加課。」

說完，宋禹丞就真的不再管他，轉身走進主臥室。

而留在客廳的沈藝看著他的背影，心裡五味雜陳。

【第十四章】

培育新人樂趣多

不過，作為一朵合格的堅強小白花，沈藝一向是相當聽話的。在確定謝千沉對自己沒有潛規則的意思之後，就大大方方地洗澡睡覺了。

然而在他睡著之後，宋禹丞卻悄聲推門進來。

沈藝是真的累壞了，以至於宋禹丞進來時他一點反應都沒有，就連宋禹丞掀開他的上衣，把手裡的膏藥擦到他右肩上，他都沒有睜眼。

宋禹丞見狀，手下的動作也變得更輕，可微涼的藥膏和戴著手套的手，卻讓皮膚感覺不是那麼舒服，睡夢中的沈藝下意識想躲，可眼睛實在是睜不開，最後竟然一頭滾到宋禹丞的懷裡，拽著他的衣角又睡著了。

所以，沈藝是故意的還是天然萌？這個答案似乎相當簡單。

宋禹丞落在沈藝身上的視線越發意味深長，然而他手上的動作卻自始至終都很溫柔，接著他又給沈藝按摩了一會兒，這才回到自己的臥室。

「大、大人。」系統小小聲地喊他。

「怎麼了？」

「您不是要懲罰他，為什麼又對他這麼溫柔？這樣不會崩人設嗎？」

宋禹丞笑了，「對沈藝這種人，一味地對他好或者壞都沒有用，他只會想要利用你。所以，你就得讓他真的疼了，他才會好好地幫你幹活。換句話說，就是抖M。」

和系統邊說著，宋禹丞邊回到房間，然後打開電腦做起自己的事情。

宋禹丞要寫一個劇本。他明白，以現在的實力暫時自保沒問題，可後面想要報復就太困難了，他需要尋找一位新的合作對象，最好這個新東家的地位可以遠高於曹坤，所以這次宋禹丞剛看完這個任務世界的情況後，就選好目標對象。

原身的記憶裡有一個特別的片段，M國現在正在進行一場劇本徵文比賽，要是能選中就有希望進入歐洲螢幕圈。

至於那個主辦人就是宋禹丞看中的新靠山——陸冕。重點是，陸冕是掌管曹坤經濟大權的堂哥。宋禹丞要想法子和他合作，所以決定參加這次劇本徵文。

不得不說，原身自帶的天賦很強，宋禹丞不過用了兩個小時就寫出第一集的劇本，直接發布到網上，在填寫筆名的時候，宋禹丞下意識地寫上自己的名字。等到發布之後他才反應過來，臥槽！寫錯了！原身自己的筆名分明叫「流言」。

不過也沒關係，宋禹丞很快就想開了，畢竟這個世界不會有人認識他，就當是馬甲好了。

可事情永遠不會像他想的那麼輕鬆。

晚上十一點，宋禹丞這裡已經是深夜，但是另一頭的M國卻是陽光明媚的上午。斯文俊美的青年正坐在電腦前翻看文件，他長得過於漂亮，眼角下的一顆淚痣越發凸顯那雙桃花眼的風流繾綣，可偏偏鼻梁上卻架著一副極為正經的銀色金屬框眼鏡，就連周身的氣場也格外冷淡，但也正是因為這種矛盾氣質，反而讓他看起來更加誘人。

這名青年正是那位能夠掌管曹坤經濟大權的堂哥陸冕，不過國內知道這件事的人其實很少。陸冕隨母姓，陸家的生意也多在國外，他鮮少回國，即便按照父親的要求照應曹家，大多都是交給屬下去辦。

而這次會看到宋禹丞的投稿其實是個巧合，宋禹丞發表的時間就這麼湊巧。陸冕不過剛打開電腦，就看到宋禹丞的名字，順位排在最新報名者的第一位，他立刻被這個名字震驚了一下。

「宋禹丞……」

陸冕下意識地眯起了眼，總覺得這個名字格外熟悉，可不論怎麼回想都沒有任何印象。

等再翻看劇本內容時這種疑惑就更深，因為陸冕直覺認為這個叫宋禹丞的人應該是名少年，而且有一雙巧手。

但這次徵文規定參加比賽的編劇，必須超過二十五歲才可以報名，那宋禹丞一個十八、九歲的少年……是怎麼闖進來的？難道是重名？

「去查查。」陸冕越想越覺得不對勁，便交代屬下調查。加上宋禹丞在網站上登記的基本資訊，只顯示他現在在C國。

陸冕決定，他現在就回去一趟。

宋禹丞家。

一夜的時間很快過去，第二天一早，當沈藝睜開眼的時候還有點分不清自己是在哪裡，直到理智回籠才慢慢反應過來這是謝千沉的家。

他坐起身，神情有點恍惚，原本以為在陌生的地方會睡得不好，可出乎意料不僅睡得特別熟，就連胳膊上的疼痛都消減了。

謝千沉的藥還挺有用，手法這麼老練，看來以前沒少幹類似的事兒，想到昨天晚上謝千沉的探視，沈藝的心裡對未來攻略他又多了不少信心，並覺得謝千沉這麼輕而易舉地就開始心疼他，之前那些嚴厲也頗有幾分色厲內荏的味道。

這麼想著，沈藝迅速起床。

而另一邊的宋禹丞則是被撲鼻的香氣給喚醒的，可即便如此，這種美妙的人間煙火也沒能成功挽救他的神經，一睜開眼，看到房間裝飾時依然把他嚇了一跳。這一屋子的擺設真的是讓人心累，宋禹丞決定等過兩天一定要讓人把這裡重新裝潢一下，否則他早晚得被嚇成神經病。

這麼想著，他洗漱換了衣服走出房門，結果在廚房門口看到賞心悅目的一幕——沈藝在做飯。

他原本以為沈藝頂多也就幫他買個早飯，可沒想到沈藝居然自己親手做早餐，再看看一塵不染的客廳和裝得滿滿的冰箱，宋禹丞心裡琢磨著，沈藝還挺賢慧。

「恨你還給你做飯，可別是準備下毒，好刺激！」系統忍不住念叨起來。

宋禹丞卻沒有搭理系統，由著它自嗨，自己則饒有興致地靠在門邊看著沈藝。

沈藝聽到聲音，下意識回頭，正好和宋禹丞的眼神對上，瞬間有點尷尬。

「謝禮，早晨起來肩膀不疼了，謝謝你的藥，還有昨天……」沈藝紅了臉，有點不知所措，緊接著，他見謝千沉不說話，又連忙多解釋了幾句。

其實他也不知道自己是怎麼站在這裡做早餐的，本來是想喝水，可在打開謝千沉家裡的冰箱，發現裡面除了啤酒就再也沒別的東西，莫名覺得有點難受，再看米桶裡更是連一顆米都沒有，這種空蕩蕩的感覺……所以後來乾脆拿了門邊掛著的備用鑰匙，去附近的二十四小時便利商店買了些簡單的食材回來，做了早餐。

「謝哥，你得好好照顧自己。」沈藝一邊說一邊偷看他，手足無措的模樣十分可愛。

「嗯，你挺能幹。」若要拚演技，宋·影帝·禹丞，從不畏懼。

走到他背後，宋禹丞伸長手拎起一片培根嘗了嘗，煎得恰到好處，而口中爆開的美味也讓他覺得十分享受，唇角多了一份笑意。

沈藝被晃得愣神，只覺得謝千沉真是妖孽，就這麼站著都透著勾引人的風情，哪怕他心裡存著別的想法，這會兒都有點反應不過來。

所以曹坤有這樣的人陪在身邊，為什麼還要找別人？

沈藝生出一種曹坤可能眼瞎的念頭，緊接著就被敲了一下頭，「蛋。」

「啊！對不起。」耳邊傳來的氣息讓沈藝脊背發酥，他後知後覺地反應過來，低頭看了看，發現由於方才的失神，現在鍋裡已經傳出焦味，他趕緊把蛋從鍋裡撈出來，可發黑的邊緣卻擺明這顆煎蛋已經不能吃了。

「對不起，謝哥您先去外面等一下行嗎？」

每次靠近謝千沉都會出錯，沈藝的臉又控制不住地紅了。

「可以。」宋禹丞理所當然地答應了，然後便端著盤子出去吃飯，心裡卻覺得沈藝勾引人的段數也太低了。

「嗯，對。」同樣圍觀了這一切的系統也跟著附和：「還是路德維希勾引人的段數高，大人您每次看見他，都忍不住想要把他撲倒！」

「……」宋禹丞頓時沉默。

早飯過後，宋禹丞帶著沈藝去公司。

經過昨晚的磨合，沈藝表面對謝千沉的厭惡少了許多，因此兩人相處起來的氣氛也平和不少，等快到公司時甚至還能偶爾說幾句話，但大多時候都是宋禹丞說，沈藝聽。

而宋禹丞說的內容，基本上也都是關於後面給沈藝加課的事情。

「你在表演上的確有些靈氣。但還差得太多，不是有好的資源就能上位，沒有本事，再好的劇本也是糟蹋。」

「嗯。」想到昨天謝千沉幾句臺詞就把自己碾壓成渣渣的情景，沈藝低下頭，覺得自己的確不行。以往認為足夠的專業素養，在謝千沉面前根本什麼都不是，若放到那些老戲骨面前，怕是……這麼想著的沈藝默認了謝千沉的評價，並且決定回去以後好好練習。面上還是裝出一副虛心受教的模樣，半低著頭，臉有點紅。

兩人一路無話，等到了公司後，一個上課、一個工作，就分開了。

沈藝那頭，幾乎一進公司就被各種課程懟了一臉，他甚至連認識新助理的時間都沒有，匆忙地自我介紹以後就開始一天的課程。

謝千沉的雷厲風行出乎沈藝的意料，而他給沈藝安排的功課很滿，而且皆為一對一的私教課。整個上午下來，沈藝幾乎累得脫了層皮，如果不是靠著意志力，下午的課怕是沒開始上就要熬不過去了。

一直到了下午三點半結束臺詞課，沈藝才算能喘口氣，他是真不行了，光站著腿就打顫，於是和新來的助理打了聲招呼，打算回宿舍好好睡一覺，然而在經過茶水間門口的時候，卻意外聽到一段關於他的談論。

「沈藝這次完了。他當初剛簽進來的時候那麼瞧不起我們，現在不是也走到這一步？不知道謝千沉幫他找的金主怎麼樣？看來昨天晚上沒少折騰。」

「都是自己作死。跟著曹總最起碼還有個前途，現在去了謝千沉那裡才是真完了。你想想，這些年能有幾個從他手裡全鬚全尾出來的？」

「話是這麼說，可你覺不覺得謝千沉這次動作有點太大了？他才剛帶沈藝一天吧，據說又去下面挑人了，好像想挑一個十五、六的孩子，不知道要幹麼？」

「幹麼？調教唄。沈藝那心眼，謝千沉不是傻子，挾持不住肯定是要雪藏了，這時候找新人你說能幹什麼，肯定是打算教好了送去曹總那裡，填了沈藝的缺。」

「沈藝啊！這輩子都出不了頭了！」

兩人說著說著從茶水間離開了。可躲在門後的沈藝卻意外心裡有了些恐慌，那兩人說得沒錯，謝千沉這個時間挑人有點微妙，他應該過去看看。

這麼想著，他調轉了方向，往謝千沉所在的樓層走去。

然而此時，另一邊的宋禹丞還真的是在挑人，原身已兩年沒帶過新人，宋禹丞手裡沒有可用的人，自然要挑新的，要不然後續的計畫沒辦法完成。

三樓最大的練習生訓練室，宋禹丞靠在門口，看著裡面的小孩受訓，臉上也多了些閒適的微笑。十五、六歲，多好的年紀，連夢都那麼漂亮。宋禹丞想著，靠在旁邊的柵欄上點燃了手裡的菸。

其實宋禹丞自己本身是不抽菸的，但是這個原身卻有極大的菸癮，宋禹丞受到影響，雖然未必真的會抽，但也不時點一根，任由香菸在指尖燃盡，宋禹丞那張隱藏在迷霧下頹廢中透著靡麗的臉也越發引人矚目。如果不是他的身分特殊，怕是不知道有多少人想要上來搭訕。

然而即便如此，對於訓練室裡的孩子來說，謝千沉的名字依舊跟催命符一樣。謝千沉是公司裡排行前三的金牌經紀人之一，又是其中年紀最小、模樣最好的。

據說兩年前，圈子裡身價最高的小鮮肉和最年輕的影帝都是他一手捧起來的，可即便如此，對於這些渴望圓夢的孩子們來說，謝千沉依舊等同於噩夢一樣的存在。他們都知道，只要跟了謝千沉就等於在身上掛牌，表示自己是明碼標價出來賣的，如果收了他們的人是曹坤還好，要是被送去給別人……

想到上面那些玩人的手段，這幫孩子年紀再小也很難不恐懼。畢竟，如果能堂堂正正做人，誰願意出賣身體，就算是千萬身家或榮耀加身，又有什麼用？

當初被宋禹丞帶起來的小鮮肉，最後不也是落得個身敗名裂的下場，至於那位影帝更是丟了命，據說直接從二十九樓縱身跳下，這點事在圈子裡早就盡人皆知了。

原本平和的練習室頓時變得躁動起來，幾乎每個人的眼神都開始惶恐不安，教導形體的老師見狀，忍不住嘆了口氣，明白謝千沉過來，這課是上不成了，乾脆直接下課。

見他們散了，宋禹丞也掐滅香菸，慢慢走進去。其實早在昨天他就看過這些練習生的資料，自然有幾個看好的，今天不過是想親眼驗證一下，看看是不是符合自己要找的條件，幸好結果不錯，他看上的那個小孩比資料上寫的還更有靈氣。

他直接把自己看中的人點了出來，囑咐他道：「齊洛，今天晚上下課後，去停車場等我。」

這一句話說完，被點名的齊洛臉色頓時變得慘白，幾乎下一秒就要哭出來。而其他人也用同情的眼神看著他，不約而同地想到：完了，被謝千沉挑走，基本上星途是徹底毀了。

可意外的是，教課老師的反應卻和他們大相徑庭，非但沒有半分對齊洛前途的擔憂，反而看著謝千沉的眼神有點憐憫。

可距離不遠的沈藝心情遠比他們還要複雜。因為他發現，齊洛的長相和他幾乎是同一種類型，唯一不同的是齊洛的氣質更天真健氣。

可謝千沉竟然現在要帶他回家，到底是想做什麼？是單純地看好了想要培養，還是會像昨天調教自己那樣……調教這個少年？

回憶起謝千沉昨天那副誘人的模樣，沈藝心裡突然生出一種強烈的不甘心。他看好的攻略對象卻找上別人，這跟直接無視他有什麼區別？沈藝心裡越發不爽。

交代完準備回辦公室的宋禹丞也正好看見沈藝。

「上完課了就回去琢磨劇本，不要瞎遊蕩浪費時間。明早在停車場等我，我要帶你去試鏡。」

「那今晚你……」沈藝欲言又止。

「這不是你該管的事。」宋禹丞說完轉身就走，態度遠比上午分開的時候要冷淡許多。

沈藝心下一沉，他原本以為攻略謝千沉會是一件相當容易的事，可現在看來他還有很長的路要走。不過不要緊，他最喜歡挑戰，早晚有一天他要讓謝千沉對他言聽計從，乖乖地成為他腳邊的忠犬。

這麼想著，沈藝撐著疲憊的身體回到宿舍。

而宋禹丞在回到辦公室後，也陸續準備了訓練用的資料，他要帶新人，自然也得弄得充足些。

其實沈藝對他有誤解，昨天晚上看似教導的配戲，不過是順著他的想法挑逗罷了，他若真想帶人，肯定要帶一個最符合自己心意的，就像剛挑的齊洛，聽話單純脾氣好。沈藝那種偽小白花，他連多哄兩句都懶得哄。

「所以齊洛算是你的類型嗎？」系統好奇。

「怎麼可能？打發時間罷了。」宋禹丞感嘆了一句，然後就繼續做事了。

晚上六點，宋禹丞下班，到停車場的時候正好看見齊洛站在車旁。到底是年紀小，怕得腿都抖了，可還是老老實實地和他打招呼。

「禮節學得不錯。會做飯嗎？」宋禹丞問了一句。

「不、不會。」沒想到他會問出這麼一句，齊洛直接就愣住了。他之前聽人說謝千沉的脾氣很不好，雖然在曹坤面前是狗腿，諂媚得嚇人，可面對其他人就很冷漠古怪。所以他十分害怕，一直戰戰兢兢，生怕謝千沉會對他怎麼樣。

可宋禹丞在聽完小孩不會做飯以後，隨即也笑了。早晨沈藝的好手藝給他留下不少印象，導致他以為每個混娛樂圈的都會做飯。可事實上，這齊洛才幾歲呢，也是自己異想天開了。

「那就出去吃吧，喜歡什麼菜？」宋禹丞邊問，邊開車帶著齊洛去找餐廳。沒辦法，他這個世界的身分是不會做飯的，而且他也懶得收拾廚房。

「我、我都可以，按照您的意思就好。」齊洛依舊害怕，謝千沉發動車子之後，更是盡可能地縮在車座上，甚至還下意識地抓了一個抱枕抱在懷裡。

「噗。」宋禹丞忍不住笑出聲來，這小孩怎麼跟個蝸牛一樣，反應慢半拍，還一碰就要縮回去，到底是有多怕自己。

宋禹丞看著他攥得發白的指節也有點不忍心，乾脆摸了一顆糖出來遞給他，順便逗了幾句。

「吃什麼都行，那就去搖目吧，他們家的番茄飯系列做得很不錯。而且為了迎合部分喜歡酸口味的人，還能要求加重番茄的比例。你要是喜歡，等一下就陪我吃番茄最多的那種吧。」宋禹丞的壞心眼顯而易見，他記得很清楚，齊洛的檔案裡最討厭的食物首推番茄。

果不其然，宋禹丞這頭話音剛落，齊洛的臉色就變得難看起來。

番茄？還最多的？齊洛睜大了眼，根本不敢相信自己聽到了什麼。

可宋禹丞卻故意曲解他的意思：「這麼高興嗎？果然不挑食，番茄很好，裡面還有青椒、洋蔥，特別美味。」

「……」齊洛的臉色越聽越難看，到了最後都快哭出來了。他、他才不喜歡吃這些啦！果然謝千沉就像傳說中說的那樣是個大魔王！齊洛欲哭無淚，非常難過。

「呆。」可宋禹丞看著他這副可愛的模樣，終於忍不住笑出聲來。

宋禹丞的聲線是完美的男中音，雖然不像低音炮那種酥麻磁性，可這麼低低沉沉地笑著卻顯得溫柔，而舒展開的眉眼更是漂亮得不行。

重點是，宋禹丞的這種漂亮，不是現在普遍小鮮肉那種清秀的好看，而是經過時間沉澱後展現男性的俊美和誘惑。

齊洛的眼瞪得很圓，盯著謝千沉的臉半天沒有回過神，就連一開始的害怕也瞬間拋在腦後，滿腦子寫的都是好帥好帥好帥。

這孩子也太直白了一點！宋禹丞被他的反應逗得更加愉快，乾脆藉著紅燈的時候拍了拍他的頭，「回神了。」

「啊！對不起！」突然意識到自己盯著人家的臉看了許久，小蝸牛又重新縮回殼裡，不過好歹不像剛才那麼緊張了。

宋禹丞見有效果，就也不再繼續逗弄他，只是往餐廳開。

一路無話，但是車裡的氣氛卻輕鬆許多。等到了餐廳以後，齊洛更是愣住了，半晌沒有回過神來，接著眼裡迸發出巨大的欣喜。

因為他發現宋禹丞選的餐廳並不是最開始說的那個番茄餐廳，而是另外一家起司料理做得很好吃的店。他好喜歡這家，但是好貴，而且特別難預約，所以他之前都沒有機會來，結果今天卻被謝千沉帶來了，看來大魔王人很不錯。

齊洛兩眼放光，純粹的反應格外可愛。

可宋禹丞心裡那點惡趣味又一次生起。然而他剛想再繼續逗弄齊洛幾句，卻意外發現不遠處的車裡好像有什麼人在偷看他，看影子有點像沈藝。

「沈藝是來抓姦的？」系統興奮的語氣充滿了幸災樂禍的味道。

宋禹丞：「不，應該是看看我對齊洛和對他會不會有所不同？」

系統：「那大人你是不是打算@#@￥￥#%#」

不知道它說了什麼黃暴內容又被和諧了，宋禹丞頓時被一堆亂碼糊了一臉。他憋了半天，等那群亂碼結束，然後才像看二傻子一樣回覆了系統一句話：「齊洛只有十六歲，我又沒有戀童癖，你覺得我會對他出手嗎？」

「……」系統頓時被懟得啞口無言。

然而宋禹丞在和系統對話結束後，卻故意用透著寵溺的語氣逗了齊洛一句：「好好吃，這可是最後一頓了。」

所以是要賣掉我？齊洛嚇得一個激靈，方才的興奮頓時消失，瞪大了眼睛，可憐兮兮地看著謝千沉，彷彿在問他為什麼？

可下一秒就聽到他用慢條斯理的語氣解釋：「我要給你換合約，而且從明天開始你得加課。你的基本功還可以，但是深度不夠，還得練。另外，你現在的身材看著是沒問題，但是想上螢幕好看還得再減重十斤，所以從明天開始限定食譜，起司這種高熱量的食物估計很久都吃不到了。今天晚上破例，算是給你的補償，最後一頓，你得好好享受了。」宋禹丞說完，看著小孩依舊迷茫的模樣，覺得所有的惡趣味都被滿足了。

捏了他臉頰一把，然後就拉著齊洛走進店裡。

「謝千沉，我之前訂了桌。」宋禹丞熟門熟路地報了名字。

「您請進。」侍者帶他們進去。

宋禹丞一向辦事周到，選擇的位置也是最好的。這家起司餐廳其實也算是比較高級精緻的家庭餐廳，所以不少人都喜歡帶著孩子一起來，氣氛也相對熱鬧。

而宋禹丞和齊洛坐著的地方是靠窗戶的座位，旁邊的花盆恰到好處地將外界視線阻擋，同時又不影響用餐的人感受餐廳的溫馨氣氛，旁邊的街景也很不錯，可以說是相當恰到好處了。

起司的香氣讓緊張的心情變得放鬆下來，而之前被宋禹丞逗得一驚一乍的齊洛也漸漸冷靜，弄清楚宋禹丞之前說的那些話都是什麼意思。

加課、限定食譜，還有換合約，這哪裡是要把他賣掉，根本是打算讓他出道啊！

齊洛當練習生也有一陣子了，早就聽公司裡的前輩們說過，被經紀人看中以後安排出道的具體流程。因此在聽到這些關鍵字後，也大致猜到謝千沉的打算。

所以為什麼他剛才還說這樣的話？齊洛越想越覺得迷茫，足足過了五分鐘才突然反應過來，自己是不是被謝千沉當孩子逗了？

果不其然，剛一抬頭就對上謝千沉滿是戲謔的臉，頓時受到巨大打擊，感覺自己可能非常呆。可最早的畏懼已經完全消失，對謝千沉也多了一點點喜歡，覺得他和外面的傳聞不一樣，雖然是大魔王，卻是有點溫柔的大魔王。

「果然夠單純的。」齊洛的簡單好懂讓宋禹丞忍不住在心裡感嘆。

而沉默了半晌的系統也無精打采地接了一句：「是啊，純到你都下不了手。【鬱悶.jpg】」

可宋禹丞卻毫不猶豫地再捅一刀：「就算下得了手你也看不見，你忘了你自己會被馬賽克？未成年的小同學。」

臥槽！馬賽克這個詞太毒了！一秒前還在腦內和宋禹丞抬槓的系統，瞬間心碎了一地，並且決定主動把宋禹丞遮罩。

贏了系統，宋禹丞又回頭看向齊洛，「會害怕嗎？」這便是在暗示那些和他有關的傳言。

「會，但是千沉哥讓我……」齊洛惴惴不安，方才的相處，讓他直覺謝千沉不是那樣的人。

宋禹丞摸了摸他的頭，「我不會，但是你要聽話。」

「嗯。」齊洛點點頭，突然覺得謝千沉的眼裡好像有什麼很難過的情緒。但落在頭頂的手太溫暖，他忍不住仰頭蹭了蹭。

宋禹丞又揉了他一把，然後主動幫齊洛把食物挾到他面前的盤子裡，而齊洛也順勢沉浸在美食的誘惑中。

齊洛想，其實千沉哥根本不是大魔王，而且很溫柔。

而此時外面偷窺的沈藝卻已經氣炸了。

謝千沉訂的座位那麼顯眼，哪怕他藏在馬路對面的車裡，也能清楚地看到他和齊洛之間的互動，自然也把他照顧齊洛時那種發自內心的寵溺看得一清二楚。

原來他還有這樣一面，那公司裡的冷淡和故意調教自己時的那些折辱，就是單純的針對和懲罰？那之後的找老師、教導、上藥又是什麼？

不，不對，他被騙了！謝千沉是故意的！他應該看出了自己有攻略他的意思，所以才順勢裝出軟化，實際上心裡根本就沒把自己當回事。

不少細節頓時充斥在沈藝的腦海裡，他陡然發覺，自始至終自己都落在謝千沉的局裡，而他自以為是的攻略，在謝千沉面前更像是跳梁小丑一樣可笑，他非但沒有讓謝千沉動搖，反而被謝千沉動搖了不少，這真的是陰溝裡翻船了！

沈藝誘惑人這一招幾乎百試不厭，哪怕是閱盡千帆的曹坤，在他面前也都少了不少抵抗能力，可謝千沉不過兩次照面就把他看透，甚至還游刃有餘地戲耍他。

巨大的屈辱感讓沈藝恨得雙眼發紅，而餐廳裡的宋禹丞，卻像是察覺到他的存在一樣，故意朝著他的方向笑了笑，眼裡的諷刺之意就像是一巴掌狠狠抽在沈藝臉上。

沈藝下意識一腳踩下油門，落荒而逃。

「嘖，這心理素質也太差了點。」餐廳裡，宋禹丞看著沈藝慌亂離開的身影，隨便和系統感嘆了一句。接著，就又全身心地投入逗弄齊洛的愉悅之中。

小孩簡直太可愛了，乖巧且呆又沒脾氣。哪怕逗過分了也是順順毛就能哄回來，格外符合宋禹丞對美少年的定義。

而美味晚餐過後，宋禹丞也順勢把人帶回家裡，並且在路過一家寢具用品店時，還特意下車給齊洛買了一套他喜歡的哆啦A夢床組。

宋禹丞哄起孩子的手段早就是登峰造極，像齊洛這種單純的人，幾乎不用幾分鐘就會把他當成溫柔的好哥哥，喜歡得不得了。

但很快，他就因為自己覺得宋禹丞溫柔而後悔了。

齊洛在和宋禹丞回家後，稍作休息就被宋禹丞帶去書房進行加課。

出乎齊洛的意料，他原本以為謝千沉只是普通經紀人，可萬萬沒想到他竟然連演技都能上手教導，甚至比公司裡的老師們還要更加嚴厲。

而且宋禹丞對齊洛的要求很高。

在練習室裡如果齊洛做得不好，老師也會說他，大多也說得很狠，齊洛的抗壓力是絕對足夠的，但碰上謝千沉就完全崩潰了。

謝千沉根本連一句訓斥的話都不用說，只須一個眼神，他就立刻嚇得不行。

分、分明很嚇人！千沉哥果然還是大魔王QAQ。

齊洛戰戰兢兢地做筆記，覺得自己都要被嚇傻了，但後面的安排卻沒有給他時間抱怨，因為宋禹丞的講課節奏很快，等到結束的時候，齊洛已經完全處於木然的狀態。

可宋禹丞接下來的話，卻更讓他有種想哭的感覺。

「洗澡之後就早點睡，不要玩手機。」把一杯溫好的牛奶放到齊洛手裡，宋禹丞又變回吃飯時那個溫柔且有點壞心眼的好哥哥，但說出來的話一點都不溫柔，「從明天開始，你的課程會安排得更緊，並且每週你過來我這裡兩次，時間不多了，最近辛苦一點，嗯？」

「好，都聽千沉哥的。」謝千沉低低沉沉的嗓音讓齊洛不由自主地就沉溺其中，他臉上的溫柔笑意也讓齊洛忍不住看呆，更何況，齊洛雖然單純但並不是不知好歹，即便會累，但他也明白謝千沉給他加課是對他好，也是看中他。而且雖然謝千沉教導人時格外嚴厲，但這些嚴厲也都是在為他未來的蛻變奠定基礎。

「千沉哥，謝謝你。」齊洛把牛奶喝完，乖乖地把杯子還給他，然後深深行了個禮表示感謝，這才回去睡覺。那種發自內心對謝千沉的感激，自然流露在他的動作中，非常真摯不含任何虛偽。

系統：「我突然明白你為什麼喜歡帶孩子了。【感動臉.jpg】」

可宋禹丞卻笑著回答：「對，因為十六、七歲正是可愛的時候。」

系統再次被宋禹丞的回答懟了一臉，並且感覺自家宿主最近懟人的段數突飛猛進，簡直不能讓人更憂傷。

而宋禹丞卻沒有繼續搭理系統的意思，在回到臥室後又重新打開電腦，將之前參與編劇徵文的那個懸疑劇的第二集寫完，並且發到網站上，這才洗澡睡覺。

第二天宋禹丞睜眼的時候已經是早晨七點半，他趕緊起來準備上班，結果發現齊洛還抱著被子睡得一塌糊塗。

「齊小洛，你該起床了！」宋禹丞低聲喊他，可卻沒有得到任何回應。

昨天的教學強度對於齊洛來說還是有點太大，即便洗澡後沾枕頭就睡著，現在他也依然迷迷糊糊，睜不開眼，勉強洗漱之後，食不知味地吃了點早餐，上了宋禹丞的車就又睡著了。

這是有多睏？看齊洛睡不醒的模樣，宋禹丞無奈地搖搖頭，但還是把自己的外套蓋在齊洛的身上，然後才發動車子。

宋禹丞的家到公司有一段距離，抵達公司時齊洛已經又睡熟，而且還是叫不醒的那種。

「怎麼跟小豬一樣？」宋禹丞喊了幾次沒反應，最後沒辦法，只好下車繞到另外一邊。

「醒醒。」宋禹丞拍了拍齊洛的臉，再次喊他。

「唔……」齊洛迷茫地想要躲開，終於勉強睜開眼，接著發現自己不知道什麼時候已經到了公司的停車場，並且懷裡還摟著謝千沉的外套。

「對、對不起千沉哥，我這就起來。」齊洛非常不好意思，手忙腳亂地起身想要從車裡下來，結果慌亂之間又被絆了一下。

「不著急，你慢著點。」宋禹丞趕緊把人抱住。

齊洛雖然個子不矮，可到底年齡太小，宋禹丞輕鬆就把他抱個滿懷。

謝千沉的衣服上有著淡淡的洗衣粉味，清爽好聞，而謝千沉的懷抱也格外溫暖，除了腰太瘦了。等等，他為什麼會知道腰太瘦？後知後覺的齊洛終於反應過來，自己竟然直接撲到謝千沉懷裡，這下所有睏意估計都瞬跑了。

「我……」齊洛想要解釋，但是卻不知道怎麼說。

宋禹丞也很想再逗弄他兩句，但是早晨時間有限，還是遺憾地放棄這個想法，並且把齊洛扶好，幫他整理好衣服頭髮以後，又囑咐幾句，才叫下來的助理把人帶上樓。

然而這體貼至極的一幕，全都落入另外一雙神情複雜的眼裡，正是沈藝。

其實從昨天晚上開始，謝千沉和齊洛相處的場景就一直在沈藝的腦海裡不停重播，導致他昨晚整宿輾轉反側，無法安睡。

最後甚至只要閉上眼，就能回憶起他去謝千沉家裡時，謝千沉給他搭戲念的臺詞、強迫餵他的那口酒，以及後面的擁抱，還有深夜的探望。

幾乎每一個細節都巨細無遺，甚至讓沈藝的身體都跟著熱了起來。

所以謝千沉這次把齊洛接到家裡是打算怎麼教導？難道也用和教自己時同樣的方法？

莫名其妙的妒意讓沈藝十分難受，可緊接著他又覺得自己蠢透了，因為謝千沉自始至終都是在演戲騙他，都說婊子無情、戲子無義，謝千沉是名出色的演員，又在曹坤身邊當了那麼多年的婊子，嘴裡怎麼可能有真話？

沈藝想到初入行時聽到別人對謝千沉的評價，都說他是天生的演員。所以他配合自己演戲的時候才會那麼生動，那種被步步誘惑的模樣多真實，好像他真的動了心，對自己產生憐惜，就連擁抱都那麼溫暖、那麼貼切。

可實際上，都他媽是演出來耍他的！

沈藝煩躁地把枕頭扔到地上，不打算再繼續想下去，可卻始終無法入睡。

直到凌晨五點沈藝的頭腦依然十分清楚，甚至想到謝千沉那個除了啤酒就什麼都沒有的冰箱，所以，他今天早晨要吃什麼？

沈藝已經分不清楚自己心裡在想什麼，到底是為了攻略？還是出於真情？竟然做了三明治當早點，然後拎著去了公司的停車場。

沈藝到達停車場的時間是早晨六點，空無一人的停車場裡，只有沈藝獨自站著，拎著一個三明治和一杯咖啡，只覺得自己蠢爆了。

可即便如此，他也沒有離開，而是執拗地站在角落裡等待，一直到快九點的時候，謝千沉的車子才開進來。

沈藝下意識就想去找他，結果卻看到謝千沉哄著睡熟的齊洛下車，那副溫柔中帶著點寵溺的模樣，越發讓沈藝覺得刺眼。

這和謝千沉帶他的時候簡直天差地別，沈藝頓時覺得一宿沒睡的自己就是個傻子，原本就陰沉的臉色也變得更加難看，他一直等到齊洛上樓以後，才慢慢出現。

「來了？不是叫你晚上好好休息，這是幹什麼去了？」宋禹丞明知故問，翹起的唇角都是滿滿的惡意，像是在譏諷沈藝自作多情。

「你到底想做什麼？」沈藝被激怒，忍無可忍地上前一步把謝千沉扣住，藏在清秀外表下的狼性頓時完全爆發。

可不過下一秒，就被宋禹丞反手按在牆上，並且掐住了他的下頷，強迫他轉頭和自己對視。

「沈藝，分寸和規矩，需要我再教你嗎？」

「可你對齊洛……」

「那是我的事。作為經紀人，我要帶誰是我的事，你沒有權力干涉。而且，現在的你最好不要挑戰我。沈藝，我以為昨天的暗示已經足夠明顯，可惜你好像還沒弄明白，既然這樣，我就直接告訴你。」

宋禹丞冷聲道：「別把自己那點手段看得太高竿，或許那些你腦補以為可以掌控的對象，不過都把你當成一個嘩眾取寵的小狗。」

「謝千沉！」赤裸裸的侮辱讓沈藝的情緒徹底爆發。

如果不是宋禹丞用了巧勁兒，也差點幾乎制不住沈藝，可即便如此，最後勝利的依然是宋禹丞。反而是沈藝被按在停車場冰冷的水泥牆上，根本無法動彈。

「是不是很屈辱？是不是恨不得幹掉我？記住這種感覺。」宋禹丞說完，便順手把沈藝扔進車裡，然後翻出蒸汽眼罩蓋在他臉上，「睡覺！一會還要試鏡。如果搞砸了，你就徹底滾出娛樂圈。」

說完，宋禹丞便不再看他，自顧自地開車前往劇組。然而這一次沈藝卻不再說話，只是安靜地靠在座椅上閉目養神。

心裡卻恨不得把宋禹丞碎屍萬段。

【第十五章】

新仇舊恨

一路無話，宋禹丞到劇組的時候，劇組那頭的試鏡已經開始了，如果換成別人肯定進不去，然而宋禹丞帶著沈藝，只刷了個臉就進到片場裡面。

對於這種特殊待遇，沈藝震驚得說不出話，甚至感覺這片場就和宋禹丞自己家沒什麼區別。

然而很明顯不止他一個人有這種感覺，不少人也同樣用驚詫的眼神看著宋禹丞。娛樂圈最快的就是更新換代，宋禹丞兩年沒有出來，現在這幫新人都不大認識他，陡然見到他帶著沈藝都覺得眼生。

但那些老人卻不一樣。謝千沉這個名字在兩年前或許代表著輝煌，但是現在卻是聲名狼藉到了極點，不少老人都看他不順眼，沈藝明顯感受到那些人落在謝千沉身上的目光都帶著鄙夷和嘲諷，甚至像是在看從谷底爬出來的喪家之犬，滿目皆是輕視。

然而宋禹丞卻並不在意，連招呼都沒有和那些人打，徑直去後臺找導演。

這會不會太囂張了？沈藝是第一次跟著謝千沉來劇組，之前帶他的經紀人，到了這種劇組肯定是相當小心翼翼，生怕得罪了誰，可謝千沉卻跟回到自己家一樣格外自在，甚至如魚得水。

「要不是仗著是曹坤的狗腿子，謝千沉這種人也能這麼囂張？」

「你能怎麼辦，人家主子有錢，不服也沒辦法。要不然，憑兩年前的事就足以讓他被關的！」

「我現在只想知道他帶的那個眼生的小孩要試鏡什麼角色？可別跟我們的人撞上了。」

「撞上了你也不怕，你家可是當紅流量小生，他帶的那個人一看就是沒經驗的，無精打采的模樣，搞不好昨天晚上是在誰的床上呢！」

周圍人的竊竊私語不斷傳到沈藝的耳裡，而那些滿是惡意的字眼也讓沈藝原本就難看的臉色，變得越發陰沉。

「這麼胡說八道，你不介意嗎？」看著身邊臉色平靜的謝千沉，沈藝不甘心地詢問。

「不介意，不被妒忌是庸才。」宋禹丞說完，又跟後臺門口的工作人員打了聲招呼，直接帶著沈藝往裡走，好像要提前去見導演。

可沈藝卻有種被他剛才的話懟一臉的感覺。什麼不被妒忌，那些人說的話哪裡是妒忌？分明是在罵街啊！

然而等到了後臺之後，謝千沉的另外一面又讓他很快忘記這個小插曲。

謝千沉和他想像的完全不同，沈藝終於明白謝千沉當初為什麼被稱為三大金牌經紀人之首，他的人脈簡直廣到嚇人。

就連那個據說極為難搞的導演和影帝家的經紀人，見了謝千沉都意外露出笑容，而且言詞間格外親密尊重，這絕不是曹坤的走狗能夠做到的。

而接下來謝千沉的專業程度也讓沈藝震驚到了極點，他之前知道謝千沉能演戲也能調教人，卻萬萬沒想到他居然還能跟導演討論一些劇情設定，和編劇商量人設劇本，好像只要和電影有關的就沒有謝千沉不會的，這真的是太讓人意外了。

沈藝站在那裡，看著謝千沉忙碌，覺得自己就像是一個門外漢。

然而宋禹丞那頭，在簡單的寒暄以後也說出自己的目的。

「新人？」導演有點詫異。他知道謝千沉從兩年前就不再帶新人，更常藏人或者往外送人，可像這樣親自帶著來真的是頭一次。

「是新人，叫沈藝，科班出來的，底子弱了點，但是天賦不錯。」宋禹丞看著沈藝的眼神難得多了欣賞，「老楊，幫我帶帶他。」

「你都開口了，我能拒絕嗎？」導演笑著拍了拍謝千沉的肩膀，「打算要他演什麼？說來我聽聽，要是成，回頭我叫寧蘭改改劇本，給他加段好戲。」

「被攝政王扶上王位的小皇子。」宋禹丞說得輕鬆，可導演的臉色卻變了。

「不方便？」

「不是不方便，是怕他支撐不下來，你知道男主是誰吧！」

「知道，是李旭陽。」宋禹丞點頭

「那你覺得，沈藝撐得下來嗎？」導演表示懷疑。

李旭陽是真正的老戲骨，重點是，李旭陽的演技算是圈子裡最「霸道」的那種，但凡跟不上節奏就只能被碾壓。

因此，一般的新人即便為了出名也不想對上他，可現在這個沈藝怎麼看都不像是能立得住的。

「讓他試試，不行我再帶回去。」宋禹丞卻是一副毫不在意的模樣。

然而導演聽得懂，他雖然嘴上這麼說，可神色卻是自信滿滿，畢竟他帶的人怎麼可能不行？

「千沉你啊！」嘆了口氣，導演點頭默認。可看向沈藝的眼神也多了幾分探究和擔憂，就連那個叫寧蘭的編劇也坐到導演身邊，無奈地搖了搖頭。

「千沉這次……」

「應該沒事的。」導演打斷了她的話，但是眼底的悲哀之色卻越發濃重。

他總覺得，謝千沉這次沒準還要出事，畢竟那個沈藝看起來就不像是個安分的，可這話他卻不能說。畢竟謝千沉好不容易從過去的陰影中走出來，願意再帶一次新人，他是真不忍心讓謝千沉失望。

更何況，謝千沉對他有恩，當年他簽在曹坤手下連攝影機都碰不到，如果不是謝千沉有心，把他推舉給當時很有名的導演也是他現在的恩師，否則哪裡有今天功成名就的自己。

所以無論如何，他也不能拒絕謝千沉的要求。

煩躁地撓了撓頭髮，導演把那些無用的思緒都拋到腦後，接著便囑咐人，讓他們把沈藝和謝千沉帶去化妝間休息，等一會兒試鏡開始再讓人叫他們。

楊導做事也很周全，他看得出來沈藝昨天晚上沒休息好，所以給他們安排的化妝間是最靠裡面的那間，裡面只有沈藝和宋禹丞兩個人，開著空調，十分安靜。

「你和他們說的並不一樣。」過於靜謐的氣氛，總會讓人感到尷尬。沈藝率先開口試圖打破窘境，可宋禹丞卻沒有回應的意思，只是把劇本遞給他，讓他溫習。

一直等到試鏡馬上就要正式開始的時候，才突然囑咐了一句：「等一下你不管聽到什麼，或者被指責什麼，都不要做出反應，全都交給我就好。」

「知道了。」沈藝不懂他這麼囑咐的意思，但謝千沉十分嚴肅的表情讓他說不出反駁的話。

沈藝明白，這場試鏡對他來說十分重要，因此即便恨著謝千沉也不會拿自己的前途開玩笑，畢竟謝千沉比他更清楚這種場合的生存法則。

可即便如此，沈藝也有點好奇，謝千沉說的那句不要反抗是什麼意思。然而當他走出化妝間去試鏡廳的時候就立刻明白了。

沈藝萬萬沒想到，不過短短一個小時，竟然整個試鏡廳的人都對他們鄙視至極，尤其那幾個剛進演藝圈的小鮮肉還不能管理好自己臉上的表情，即便面上客氣地打招呼，但是眼底的嫌棄已經濃重得根本無法掩飾。

這些人會不會也太明目張膽了一些？沈藝知道謝千沉名聲不好，但沒想到竟然會這麼不好。

可就在這時，遠處走過來的兩個人，卻讓沈藝心裡的不安提到頂點。

是一個看著就一臉社會精英的男人，他帶著過來的那名青年倒是十分眼熟，正是剛剛爆火的一部偶像劇的男主角。至於前面那個精英男的身分也隨之明瞭，是現在的三大金牌經紀人之一——羅通。

說起來，羅通和謝千沉還有段舊怨。當年圈子裡金牌經紀人排行機制剛出現的時候，謝千沉就登頂狠狠踩了羅通一腳。而後來，謝千沉雖然聲名狼藉，但留下的記錄卻依然還在，羅通使勁了兩年仍然壓不過去，現在也算是圈子裡一個無傷大雅的小笑話。

畢竟，謝千沉當年真的太輝煌了，可再輝煌也僅僅是當年。對於現在來說，都只是追憶罷了。

很顯然，羅通就是這種想法的擁護者。在看到謝千沉的瞬間，他就朝著謝千沉走過來，不懷好意的眼神，一看就明白他是過來找麻煩的。

「能看見你出門，也是相當少見了。」羅通故作客氣，「你家帶來的人，這次打算試鏡什麼？」

「小殿下。」宋禹丞也沒有隱瞞的意思，羅通問，他就大大方方地回答。

然而他這句話一出，頓時不少人都用一種奇特的眼光看著他，顯而易見，他們都覺得謝千沉在白日做夢。

李旭陽的風格眾所周知，他從不跟沒有演技的演員合作，因為他覺得那是對自己的一種侮辱。而謝千沉帶來的沈藝，一看就是朵純粹的小白花花瓶，怎麼可能被李旭陽另眼相看？

而羅通則是仗著自己比謝千沉更有實力，直接用只有兩人能聽見的聲音嘲諷他：「算了吧！你別讓沈藝丟人了，好不容易抱上大老闆的腿，難道不應該求點合適的嗎？」羅通的語氣滿是諷刺。

就沈藝那副小白花的樣子能有什麼演技，更何況，謝千沉的資源也不是自己得來的，同樣都是金牌經紀人，誰又比誰矮三分？這話別人不敢說，他敢。

可宋禹丞卻笑著搖頭，指了指他身後的藝人。

「你是不是對自己有什麼誤解？大螢幕不是偶像劇，刷臉沒用。而且就這樣的外形哪裡像是個少年？另外，你也沒有調教出影帝的能力。這小孩不錯，要不給我吧！你別把人糟蹋了。」

宋禹丞有話直說，立刻觸怒了羅通。

羅通盯著謝千沉，眼裡滿是恨意。

「謝千沉，這不是兩年前！」羅通提醒他看清自己的身分。

可宋禹丞唇角的笑意卻越發張揚恣意，「但是我站在這裡，和兩年前有什麼區別嗎？」

「……」的確沒什麼區別，羅通啞口無言。

兩年前，謝千沉到了片場就是最受歡迎的人，遍地是朋友，就連他帶的人也被高看一眼。而現在，謝千沉一無所有，不過帶著個沒什麼人氣的沈藝，照樣和兩年前一樣如魚得水。

憑什麼？羅通不甘心也嫉妒，更怨恨！憑什麼謝千沉就能處處被人捧在手裡？分明大半個螢幕圈的老人都知道，他不過是條被曹坤玩過的狗，也知道他手裡出過什麼樣的事。可既然如此，在謝千沉自甘墮落兩年後的現在，那些人也依舊樂意眾星捧月地圍著他，到底憑什麼？

羅通方才一直努力保持冷靜的神情終於出現了裂縫。

而宋禹丞卻趁此機會，給了他更大的刺激，「羅通，不管幾年，你都是個魯蛇。」他向前一步，主動靠近，壓低嗓子，嗓音陰惻可怖：「殺人犯。」

這和原身兩年前帶過的兩名小師弟有關。

其實原身原本的名聲並不壞，雖然帶著曹坤的後宮，但是說白了這年頭的小明星很多都不是那麼天真，和曹坤各取所需罷了，也不存在什麼吃不吃醋的問題，並且對他們來說，跟著原身反而是件好事。原身雖然廢了不能再演戲，但是眼光相當獨特，即便他們是啥都沒有的花瓶，也能給他們找到最合適的出路。因此，當初想走曹坤路子的人，提的最多的要求就是能不能分到原身手下。

曹坤一開始不在意，後來多了就覺得很有趣，乾脆把原身當自個兒的大內總管使，就連那些他看上的、不願意的也都隨手扔到原身那裡，讓原身給調教出來。

可原身卻是個厚道人，雖然受制於曹坤，但不妨礙他玩小動作。曹坤扔了人，真有不願意的，原身也不會為難他，而且還會偷偷把人藏起來，找機會放走。

重點是原身這個藏，也並非是真正的雪藏，而是給那些人一個臥薪嚐膽的機會。是演員，就送你去各大劇組跑龍套，觀摩學習。是歌手，一天不落地開放錄音室，還會找相關的老師指導。的確是按照曹坤的要求，讓這些不聽話的人吃盡了苦頭，可這種吃苦，對於他們來說卻是難得的磨煉。

別看原身不演戲，但是他的人脈真的很廣，加上他見誰都會拉一把，入圈幾年，圈子裡不少實力派都受過他的提點，明白他的苦衷，可以說是朋友遍地了。

而曹坤小情人眾多，根本不會在意這一個兩個，原身這樣的事情做得隱蔽，自然也沒有人發現。可後來，兩年前的變故才是真正悲劇的開端。

如果是一個，可能原身還不會徹底崩潰，關鍵是兩個，還都是他的小師弟。一個是真帥氣，靠著刷臉就能生存。一個是真有靈氣，雖然模樣略顯平凡，但卻是個戲瘋子，就沒有他演不出來的角色。

一開始，被兩個小師弟找到的時候，原身還想推拒。可後來，這兩人走投無路，差點被真正拉皮條的經紀人送到富商床上，原身不得不出手，把他們納入自己的羽翼之下。

接下來，兩人的發展趨勢又讓他突然覺得自己無法圓上的夢，這兩名師弟或許可以。因此，原身帶他們，給他們最好資源，小心翼翼保護他們不被曹坤覬覦。可最後卻還是失敗了。

其中一個最起碼還活著，但另外一個卻……

和原身當初的遭遇十分類似，但唯一不同的是，那個小師弟面對的不是曹坤。而是一群二世主，再加上承受能力不高，最後下場自然不言而喻。

其實一開始也只是退圈，原身甚至做好照顧他們一輩子的準備。

可最絕望的事發生了，羅通不知道從什麼管道聽到風聲。為了把原身打倒，他故意向媒體曝光這件事，包括一小段從特殊管道得來的錄影，裡面兩名小師弟的模樣哪裡像是不願意？分明是爬床爬慣了的老手。

接著，他再狠狠地給原身潑了一盆髒水，說是原身故意送他們給那些二世主玩的，並且暗示這些人的資源都來自於賣身。

這下不少人都驚了，各種吐槽和謾罵接踵而來，娛樂圈是最容易落井下石的地方，原身三人弱勢，多得是想要踩他們一腳搏上位的人。

一個全民流量男神、一個最年輕的影帝，不過榮譽加身半個月就徹底身敗名裂，被全網嘲諷。過大的壓力讓其中一個直接精神崩潰，而另外一個卻乾脆自殺了。

「哥，我對不起你，我實在熬不下去了。」面容慘白的青年站在頂樓的邊緣搖搖欲墜，消瘦得幾乎脫了形的臉，哪裡還有之前捧著影帝獎盃的意氣風發。

他當著原身的面從二十九樓跳了下去，而原身卻只能看著，連哭都哭不出來。當時的絕望，即便只是殘留的記憶片段，也依舊讓宋禹丞渾身發涼。

他瞇起眼，看著羅通的眼神也變得凌厲起來，語氣也變得狠戾：「羅通，當年的事兒，是你透露出去給記者的對嗎？」

「你沒有證據。」同樣被宋禹丞一句話勾起過去的回憶，羅通臉色也陡然難看起來。當年的事的確是他不擇手段，但是就連羅通自己也沒有料到，最後的結果會那麼慘烈，可即便如此，又能怎樣？輸了就是輸了！

他後退一步，警惕地看著謝千沉，「別胡說八道。」

「那你心虛什麼？」宋禹丞一針見血，「有些帳，該清算一下了。」

「清算？」羅通聽到前面，還因為死人而畏懼，可後面的一句清算就讓他覺得啼笑皆非。

兩年前，謝千沉全盛時期背後靠著曹坤，誰都動不了他半根毫毛，照樣被他一盆髒水潑成喪家之犬，現在又能怎麼樣？

「謝千沉，你是早就被玩廢的，兩年前的事也都是你咎由自取。你太托大了，你以為自己捧出兩個影帝，可實際上，你一個都救不了。至於現在這個角色，沈藝也同樣拿不到。」

「那就拭目以待。聽過一句話嗎，羅通？不是不報，是時候未到，偷走的東西該還回來了。」

羅通被他語氣影響，下意識腿就軟了半截，而謝千沉那雙寫滿深意的眼神，也給他一種宛若夢魘的恐怖感。他突然生出一種莫名的念頭，或許當年圈內那個手段最高的金牌經紀人又回來了。

沈藝沒有聽到那個經紀人具體和謝千沉說了什麼，但是卻能看出來兩人之間有矛盾。

而等試鏡正式開始後，他才真正明白，這個劇組為什麼會被叫成魔鬼劇組。

李旭陽身為影帝竟然親自配戲，而且楊導挑人，也挑得相當苛刻，不僅是外形，甚至連聲線都有具體要求。

因此前面那些人很快就都被刷掉，其中一些還沒試鏡就直接被pass，而更多人在李旭陽強勢的演技壓迫下潰不成軍。

李旭陽的演技太可怕了，讓他們連入戲的機會都沒有，甚至連一句完整的臺詞都說不完整。唯一好一些的是羅通帶來的那個當紅小鮮肉，看得出來，這小鮮肉也是科班出身，基本功還是有的，雖然在李旭陽面前依舊沒有可比性，但是比起那些連話都說不明白的已經好了許多。

如果沒有什麼意外，多半就是這個小鮮肉拿到角色了，在場的幾乎所有人都這麼認為。

至於沈藝，根本沒人把他放在眼裡，一個連名字都沒聽說過的花瓶，能勉強保住顏面那就是好的。

宋禹丞站在下面聽了不少嘲諷，然而這一次，他卻冷笑著嘲諷回去：「自己是廢物，所以看別人也是廢物。」

「那就等沈藝能選上小皇子這個角色再說，肯定要被影帝碾壓。」有個膽子大的嗆了他一句。

而另外一邊，沈藝的試鏡已經開始，果不其然，從李旭陽入戲，沈藝的情況就十分糟糕。沈藝以前聽說過，不是每個演技好的演員都是能帶人入戲的，也有會讓你嚇得連臺詞都說不清楚的。很明顯，面前這位就是。

李旭陽彷彿是真的要殺了自己，沈藝被氣勢所壓，只能被動配合。

「嘖，這是要被嚇哭了嗎？可夠丟人的。」

嘲諷四下而起，宋禹丞卻一直在等。

「輸了就是輸了，故作高深，有意思嗎？」羅通冷笑著問宋禹丞，可他這邊話音剛落，試鏡那頭情況竟陡然改變。

出乎眾人意料，在李旭陽的威逼到了最頂點的時候沈藝爆發了！那種隱忍的屈辱和不甘，就連念臺詞時顫抖的嗓音都十分完美，他竟然對上了，不僅對上了，並且還嚴絲合縫，甚至隱隱有要壓過李旭陽的意頭。

這下，不僅是導演，就連李旭陽自己也愣住了。

「好樣的！現在的小鮮肉裡像你這麼有靈氣的太少了。」李旭陽興奮得不行，打量著沈藝的模樣，像是在看什麼剛發現的大寶貝兒。

早在編劇把劇本完成的時候，他和楊導就在惆悵小皇子的角色人選。因為這個人設實在是太複雜了，不僅穿插了整個劇情，而且還是每一次劇情轉捩點的靈魂所在，所以，演小皇子的人必須要有演技，否則整部戲會徹底垮掉。

而現在的沈藝，不論是外形還是靈氣都相當符合他們的要求，至於青澀這不要緊，劇組就是磨煉演技最好的地方。

旁邊的楊導也跟著湊過來，看到李旭陽高興的模樣，也多說了一句：「這是千沉家的新人。」

「千沉？他出來了？」李旭陽先是震驚，緊接著就笑開了，「怪不得，這是下套給咱們了。」

什麼怪不得？沈藝有些迷茫。

可緊接著，李旭陽就看出他的迷茫，主動給他解惑：「我剛才不是故意針對你，是因為我入戲了以後就會這樣。所以很多經紀人都不會帶著新人過來，怕他們被打擊到再也不想演戲。但是千沉不一樣，他會調教人，來之前他是不是狠狠欺負過你？並且讓你記住那種屈辱的感覺？所以你在面對我的瞬間才會爆發出那種眼神。這種速成也就只有謝千沉能弄得出來。」

而楊導則是拍了拍李旭陽的肩，「認命吧，謝千沉就是謝千沉，怎麼可能讓你贏過了？老實幫他帶孩子吧！」

旁邊的編劇寧蘭也跟著笑，可沈藝卻越發摸不到頭腦，「他很厲害嗎？」

「是，他是最厲害的。」李旭堯拍了拍他的頭，「十年前，謝千沉剛出道就是圈裡最有潛力的演員。沒有背景，第一個角色就拿了萬花獎的最佳男配角。後來當了經紀人也一樣風生水起，全盛時期半個螢幕圈的一線都是經過他手的，你說他厲不厲害？如果不是兩年前那件事……」李旭陽的話點到為止，但是那種悵然，卻像是貓爪子一樣，勾得人心癢癢。

而導楊導也意識到話題偏了，恰到好處地轉移了一下，不再繼續。

宋禹丞的事情，對於他們這些老人來說是個禁忌，只能說曹坤在國內圈子裡的影響力太大，而且當年那幫犯事的二世主也都家世斐然，牽扯起來實在太大。

此外那些細節一旦曝光，謝千沉的名聲就徹底……

且不說兩年前，就說當年謝千沉退圈時的那段錄影，可不止曹坤一個人有。

遠遠地看著謝千沉靠著牆角抽菸的模樣，導演心裡只有四個字：造化弄人。

李旭陽更是遠遠朝著謝千沉恭敬地鞠了個躬。

他們都是被謝千沉拉拔過的人，但事發的時候他們卻沒有任何一個人有能力站出來把他拽出泥潭。他們這輩子，都會覺得虧欠他。

而另外那頭，隨著副導宣布試鏡結束，之前嘲諷宋禹丞的那些人也只能灰溜溜地離開。沒辦法，宋禹丞這臉打得太狠了。

誰能想到，沈藝一副花瓶的模樣，關鍵時刻還能有那種爆發？反觀他們自己的人，都還沒開始念臺詞，只和李旭陽一個眼神對峙就快要被嚇尿了。

簡直一個天上、一個地下，而最丟臉的還是羅通，他帶來的人是打著李旭陽師弟的名號過來，最後卻一敗塗地。

更何況，當年謝千沉活躍的時候，他就被謝千沉踩在腳底下，現在謝千沉落魄了，可帶出來的人依舊把他的人碾壓，這樂子就太大了。

感覺周遭落在自己身上的視線格外刺眼，羅通盯著謝千沉的雙眼充滿血絲。

「你別得意，沈藝也是曹坤看上的人，你說他這次能走多遠？」

宋禹丞卻笑了，「能走多遠是多遠，老楊的本事你也明白，他的賀歲片不會有問題。所以你說，距離沈藝火起來，還有多久？喂！後面那個，你考不考慮換個經紀人？羅通這種只會弄些陰謀詭計的人，根本沒辦法帶你走向巔峰。」因為抽了菸，宋禹丞的嗓子有點暗啞，但那種頹廢卻格外勾人，哪怕羅通身後的小鮮肉知道他不懷好意，這一瞬間也依舊有些動搖。

而羅通被宋禹丞的奚落氣到快瘋，恨不得直接一巴掌抽到他臉上，可最後他還是憤怒地轉身離開。

宋禹丞沒有阻攔的意思，反而安靜看著他的背影，點燃第二根菸。

他在這個世界有一個附加任務——為原身的兩個師弟報仇。所以從一開始，宋禹丞就在布局，並且決定涉及原身悲劇的所有始作俑者都該為此付出代價。

而此時沈藝出來的時候，就看到宋禹丞靠在門口抽菸的樣子。

古色古香的紅牆，宋禹丞就這麼閒適地隨意靠著，比什麼精修出來的宣傳照還好看，尤其是他抽菸的姿勢，十分勾人。

想起之前李旭陽和楊導的對話，沈藝問：「你是不是知道李旭陽會這麼演？」

「你猜呢？」吐出最後一口菸，宋禹丞臉上的表情依舊冷淡，說了一句：「不該問的別問。」就帶著沈藝回去了。

這一天發生的事情實在太多，對沈藝的衝擊也相當大。

一路上，沈藝都很沉默，但他卻不由自主地偷看謝千沉。他已經確定謝千沉討厭他，畢竟他對所有人都那麼溫柔，卻只對自己這樣，不是討厭又是什麼？

可為什麼？沈藝下意識地遺忘自己最開始曾經慫恿私生飯找謝千沉麻煩的事，直接把鍋扣到曹坤身上，甚至腦補是不是因為謝千沉喜歡曹坤，可曹坤卻對自己另眼相看，所以才會這樣？

所以謝千沉為什麼會喜歡曹坤那種人？當初圈裡不是說他不能演戲，就是曹坤鬧騰的嗎？斯德哥爾摩症候群？

沈藝越想越覺得百思不得其解，謝千沉身上的謎團太多，越接近，他就陷得越深。

系統：「哇！偽白花在想什麼？」

宋禹丞：「多半在想我愛上曹坤哪裡？」

系統：「那你說原身到底愛上他什麼？」

宋禹丞：「怎麼可能愛上，多半是想找機會報仇，可惜還沒等到機會就被沈藝鬧的一齣給弄死了，算是死不瞑目吧！」

系統：「臥槽！這麼悲劇的嗎？」

宋禹丞聽著系統在腦子裡一直嚶嚶嚶，很想直接把它幹掉，但是最後，出於理智他還是把系統給遮罩了。

而此時曹坤那頭也處在麻煩當中。他原本晚上有個聚會，結果公司臨時來個人去不了了，來的人正是陸冕。

陸冕在曹坤的辦公室裡，看著裡面的那些獎盃出神。其中一座是金牌經紀人，上面寫的名字是謝千沉，而巧的是，旁邊那個萬花獎最佳男配也是謝千沉。

「這些是我手下人拚出來的榮耀。」曹坤看他感興趣，也多了些炫耀的意思。當看到陸冕的視線停留在謝千沉的獎盃上時，卻忍不住撇了撇嘴，「這個謝千沉就是我養的狗，沒什麼意思，表哥要是喜歡，我給你找個乾淨知趣的。」

「什麼意思？」陸冕不動聲色地問了一句。

「嗯……怎麼說呢。」提到謝千沉，曹坤也有點不好形容，「也不是不好，長得是漂亮，但是性格很沒勁，要不是還顧念當初那點事，現在就已經把他給捨了，白吃了我兩年閒飯。」

然而他這話剛一說完，就給陸冕的眼神嚇了一跳，知道失言也不敢再說話。

曹坤心裡其實挺無語的，在他眼裡，陸冕就是那種假正經的代言人。有權有勢也混圈子，二十多歲了身邊卻沒有過人，一副要找到愛情才結婚的樣子，看著就覺得很假。

可偏偏所有人都覺得陸冕才是真正的好男人，靠得住且有能力。就看陸冕剛回來還沒有半天，約他的電話就快打爆了，誰能相信陸冕長居國外，幾乎很少回國，這些所謂的髮小，都是陸冕小時候寒暑假回來時認識的。

曹坤越想越不舒服，但是面上卻一點都不敢表現出來。畢竟，眼下曹家看著風光，可實際上都是陸冕依照父親的拜託刻意照顧。所以，他無論如何也不能得罪金主，左右陸冕在國內也不會待太長時間，他忍忍也就過去了。

可陸冕卻一直若有所思地看著那兩個獎盃，他在來之前就看過宋禹丞的資料，知道他的真實姓名是謝千沉。

可在看到調查報告以後，陸冕又開始猶豫起來。他覺得謝千沉似乎有些太軟弱了，他夢裡的那個少年分明要更狡黠聰慧，性格也更強勢，並且喜歡寵愛美人，怎麼看都和調查上說的不一樣。

那麼……真的是巧合嗎？

陸冕皺起眉，但心裡還是決定，他要去見見這個謝千沉！

陸冕定下了心思，就琢磨著要怎麼和宋禹丞見一面。

可就這麼巧，剛把沈藝送到公司的宋禹丞，竟然意外接到曹坤發來的簡訊。

曹坤：六點半去鼎瑞給嚴少幾人結帳。順便，帶幾盒嚴少習慣用的保險套過去，鼎瑞提供的那種他用不慣。

這資訊也來得太巧了一點，宋禹丞不動聲色地挑了挑眉。

鼎瑞他太熟悉了，算是B市有名的高級會所，而且是有男公關的那種。

為什麼連這種事都要找謝千沉？沈藝在旁邊看著，心裡頓時泛起怒意。

鼎瑞是什麼地方，圈子裡的人怎麼可能不懂。曹坤說得光明正大，叫謝千沉去結帳，可事實上一幫二世主就算真的臨時突發意外，也不可能叫謝千沉一個經紀人過去。更何況，鼎瑞那種地方怎麼可能會缺保險套？分明就是拿這三個字提點謝千沉，要他過去伺候呢。連自己身邊跟了這麼多年的人，也能送去給別人，曹坤不愧是圈子裡最糟糕的一個。

「別去。」沈藝忍不住攔了一下。

可宋禹丞卻冷淡地把他推開，重新拿起車鑰匙，「不該你管的就別伸手。」說完，他就丟下沈藝獨自走了。

然而留下的沈藝卻只能看著他的背影，憤恨地攥緊了拳頭，同時也深刻感受到自己的弱小和無力。在絕對的權勢面前，他不過是一個不值一提的小戲子。他也好，謝千沉也好，全都沒有半分反抗的餘地。

沈藝這麼想著，黯然回到宿舍，可心裡的壓抑卻逼得他快發瘋。

而宋禹丞這頭的情況卻和沈藝腦補的天差地別。

他到了鼎瑞問好房間號後就直接往裡走，當然，曹坤讓他帶著的東西也全都帶到了。

比起那些三俗一點的酒吧來說，鼎瑞這種高級會所也不過是貼了一個有錢人的標籤，外面披了一層高雅的皮，內裡的流程實際上全都差不多。

宋禹丞到包廂時裡面已經很多人了，曹坤果然不在，但是他那幫二世主的髮小卻一個不落·至於他們落在宋禹丞身上的眼神也格外曖昧。

那是一種掂量獵物價值的目光，而這種目光在原身被曹坤毀了以後就再也沒有出現過。

宋禹丞不動聲色地打了個招呼，坐在門口的一個人先開口道：「看！我說什麼？坤子家這個傻得夠嗆，一個命令一個動作。瞧他這架式，怕不是真的以為爺們幾個出門不帶錢呢！」

「哈哈哈，得了吧，多少年了還這一套，兔子急了還咬人，回頭千沉打你。」另外一個趕緊把話頭接過來，正是曹坤的朋友嚴奇。

「你來得倒快，不過也巧了，我們這頭局沒散，你乾脆就一起喝一杯，今兒帶你認識幾個新朋友。」嚴奇主動把宋禹丞拉到自己身邊坐好，態度格外親切，但是捏著宋禹丞的手卻稍微用了點力，好像在給他什麼暗示。

宋禹丞和他對視，卻看到嚴奇眼裡的不忍心。

說起來，這嚴奇算是曹坤髮小裡唯一一個有良心的，當年原身遭難時，也是嚴奇勸住曹坤把原身保了下來，否則那兩個小師弟的事情鬧開時原身也脫不了干係。

而且嚴奇一直覺得原身很無辜，人家不過是長得好看了點，不樂意自甘墮落，怎麼就成了原罪，但是圈子裡他說的不算，也只能盡力幫襯一二，畢竟原身的命真的是太苦了，但凡有點良心的都無法看著不管。又想到其他人之前說的那些提議，嚴奇的頭變得更疼了，也不知道謝千沉今天能不能扛過去。

而宋禹丞也立刻心領神會，明白這局裡怕是有套路，感激地朝著嚴奇笑了笑。不動聲色地看了一圈，發現角落裡坐著一個眼生的青年，看穿衣打扮和嚴奇他們是一路人，但是不知道為什麼表情格外厭惡，好像覺得他們都髒透了。

這個人有點熟悉，宋禹丞篩選了一遍原身的記憶，緊接著就反應過來他的身分。

說起來，也算是舊相識。

這個青年名叫蕭倫，是蕭家的小公子，當年原身小師弟的死這人也推了一把，他算是和曹坤一起長大的，但更是死對頭，平時玩的小明星也不少，可後來卻看上原身的小師弟，在得知是曹坤手裡的人後，更是大張旗鼓地宣揚說一定要追到手。

然而悲劇的導火線就是這裡，如果不是蕭倫非要玩玩，原身的小師弟到底也是得過影帝的人，未來帶來的利益無數，曹坤雖然紈絝還不至於輕易把搖錢樹送出去。可誰讓他討厭蕭倫呢，在加上其他人的煽風點火，曹坤頭一熱就直接把人送出去隨便玩，甚至後來還把錄影發給蕭倫作為羞辱。

而最過分的還在後面，事發以後原身想要報復回去，聯繫蕭倫時卻得到一句這樣的回覆：「不過是一樣玩物，我想看的也是他被玩壞了以後會是什麼樣子，現在看來也不過如此。沒有相同的價值，我為什麼要和你聯手？就因為我討厭曹坤？謝千沉，你是不是賣屁股賣得不知道分寸了，就你們這幫小戲子，在我們眼裡什麼都不是。」蕭倫說完就掛斷電話，後來羅通透過管道得到的那個小視頻，其實就是出自蕭倫之手。

所以今天這一趟果然來對了，宋禹丞瞇起眼，看著蕭倫的眼神透出幾分危險。

而其他那幾個二世主也跟著一起興奮起來，其中一個還生怕宋禹丞見著蕭倫不生氣又再添了一把火，他指了指門口站著的男公關，「傻站著幹麼呢！怎麼不去陪陪你們謝哥？嘖，這個可是金牌經紀人，能高看你一眼就能當大明星。」

然而那男公關卻是個懂人情世故的，自然明白這些人對宋禹丞沒有半分尊重，乾脆也順著開了句玩笑：「當明星又能怎麼樣，還不是一樣伺候你們。」

「哈哈哈，有意思！」那二世主大笑，命令道：「可別這麼說，人家正主在這裡呢，還不去陪著喝一杯請罪？」

「好啊。」那男公關答應得痛快，端著酒就去了。

其實宋禹丞一進門，這位男公關就看他不順眼，別的不說，穿成這樣還戴手套不是裝逼又是什麼？

更何況，他也看得出來，這一屋子的公子哥都拿這個人當玩物呢，和他們男公關根本沒有區別。

這麼想著，他對宋禹丞的態度更輕慢許多，甚至送酒過去時還不小心灑在宋禹丞的身上。

「哎，方才喝多了手滑，謝哥不會怪罪我吧！」那男公關模樣只是中等偏上，可卻意外有一副好嗓子，放柔了一哄人，就算沒有真心也能讓人心軟三分。

然而宋禹丞在看清他的長相之後就愣住了，太像了，和當初跳樓的小師弟長得幾乎一模一樣。原身殘留在身體裡的情緒瞬間影響了宋禹丞，那種絕望和無力感就像是一隻大手狠狠地掐住心臟，讓呼吸都跟著變急促起來，但宋禹丞立刻用強大的意志力迅速恢復。

很好，這個和小師弟十分相似的男公關，還有蕭倫。宋禹丞幾乎在第一時間就明白曹坤這些朋友們今天找他來幹什麼，不過，想看他的戲就得付出代價。

而且，這幫唯恐天下不亂的二世主也該吃點虧才能得到教訓，他不經意間摸到右邊口袋裡放著的一個小瓶子，那本來是怕沈藝太睏影響試鏡準備的，現在看來正好可以送給蕭倫當禮物。

這麼想著，宋禹丞心裡有了章法。

宋禹丞這頭有了應對的法子，那些二世主們也同樣在起鬨：「你們說，謝千沉會有什麼反應？」

「坤子不是說他還有爪子？我還真想看看，能尖銳成什麼樣。」

「可不是，蕭倫這貨弄來一次不容易。我聽說當年那小影帝死了之後，謝千沉瘋過一陣子，除了蕭倫，其他幾個都被咬了一口，不過是沒傷筋骨罷了。後來他鬧得太厲害，吃了大虧，就徹底拔了爪子，不知道這次遇見蕭倫會怎麼樣。」

「你們夠了，當年出的可是人命！」只有嚴奇看不下去想要喊停，可卻被別人按在椅子上不能動彈，這下更著急了，「你們他媽沒有心嗎？人家謝千沉不欠你的！」

「該不是嚴奇你看上他了？就是個小戲子，每次你都替他說話。別弄憐香惜玉那套，你玩過的小明星還少嗎？」

「你！」那怎麼能一樣？他是明碼標價地談買賣，雖然多數都是交易，那也都是秉著自願，和他們現在這種活生生玩人是兩種概念。

可嚴奇嘴笨又管不了，最後只能狠狠地把面前的酒全部喝光，算是發洩。

至於其他人，此刻的眼神則都落在謝千沉身上，他們很想看看他會有什麼表現。

可出乎他們的意料，宋禹丞反而比方才更加平靜，就像是完全忘了那張臉，他接過男公關遞來的酒，隨便喝了口酒，如果不是眼神太冷，恐怕沒人能看出他此刻已經在爆發邊緣。

那男公關原本瞧不起謝千沉，可現在卻不敢靠近，總覺得他很危險。

屋裡的氛圍頓時就變得有點微妙，可就在這時，一直沒說話的蕭倫率先打破沉默：「果然這伺候人的和被伺候的就是不一樣，當狗當久了都不會站了。」

蕭倫這話，就是衝著謝千沉去的。

他也不是傻子，從謝千沉進來的時候就明白這些人打的是什麼主意，先弄一個長得和當年死了的小影帝差不多的男公關，然後再把謝千沉叫來，為的不就是讓他當眾出醜？可這種手段也太下流了一點，他蕭倫是誰？正經的蕭家小少爺，就憑謝千沉一個小戲子能把他怎麼樣？

更何況，當年那小影帝可不是他動的手，冤有頭債有主，謝千沉找不到他身上來。

「真是浪費時間！」蕭倫的忍耐已經達到極限，起身想離開，可此時宋禹丞卻起身主動拿了瓶酒朝蕭倫走去。

「蕭先生別急著走啊！好歹是我們曹總的局，你這麼早離開，豈不是顯得我們照顧不周了？」

「別耍花樣。」

「怎麼會？畢竟我不過就是曹總身邊的一條狗，您眼裡的小戲子。不如，我也伺候一下您。」宋禹丞的眉眼皆蓄滿了笑意，而他手裡的酒，也順勢倒在蕭倫的杯子裡，接著餵到他的唇邊。

透明的玻璃杯裡，淺琥珀色的酒液格外澄澈，宋禹丞一連串伺候人的動作也是賞心悅目，讓人不忍心拒絕。

蕭倫下意識坐回沙發，而宋禹丞這杯酒也原封不動地餵了進去。

「臥槽！這是什麼發展？謝千沉不是坤子的人嗎？」旁邊幾個全都看愣了。

他們和曹坤認識不是一天兩天，自然也對謝千沉十分熟悉，早就知道這是一個寧為玉碎不為瓦全的主，哪怕全身的爪子都拔了也不會輕易做這種事。

可現在是什麼情況？謝千沉竟然當著他們所有人的面撩了蕭倫，這跟給曹坤戴綠帽有什麼區別？可別是真瘋了。

嚴奇更是睜大了眼，根本不知道該有什麼反應。

然而蕭倫那頭，卻遠比他們還要煎熬，他從來不知道，謝千沉竟然能誘人到了這種地步。漂亮至極的一張臉，在這種稍微昏暗的環境裡越發透出他蠱惑人心的一面，而他撲在耳邊似有似無的氣息更勾得蕭倫脊背都酥了半截。

「謝千沉，你要做什麼？」

「伺候您啊！」宋禹丞的酒杯又一次貼近蕭倫，帶著氣音的音調，吐出的每一個字眼都色氣十足，尤其在這樣聲色犬馬的會所裡越發讓人想入非非。

太危險了，他到底打算做什麼？謝千沉和平時大相徑庭的模樣讓蕭倫心裡的提防逐漸加深，可偏偏身體不受控制，心裡越排斥，身體就越覺得刺激，到最後，謝千沉不過輕笑一聲他就硬了，再挑逗幾句他就射了。

「嘖，看來蕭先生最近太累了。」宋禹丞沒有動，只是歪著頭看了蕭倫一眼。唇角嘲諷的笑意相當刺目。

蕭倫的臉頓時就白了，因為他直到現在才反應過來，謝千沉剛才除了餵他一杯酒、說了幾句話以外，連一根手指頭都沒碰到他，可即便如此，他還是被誘惑得……而且還是在眾目睽睽之下，這下他不用抬頭就知道嚴奇他們那些人會是什麼表情。

「謝千沉！」蕭倫這三個字像是從嗓子眼裡擠出來的，眼裡充滿恨意，長這麼大，從來沒有像今天這麼丟人過。

可宋禹丞卻像怕氣不死他一樣，「我終於明白，您當年指名道姓地說要我家小師弟，最後卻根本沒做什麼，原來是這個緣故。」

宋禹丞盯著蕭倫的眼神格外不懷好意，「兩分鐘不到，還沒碰您，蕭先生您這個是不是也有點太快了？要不要去醫院看看？」

「你！」蕭倫的胸口被氣得劇烈起伏，如果不是身體有些脫力，一時間無法坐起身，他肯定要一巴掌抽到謝千沉臉上，可現在卻只能憤恨地盯著他，赤紅的眼恨不得把他千刀萬剮。

然而宋禹丞卻毫不介意，甚至還從口袋裡掏出了樣小東西，打開蓋子後，拉開蕭倫的褲腰直接倒了進去。

「給您留個小禮物，免得您覺得我服務不周。」宋禹丞說完把手套脫下來，扔到蕭倫身上，撂下一句：「謝謝款待，我去結帳。」然後就走了。

意外瀟灑的姿態讓屋裡幾個二世主都懵住了，他們互相對視了一會兒，都覺得今天的謝千沉和以前不大一樣了！

關鍵謝千沉這個氣勢哪裡像是他們叫過來打算取樂的，分明是把他們當成樂子耍了，再看看蕭倫的狼狽，一時間這幾個人也分不清楚到底是誰嫖了誰。

而就在這時，蕭倫驟然開口的爆罵也把他們嚇了一跳。轉頭一看，蕭倫竟然捂著下半身，倒在座位上，旁邊那個男公關整個人都懵了。

「水！趕緊的。」蕭倫話都快說不明白了，整個臉白得像鬼，額頭青筋直冒。

等那男公關拿了水之後，他也不管三七二十一，全都澆在自己的褲子上，然後又接著在座位上大叫翻滾。

眼下的蕭倫可沒有之前那副清高的模樣，狼狽得跟什麼似的，鼻涕眼淚糊了滿臉，連話都說不全，就只知道抱著下半身打滾。

「蕭倫，你這是怎麼了？」嚴奇是個老好人，即便和蕭倫不是一幫的，他反應過來以後也趕緊過去問問，結果蕭倫那狀態就跟要死了一樣。

可那部位也太微妙了一點，嚴奇又不好真的上手扒褲子，只能問旁邊的男公關，「你就坐邊上，看清楚了嗎？到底發生什麼事？」

「真不知道，屋裡太黑了啊！剛才謝哥過來喝了杯酒、說了幾句話，不到五分鐘的事兒，你們不是也都看見了嗎？真和我們沒關係啊！」那男公關也快哭了，以蕭倫的身分若在他們這裡出事，今天在場的這幾個全都脫不了關係。

那幾個二世主也趕緊圍過來，可他們平時是被人伺候的主，這會全都聚過來也幫不上什麼忙，倒像是看熱鬧。

蕭倫原本就難看的臉色，現在變得更加面無血色，恨不得自己能立刻消失，只感覺自己一輩子的罪都遭完了。

最後還是嚴奇眼尖，看見扔在旁邊的一個小瓶子，撿起來一看，頓時就臥槽了。

「怎麼了？」其他人見他臉色不對，也跟著湊過來看了一眼，接著全都下半身一涼，心裡不約而同浮現出同一句話：這謝千沉也太狠了點。

一整瓶萬金油全倒在蕭倫的小兄弟上，光是想像就能感受到那種崩潰。

「不、不行，咱們還是叫大夫吧！」

眼看著蕭倫疼得快要昏迷了，其中一個嚥了口口水，提了建議。

「嗯。先打個急救電話，然後……」嚴奇趕緊跟著點頭表示贊同，然後想了一會兒又補了一句：「這事兒鬧得有點大，我去和坤子說一聲。都叫你們別玩，現在把謝千沉逼急了吧！」嚴奇狠狠地瞪了他們一眼，然後跑出去善後了。

而宋禹丞在離開會所之後，隨便找了個代駕送自己回家，可他不過剛到家門口，就看到一個陌生男人的身影守在那裡。

是誰？宋禹丞皺眉，一時間無法分辨站在那裡的男人到底是什麼人。

（未完待續）

【作者後記】

我其實是想寫個關於酸甜苦辣、人生四味的故事

喵寫文已經三年多，第一次出繁體版，心情真是特別激動。非常感謝愛呦文創給我這個機會，以後也會繼續努力寫出好看的故事。

說起這篇文的創作歷程，不知道這麼說會不會有點矯情，其實一年多前就已寫好故事大綱，當時想寫一篇快穿文，類似「你昨天渣我，我今天叫你悔不當初」這樣的內容。可一年後的現在，再來看這個大綱，心態反而和當時不大一樣了。就覺得，其實人活著不是只有愛情，這一輩子令人遺憾的事情太多了，為什麼要一直糾結一個渣男？被渣男騙了一次那是為天真交學費，回頭再騙渣男一次那不就是強行餵自己吃屎？這個比喻是不是太噁心了點，感覺你們想打我了！（喂）

於是後來就換了一部分的核心大綱，變成了現在的文。

嗯……總的來說還是有點幼稚啦，原本這四個故事，對應的是四種戀愛滋味：酸甜苦辣。不過可能並沒有寫出這種感覺，我看大家都沒有get到。所以想利用這個機會聊聊當時創作的想法。

第一個世界是酸。

生活在夾縫裡的替身，越卑微越求而不得，不合適的愛情就是酸的，而且十分苦澀，甚至相處時的支微末節都能夠把人的心捅得鮮血淋漓。但這個世界上，每一個人都是鮮明的個體，沒有誰的人生是能夠被複製的，所以喵想給這樣的替身另外一條路。

放棄那個渣男，去看看外面的世界，會發現原來這個世界上，能夠為之著迷的事情太多，美人也好、美食也罷，包括事業以及夢想。人只有先愛自己，才會讓別人為你沉溺。

第二個世界是苦。

被折了翼的少年，被強行圈養的美人，背負著血海深仇的復仇者，這樣的原身，日子是苦的，甚至苦到了捨棄為人的尊嚴，也要蟄伏十年討一個公道，可卻在最後一搏的時候，被一個小小意外打亂步調，功虧一簣，成為鬥爭的犧牲品。可能寫得有點誇張，但喵希望給這樣的人一個還之清白的希望。

畢竟，沒有什麼髒汙是不能被清洗的，也沒有什麼汙衊是不能被反駁的。朗朗乾坤，人活著就要有良心，那些狼心狗肺的人總會遭到報應。但是在能夠反抗之前，要先學會忍耐、學會保護自己，等到真相大白的時候。

人苟活著不是錯，只有活下去才有逆風翻盤的可能，別小看自己的能力，只要想，就能做到。

第三個世界是甜。

好多時候那些類似「霸道總裁愛上我」、「邪魅王爺傾心我」的故事都甜得讓人心尖發顫，可兩人結婚之後又會發生什麼事呢？嫁入豪門的灰姑娘真的能夠過上公主的日子？成為王妃卻聲名狼藉的小公主真的可以被捧在手心寵愛一生？喵是一個喜歡腦補的人，然後腦補著腦補著，就想出來一地玻璃渣。

婚姻之中，生活理念往往是夫妻之間產生矛盾的導火線，不同的生活背景，會給人帶來不同的生活哲學。

談戀愛的時候只需要喜歡就能走下去，但是過日子，需要的卻是互相扶持。尤其是那種後來可以權傾朝野的邪魅王爺，這樣的人娶一個男人做正妻，真的就沒有一點算計？於是就生出這篇所謂的「甜文」世界。可惜的是，這個世界裡的「甜」都是虛假的假象。

第四個世界是辣。

大部分的人在這個世界上都只是名普通人，就包括喵自己，也是個沒有什麼長處的普通人，有不至於辣眼睛的長相，不夠聰明絕頂但也不算太笨的腦子，情商也是普普通通沒有得罪人可也不夠長袖善舞成為「萬人迷」。

好像咱們日常生活裡，看到最多的就是這樣的普通人。而喵就是因為這樣，想寫一個關於普通人奮鬥的故事。

不知道大家對成功的解釋是什麼，但是在喵看來，只要今天的你比昨天的你更好，那就已經是成功。可能這種成功和那些天賦絕佳的人們比起來，渺小到幾乎讓人看不見。可日積月累，時間久了，量變轉換成質變，普通人也能透過努力成為真正的業界精英，而當你成功的那一刻，沒有人會在意你最開始到底是不是一個普通人，他們只會感嘆你的成就。

普通人的生活就是如此，就像是川菜裡的辣椒，入口辛辣，末了回甘。

好像寫著寫著就變得囉嗦起來，希望大家不要介意。

最後謝謝所有看到這裡的寶貝兒，能夠被你們喜歡是我的榮幸。祝願大家都能夠平安喜樂，無憂無愁。

小貓不愛叫
二〇一八年秋

i 小說 004

你無法預料的分手，我都能給你送上

國家圖書館出版品預行編目（CIP）資料

你無法預料的分手，我都能給你送上 / 小貓不愛叫著. -- 初版. -- 臺北市 : 愛呦文創, 2018.12
冊； 公分. --（i 小說 ; 004）
ISBN 978-986-97031-1-6（第1冊：平裝）

857.7 107017215

愛呦文創

作　　者	小貓不愛叫
封面繪圖	Leila
責任編輯	高章敏
文字校對	劉綺文
行銷企劃	羅婷婷
發 行 人	高章敏
出　　版	愛呦文創有限公司
地　　址	10691台北市忠孝東路四段59號10-2樓
電　　話	（886）2-25287229
郵電信箱	iyao.kaoyu@gmail.com
愛呦粉絲團	https://www.facebook.com/iyao.book
總 經 銷	聯合發行股份有限公司
電　　話	（886）2-29178022
地　　址	231新北市新店區寶橋路235巷6弄6號2樓
美術設計	廖婉禎
內頁排版	洸譜創意設計股份有限公司
印　　刷	沐春行銷創意有限公司
初版一刷	2018年12月
初版三刷	2022年4月
定　　價	320元
I S B N	978-986-97031-1-6

原著書名《你無法預料的分手，我都能給你送上》由北京晉江原創網絡科技有限公司授權出版。

ao愛呦文創

愛吻文創